Ancienne mannequin, **Laurie Elizabeth Flynn** écrit des romans contemporains pour jeunes adultes. Son premier roman, *Firsts*, a été sélectionné dans la catégorie Meilleures fictions pour jeunes adultes du YALSA (Young Adult Library Services Association). Laurie vit à London en Ontario avec son mari et leurs trois enfants. Si elle n'est pas occupée à écrire, vous la trouverez sûrement en pleine randonnée dans les bois avec sa famille, en train de se gaver de téléréalité ou d'écumer les friperies à la recherche de robes vintage.

Ce livre est également disponible
au format numérique

L.E. Flynn

ALL EYES ON HER

Traduit de l'anglais (Canada) par Leslie Damant-Jeandel

FIBS

Fibs est une collection des éditions Castelmore

Titre original : *All Eyes on Her*

Édition originale publiée par Imprint, un label de MacMillan Publishing Group, LLC

Loi n° 49-956 du 16 juillet 1949
sur les publications destinées à la jeunesse

Dépôt légal : janvier 2022

ISBN : 978-2-36231-407-0

BRAGELONNE – CASTELMORE
60-62 rue d'Hauteville – 75010 Paris
E-mail : info@castelmore.fr
Site Internet : www.castelmore.fr

À mon papa :
Je serai toujours fière de t'appeler mon père, héros et ami

Première partie

Jack and Jill went up the hill
To fetch a pail of water[1].

1. Début d'une comptine américaine : « Jack et Jill grimpèrent la colline / Pour aller chercher un seau d'eau. » (*NdT*)

LA FILLE

Les lumières sont dures, plus blafardes que jaunes, comme on n'en trouve pas dans la nature – même s'il y a beaucoup de choses dures dans la nature. La fille sous le feu des projecteurs n'est encore qu'une ado. La plupart du temps, elle fait plus que son âge, mais à la voir cligner ses yeux bleus, comme une poupée, elle a l'air jeune et effrayée.

La présentatrice lui a demandé de raconter sa version des événements. Ce qu'elle a fait, le menton levé. Pour la première fois, elle pouvait avoir la certitude d'être écoutée. Le moment est venu de lui poser la question finale.

La présentatrice (celle qui a réussi à décrocher cette interview ; celle qui la voulait au point de surenchérir jusqu'au bout) observe la fille, sérieuse. Elle voit peut-être quelque chose qu'elle n'avait pas remarqué avant. Un côté un peu trash, si on y regarde de plus près. Sa jupe légèrement trop courte ; ses jambes nues, sans collants. Ses lèvres trop rouges. Et ces yeux, comme des spots. Comme on n'en trouve pas dans la nature.

— Que voudrais-tu que les gens apprennent à propos de toi qu'ils ne sachent pas déjà ? Qu'aimerais-tu dire à tous ceux qui ont suivi ton histoire ?

La fille prend une inspiration et la retient. Elle y a sûrement pensé de nombreuses fois. Les mots roulent dans sa tête, tantôt calmement, tantôt pareils à un raz-de-marée. Lorsqu'elle répond, sa voix est de plus en plus forte, montant *crescendo*. Elle regarde droit vers la caméra. C'est à elle que revient le mot de la fin.

— Ne croyez pas tout ce que vous lisez, déclare-t-elle. Ne croyez pas tout ce qu'on vous raconte sur moi. Faites-vous votre propre opinion.

THE COLDCLIFF TRIBUNE 19 août 2019

Un étudiant de Princeton trouve la mort dans un accident de randonnée
Par Julie Kerr

Samedi matin, le corps de Mark Forrester, vingt ans, étudiant à Princeton, a été retrouvé dans la rivière Claymore. Vendredi en fin d'après-midi, Forrester et Tabitha Cousins, sa petite amie âgée de dix-sept ans, étaient partis en randonnée sur le sentier de Mayflower. D'après Cousins, Forrester voulait grimper jusqu'au point de vue bien connu mais dangereux appelé communément la Rupture, pour y admirer le coucher du soleil. Une fois au sommet, il est tombé après avoir perdu l'équilibre, faisant une chute d'une douzaine de mètres.
« C'était terrifiant », a commenté Cousins. « Il s'est penché pour regarder au bord du précipice et, la seconde d'après, il avait disparu. »
Ni Cousins ni Forrester n'ont l'expérience des randonnées. Le sentier de Mayflower, qui s'étend sur treize kilomètres, est ponctué de panneaux avertissant les promeneurs que monter jusqu'au point de vue n'est pas sans risque. Pour tenter cette ascension, mieux vaut être un randonneur confirmé.
Cousins a signalé l'accident aux premières heures de la matinée samedi, après avoir réussi à sortir des bois dans l'obscurité.
« Je n'ai pas arrêté d'appeler à l'aide », a-t-elle précisé. « Mais il n'y avait personne. J'étais morte de peur. »

En comptant le décès de Forrester, le nombre de personnes ayant trouvé la mort dans Queen Anne's Woods de 1916 à nos jours s'élève à sept. Depuis les années 1960, la Rupture est familièrement appelée le Grand Saut après que trois femmes, membres d'une secte, ont sauté ensemble dans le cadre d'un pacte suicidaire. Avant Forrester, la dernière mort sur le site de la Rupture remontait à octobre 1989, quand les adolescents Ernest Malling et Desiree Hind étaient partis camper dans les bois. Le lendemain, Hind avait signalé la disparition de Malling, dont le corps n'avait été retrouvé que deux jours plus tard. L'homicide n'avait pu être prouvé malgré les allégations de la famille de Malling, persuadée de l'implication de Hind.

C'est une équipe de plongeurs de la police qui a découvert la dépouille de Forrester. Le défunt laisse derrière lui ses parents, résidents de longue date à Coldcliff, ainsi qu'un frère aîné.

VOUS

Vous avez entendu parler de cette histoire aux actualités : une fille et un garçon partis se promener dans les bois. La fille portait un panier de pique-nique. Le garçon était chaussé de baskets jaune fluo. Ils ne pensaient pas rester après le coucher du soleil ; pourtant, il faisait nuit quand la fille revint, sans le panier de pique-nique et sans le garçon. Celui-ci fut retrouvé le lendemain matin, flottant sur le ventre dans la rivière Claymore, le jaune de ses baskets éteint par l'eau trouble.

Vous avez entendu dire que c'était un événement tragique, que le garçon avait toute la vie devant lui. Il devait retourner à Princeton avec une bourse en natation. À la piscine, on le surnommait Mark le Squale. Bientôt, vous et tous les autres assisterez à son enterrement.

La fille, vous la suivez sur les réseaux sociaux. Vous vous doutiez que les soupçons finiraient par se porter sur elle. Après tout, sa version est bourrée de contradictions – comme celles des autres, d'ailleurs.

Vous la connaissez peut-être. Si ça se trouve, vous l'avez déjà croisée à une fête. Elle aimait bien les fêtes. Ou bien vous l'avez peut-être épiée sur Instagram, où elle postait plein de selfies : son visage #nofilter, tout en rouge à lèvres et yeux bleu électrique. Elle a peut-être été vache avec vous (elle l'a probablement été, une fois, et si ça se trouve vous le méritiez).

À présent, vous allez avoir tous les points de vue sur cette histoire. Vous allez découvrir ce qui s'est réellement passé, de la bouche des personnes qui connaissent la fille et l'aiment, comme de celles qui la connaissent et le regrettent. Voici les faits. Une fois qu'ils vous auront été exposés, vous pourrez juger par vous-même. Coupable ou innocente ? Si vous pensez qu'elle est coupable, vous vous demanderez si elle va s'en tirer.

Si vous la croyez innocente, vous vous demanderez en premier lieu ce qu'elle faisait si tard dans les bois.

1

ELLE

— Elle, c'est à propos de Mark.

Je reconnais à peine sa voix. Ce n'est pas la première fois qu'elle m'appelle à 2 heures du matin. C'est un oiseau de nuit : encore debout quand nous autres sommes déjà en train de baver sur notre oreiller. Ce n'est pas la première fois qu'elle m'appelle en ayant l'air d'avoir peur. Ni qu'elle commence la conversation par : « Elle, c'est à propos de Mark. » Leurs disputes sont de plus en plus fréquentes, de plus en plus violentes. Avant, elle ne téléphonait jamais. Elle m'envoyait toujours un texto. Mais ces temps-ci, elle a besoin de m'entendre. Ou que moi, je l'entende.

— Bon, il a fait quoi, cette fois ?

Je me redresse d'un coup dans mon lit en repoussant de mon visage mes cheveux humides de sueur.

— Tu es où, là ? je demande.

— Il est tombé.

— Comment ça ? Tombé où ?

— Dans les bois, Elle.

— Sur quoi ? Il va bien ?

J'espère qu'il n'a rien de cassé. Mark le Squale doit avoir un corps en parfait état pour son illustre carrière de nageur – même si ça ne passe plus aussi bien qu'avant. Lors de ma dernière fête, je l'ai entendu dire à Tabby : « Tu as foutu ma vie en l'air. » Quand plus tard je l'ai interrogée à ce sujet, elle a nié qu'il l'ait accusée d'une chose pareille.

Avant que Mark entre dans sa vie, Tabby ne m'avait jamais menti. Même si on ne peut pas en dire autant de moi.

— C'est grave, Elle, répond-elle.

Sa voix devient moins audible lorsqu'elle reprend :

— Il ne va pas bien. Il est…

Je comprends avant même qu'elle le dise, par le poids de son silence. Je comprends tout de suite.

— Il est mort, souffle-t-elle.

Pendant quelques terribles secondes, voire davantage, je suis soulagée.

2

BRIDGET

Elle prévient qu'elle va rentrer tard, mais qu'on pourra peut-être regarder un truc sur Netflix après. « C'est toi qui choisiras », précise-t-elle – ce qui est exceptionnel. D'habitude, on se prend la tête, et notre dispute dure plus longtemps que le film.

Assise à son bureau, juste avant de partir, elle étudie la carte que je lui ai dessinée. Je l'aurais reconnue n'importe où : la Rupture, immense et menaçante.

— J'arrive pas à croire qu'il t'emmène là-bas, je ronchonne. Vous en aurez pour des heures ! C'est hyper vallonné, tu sais, et vous allez en baver pour grimper tout là-haut. Avec cette chaleur, ça sera dur.

— C'est pour ça que je me prépare, réplique-t-elle. J'emporte ta carte, comme une bonne petite girl-scout. Comme ça, s'il arrive quoi que ce soit, je ne me perdrai pas.

— Okééé.

J'étire le mot dans ma bouche, comme un caramel mou.

— De quoi tu as peur ? demande Tabby en pivotant sur son siège. Que les bois m'avalent toute crue ? C'est moi, la grande sœur. C'est moi qui suis censée te couver.

Je fais les calculs dans ma tête. Même en marchant à cinq kilomètres heure, ils atteindront la Rupture à 19 heures passées. Quelque part, ça me rassure de savoir où elle sera, vers quelle heure elle devrait être rentrée.

— Je t'enverrai un texto pour te dire que tout va bien, me rassure-t-elle. Par contre, quand on sera à l'intérieur des bois, il n'y aura plus de réseau. Enfin, je parie que ça ne captera pas. Ne t'en fais pas pour moi, d'accord ?

Plus tard, je la regarde sauter dans la voiture de Mark, avec son panier de pique-nique qui se balance à son bras. Elle a mis mes Nike, les roses. Dès qu'elle a disparu, j'ai un mauvais pressentiment que je ne parviens pas vraiment à définir. J'ai la certitude que je ne la reverrai plus jamais.

Elle ne rentre pas à temps pour le film et ne m'envoie aucun message pour me dire où elle en est. Maman et papa commencent à s'inquiéter aux alentours de 23 heures, quand ils n'ont pas de nouvelles non plus. Ils sont inconscients. Ils auraient dû s'affoler avant même que Tabby s'en aille.

Elle est morte, me hurle mon cerveau. Je revois les grands battoirs de Mark. Son sourire suffisant. On va devoir identifier le corps de ma sœur.

— Tu restes à la maison, m'avertit mon père en agitant son doigt vers moi. Je veux t'avoir sous les yeux.

J'avais carrément zappé que j'étais déjà sortie. Je suis allée courir en serrant mon téléphone dans la main, comme si c'était une arme que j'aurais pu utiliser en cas de besoin.

Quelque chose de suffisamment dur pour fendre un crâne. Mais c'était il y a des heures. J'ai oublié de me doucher. C'est comme si j'avais eu une absence.

À minuit, mes parents font les cent pas. Moi, je suis à l'étage, le nez à la fenêtre, comme une enfant attendant l'arrivée du Père Noël.

Ils appellent Elle. Pas de réponse. Je me fais peut-être des idées, mais on dirait qu'entre elles, ce n'est plus comme avant. Elles se voient moins. Je le sais, parce que ma sœur passe plus de temps avec moi.

À minuit et demi, mes parents sont persuadés que Tabby a seulement oublié l'heure. Ils disent qu'elle aura bientôt dix-huit ans ; que de toute façon ils doivent lui lâcher la bride avant qu'elle parte à la fac l'année prochaine.

(Quelle bride ? Il n'y a pas de bride. Il n'y a même pas de collier. Tabby n'appartient à personne.)

Ils vont se coucher. Moi, je reste éveillée, les nerfs en pelote. Une vraie pile électrique. Je sais qu'il est arrivé quelque chose. J'en suis convaincue. En tant que sœur, j'ai comme une intuition. D'ailleurs, il n'est peut-être même pas utile d'être sa sœur pour avoir une intuition : n'importe qui aurait su que c'était de la folie, que Mark veuille emmener Tabby à la Rupture. J'imagine les yeux de ma sœur écarquillés, paniqués. Sa tête fracassée contre un rocher, fendue en deux – comme la Rupture elle-même.

Il est plus d'1 heure du matin quand la porte d'entrée s'ouvre. À la table de la cuisine, je suis en train de faire défiler le compte Insta de Tabby sur mon téléphone, à la recherche d'un indice. Le sourire mielleux qu'elle a affiché tout l'été.

Le bras de Mark qui l'entoure en permanence. Une légende sous l'une des photos où leur regard est légèrement détourné de l'objectif : « Une prière pour les cœurs insoumis gardés en cage[1]. »

Le battant s'ouvre si discrètement que je l'entends à peine. Presque comme si elle voulait rentrer incognito – ce qu'elle a déjà fait de nombreuses fois. Le maquillage qu'elle a tenu à appliquer avant la randonnée, dont je m'étais moquée, a laissé de grosses coulures sur son visage, et ses mains tremblent. En fait, c'est son corps entier qui tremble. Un vrai séisme à lui tout seul.

— Qu'est-ce qui s'est passé ? je m'inquiète. T'étais où ?

Ses cheveux ne sont plus lissés comme ce matin, mais bouclés, voire presque frisés, comme après la douche quand elle n'y touche pas. Puis je remarque ses jambes. Maculées de terre, chaque centimètre carré de peau nue tachée de traces marron. Mes Nike sont trempées, plus rouges que roses.

— Bridge, répond-elle. Il est arrivé un truc. Il… Il… Il est tombé.

Puis elle s'effondre sur le sol de la cuisine. Et je comprends que Mark est parti.

---

1. « *A prayer for the wild at hearts kept in cages.* » Citation de Tennessee Williams tirée de la pièce de théâtre *Stairs to the Roof* (1947). (*NdT*)

3

KEEGAN

Comment je me sens, à votre avis ? Je reçois un appel qui m'annonce que mon meilleur ami est mort. Le gars que j'ai vu le matin même. Et maintenant, il n'est plus là.

Immédiatement, je sais pourquoi.

4

BRIDGET

Ce qu'on ne vous dit pas, c'est que la mort ne tue pas les garçons populaires. Elle ne fait que les rendre immortels. Je ne l'avais pas vraiment compris, avant. Maintenant que l'enterrement de Mark est devenu l'événement le plus marquant de l'année à Coldcliff, je l'ai bien intégré.

Il faut que vous sachiez une chose sur notre ville. Comme elle ne compte que huit mille âmes environ, les brochures touristiques se plaisent à la décrire comme « une bourgade paisible ». Si vous n'avez jamais entendu parler de notre petit coin de Colorado, vous n'êtes pas le seul. Boulder se trouve à une cinquantaine de kilomètres, et la montagne la plus proche est le pic Longs – c'est pour ça qu'on nous oublie. On a tendance à disparaître. Même si les gens aiment faire de la randonnée dans le secteur, en général ils ne restent pas. Chaque ville a sa particularité. Certaines sont célèbres pour leur énorme pelote de ficelle ou leur hot dog le meilleur du monde. Nous, on a la Rupture.

Le Grand Saut. Le Pouce du Géant. Peu importe le nom que vous lui donnez. En gros, on a un bout de falaise où un certain nombre de personnes ont trouvé la mort et, pour une raison qui leur appartient, d'autres personnes veulent voir le site de leurs propres yeux.

Surtout en ce moment.

Ces jours-ci, quand je cours dans les bois, je tombe sur des mémoriaux pour Mark. Des garçons de l'équipe de natation de Coldcliff Heights, notre lycée, ont déposé des bonnets de bain et des lunettes de piscine sur le sentier qui mène à la Rupture. C'est leur version des fleurs. Aujourd'hui, pendant ma course, j'ai marché sur une des paires de lunettes. J'ai bien aimé comment la terre mouillée l'a aspirée.

Voici une autre information à savoir sur les membres de notre communauté : nous protégeons les nôtres. Nous nous recourbons comme une feuille pour bloquer l'accès aux intrus. Nous sommes un petit havre de paix et, quand l'un de nous est blessé, tout le monde se serre les coudes. Mickey, le propriétaire du *Reid's Ice Cream*, a eu un accident de voiture il y a deux ans. Quelqu'un a créé une page GoFundMe pour payer ses factures d'hôpital, et tout le monde a participé. Mes parents ont donné 500 dollars. Alors bien sûr, quelqu'un en a créé une pour l'enterrement de Mark, ce qui a permis de récolter une somme ridiculement élevée.

Mes parents aussi ont fait un don.

Aujourd'hui, ils sont à l'enterrement. On y est tous. Ça se passe dans une église bondée, où il fait beaucoup trop chaud. J'échange des coups d'œil gênants avec un garçon aux cheveux blonds et bouclés qui n'arrête pas de me regarder. En général, c'est Tabby que les garçons regardent. Étrangement, celui-là semble presque mettre un point d'honneur à éviter de le faire.

Il est le seul. À part lui, tout le monde la remarque. Je ne leur en veux pas. Comme nous tous, elle est en noir, mais sur elle, c'est différent. Plus vivant qu'austère.

— Ta jupe est trop courte, lui a reproché maman avant qu'on parte de la maison.

— Mark aimait bien cette robe, s'est défendue Tabby. Il aurait voulu que je la porte.

Maman n'a pas répondu. Autre caractéristique typique des garçons populaires : ce sont toujours eux qui ont le dernier mot.

La cérémonie est conforme à ce qu'on attend d'un enterrement : ennuyeuse et pleine de larmes. Un prêtre lit des passages de la Bible. Tout le monde baisse la tête. Je glisse un coup d'œil à Tabby. Elle aussi a les yeux baissés, mais elle fixe un objet entre ses mains : son téléphone. Puis, voyant que je l'observe, elle me fait un petit sourire.

Les gens ont de drôles de façons de gérer leur deuil. Parfois, c'est comme si ma sœur n'éprouvait pas le moindre chagrin. Franchement, je ne la blâme pas, parce que moi non plus je ne suis pas triste.

Le garçon blond se lève et va se placer derrière le pupitre.

— La plupart d'entre vous ne me connaissent pas. Je suis Alexander, le grand frère de Mark. Je vis en Australie depuis un an. J'étais censé veiller sur Mark, mais il n'a jamais eu besoin qu'on le protège. Si vous le connaissiez, vous savez qu'il était prêt à vous donner sa chemise. Il aurait rendu service à n'importe qui.

À ce moment-là, une dame assise au premier rang laisse échapper un gros sanglot. La mère de Mark. En arrivant, elle a étreint Tabby avec réticence. Je sais très bien que c'est la première fois qu'elles se rencontrent.

« Je suis un peu comme un secret », m'a un jour confié ma sœur. « Comme si j'existais seulement lorsqu'il le décide. »

Alexander poursuit :

— Mes parents m'ont demandé de dire quelques mots, aujourd'hui. Quelques mots, c'est tout ce que j'ai. Je voudrais juste que chacun se souvienne de Mark tel qu'il était : brillant, fort, gentil avec tout le monde. Dans l'avenir, il aurait accompli de grandes choses. Mais ne pensons pas à ce qu'il n'aura pas l'occasion de faire. Concentrons-nous sur le chemin qu'il a parcouru lorsqu'il était présent parmi nous, et menons notre vie comme il aurait aimé qu'on le fasse : avec bravoure, honnêteté et gratitude.

Ensuite, il partage des souvenirs de son enfance avec Mark. À côté de moi, Tabby bâille. Elle dort mal, ces temps-ci. Quand on était petites, on avait insisté pour partager la même chambre alors qu'on avait chacune la nôtre dans notre ancienne maison, à Rochester. On s'endormait par terre, blotties dans un sac de couchage. Puis Tabby a grandi, et nos deux ans d'écart se sont fait ressentir. Tabby avait sa propre vie, comme un tissu trop soyeux pour que je m'y agrippe. Lorsqu'on a emménagé à Coldcliff, elle a collé un morceau de ruban sur sa porte – le genre de ruban noir et jaune qu'on voit à la télé sur les scènes de crime. C'était une blague, mais en fait non. Elle protégeait sa nouvelle vie ; s'accroupissait devant elle comme un dragon veillant sur son trésor. C'est ce qu'elle continue à faire.

Son amie Elle et ses parents sont assis quelques rangs derrière nous. La mère d'Elle a les yeux rivés sur l'arrière du crâne de Tabby. Elle aime beaucoup ma sœur et je sais qu'elle s'inquiète pour elle. Tabby est le genre de personne qu'on adore ou qu'on déteste. Avec elle, apparemment, il n'y a jamais de milieu. Tandis qu'avec moi, tout le monde est au milieu, coincé dans le creux d'un hamac invisible qui ploie sous leur poids collectif. Je n'ai pas d'ennemis, mais je n'ai personne non plus qui me prouve son amour.

La cérémonie se termine enfin. On se dirige tous d'un pas lent vers la sortie pour rejoindre la poche de chaleur et d'humidité qu'est devenue Coldcliff. Je suppose que Mark sera enterré au cimetière, en présence de la seule famille. C'est une inhumation privée. Sans Tabby. Je suis contente de l'avoir pour moi seule, comme j'étais contente qu'ils aient renoncé au cercueil ouvert. Il paraît que Mark a eu le crâne enfoncé. Aucun maquillage funéraire n'aurait pu rattraper le coup.

Alexander s'approche de nous alors qu'on est presque sortis. Mes parents, déjà un peu plus loin, se tiennent par la main. Ils ressemblent à des zombies de banlieue complètement désorientés. Ils ne savent plus comment se comporter en présence de Tabby, et ça fait un moment que ça dure.

— Salut, lance Alexander à ma sœur.

Il me jette un coup d'œil qui est davantage un avertissement. *Cette conversation ne te regarde pas.* Je fais semblant de m'intéresser à un crucifix accroché au mur ; au Jésus trop réaliste cloué dessus ; au sang autour des clous enfoncés dans ses paumes.

— Tu n'aurais pas dû venir, dit Alexander à Tabby. Tu n'es pas la bienvenue, ici. Je ne veux pas faire d'esclandre devant mes parents, mais ne t'approche pas de nous, c'est clair ?

— Allez, tu ne crois quand même pas que…, réplique Tabby d'un ton mielleux.

Je n'entends pas la suite parce que Taylor, mon entraîneur, vient me demander comment je vais – comme si je venais de subir une perte, en quelque sorte.

Comme si ce n'était pas plutôt un bienfait.

Que ce soit bien clair : je ne suis pas une psychopathe. Je n'ai pas fantasmé sur la chute mortelle de Mark depuis une falaise. Cela dit, je ne cache pas que j'ai déjà imaginé qu'il *disparaisse*. Il ne faisait pas émerger le meilleur chez ma sœur, mais quelque chose de très différent, que je n'ai toujours pas identifié. Je ne comprends pas ce qu'il a réveillé en elle exactement.

— Coucou, me dit Tabby en cognant sa hanche contre la mienne. Hello, coach. Alors, elle n'est pas trop forte, ma sœur ? J'ai hâte de la voir mettre la pâtée aux autres cette année encore.

L'entraîneur sourit.

— Bridget a beaucoup de talent. On a de grands espoirs pour la nouvelle saison de cross.

— Je viendrai voir chaque course, promet Tabby. Je serai ta pom-pom girl personnelle.

Je laisse échapper un rire gras. Je jure que l'entraîneur rougit. Il ne doit pas être tellement plus âgé que Mark : un peu plus de la vingtaine, visage poupon. Tabby a le chic pour susciter ce genre de réaction chez les gens, faire en sorte que leur cœur accélère juste un petit peu. C'est peut-être dû à sa manière de dire les choses. Elle parlait d'être ma pom-pom girl personnelle, mais l'entraîneur doit l'imaginer en train de se trémousser pour lui.

— Il t'a dit quoi, le frère de Mark ? je demande quand on traverse le parking pour rejoindre la Toyota Camry de papa.

— Il m'a simplement remerciée d'être venue, répond Tabby. Ça a beaucoup touché sa mère.

Pourtant, je sais ce que j'ai entendu. Elle ment. Je me demande sur quoi d'autre elle a menti.

Sur la route du retour, Mark est partout. Quelqu'un a installé un panneau avec un portrait de lui à la piscine, lors d'une de ses rencontres sportives, ses poings de géant barattant l'eau. Il a presque l'air sauvage. « EN SOUVENIR DE MARK FORRESTER », lit-on. Dans le centre-ville, les réverbères de Main Street sont ornés de couronnes dorées. L'or, parce que c'est ce que Mark aurait remporté aux Jeux olympiques un jour. L'or, parce qu'il détient toujours plusieurs records de natation du lycée et de championnats d'État du Colorado. Son nom sera immortel. L'or, parce qu'il était un garçon en or, qui désormais ne ternira jamais.

Tabby se tamponne les yeux en regardant par la vitre, même si je doute qu'elle ait versé une larme.

THE COLDCLIFF TRIBUNE 3 septembre 2019

Nouvel élément dans la mort du randonneur de Princeton
Par Julie Kerr

L'autopsie du corps de Mark Forrester, vingt ans, a révélé une mort par noyade. Les rapports précédents indiquaient que c'était la chute de la Rupture, le point de vue du sentier de Mayflower, qui avait été fatale au jeune homme. Toutefois, l'autopsie a démontré qu'en dépit d'une grave blessure à la tête, Forrester était vivant lorsqu'il a plongé dans l'eau. L'heure de sa mort a été établie à environ 21 h 30, soit plusieurs heures après que lui et sa petite amie Tabitha Cousins ont été vus par un randonneur sur le sentier de Mayflower.
Les plongeurs de la police sondent toujours la rivière Claymore. À ce stade de l'enquête, la piste criminelle n'est pas privilégiée, malgré les spéculations qui continuent d'alimenter les réseaux sociaux autour du comportement de Cousins dans les jours précédant la randonnée.

5

ELLE

Je ne suis pas la bonne camarade que tout le monde croit que je suis.

Aujourd'hui, Tabby et moi sommes allées au centre commercial de Forest Glen pour une virée shopping en vue de la rentrée. C'est quelque chose qu'on fait normalement ensemble, sauf que rien n'est normal depuis ce qui est arrivé à Mark. Elle dit qu'elle doit continuer à vivre et ne pas penser à la mort. « C'est ce qu'il aurait voulu. »

J'ai retrouvé un ventre plat. Tabby le fait remarquer quand j'essaie un crop top.

— Tu es hyper mince ! Tu devrais carrément l'acheter. Cette année, tu seras la mieux roulée du lycée.

— Ouais, c'est ça, je réplique. Non, ce sera toi.

Comme d'habitude. Dans les vestiaires des mecs, le corps de Tabby, à la fois tendre et ferme, les fait tous fantasmer.

— C'est ce qu'on verra, insiste-t-elle. Alors, tu lui as parlé ?

—À qui ?

—Elle, dit-elle en posant le pouce sur mon menton, comme le fait ma mère. Tu sais très bien de qui je parle. En vrai, tu ne lui as rien dit ?

—Il n'y a rien à dire.

—OK, répond-elle en traînant sur le mot. Mais tu auras beau faire comme s'il ne s'était rien passé, ça ne l'effacera pas pour autant.

Elle a tort. J'ai la même apparence qu'avant. En fait, je suis même plus jolie. Je suis en meilleure forme et j'ai bronzé ces deux dernières semaines – depuis que Mark est mort. Tabby et moi sommes allées à Crest Beach presque tous les jours. D'après elle, c'est le seul endroit où elle se sent normale, les yeux sur l'eau.

Tabby croit tout connaître de mon histoire. Elle sait presque tout. Pourtant, il lui manque un chapitre essentiel. Je veillerai à ce qu'elle ne le lise jamais. Ça nous détruirait.

Alors que nous déjeunons en terrasse (une salade pour moi, sans vinaigrette), j'ai conscience qu'on nous regarde. Non, pas nous, mais Tabby. Ce n'est pas inhabituel. On se retourne souvent sur elle. Je crois que ce sont ses yeux si ridiculement bleus. Les gens s'arrêtent pour faire des commentaires, lui demander s'ils sont naturels.

—Évidemment qu'ils sont naturels, rétorque-t-elle invariablement. Ils font partie de mon visage, non ?

Cette fois, c'est différent. Personne ne vient nous voir. Les gens gardent leurs distances, chuchotant derrière leur main. Ils la jugent, la condamnent. Je connais bien ces regards. Très récemment, j'en ai moi-même fait les frais.

— Pourquoi est-ce que tout le monde nous fixe ? je demande. C'est parce que tu es veuve ?

Vous pensez sûrement que c'est grossier de ma part, que je manque d'empathie. Ou vous me trouvez peut-être vache, tout simplement. Ça ne me dérange pas. On a pensé pire de moi. Cela dit, je n'ai rien à cacher. La disparition de Mark ne m'a pas touchée. Je n'ai pas pleuré à son enterrement. J'y suis allée uniquement parce que ma mère m'y a traînée, et elle m'y a traînée uniquement parce qu'elle adore Tabby et la considère comme sa seconde fille. Ma mère voulait qu'on soit là pour elle.

(J'ai menti : j'ai des choses à cacher, mais rien par rapport aux sentiments que Mark m'inspirait. Tous ces gens sont en deuil d'un mec qui n'existait pas. La version authentique ne me plaisait pas, et je ne suis vraiment pas triste qu'il ne soit plus là.)

— Probablement, répond Tabby entre deux bouchées de son sandwich.

Depuis la mort de Mark, elle a retrouvé l'appétit. Quand ils étaient ensemble, il était toujours sur son dos concernant son alimentation. « Mark veut que je mange moins de cochonneries. Mark a dit que je me musclerais plus vite si j'arrêtais le sucre. Mark a dit que la rando serait un super exercice pour tonifier mes jambes et mon cul. »

Mark voulait. Mark a dit.

Tout le reste de la journée, les gens n'arrêtent pas de nous regarder. Lorsque Tabby nous reconduit chez nous, je tends le majeur par la vitre ouverte à un petit groupe de femmes d'âge moyen en cardigans. Je les ai déjà vues. Elles m'ont jugée. Qu'on les laisse médire.

C'est lorsque je me connecte à Facebook après le dîner que je tombe dessus. Un lien vers l'article du *Coldcliff Tribune* sur la cause de la mort de Mark. C'est Lou Chamberlain qui l'a posté. Elle ne supporte pas Tabby.

Noyade. Ma poitrine est comme comprimée dans un étau. Comme si ma peau avait rétréci. Tout le monde supposait qu'il était mort en s'écrasant sur les rochers. Tout ça est affreusement ironique : Mark le Squale, terrassé par une rivière boueuse et pas vraiment profonde.

Cela dit, ce n'est pas l'article qui me fiche la chair de poule, mais les commentaires en dessous. Ceux qui parlent de Tabby.

« Il y a un truc qui me chiffonne : pourquoi elle n'est pas allée voir s'il allait bien ? » Voilà ce que Lou avait écrit.

« Ils se sont disputés à la fête d'Elle. Tout le monde l'a vu. »

« Je parie qu'elle savait qu'il voulait rompre et elle a pété un câble. Vous connaissez son sale caractère. Un jour elle a fait un doigt à Mr Mancini. »

« Ils se disputaient à cause du bébé !!! »

Je n'en lis pas davantage. Ça ne sert à rien. C'était peut-être inévitable, et je savais que ça arriverait. Chacun est en train de choisir son camp. Tabby ne sera jamais simplement la veuve de Mark.

Elle sera aussi son bourreau.

Extrait du journal intime de Tabby

23 juillet 2018

J'ai rencontré un garçon et je suis déjà amoureuse de lui. Comment est-ce possible ? Je ne sais même pas pourquoi je l'écris. Sûrement parce que c'est ce que je dois faire si je veux devenir écrivaine un jour. Peu de gens sont au courant – que je veux devenir écrivaine. C'est le genre de rêve trop grand pour être partagé.

Revenons à Mark Forrester. Je sais qu'il m'aime aussi. C'est peut-être le bon. D'après Elle, il est trop tôt pour en être sûre, mais vu qu'elle n'a jamais été amoureuse, elle ne peut pas comprendre. Mark est tout ce que les autres garçons ne sont pas. Il n'a pas peur de me montrer ses sentiments. Pendant un de nos rendez-vous amoureux, il m'a carrément offert des fleurs. Des roses rouges. J'en ferai sécher une pour la montrer à nos enfants, plus tard.

Ça doit être pour ça que je l'écris. Encore un rêve trop grand pour être partagé, mais j'ai besoin de lui donner corps. Je ne peux pas en parler de vive voix. Les gens n'aiment pas qu'on soit aussi heureux.

6

ELLE

Il est important pour moi que je vous en dise un peu plus à propos de Tabby. Vous devez connaître les circonstances de sa rencontre avec Mark. C'était à cause de moi, donc tout ça est en partie ma faute. L'été dernier, je l'ai obligée à venir faire un minigolf parce que mon père avait un Groupon qu'il ne voulait pas gâcher.

— J'ai horreur du minigolf, avait soupiré Tabby. Il faut mettre ces chaussures ignobles que des milliers de gens ont portées avant toi.

— Tu confonds avec le bowling. Je te promets que si tu viens, je t'offrirai une glace après.

Finalement, il n'y a pas eu de glace. La partie de minigolf nous a pris tellement de temps que le groupe qui nous suivait (une bande de garçons un peu plus âgés que nous) nous a rattrapées. À ce moment-là, Tabby était super frustrée et a donné un coup de pied dans la balle.

Un des garçons a ricané. Tabby a fait volte-face.

— Ça te fait rire ?

— Intéressant, cette… euh… technique, a-t-il commenté en s'appuyant sur son club de golf.

— La tienne est meilleure ?

Il haussa les épaules.

— En tout cas, je n'utilise pas mon pied.

— Eh bien moi, quand j'ai un problème, je le règle. Garde ton mansplaining pour toi.

— Mon mansplaining ?

Il rigolait, mais pas elle.

— Oui. Quand un connard explique à une fille comment s'y prendre pour mieux faire un truc.

C'est là que leur histoire a commencé. Tabby a toujours été obsédée par l'idée d'avoir quelqu'un avec qui se disputer. Ses parents sont encore ensemble, mais ce sont des marionnettes plutôt que de vraies personnes. Ils ne se chamaillent jamais, acceptent tout, ni l'un ni l'autre n'ayant plus l'énergie de lutter.

Tabby aimait Mark. Il n'était pas le parfait petit ami, pas plus qu'elle n'était la parfaite petite amie. Ils se blessaient sans le vouloir. Ou sciemment. Parfois, la frontière était si mince qu'on la remarquait à peine, jusqu'à ce que le couteau soit enfoncé assez profondément pour effleurer l'os.

Tabby et moi sommes unies par un lien spécial. On est amies depuis la rentrée de quatrième, et c'est le sang qui nous a rapprochées. Plus précisément, c'est moi qui saignais, et elle était là. J'étais dans les toilettes du collège, les yeux rivés sur ma culotte, à tamponner frénétiquement la tache sur ma jupe rose avec des feuilles de papier toilette, priant pour qu'elle disparaisse. J'ai attendu que le silence soit total avant de sortir de la cabine. Alors, j'ai essayé de retirer ma jupe de mes fesses pour la passer sous le robinet du lavabo. C'est dans cette posture que Tabby m'a trouvée. Elle était la nouvelle. Des rumeurs circulaient déjà sur elle. Elle venait de New York; son père était un musicien qui avait fait un tube dans les années 1990; elle avait fait du mannequinat étant enfant; elle n'était plus vierge. Elle portait un grand crucifix noir autour du cou. À ce qu'il paraît, il était rempli de cocaïne.

Je savais que j'allais fondre en larmes lorsqu'elle se moquerait de moi, avec ma culotte ensanglantée et ma jupe trempée. Je me préparais au pire. Mais elle s'est contentée de fouiller dans son sac et d'en sortir un tampon.

— Tiens, m'a-t-elle dit. J'en ai toujours un de secours.

Je ne voulais pas lui confier que c'était la première fois que j'avais mes règles – un événement que ma mère voudrait fêter avec moi après les cours. Je ne savais pas du tout comment mettre un tampon, et c'était trop gênant pour l'avouer à Tabby. Curieusement, ça n'a pas été nécessaire.

— La première fois que je les ai eues, j'étais à une fête au bord d'une piscine. En Bikini blanc. C'est là que j'ai su que Dieu n'existait pas.

Elle a ri. Ça ressemblait plutôt à un aboiement.

— Celui-là a un applicateur en plastique, m'a-t-elle expliqué. Moi, je n'utilise que ça. En gros, tu t'accroupis et tu le pousses à l'intérieur. Je suis là, si tu as besoin d'aide.

Putain, j'espérais bien que non! Heureusement, il m'a fallu à peine deux minutes pour le mettre en place sans rencontrer trop de résistance. Le temps que je sorte de la cabine et me lave les mains, Tabby avait ôté d'un coup d'épaule sa chemise à carreaux XXL qu'elle a ensuite nouée autour de ma taille.

— Voilà. Personne ne saura jamais ce qui s'est passé. En plus, ta tenue est plus cool, maintenant.

Je me suis mise à glousser, et elle aussi. J'aurais voulu la serrer dans mes bras, mais je me suis abstenue. J'ai passé la soirée en mode parano, à me demander si elle avait parlé à tout le monde de mes règles et du fait qu'elle avait dû me tirer d'affaire. Le lendemain, je me disais que ça allait être bizarre de la croiser dans les couloirs, et finalement pas du tout. Elle est venue jusqu'à mon casier pour bavarder. À partir de là, on n'a jamais cessé de discuter, elle et moi. Elle a tenu parole quand elle disait que personne ne saurait jamais ce qui s'est passé.

Tabby et moi avons un point commun. On porte toutes les deux le prénom de notre grand-mère (Tabitha et Eleanor), et on le déteste toutes les deux. Du coup, à notre entrée en première année de lycée[1], on a préféré se faire appeler par nos surnoms. Elle est devenue Tabby et moi Elle. En perdant les autres lettres de nos prénoms, on n'était plus les mêmes. On était des filles qui voulaient perdre aussi autre chose.

Tabby et moi aimons bien être au centre de l'attention. Parfois, c'est comme si on se battait pour être sous des projecteurs qui n'existent même pas. Je ne me contente pas de graviter autour de son soleil, et elle non plus. En général,

---

1. Aux États-Unis, la scolarité au lycée s'effectue en quatre ans (*freshman year, sophomore year, junior year, senior year*). La première année de lycée est l'équivalent de la troisième en France. (*NdT*)

entre amies, il y en a une que ça ne dérange pas de rester dans l'ombre et de mettre l'autre en avant. Toujours complice, loyale, un peu timide. En ce sens, on est mal assorties parce qu'on est toutes les deux franches, à réclamer l'attention de tout le monde. Parfois, les gens remarquent trop de choses.

On est toutes les deux fans de karaoké, de piment *japaleño* et de l'émission de télé-réalité « Real Housewives ». On adore Halloween : ça nous permet de nous déguiser sans qu'on nous reproche (ou moins que d'habitude) d'être trop dénudées. On passe trop de temps sur Snapchat, à filtrer à mort nos tronches. Après le lycée, on aimerait bien partir en voyage ensemble, même si on n'est jamais d'accord sur la destination. Tabby voudrait aller en Australie et moi en Thaïlande. On pourrait travailler comme serveuses, vivre dans des hôtels et enchaîner les flirts.

Entre nous, il y a aussi cet autre point commun : Beck Rutherford. Mais je vous parlerai de lui plus tard. Je ne voudrais pas que vous me détestiez tout de suite.

Tu sais que je ferais n'importe quoi pour toi, hein ? Ce que tu veux. Parce que je t'aime.

Texto envoyé par Tabitha Cousins à Mark Forrester, 23 juillet 2018, 22 h 18

7

BRIDGET

J'ai modifié mon itinéraire du matin. Pas pour éviter la maison des parents de Mark, au contraire : pour passer exprès devant. Je sais que son frère est toujours dans le coin. Sous leur porche, il y a tout un tas de bougies et de fleurs en hommage au défunt. D'un jour sur l'autre, les fleurs jaunissent un peu plus. Je le sais parce que je le vois, la maison réduite à une tache floue quand je passe devant en courant. C'est ma veillée funèbre à moi, même si j'ignore pourquoi je fais ça.

J'ai peut-être peur de ce qu'ils découvriront, s'ils savent où chercher.

Mes amis me posent sans cesse des questions sur Tabby. « Tu crois qu'elle y est pour quelque chose ? » Franchement, j'en ai marre de parler d'elle. Toute ma vie, je n'ai fait que ça. Littéralement. Ma mère adore raconter que mon premier mot a été « Tabby ». Pas « maman » ni « papa », comme les autres bébés. Je n'étais attachée à aucune des unités parentales ; en revanche, j'étais attachée à ma sœur. Je m'agrippais à ses jambes potelées ; je tirais sur le dos de son tee-shirt ou sur ses tresses.

Si vous me connaissiez déjà avant, sans savoir que je suis la petite sœur de Tabby Cousins (vous feriez partie d'une minorité), c'est en tant que coureuse. Le Poignard silencieux. Quand on vivait à Rochester, mes parents m'ont inscrite aux activités sportives qu'ils avaient imposées à Tabby : foot, base-ball et basket. « Faire du sport, c'est bien pour les filles. » Ils en avaient fait leur mantra. « Ça donne confiance en soi. » À les entendre, c'était comme si la confiance apparaissait subitement ; un cadeau envoyé par courrier, par un parent éloigné qu'on ne voit qu'une fois par an.

Quoi qu'il en soit, j'étais nulle. Je ne savais pas lancer un ballon dans les cages. Je ratais toutes les balles et j'étais incapable de mettre un panier. En revanche, j'étais rapide et apparemment infatigable. Il a donc été décidé que je serais coureuse de fond. Comme c'est à peu près à cette époque que Tabby a commencé à partir en vrille, je me suis investie à fond dans ma nouvelle vocation, heureuse que celle-ci me distingue, me donne quelque chose que ma sœur n'avait pas. Soudain, mes parents s'intéressaient à moi. Papa assistait à toutes mes compétitions de cross avec son chronomètre. Il était présent au départ de la course, à mi-parcours et à la ligne d'arrivée, braillant, le visage écarlate. Je pense qu'il devait courir la même distance que moi.

Vous vous demandez ce que tout ça a à voir avec Tabby, en particulier Tabby et Mark. J'y viens.

Ma sœur et moi, on a eu tellement de prises de bec qu'on a passé l'équivalent de plusieurs années à se tourner le dos, les bras croisés. On a eu de grosses disputes, des chamailleries, des querelles pour rien et des querelles pour des choses importantes. La même grande sœur de onze ans qui m'avait coupé les cheveux pendant que je dormais avait aussi à la récré donné un coup de poing dans le ventre de Teresa Morgan, qui me rendait la vie infernale à cause de ma nouvelle coupe. Tabby a été temporairement exclue pour ça. Elle avait l'autorisation de me martyriser, mais c'était un droit qu'elle seule possédait, une sorte de code entre sœurs.

Quand Tabby a quelque chose dans le collimateur, rien ne peut l'arrêter. Je pense que ça fait partie de son problème. Elle ne sait pas comment vouloir moins.

Pour le travail, elle a une espèce d'éthique.

— Bridge, mon meilleur conseil : aie l'air de ne fournir aucun effort, m'a-t-elle dit un jour, alors qu'elle me faisait des tresses américaines avant une rencontre sportive. Parce que c'est quand tu fais des efforts que les gens peuvent entrer en toi par effraction.

Elle parlait de nous comme d'une banque à dévaliser ; un coffre-fort au système de sécurité défaillant.

Ce que je peux vous dire, c'est qu'il m'est impossible d'être absolument certaine que Tabby ne ferait jamais de mal à personne, car je l'ai déjà vue à l'œuvre. En général, elle prend les choses à la légère, mais j'étais là les fois où c'était sérieux. Quoi qu'il en soit, quand ça la prend, Tabby le fait toujours pour quelqu'un d'autre. Ma sœur est beaucoup de choses : impulsive, narcissique, lunatique, orgueilleuse, sarcastique, drôle. Cependant, elle est aussi loyale. C'est son signe distinctif, lorsqu'on la connaît vraiment. Oui, elle aspire toute la lumière du soleil, mais elle trouvera le moyen de vous réchauffer avec.

— Tu es allée dans les bois, aujourd'hui ? me demande-t-elle au retour de mon footing.

Elle est debout dans la cuisine, un mug de café à la main, ses cheveux incroyablement lustrés lâchés dans son dos.

— Oui, je réponds. Le ruban de la police y est toujours.

Elle hoche la tête, comme si cela ne l'étonnait pas. Je ne sais pas ce que les flics s'attendent à trouver.

En tout cas, j'en suis convaincue : si Tabby s'en est prise à Mark, c'est qu'il a fait quelque chose pour le mériter.

Appel anonyme reçu par la police

4 septembre 2019, 10 h 02

« Allô ? Oui, je voulais juste signaler une chose dont j'ai été témoin. C'est à propos de ce couple de randonneurs, du garçon qui est mort. Je sortais des bois par un autre sentier, celui du ruisseau de Cider, alors qu'eux y entraient. Il lui aboyait de se dépêcher, ce que j'ai trouvé vraiment grossier, vous voyez ? Elle se trimballait un panier de pique-nique qui semblait peser une tonne. Ensuite, il s'est mis à marcher loin devant elle, comme s'il était hors de lui. Elle a dû courir pour le rattraper. Elle n'arrêtait pas de répéter : "Je ne sais pas trop. Vraiment, je ne sais pas." Lui, il lui ordonnait de la fermer et de le suivre.

Ils n'ont jamais levé les yeux donc je doute qu'ils aient remarqué ma présence, mais elle paraissait particulièrement bouleversée. Lui, il m'avait l'air d'être un sale type. Un autre détail que j'ai trouvé frappant : ses mains. Il serrait les poings. Pour une raison que j'ignore, je l'ai imaginé s'en servant contre elle.

J'ai préféré ne pas intervenir. Je ne voulais pas attirer l'attention. Ce n'était pas mon affaire. Du coup, je n'ai pas traîné. Mais je n'arrête pas de penser à cette fille, et quand j'ai vu les gros titres quelques jours plus tard… Eh bien, j'ai jugé étonnant que ça ne soit pas plutôt son corps à elle qu'on ait retrouvé.

Bon, je ne sais pas si tout ça est important, mais il fallait que je fasse quelque chose pour défendre cette pauvre fille, je n'en dormais plus la nuit. Il avait l'air dangereux, et elle triste. Et je… je sais par expérience que la tristesse, c'est parfois ce qu'on éprouve juste avant de rendre enfin les coups. »

8

BECK

Commissariat de police de Coldcliff,
5 septembre, 14 h 18

AGENT OLDMAN : Merci d'être venu nous voir.

BECK : Ben c'est pas comme si j'avais eu le choix. C'était pas franchement une invitation.

AGENT OLDMAN : Beck Rutherford. Beck, c'est un surnom ?

BECK : C'est comme ça que je m'appelle. Vous comptez m'arrêter, ou je peux retourner en cours, maintenant ?

AGENT OLDMAN : Pas la peine de t'énerver, fiston. On veut juste te poser quelques questions.

BECK : Je suis pas votre fils.

AGENT OLDMAN : Désolé. Beck. On voudrait t'interroger parce qu'on espère que tu pourras nous aider dans l'affaire Mark Forrester.

BECK : L'affaire ? Je croyais qu'il était tombé d'une falaise.

AGENT OLDMAN : Ce n'est pas si simple. L'enquête se poursuit et on aimerait avoir ton témoignage.

BECK : J'ai déjà tout dit à votre collègue. Je sais rien. J'ai juste appris ce qui s'était passé, comme tout le monde.

AGENT OLDMAN : C'est ta copine qui t'a mis au courant, c'est ça ? Louisa Chamberlain ?

BECK : Non, je l'ai appris par Internet. Elle a dû m'appeler et j'imagine que j'ai pas répondu.

AGENT OLDMAN : Pourquoi tu ne réponds pas, quand ta copine t'appelle ?

BECK : C'est pas ma copine, OK ? Et vous, vous décrochez chaque fois que votre femme vous appelle ? Je crois pas.

AGENT OLDMAN : Où étais-tu, le soir où Mark Forrester est mort ?

BECK : Je faisais de la moto. Je l'ai déjà dit à votre collègue. Vous ne partagez pas vos infos ?

AGENT OLDMAN : Donc tu étais à moto. Seul ?

BECK : Oui, seul.

AGENT OLDMAN : Où es-tu allé ?

BECK : Dans le coin. Sur les routes autour de la ville, principalement. Peu de circulation. Vous stressez pas, j'ai pas fait d'excès de vitesse.

AGENT OLDMAN : Ça ne me paraît pas très prudent de rouler tout seul, comme ça. Et s'il arrivait quelque chose ?

BECK : Il n'arrive jamais rien.

AGENT OLDMAN : Tu savais que Tabitha et Mark partaient en randonnée, ce jour-là ?

BECK : Pourquoi je l'aurais su ? Tabitha et moi, on ne s'appelle plus. Je me fiche de ce qu'elle fait de ses week-ends.

AGENT OLDMAN : Aujourd'hui, vous ne vous appelez plus. Ce n'était pas le cas avant. Apparemment, vous faisiez plus que parler.

BECK : Ouais, on est sortis ensemble. Mais c'est fini. Elle a sa vie, j'ai la mienne.

AGENT OLDMAN : Tu n'étais donc pas avec elle à la fête d'Eleanor Ross, le 10 août au soir ?

BECK : Non, je n'étais pas avec elle. Enfin, je l'ai croisée là-bas, mais j'ai aussi croisé des dizaines d'autres personnes. C'est le genre de truc qui arrive, aux fêtes.

AGENT OLDMAN : Des sources affirment t'avoir vu avec Tabitha. Un rapport indique que vous avez quitté le pool house ensemble.

BECK : Des sources. OK. Ça m'étonnerait beaucoup. Je n'étais pas dans le pool house, ce soir-là.

AGENT OLDMAN : Selon un autre témoin, tu étais dans la cuisine ce même soir. Tu avais ton bras autour d'elle et tu aurais glissé quelque chose dans la poche de son jean.

BECK : Elle ne portait même pas de jean. Elle était en jupe.

AGENT OLDMAN : Tu te souviens de la tenue de Tabitha à une fête qui a eu lieu le mois dernier ?

BECK : (Il marque une pause.) J'ai une bonne mémoire.

AGENT OLDMAN : Alors tu te rappelleras peut-être ce que t'a dit Tabitha, par rapport à ce qu'elle projetait de faire avec Mark.

BECK : Je peux pas vous dire quelque chose que je sais pas. Bon, écoutez, je suis en état d'arrestation ou je peux y aller, là ?

9

ELLE

Tabby est au courant, pour Dallas. Pas parce que je lui en ai parlé, mais à cause de ce qui s'est passé ensuite. Avec Dallas, ce n'était pas censé être sérieux, juste une bonne occasion de perdre ma virginité parce qu'il était là et consentant. Mais il a fini par devenir un élément central de ma vie. Je trouve injuste de me planter lamentablement quand j'essaie de prendre un truc à la légère. C'est comme si mon corps n'était pas de cet avis.

Tabby connaît peut-être cette sensation, elle aussi.

Aujourd'hui, c'est la rentrée, donc je vais forcément le voir. Je ne pourrai pas l'éviter comme je l'ai fait tout l'été. Vu qu'il a un an de moins que nous (Tabby m'a traitée de cougar quand elle l'a su), on n'aura aucun cours en commun. En dehors de ça, il sera partout. On se connaît depuis des années. Sa famille habite à trois maisons de la nôtre. De temps en temps, sa mère vient boire du vin avec la mienne sur notre terrasse, leurs rires montant vers le ciel. Désormais, chaque fois que Mrs Mackey passe chez nous et me dit : « Salut, Elle », je me demande ce qu'elle sait. Désormais, dès que ma mère et elle sont à moitié soûles, leurs voix portant dans le noir, je me demande de quoi elles discutent vraiment. Si elles s'aventurent maladroitement en terrain miné.

— Tu es stressée, me lance Tabby en venant me chercher dans la Camry bleue de son père. Détends-toi. N'oublie pas que tu ne lui dois rien, merde.

Elle parle d'une voix dure, résolue. La revoilà, la fille qui peut me faire sentir à la fois regardée et invisible. Mark l'avait changée. En un sens, il l'avait rétrécie. D'exubérante, elle était devenue quelqu'un qui avait peur de son ombre. Maintenant, son ombre est là, plus longue que jamais, et nous recouvre toutes les deux comme un grand parasol. Je suis habituée à la protection qu'elle m'offre.

— Tu as raison, dis-je.

Je m'attarde sur ce que porte Tabby – ou plutôt sur ce qu'elle ne porte pas : un short remonté si haut qu'on ne voit pas où il s'arrête, et un débardeur au décolleté plongeant. Trois semaines se sont écoulées depuis la mort de Mark. Trois semaines durant lesquelles Tabby a oscillé entre l'indifférence et les crises de larmes, en passant par des fous rires et une puérilité pour lesquels elle s'est excusée, comme si elle n'avait pas le droit d'être heureuse quand lui se trouve six pieds sous terre. Mais aujourd'hui, la voilà, ressemblant davantage à elle-même qu'elle ne l'était depuis des mois. D'après elle, Mark n'aimait pas la voir si légèrement vêtue. J'ai rétorqué que, le soir de leur rencontre, ça ne l'avait pourtant pas dérangé.

En vérité, le fait que Mark ne soit plus là rend les choses plus faciles. Tabby est plus à l'aise, plus libre, comme elle l'était avant. Vous pensez peut-être qu'il en aurait été ainsi de toute façon. Mark n'allait pas à Coldcliff Heights ; il étudiait à Princeton. Sauf que la distance n'a pas d'incidence sur le contrôle, qui réduit les gens à des échantillons facilement observables au microscope. L'œil de Mark était constamment rivé à son microscope, pour examiner Tabby.

Je ne sais pas comment elle se comportera quand nous arriverons au lycée. Va-t-elle me prendre la main, ou crocheter son petit doigt au mien comme je l'ai fait il y a des mois, persuadée que j'allais affronter mes propres projections ? Je ne sais pas si elle est stressée ou si elle appréhende de traverser le champ de mines que sont les rumeurs en ligne matérialisées dans la vraie vie. Dans un cas comme dans l'autre, elle ne le montre pas. Elle n'est plus contrainte. Elle se dresse de toute sa hauteur, son assurance balayant le sol derrière elle comme la traîne d'une mariée.

Nous avançons dans le couloir d'un pas tranquille, nos tongs claquant sur le linoléum. Rassemblées près de leurs casiers, des grappes de filles nous regardent. Tabby ne semble pas désarçonnée.

—Apparemment, elles n'ont pas de vie, dis-je. Il n'y a pas d'autre sujet de conversation ?

Depuis que Lou a posté un lien vers l'article et que les commentaires se sont accumulés en dessous, chacun a son mot à dire sur Tabby. Personne ne croit que la mort de Mark était accidentelle. Trop d'indices pointent le contraire.

« QUELQU'UN l'a poussé », affirme l'un des derniers commentaires. « Si ce n'était pas elle, alors qui ? »

Cette question m'a hantée. L'idée que quelqu'un d'autre ait été sur place, avec Tabby et Mark.

Il m'arrive d'imaginer que c'est moi. Je vois mes mains contre son dos. J'imagine la sensation de sa peau chaude. Le hurlement qu'il pousserait.

Ça me prend seulement de temps en temps, et jamais je ne l'avouerais à qui que ce soit. Je sais ce que les médias font aux filles. Ils les aspirent et les vident, comme des vampires, suçant leur sang jusqu'à ce que leurs lèvres soient barbouillées de rouge. Ils se gorgent de chaque détail, de tout ce qu'elles ont fait. Une fois qu'il n'y a plus de sang, ils s'attaquent aux organes vitaux. Aux poumons, jusqu'à ce qu'elles ne puissent plus respirer. Au cerveau, jusqu'à ce qu'elles ne puissent plus réfléchir. Au cœur, jusqu'à ce qu'elles ne ressentent plus rien.

— Il y a ce flic qui m'a demandé de revenir le voir après les cours, m'annonce Tabby d'un ton aussi détaché que si elle parlait d'un prof chiant. Stewart. Celui qui me déteste. Je lui ai déjà dit tout ce que je savais. Enfin, je m'en fiche – je n'ai rien à cacher.

Ils ne l'ont pas encore touchée. Ils ont peut-être pris plaisir à boire un peu de son sang, mais elle peut en produire plus. Tabby a la peau dure.

Je n'ai pas l'occasion de répondre, car trois garçons de notre âge s'arrêtent devant nous : Connor Lawson, Brian Hull et Lance Peterson, à qui Tabby a roulé des pelles en première année de lycée. Il a raconté à tous ses potes qu'elle lui avait taillé une pipe et ne savait pas s'y prendre. Elle a fait comme si ces rumeurs ne l'atteignaient pas. Une semaine plus tard, Lance a écopé d'une exclusion pour avoir stocké de l'herbe dans son casier. Je n'ai jamais demandé à Tabby si c'était elle la responsable.

— La voilà, déclare Connor. Je suis obligé de te le demander : tu l'as fait ?

Nous poursuivons notre chemin. Je lui tends le majeur. Tabby rit.

— Ça n'a pas l'air de te traumatiser ! crie Brian. Je t'ai vue à l'enterrement. Tu as souri tout du long.

Ils ne connaissent pas Tabby. Moi, si. Sa bouche la trahit dans des petits détails qui ne concernent même pas ce qu'elle dit – plutôt ce qu'elle tait. Son sourire satisfait permanent. Sa manière de rire au mauvais moment. Je l'ai vue faire quand un professeur lui passe un savon ; quand sa mère lui dit : « Ce n'est pas drôle, Tabitha Marie. »

Tabby ne s'abaisse pas à répondre. Ce n'est que lorsque Lance intervient qu'elle s'immobilise.

— On sait tous de quoi elle est capable. Ce n'est pas la première fois qu'elle ment. On savait qu'elle pourrait tuer.

Elle fait volte-face, plaque ses mains sur le torse de Lance et le pousse violemment. Ses ongles sont vernis de violet. La plupart des gens diraient de Tabby qu'elle est impatiente, que son sale caractère pourrait être comparé à celui d'un chien tirant sans arrêt sur une laisse invisible. En revanche, pour prendre soin d'elle, elle sait s'armer de patience : ses ongles font toujours la même longueur et sont toujours vernis, jamais irréguliers ni rongés comme les miens.

Moi, je me concentre sur ses ongles pendant que Connor la traite de cinglée et de salope. Une foule se rapproche, avide de voir ce qui va se passer. J'attrape Tabby par la main et l'entraîne dans le couloir, mais elle s'échappe en se contorsionnant.

— Vous voulez du spectacle ? Vous allez en avoir. Au lieu de vous planquer derrière vos écrans de merde, dites-le en face. Dites-moi à quel point je suis horrible. Alors que lui était la perfection incarnée !

Personne ne parle. Quelques rires fusent. La plupart des élèves sont sur leur téléphone, sûrement en train de prendre des photos. *Vous avez vu, elle est tarée*, pensent-ils. On sait tous que les filles en colère sont dérangées.

Et là, derrière l'attroupement, j'aperçois Dallas. Il est peut-être le seul à ne pas observer Tabby. C'est moi qu'il fixe. Ses yeux me posent une question très différente de celle que tout le monde craignait trop de poser à Tabby avant aujourd'hui.

10

BRIDGET

La vidéo compte presque deux mille vues, et ça ne fait que trois heures qu'elle a été postée. Deux mille vues. Il n'y a pas deux mille élèves à Coldcliff Heights, loin de là. C'est donc évident que ça intéresse d'autres personnes. Je ne sais pas si Tabby est au courant. Ce n'est pas moi qui le lui dirai.

— Ça donne une super mauvaise image d'elle.

C'est ce qu'a dit mon amie Laurel après l'avoir visionnée. Elle m'a aussitôt envoyé un message *via* notre groupe WhatsApp : « Tu l'as vue ? Ça donne une super mauvaise image d'elle. »

Elle a raison. Tabby montre les dents, ses cheveux volent. Sous tension, elle agit par pur réflexe. Plus animale que fille. Au fond, c'est bien ça, non ? Ils veulent qu'elle laisse libre cours à ses plus bas instincts.

J'aimerais qu'ils arrêtent. Ils ne savent pas du tout à qui ils ont affaire.

THE BUTTON – UNE MINE DE SCOOPS !

6 septembre 2019

Une vidéo de l'ado de Coldcliff devient virale
Par Michael Dixon

Les rumeurs vont bon train depuis que Mark Forrester, vingt ans, atrouvé la mort le mois dernier au cours d'une randonnée. Une vidéo émaillée de grossièretés, dans laquelle on voit Tabitha Cousins, sa petite amie, perdre son sang-froid face à des camarades de classe, est devenue virale : soixante mille vues en moins de vingt-quatre heures. Dans cette vidéo postée sur la chaîne YouTube de Louisa Chamberlain, également scolarisée au lycée de Coldcliff Heights, Cousins semble vouloir qu'on l'accuse d'avoir joué un rôle dans la mort de Forrester.

« C'était flippant », se remémore un camarade qui souhaite rester anonyme. « On aurait cru qu'elle avait perdu la boule. Et c'est moche, mais c'est évident qu'elle aime qu'on la remarque. »

Lance Peterson, élève de dernière année et capitaine de l'équipe de natation du lycée, accuse Cousins de l'avoir agressé verbalement et physiquement alors qu'il ne l'avait pas provoquée. « C'est elle qui s'en est prise à moi. Je n'ai rien dit, à part que j'étais triste pour Mark. Toute l'équipe de natation le considérait comme un exemple à suivre. Ici, c'est une légende. »

Cousins n'a pas souhaité s'exprimer. D'après les commentaires générés par la vidéo, des zones d'ombre demeurent dans la relation qu'elle entretenait avec Forrester. Pour voir la vidéo, suivez ce lien.

11

LOU

Oui, c'est moi qui ai posté la vidéo. Vous devez me trouver affreuse, pas vrai ? Laissez-moi vous expliquer. Je l'ai tournée dans le feu de l'action. Elle était tellement déchaînée ! Tabitha a un caractère de cochon, tout le monde le sait. « Elle est passionnée », comme l'a dit Mr Lowe, notre prof principal de l'an dernier. (Il fallait voir comment elle l'a regardé, le jour où il a dit ça : dégueu. Elle flirtait toujours avec lui, discrètement, même s'il a genre quarante ans et qu'il est marié.)

Oui, j'ai voulu montrer à tout le monde ce côté méchant de Tabitha. En général, elle arrive bien à le déguiser. Elle le fait passer pour autre chose – de la « passion », je suppose. Mais… vous avez vu la vidéo, non ? Là-dessus, elle est, genre, horrible. Outrée. C'est ça, la vraie Tabitha.

Bon, avec le recul, je regrette de l'avoir postée. Tout le monde l'a regardée, pas seulement les élèves du lycée, du coup un inspecteur de police m'a demandé de la retirer. (Si vous voulez toujours la voir, je l'ai sauvegardée sur mon téléphone.) En plus, j'ai comme l'impression que c'est ce que Tabitha cherche depuis le début : faire parler d'elle. Elle savait peut-être qu'on la filmerait et elle a joué son rôle à la perfection, pour que les médias la remarquent et l'érigent en martyre ou je sais pas quoi.

Je déteste perdre. Surtout contre Tabitha.

À propos de perdre, j'imagine qu'il y a un truc que je dois éclaircir. La plupart des gens croient que je ne supporte pas Tabitha à cause de Beck. Il paraît qu'ils auraient couché ensemble alors qu'il sortait avec moi. Perso, je n'y crois pas, parce que Beck m'a dit que c'était faux. Non, si je la hais, c'est à cause de ce qui s'est passé il y a deux ans, avec la pièce de théâtre.

(Tout ne tourne pas autour des garçons, vous savez. Notre tout est plus que la somme de leurs parties.)

C'était *Un tramway nommé Désir*. Évidemment, je devais incarner Blanche. Chacun sait que je suis une actrice douée, et c'est moi qui ai tenu le premier rôle dans, genre, toutes les pièces jouées à Coldcliff Heights. C'était important pour moi, d'être bonne dans ce domaine. Quasiment tout le monde est convaincu que je serai célèbre un jour, mais pour ma part, je n'en suis plus si sûre.

Les auditions avaient lieu un mardi. Celles qui tentent leur chance chaque année étaient présentes : Gina Forsyth, Julia Petersen, Tara Waters et Lexie Roth, à qui le blond ne va pas du tout (je crois qu'elle essaie de me copier, mais comment dire… chérie, c'est raté). J'ai entendu Tara se plaindre qu'elle n'arrivait pas à mémoriser son monologue, et Lexie lui répondre qu'elle « n'avait qu'à improviser ». J'ai souri, consciente de n'avoir parmi elles aucune concurrente sérieuse.

Puis Tabitha s'est pointée dans l'auditorium. On aurait dit une pouilleuse avec ses collants déchirés, son eye-liner noir et ses grosses Doc Martens, comme si elle sortait tout droit des années 1990.

— Qu'est-ce que tu fais là ? je lui ai demandé – pas très gentiment, c'est vrai.

Peut-être que je m'en fiche, d'être gentille.

— Je viens pour l'audition. Mes parents voudraient que je m'implique plus.

Elle a fait claquer sa bulle de chewing-gum avant d'ajouter :

— Hé, toi qui excelles dans ce genre de truc, t'as pas des conseils à me donner ?

Ce genre de truc. Comme si ce travail était à la portée de tout le monde ; quelque chose qu'elle considère comme une perte de temps. Par ces petits mots, elle m'avait rabaissée – que ce soit voulu ou non. Perso, je pense que ça l'était.

J'avais préparé un des monologues de Blanche, celui de la scène quatre : « Il agit comme une bête ! Il a les allures d'une bête[1] ! » Dès que je suis montée sur scène, j'ai retrouvé mon assurance. Une de mes plus belles performances.

Que Tabitha Cousins aille se faire foutre. Elle ne décrochera jamais le premier rôle, ai-je pensé.

Je ne l'ai pas vue jouer. Les auditions se déroulent à huis clos, uniquement en présence de Mr Mancini, le metteur en scène, et de Mrs McDougall, qui aime juste donner des

1. Traduction de Jean Cocteau, Bordas, 1949. (*NdT*)

ordres. Sauf que, lorsque la distribution a été annoncée, mon nom ne figurait pas à côté de celui de Blanche. C'était le sien. Moi, j'étais Stella.

Du coup, je me suis un peu énervée et j'ai dit à quelques personnes qu'elle avait dû faire une faveur à Mr Mancini pour décrocher le rôle. Pendant un temps, cette rumeur a pris de l'ampleur, et le pire, c'est que Tabitha n'a jamais démenti. Je pense qu'en réalité ça lui plaisait.

(Au fait, elle était nulle en Blanche. Elle est à peine venue aux répétitions. C'était comme si elle voulait ce rôle parce que je le voulais, moi. Elle veut toujours ce qu'ont les autres. Aujourd'hui encore, le prénom Stella me donne envie de hurler.)

Quoi qu'il en soit, le soir de la dernière, alors qu'on se maquillait avant de monter sur scène, Tabby s'est penchée vers moi pour me souffler :

— Il paraît qu'il y a une dénicheuse de talents dans la salle.

Ça a tout de suite capté mon attention.

— Une dénicheuse de talents ? Comment tu le sais ?

Tabby a souri, comme si elle jubilait de détenir une info exclusive.

— Je l'ai entendue parler avec Mancini. Elle a les cheveux d'un roux vif. Tu ne pourras pas la louper.

C'est comme si une déflagration m'avait traversé le corps. Je n'ai jamais le trac quand je joue, ce n'était pas ça. J'étais électrisée. Je savais qu'il fallait que je sois au top, même si je n'étais pas Blanche. Je devais être celle que tout le monde remarque en premier.

Si vous saviez, j'ai tout donné pour ce rôle. J'étais Stella. Je ne sais pas si c'était l'adrénaline, mes émotions exacerbées ou du courage pur, mais après la représentation, quand j'ai repéré en coulisses une femme rousse en compagnie de Mr Mancini, je suis allée la voir pour me présenter.

— Je m'appelle Louisa Chamberlain. J'espère que ça vous a plu.

— Tu étais formidable, a-t-elle répondu en serrant son programme. Je disais justement à Bruce que la pièce était une vraie réussite.

J'aurais pu en rester là et m'en aller, mais je ne suis pas le genre de fille à laisser passer une occasion. Alors je l'ai gratifiée de mon plus beau sourire.

— Je crois vraiment être faite pour une carrière d'actrice. Si vous avez le temps, j'adorerais discuter du métier avec vous.

J'étais hyper audacieuse, mais ça me semblait juste. Jusqu'à ce qu'elle me regarde, puis qu'elle regarde Mr Mancini d'un air totalement perplexe. Argh, je la revois encore ! La scène est comme imprimée dans mon cerveau.

— Euh…, a-t-elle bafouillé.

Mr Mancini l'a interrompue en posant une main sur les siennes avant de me dire :

— Louisa, voici ma femme, Melinda.

Sa femme. Sa *femme*. Si vous ne trouvez pas ça assez horrible, imaginez que le reste de la troupe tout autour de nous, à portée de voix, se retenait tant bien que mal de rire. Puis imaginez Tabitha, toute fière.

— Tu m'as dit que c'était une dénicheuse de talents ! lui ai-je reproché plus tard, les dents serrées.

Elle enfilait ses Docs, assise sur un banc.

— Désolée. Ce n'était pas cette rousse-là que j'ai vue. Elle a dû partir.

Quelle petite menteuse ! Bravo, Tabby. C'était ton meilleur rôle. Jusqu'à maintenant.

— J'ai eu trop la honte ! me suis-je plainte. Tout le monde s'est fichu de moi !

Le soir de la dernière est censé être une fête. D'habitude, on sort après la représentation et on s'amuse bien. Cette fois, je comptais rentrer directement chez moi. Tabby m'a volé ce que j'avais accompli, m'infligeant à la place la brûlure de l'humiliation.

— Oh, allez, a-t-elle tempéré. Ce n'était pas si grave ! Il y a pire qu'entendre les gens parler de toi.

— Ah oui, genre quoi ?

J'ai posé un pied sur le banc, résistant à l'envie de la frapper.

— Que les gens ne parlent pas de toi.

Elle s'est levée ; on s'est retrouvées face à face. Et là, je vous jure, elle m'a fait un clin d'œil.

Je suppose que je suis tombée direct dans le panneau et que j'aurais dû me méfier. Peu importe que la rumeur soit horrible ; Tabitha s'en fiche, tant qu'on parle d'elle.

Vous pensez peut-être que le karma m'a rattrapée. Ou que c'est moi la peau de vache, la mesquine. Je ne nie pas que je suis un peu des deux. Mais elle, c'est carrément pire. Elle, elle prend. Et il y a un truc à savoir sur ceux qui prennent : ils n'en ont jamais assez.

12

BRIDGET

Tabby me brosse les cheveux trop énergiquement.

— Je n'ai rien fait de mal, se justifie-t-elle. Tout ça est tellement cliché ! C'est toujours le garçon qu'on croit. Je déteste vivre dans ce monde.

Comme si on avait le choix.

Aujourd'hui, vu que j'ai cours (on est la deuxième semaine de la rentrée, et j'ai mon premier entraînement de cross), Tabby s'est levée tôt pour me faire deux tresses américaines, comme elle le faisait l'année dernière. Je suis du genre superstitieux, surtout depuis mon heure de gloire de l'année dernière. « Elle a un potentiel énorme », a dit mon entraîneur à mon père lors de ma première rencontre sportive. J'avais remporté une médaille d'argent que je n'ai presque eu aucun mal à décrocher. « Elle pourrait aller loin. » Je n'avais pas l'habitude qu'on fasse attention à moi, et ça m'a plu.

« Elle aime qu'on la remarque. » C'est ce qu'a dit un camarade de classe anonyme à propos de ma sœur. La vidéo a fait le buzz sur Internet et s'est propagée comme un feu de forêt. Des journalistes appellent sur notre fixe. Je ne sais pas comment ils ont eu notre numéro. Ils veulent parler à Tabby. C'est du moins ce qu'ils affirment. En vérité, ils veulent plutôt parler d'elle. De son fichu caractère, devenu soudain légendaire.

Je compatis :

— Je suis désolée pour toi. Ce n'est pas juste.

— Pour nous, la vie ne l'est jamais.

Elle tire juste assez fort sur mes cheveux pour que ça soit douloureux.

— Tu me raconteras ce qu'ils ont dit, hein ? demande-t-elle.

Tabby a été exclue trois jours pour avoir poussé Lance Peterson dans le couloir, puis nos parents ont jugé préférable qu'elle ne retourne pas au lycée, le temps que les choses se tassent. Des inspecteurs de police sont passés, nous volant Tabby pour lui parler, laissant des tasses de café froid à moitié bues sur notre plan de travail en granit. Papa et maman ont l'air persuadés que les choses vont se calmer, que la vie finira par reprendre son cours. Moi, je ne le jurerais pas.

J'ai plutôt l'impression que ça va aller en s'aggravant.

— Je te raconterai, mais n'en tiens pas compte. Ce sont des losers.

Je ne sais même pas pourquoi elle tient à le savoir ; pourquoi elle veut à tout prix être au courant de tout ce qui se dit, comme si c'était une nouvelle façon d'exister. Elle doit s'ennuyer, à rester à la maison. Je me demande ce qu'elle fait de ses journées.

Après avoir passé les bras autour de mon cou, elle m'étreint par-derrière. Dans le miroir de la salle de bains, je contemple nos visages pressés l'un contre l'autre, à la fois similaires et radicalement différents. Les yeux bleu électrique de Tabby ; les taches de rousseur que le soleil a fait ressortir sur son nez. Au naturel, ses cheveux tirent sur le roux, comme les miens, mais elle les teint en noir depuis qu'on est arrivées à Coldcliff. La nuance s'appelle « Noir corbeau ». C'est de la teinture en boîte.

— Tu vas faire quoi, aujourd'hui ? je demande.

Elle fait rouler ses yeux, sa joue toujours collée contre la mienne.

— Aucune idée. Elle doit m'apporter mes devoirs, plus tard. Je trouverai sûrement de quoi m'occuper.

Pour une raison que j'ignore, je n'aime pas la savoir seule à la maison.

Je ne nie pas qu'elle a mauvais caractère. Je suis sa sœur. J'en ai probablement été témoin plus que quiconque. Quand on était petites, elle a coupé les cheveux de nos poupées Barbie parce que j'en avais une qu'elle voulait et que j'avais refusé d'échanger. Après sa rupture avec Beck, elle est allée dans le jardin et a hurlé à plein gosier. Elle a juste braillé, comme ça, le visage tourné vers le ciel… Comme si faire un boucan d'enfer allait changer quoi que ce soit. Peut-être que ça a fonctionné. Disons que, si vous êtes une fille, vous savez ce que c'est que de s'entendre dire tous les jours qu'il faut être discrète.

— Je compte sur toi pour leur faire la peau, aujourd'hui, m'encourage-t-elle. Montre-leur réellement qui tu es.

« Leur faire la peau ». Pas la meilleure expression qui soit, vu le contexte. C'est ce que j'adore chez ma sœur : elle ne filtre pas ses pensées ; elle n'essaie pas de trouver la formulation parfaite pour une situation donnée. Elle dit ce qui lui passe par la tête et réfléchit aux conséquences ensuite. Ça s'appelle de la spontanéité – une qualité plutôt rare.

De retour de mon entraînement, mes tresses américaines intactes (je leur ai fait la peau ; je n'ai pas passé mon été à courir pour rien), je trouve Tabby assise à la table de la cuisine, jambes croisées. Elle n'est pas seule.

Un flic est là.

Évidemment, la police l'a déjà interrogée. Comme je le disais, ils sont passés, les agents comme les inspecteurs. Elle leur a raconté cette soirée en détail. Quelles questions pouvaient-ils encore avoir à lui poser ?

— Coucou, Bridge, me dit-elle en se retournant. Je te présente Stewart.

À l'entendre, on dirait presque qu'elle s'ennuie.

Je tripote la fermeture Éclair de mon maillot de sport. Je m'imagine en remonter une sur moi-même, pour cacher tout ce que je pense de Mark. Ce que je lui ai dit.

Ce que j'ai fait.

— Inspecteur Stewart, corrige-t-il, manifestement agacé.

Il n'aime pas ma sœur. C'est ce qu'elle m'a dit quand elle est rentrée de son premier interrogatoire, les yeux rouges et le regard flou. « Ce flic ne peut pas me sentir, Bridge. »

— Qu'est-ce qu'il fait là ?

Dès que j'ai posé la question, je me rends compte de l'effet qu'elle produit. Je parle de lui comme s'il n'était pas dans la même pièce.

— Je… Je croyais que tu lui avais déjà parlé plusieurs fois, j'ajoute.

— En effet, confirme Stewart – ou plutôt l'inspecteur Stewart. Si je suis là, Bridget, c'est pour m'entretenir avec toi.

DAILY CAMERA LENS 12 septembre 2019

Sac à dos retrouvé : la petite amie du randonneur suspectée de meurtre
Par Bryce Jules

Près de quatre semaines après la découverte du corps de Mark Forrester, vingt ans, dans la rivière Claymore à Coldcliff, les plongeurs de la police ont récupéré dans ce même cours d'eau un sac à dos rempli de pierres. Selon les enquêteurs, Forrester le portait lorsqu'il a chuté de la Rupture et s'est écrasé dans la rivière, une douzaine de mètres plus bas.
Les enregistrements du REI[1] de Boulder montrent la petite amie de Forrester, Tabitha Cousins, dix-sept ans, achetant le sac à dos qu'elle lui a offert à son anniversaire, fin juillet.
L'adolescente fait l'objet d'une surveillance accrue depuis la mort du jeune homme et la diffusion d'une vidéo, la semaine dernière, où on la voit agresser un camarade de classe.
Elle n'a pas répondu à nos demandes d'interview.

1. REI : Recreational Equipment, Inc. Chaîne américaine de magasins fournissant des équipements de sport, camping, voyage et randonnée. (*NdT*)

13

KEEGAN

— Qu'est-ce que tu regardes ? me demande Kyla.

Alors que je suis assis sur mon vieux canapé en velours, elle arrive derrière moi et me passe les bras autour du cou. « Un collier Kyla », comme elle l'a appelé un jour. Moi, je dirais plutôt un nœud de pendu.

— Rien.

Je ferme l'écran de mon ordinateur portable.

(Je regardais la vidéo. Encore. Elle n'arrête pas d'apparaître sur différents sites. Au fait, oui, c'est sa vraie personnalité. Je suis hyper soulagé que quelqu'un ait eu les couilles de la poster. Ça doit être un élève du lycée de Tabby. Je me demande ce que Tabby a fait pour l'énerver.)

Laissez-moi deviner : vous vous êtes fait avoir. Vous pensez que Tabby n'a rien à voir avec la mort de Mark. Bon, je suis peut-être un peu trop dur avec vous. Vous n'êtes pas seul à vous être laissé prendre. Un groupe s'est créé sur Facebook, les Tabby Cats. Il la défend contre les seaux de merde qu'elle se prend dans les médias. À mon avis, il est surtout constitué de mecs en rut qui espèrent tenter un jour leur chance. Je parie qu'ils lui écriront des lettres quand elle sera en prison.

En tout cas, j'espère bien que c'est là qu'elle finira.

Je peux vous raconter une histoire très différente sur Tabby Cousins, du jour où elle a rencontré Mark à celui où il est mort. Ce jour fatidique, Mark savait qu'il se tramait quelque chose. Putain, il le savait.

Je peux vous montrer le dernier texto qu'il m'a envoyé, avant qu'ils partent faire cette randonnée. Je l'ai déjà montré à la police, même si je savais que ça prouverait que dalle. Il ne mentionne pas Tabby, mais ce n'était pas nécessaire.

Je te tiens au courant mais à mon avis ça va mal se passer

Ce n'est pas de mauvais augure, ça, peut-être ?

Le pire, c'est que Tabby n'avait aucun goût pour les activités en plein air, à part fumer dehors aux fêtes. Et là, tout à coup, elle voulait faire une rando ? C'est même elle qui a proposé le Mayflower, le sentier long et raide qui mène au point de vue. Mark m'en a parlé, la première fois que Tabby lui a soumis l'idée. Il a levé les yeux au ciel comme s'il savait que ça n'arriverait jamais – de la même manière que Tabby n'arrêterait jamais de boire, contrairement à ce qu'elle promettait, ni d'être jalouse de toutes les filles qu'il avait le malheur de regarder.

— On devrait sortir faire un truc, suggère Kyla.

Elle veut toujours qu'on sorte. Au début, ça me plaisait : elle est sociable et oui, elle est blonde et bronzée. Des qualités qui plaisent à beaucoup de mecs, j'en suis persuadé. Sauf qu'elle a l'air d'oublier facilement que je bosse dans une supérette et que je ne peux pas franchement me permettre de lui offrir une sortie en amoureux. Sans compter qu'on n'a nulle part où aller, à Coldcliff – en dehors d'un bar douteux à l'est de la ville où traînent les bikers, et des restaurants en centre-ville qui coûtent la peau des fesses.

Je ferais mieux de me concentrer sur ma propre relation, mais tant pis. Quelqu'un doit dire la vérité au sujet de Tabby, et je vais le faire.

Je ne l'ai jamais appréciée. Ce n'est pas un secret. Elle était une mauvaise idée. Je me suis dit que Mark en pinçait pour elle mais qu'il passerait rapidement à autre chose. Oui, je comprenais l'attirance. Aux yeux des lycéennes, on est des hommes. En tant qu'étudiants, on représente une sorte de fantasme. N'allez pas me descendre en flammes pour avoir dit ça, car vous pensiez la même chose. Franchement, au début, on ne savait même pas que Tabby et Elle étaient au lycée, parce que c'était un de ses tout premiers mensonges. Elles portaient des tenues très légères et étaient maquillées à la truelle… Qui s'habille comme ça pour jouer au minigolf ? Mark et Tabby ont passé la soirée à se disputer. Je savais qu'elle l'excitait. Il sortait tout juste d'une rupture avec cette fille, Sasha, qui n'avait jamais rien à dire. Mark voulait se prouver quelque chose.

À la fin de cette soirée, Mark et Tabby se sont retrouvés à l'arrière de ma Civic pourrie, pratiquement en train de s'arracher leurs fringues. Sa copine et moi étions assis à l'avant, comme des chaperons mandatés par leurs parents. J'entendais presque Mark me chuchoter à l'oreille de passer à la vitesse supérieure avec Elle – ce que j'aurais fait en temps normal, parce qu'elle était là et qu'elle aurait probablement été d'accord. Mais j'avais le pressentiment que, si je le faisais, ça allait mal se terminer. Alors je suis resté sage et je ne l'ai pas touchée.

Mark ne se privait pas, lui. Il était toujours très tactile avec Tabby : les mains sur ses épaules ou en coupe sur son cul, à pencher sa tête en arrière pour l'embrasser. « Mec, si ça se trouve, c'est la bonne », m'a-t-il dit, un jour qu'il était bourré.

J'ai déjà parlé deux fois aux flics. Ils sont au moins deux à travailler sur cette affaire. L'inspecteur Stewart est celui qui m'inspire le plus confiance. Lui sait que Tabby est coupable. Il me pose des tas de questions sur leur relation, et plus je parle, plus je prends conscience du merdier que c'était.

Ils se disputaient constamment, toujours au bord de la rupture. C'était leur truc. Vous savez, le genre de couple avec lequel vous ne voulez jamais traîner, parce que vous savez qu'ils vont passer la soirée à s'écharper ? Eh bien voilà, c'était Tabby et Mark. Elle lui criait dessus et il lui faisait des commentaires en sachant qu'elle partirait au quart de tour. En général, ça concernait les grands projets qu'il avait pour après, une fois qu'il aurait son diplôme. Ils se prenaient la tête comme ça, devant tout le monde.

— Tu n'es qu'un abruti, lui a-t-elle lancé un jour. Tu crois tout savoir. Ben tu sais quoi ? Tu te trompes.

Mark n'a rien répondu, ce qui l'a énervée encore plus.

—Attends un peu, a-t-elle craché. Il va t'arriver un truc que tu n'auras pas vu venir.

En y repensant, tout ce qu'elle disait était des menaces à peine voilées. D'après Mark, son idée de randonnée était spontanée. Pourtant, je sais qu'elle avait tout prévu, et sûrement depuis plus longtemps qu'on se l'imagine.

Vous vous demandez pourquoi je n'ai rien dit, si je savais que Tabby préparait un coup pareil. Sauf que l'inverse était vrai aussi. Quand ils ne se sautaient pas à la gorge, ils voulaient se sauter tout court. Comme si ce qui nourrissait leur relation était poussé au max. Ils ne savaient pas se comporter autrement qu'en étant dans les extrêmes.

—Pourquoi tu ne la plaques pas ?

J'ai posé cette question à Mark plus d'une fois.

Il répondait toujours la même chose :

—Je ne peux pas me débarrasser de cette fille. Tu ne comprends pas.

Je détestais qu'il dise ça. « Tu ne comprends pas. » Comme s'il pouvait ressentir les choses plus profondément que moi, dans le passé, le présent ou l'avenir.

Stewart voulait connaître la signification exacte de ce texto – le dernier que Mark m'a envoyé.

—Mark avait-il l'intention de rompre avec Tabitha ?

Voilà précisément ce qu'il m'a demandé, comme un parent qui essaie maladroitement d'en savoir plus sur votre relation amoureuse.

— Je ne sais pas, ai-je répliqué. Il y a deux semaines, il a dit qu'il y pensait. Puis il a changé d'avis. C'était difficile à suivre.

Mark a vraiment dit qu'il allait le faire. À une fête, la semaine qui a précédé sa mort.

— Je te jure qu'elle n'est pas facile à gérer, m'a-t-il confié à la fin de la soirée, alors que Tabby pleurait dans les toilettes. Je crois que je ferais mieux de rompre. De commencer l'année sans m'encombrer.

Après quoi, il n'en a plus parlé. Il croyait peut-être que les choses pouvaient encore s'arranger. Mark aimait bien arranger les trucs foireux auxquels les autres se seraient contentés de renoncer. Lorsqu'on a obtenu notre permis de conduire, il faisait régulièrement un tour pour voir les merdes laissées sur le trottoir le jour du ramassage des encombrants. Des tables auxquelles il manquait des pieds, de vieux lave-vaisselle, des fauteuils tachés au rembourrage défoncé. Je l'aidais à charger le tout à l'arrière de la camionnette de son père. Quand on retournait chez lui, on descendait ses trouvailles au sous-sol, où il exerçait ensuite ses pouvoirs magiques. Il pensait en faire une activité accessoire un jour. À condition qu'il arrive à se libérer un peu de temps au cours de sa brillante carrière d'avocat, vous voyez.

Donc pas étonnant qu'il ait pensé pouvoir surmonter ses difficultés avec Tabby ; être capable d'arranger cette relation si profonde, qui valait tellement la peine d'être sauvée. Il était trop aveuglé par le pouvoir qu'elle exerçait sur lui pour voir ce que nous autres savions déjà : cette fille était irrécupérable.

La cause de sa mort est la noyade. Et maintenant, il y a cette histoire de sac à dos. Ce n'est pas la chute qui lui a été fatale, mais cette stupide rivière. Ce n'est pas logique. Mark était champion de natation. Il n'aurait jamais dû se noyer. C'est quelque chose d'autre qui l'a tué. Quelqu'un d'autre.

— Je m'ennuie, minaude Kyla de sa petite voix qu'elle croit être mignonne. Viens jouer avec moi.

Je n'ai pas envie de jouer avec elle. Mais je n'ai pas envie non plus qu'elle s'éloigne trop.

14

BRIDGET

Vous voulez savoir ce qu'on s'est dit, Stewart et moi. Je n'ai pas l'intention de vous le raconter. Je ne suis pas censée le faire et je ne le ferai pas. Du moins, pas tout de suite.

Ce dont je vais vous parler, c'est du sac à dos. Ce n'est pas ce que tout le monde croit.

Voici ce qui s'est réellement passé. Tabby m'a demandé de faire les boutiques avec elle pour acheter un cadeau d'anniversaire à Mark. Elle voulait lui offrir quelque chose de spécial.

— Je ne vais pas t'être très utile, l'ai-je prévenue. Je n'ai aucune idée de ce qui plaît aux mecs de cet âge.

En fait, je ne sais pas du tout ce que les garçons aiment, quel que soit leur âge. Ce que je sais en revanche, c'est que je ne leur plais pas. Ou alors ils ne me remarquent pas – en tout cas, pas de la façon dont ils remarquent Tabby. J'ai quinze ans, mais on m'en donne plutôt douze. Il paraît que je suis « trop mignonne » et « adorable ». Un jour, la mère de mon amie Laurel m'a même appelée « ma choupette », ce qui m'a donné envie de mourir. À mon âge, je suis censée être sexy. Les garçons ont commencé à faire attention à Tabby alors qu'elle était encore au collège. Ses nouvelles courbes changeaient la façon dont elle portait ses vêtements. Et la façon dont elle se comportait.

— Tu as toujours de bonnes idées, a insisté ma sœur. Allez, ne m'oblige pas à te supplier.

Je ne l'ai pas obligée. Au centre commercial, je l'ai laissée me prendre par la main pour m'entraîner au REI de Boulder, un magasin où je ne pensais pas mettre les pieds un jour. On y vend des articles pour les gens qui aiment transpirer pendant des activités en extérieur.

— Qu'est-ce que tu vas lui prendre ? ai-je demandé. Un sac de couchage ?

Pour ce que j'en savais, Mark n'était pas plus fan de camping ou de randonnée que ma sœur. Il était nageur. La piscine était sa résidence secondaire.

— Non, a-t-elle répondu. Un autre truc. Je vais le surprendre.

Le compte Instagram de Mark était public. Je parie que vous l'avez consulté, avant qu'il soit supprimé. En gros, c'était la chronologie d'un garçon populaire. Admirez le grand champion de natation, les bras levés en signe de victoire. Regardez-le à la plage avec son torse épilé, glabre et bronzé. À une fête, une boisson dans chaque main, une fille à chaque bras.

Puis il y a le compte de ma sœur, le « show » Tabby et Mark. S'embrassant sur une balancelle. Collés l'un à l'autre sur la terrasse en bois d'Elle, moites de sueur dans la chaleur estivale, tous les deux en débardeur et short en jean. On dit que les couples mariés finissent par se ressembler (je ne sais pas si c'est vrai, mes parents ont juste l'air de s'ennuyer), mais en vérité, Tabby a toujours fini par ressembler à ses petits copains. Par petites touches, au début. Quand elle sortait avec Beck, elle avait acheté un blouson en cuir.

Peu à peu, d'autres changements apparaissent. Elle imite leur personnalité, leurs manies. Lorsqu'elle fréquentait Beck, elle m'appelait « mon cœur », et mes parents devaient apprendre à « se détendre ». Si ça se trouve, elle n'en a même pas conscience.

Tabby a fait une brève halte au rayon vêtements pour femme, où elle a tâté les brassières de sport. Je l'ai ensuite suivie entre les tapis de yoga et les chaussures de running pour aller directement aux sacs à dos. Certains étaient presque aussi grands que moi – le genre d'article qu'on achète pour un trek à travers l'Europe.

— Mark a prévu de partir en voyage ? ai-je voulu savoir.

— Non. Enfin, peut-être. On a parlé d'aller quelque part. Pas tant que je suis encore au lycée, cela dit. Je cherche un truc de ce genre-là.

Elle a pris sur le portant un sac à dos imprimé treillis qu'elle a brandi comme un trophée.

— C'est… euh… un peu moche, ai-je commenté.

— C'est carrément moche. Mark va adorer. Il a dit qu'il voulait faire plus de rando, d'activités en extérieur, ce genre de conneries. J'essaie de m'intéresser plus à son style de vie. Tu vois, celui-ci a des poches pour mettre des gourdes et tout.

— OK. Si tu le dis.

On est allées payer à la caisse. J'ai regardé avec un mélange de dégoût et de curiosité les assortiments de nourriture lyophilisée exposés juste à côté.

— Il veut qu'on fasse le Mayflower ensemble, m'a annoncé Tabby. Avant la fin de l'été. Ce n'est pas là-bas que tu as fait ton championnat régional de cross, l'an dernier ? Et où on est allées courir une fois ?

J'étais étonnée qu'elle s'en souvienne. J'ai laissé la sensation se répandre dans mon estomac comme du beurre chaud. Je chéris moins ma médaille d'or que la vision de Tabby hurlant sur la ligne d'arrivée, les bras en l'air, son tee-shirt laissant voir son ventre. Une pancarte recouverte de bristol était posée par terre devant elle. Dessus, elle avait écrit avec une peinture à paillettes : « JE T'♡ BRIDGE !!!!! »

— Oui, ai-je confirmé. Le sentier de Mayflower est truffé de racines. Il ne faut jamais quitter le sol des yeux.

— J'en prends note, a répliqué Tabby.

En arrivant à la voiture, elle m'a remerciée. Le sac à dos était glissé sur son épaule. Le treillis clashait avec le rose pâle de son débardeur.

— Je n'ai rien fait de spécial, ai-je tempéré.

— Ça, c'est bien toi : tu crois toujours n'avoir rien fait de spécial. Parfois, accompagner quelqu'un quelque part, c'est suffisant.

C'est typiquement le genre de petite phrase qui me rappelait à quel point ma sœur est profonde et attentionnée. Souvent, on pense que les filles comme Tabby sont superficielles ; que, si elles aiment les fêtes et le maquillage, la lecture n'est pas leur truc, et qu'elles se moquent de ce qui va de travers dans le monde. Tabby est la sauvage. Je suis le bourreau de travail. Elle est la fille girly, je suis la sportive. Elle est la pute, je suis la prude. Elle est la mauvaise, je suis la bonne. L'univers tente toujours de couper les filles en deux. Mi-ange, mi-démon. Pas étonnant qu'on soit si nombreuses à devenir des monstres.

Je connais par cœur le sentier de Mayflower. Chaque racine, chaque aspérité du sol, chaque tournant, comme un livre dont l'intrigue m'a surprise à la première lecture et plus par la suite, parce que j'étais assez maligne pour tout voir venir.

— On se perd très facilement, là-dedans, l'ai-je avertie.

Quand j'ai ouvert la portière de la voiture, une bouffée d'air brûlant s'est échappée de l'habitacle.

— Heureusement que tu m'as dessiné une carte, a-t-elle répliqué avec un clin d'œil.

Je ne l'ai jamais dit à Tabby, mais pendant une de mes courses sur le sentier, cet été, j'ai senti une odeur différente de celle de l'humus. Une odeur d'herbe qu'on fumait. Puis j'ai entendu des rires. C'était une bande de mecs assis sur un tronc d'arbre à terre, à peine trois kilomètres après le début de mon circuit, là où le sentier de Cider se termine et où commence celui de Mayflower. Tabby n'aimait pas du tout que j'aille courir seule dans les bois.

— C'est dangereux, m'avertissait-elle, plutôt à la façon d'un parent sévère que comme l'auraient dit nos parents à nous.

— Je sais où je vais, objectais-je invariablement, même si l'idée qu'elle s'inquiète pour moi ne me déplaisait pas.

Parfois, ça me faisait du bien de me livrer à une activité suffisamment dangereuse pour que quelqu'un s'inquiète pour moi.

— Oui, c'est vrai, admettait-elle. Ce n'est pas le problème. Le problème, c'est que quelqu'un d'autre sache où tu vas.

Elle m'a fait promettre de ne pas courir avec des écouteurs dans les oreilles. « On ne sait jamais qui nous regarde », m'a-t-elle prévenue. Alors j'ai promis. En plus, j'aime entendre mes pieds marteler le sol ; j'aime que ma respiration soit la bande-son de mon circuit. Elle devient plus laborieuse quand je grimpe la colline de Salt Hill et se réduit presque à un sifflement quand je redescends. Les seules personnes que j'ai croisées en étant si profondément enfoncée dans les bois sont des randonneurs et deux femmes d'âge moyen que j'ai vues plusieurs fois, leur sweat noué à leur taille, leurs lévriers courant devant elles.

Sauf que, ce jour-là, je suis tombée sur des mecs. Parmi eux : Mark et son ami Keegan, celui que Tabby n'aime pas. Mark avait quelque chose à la main. Un joint. Attention, je n'ai rien contre les gens qui fument de l'herbe. Mais Mark a toujours été M. Antidrogues ; le premier à scander : « Ne tuez pas les cellules de votre cerveau. » Plus d'une fois, je l'ai entendu reprocher à ma sœur d'avoir bu avant une fête, alors que lui ne s'en privait pas. Je me souviens également de l'avoir entendu dire à Tabby qu'il n'en revenait pas qu'elle ait déjà fumé de l'herbe, parce qu'il pensait qu'elle valait mieux que ça.

Mark a brièvement posé les yeux sur moi, puis il les a baissés. Il allait faire comme s'il ne me connaissait pas.

Quand nos regards se sont croisés, j'ai vu dans le sien une sorte de mise en garde. *Ne dis rien à ta sœur.* Je sentais que ses copains mataient mes jambes nues et la bande de peau visible de mon ventre, sous mon débardeur. C'était précisément de cette manière que les garçons ne me regardaient pas. Pourtant, le fait qu'ils me reluquent collectivement ne m'a pas donné le sentiment de puissance espéré. Pour la première fois, j'ai flippé. Une fille seule dans les bois, trop loin de tout pour qu'on l'entende crier. Pour la première fois, j'ai rebroussé chemin au lieu de terminer ma boucle.

— Tu le lui diras toi-même ! ai-je braillé par-dessus mon épaule en accélérant l'allure, pendant que les mecs riaient.

Les gens disent que Tabby n'est pas gentille. Moi, j'ai grandi avec elle, contrairement à eux. Quand j'étais malade, elle m'apportait de la soupe au lit, pas eux. Le jour où j'ai essayé une teinture avec un résultat catastrophique, c'est elle qui m'a emmenée rattraper le coup chez le coiffeur, pas eux. C'est auprès de moi qu'elle est venue pleurer après que son premier copain l'a larguée (parce qu'elle refusait de coucher avec lui) – pas auprès d'eux. C'est à moi et non à eux qu'elle a confié sa rage après qu'il a fait courir la rumeur qu'elle était nulle au lit. Un lit dans lequel elle ne s'était jamais allongée.

Ils ne connaissent pas ma sœur. Moi, si.

Ce jour-là, je me suis demandé à quelle vitesse je pouvais courir dans les bois. Peut-être que Tabby s'est posé la même question.

15

SLATE FORD, VENDEUR AU REI DE BOULDER

Ah ouais, cette fille ? Elle est venue au magasin, elle arrêtait pas de poser des questions. Évidemment, je l'ai renseignée. On rechigne jamais à draguer les filles canon.

Elle m'a dit qu'elle allait faire de la rando. Elle a pas précisé où. Elle a dit que c'était avec son copain. J'ai pensé que c'était peut-être un petit ami imaginaire, histoire que je tente rien avec elle.

Elle disait que ça serait une longue marche. Elle voulait savoir des trucs sur les blousons. Puis sur les chaussures de rando. Elle voulait pas avoir des choses trop lourdes aux pieds.

Après, elle a pris un bâton de marche en disant : « On pourrait tuer quelqu'un, avec ça. » Elle a ri. J'ai ri aussi, parce qu'elle blaguait. Voire elle flirtait. Elle est partie sans rien acheter, et j'ai pas eu le cran de demander à la revoir.

Vous me direz que c'est normal qu'elle soit venue, si elle comptait partir en randonnée. Mais j'ai lu le journal.

Elle affirme que l'idée de cette sortie a été lancée vers la mi-août, et que ça venait de lui.

Si c'est vrai, pourquoi elle est venue au magasin me parler de randonnée alors qu'on était en mai ?

Extrait du journal intime de Tabby

13 septembre 2018

Ça fait un moment que je n'ai pas écrit. J'ai été pas mal occupée. C'est dur, depuis que Mark est retourné à Princeton. Je savais que ça le serait, sauf que je pensais qu'on resterait « nous ». Je suis toujours moi, mais lui n'est plus lui. Il est quelqu'un qui n'a pas de temps à me consacrer, du moins pas le temps qu'il m'a promis. En plus, je passe ma vie à le stalker sur Insta et je remarque qu'il y a d'autres filles sur les photos qu'il poste. Il m'avait dit qu'on skyperait tous les soirs, mais il a toujours une bonne excuse, comme aller se coucher hyper tôt parce qu'il a entraînement. Sauf qu'ensuite, je vais voir que quelqu'un l'a tagué sur une photo prise à une fête. Cet été, il répondait immédiatement à mes textos, presque avant que j'aie appuyé sur « envoyer ». Maintenant, ça lui prend des heures.

Je suis peut-être juste parano. J'essaie de faire la fille cool, mais c'est dur. Encore un mois avant qu'il revienne pour le match de la fête de rentrée. Il faut peut-être que je fasse en sorte de lui manquer davantage.

THE GAZETTE 16 septembre 2019

Une carte et un journal intime retrouvés chez la petite amie du randonneur décédé
Par Sally Kelly

Une perquisition au domicile de Tabitha Cousins, dix-sept ans, résidant à Coldcliff, Colorado, a permis de retrouver une carte de la Rupture, le point de vue d'où Mark Forrester, son petit ami âgé de vingt ans, a fait une chute mortelle le 16 août dernier. La carte semble avoir été dessinée à la main, mais il n'a pas été confirmé que Cousins en soit l'autrice.
La police a également récupéré le journal intime de l'adolescente sans toutefois révéler ce qu'il dit de la relation amoureuse entre les deux jeunes gens. Ces éléments seront analysés dans les prochaines semaines. En attendant, comme l'a rapporté le *Coldcliff Tribune*, la police poursuit l'analyse des données enregistrées dans le téléphone portable de Cousins, au cours des semaines ayant précédé la randonnée fatidique.

16

ELLE

Je ne sais pas comment les choses ont si vite évolué ; comment Tabby est passée de « veuve de Mark » (une expression morbide, mais depuis que je l'ai entendue, elle me reste dans la tête) à « suspecte » – ou plutôt « témoin privilégié de l'enquête », comme elle dit. Parce que la mort de Mark n'est plus considérée comme une simple tragédie, un accident.

En gros, elle a été requalifiée en meurtre.

Et, pour autant qu'on le sache, il n'y avait qu'une seule personne avec lui dans les bois, ce soir-là.

Je ne sais pas si c'est à cause de la vidéo ou d'un indice que la police aurait trouvé sans le révéler, mais tout a changé, maintenant. Tabby est plus ou moins assignée à résidence et ils ont obtenu un mandat pour fouiller son téléphone. Hier, elle m'a appelée de sa ligne fixe.

— Il faut juste attendre que ça se tasse, m'a-t-elle assuré avant de rire.

Je ne comprenais pas comment elle pouvait avoir le cœur à plaisanter.

— Et si ça ne se tasse pas ? ai-je dit. Et s'ils te croient coupable ?

— C'est déjà le cas, Elle. Mais ils ne pourront absolument rien prouver.

Elle doit avoir peur, avec toute cette pression. Elle doit être terrifiée. Malgré tout, Tabby ne joue jamais cartes sur table. Elle montre rarement sa souffrance. Même à moi. Je suis sa meilleure amie, et c'est comme si elle voulait encore me protéger de quelque chose. D'elle-même, peut-être.

Lou Chamberlain est en cours d'anglais avec moi, en première heure. En public, elle est assez sympa avec moi, et sur Facebook elle m'invite toujours à ses fêtes. Malgré tout, c'est elle qui a posté la vidéo. C'est à cause d'elle que les regards sont braqués sur Tabby. Je parle d'environ deux cent mille paires d'yeux. Combien de personnes ont vu cette vidéo avant qu'elle soit supprimée ? Je revois encore les commentaires ; les trucs que les gens ont dits d'elle. « Violente. Folle à lier. Salope psychopathe. »

J'ai répété à qui voulait l'entendre que Lance l'avait provoquée. Tout le monde s'en fout. Ils ont une ennemie commune, désormais neutralisée.

Même si j'ai horreur des confrontations, je me force à aller voir Louise assise à sa table.

— Pourquoi tu as posté cette vidéo ? Tu te rends compte de ce que tu as fait à Tabby ?

Lou hausse un sourcil blond. Elle est jolie – comme des tas d'autres filles. Je ne vois pas ce que Beck lui trouve. Un côté civilisé, peut-être. À moins qu'il ait épuisé tout son stock de filles.

— Qu'est-ce que j'ai fait ? Chérie, il fallait bien que quelqu'un s'en charge ! Ce n'est pas à moi qu'il faut faire des reproches.

— Pourquoi tu as une dent contre elle ? Elle ne t'a rien fait.

Lou plisse les yeux, comme si elle me voyait pour la première fois.

— Tu ne la connais peut-être pas aussi bien que tu le crois, réplique-t-elle. En plus, c'est peut-être ce qu'elle voulait.

Je serre les poings et imagine la marque qu'ils laisseraient sur sa peau délicate.

— Mais de quoi tu parles ? je m'énerve.

— Rien, laisse tomber. Entre nous, tu trouves que c'est logique, ce qu'elle raconte ? Pose-toi la question. Moi, tout ce que je veux, c'est que justice soit faite.

— Tu ne connaissais même pas Mark, je lui rappelle.

C'est vrai. Ils sont juste allés à quelques fêtes communes, et des dizaines de corps les séparaient. Il y a de grandes chances qu'ils n'aient jamais échangé le moindre mot.

— Je ne prétends pas le contraire, se défend-elle. Mais il ne méritait pas cette mort.

Parfois (dans ce recoin sombre de mon cerveau), je me dis que Mark a planifié tout ça. La randonnée, c'était son idée. C'est une évidence. Tabby avait horreur de l'activité physique. C'est Bridget qui a hérité de tout le capital sportif de la famille. Tabby et moi, on avait l'habitude de dire en rigolant qu'on était les deux plus grosses feignasses du monde. Comme deux énormes chattes paresseuses.

— Mark veut qu'on aille faire de la rando, m'a-t-elle annoncé.

Je crois que c'était le lundi qui a précédé sa mort. On était à la piscine municipale Brody. J'ai une piscine dans mon jardin, mais mon père a la flemme de l'entretenir, alors on finit toujours à Brody. De toute façon, je préfère : ça donne l'occasion de voir et d'être vues.

— Tu es sûre que Mark te connaît bien ? C'est trop drôle ! Tu lui as répondu quoi ?

Tabby a étalé sa serviette sur une chaise longue avant de répondre :

— Que je n'avais pas les chaussures adéquates.

Je me suis assise à côté d'elle, puis j'ai enlevé mes tongs.

— Et alors ? ai-je demandé.

— Alors il a dit que ce n'était pas un problème, que je pouvais emprunter des baskets à Bridget. C'est bien, que je m'intéresse à ses loisirs, non ? Il dit que son entraîneur le soûle pour qu'il fasse plus d'activités physiques en dehors de la natation. Genre travailler la force musculaire de ses jambes.

— Peut-être. Mais est-ce qu'il s'intéresse à tes loisirs à toi ?

Je ne voyais pas les yeux de Tabby, cachés derrière ses lunettes de soleil. J'imagine qu'elle les a levés au ciel.

— Quoi, il devrait s'intéresser à toutes les émissions de télé-réalité qu'on s'enfile ? Ce n'est pas comme si je faisais partie d'un club de sport… et ça ne risque pas d'arriver.

Je savais que je n'aurais pas gain de cause. Je n'avais pas envie qu'on s'écharpe. Ça nous arrivait très rarement, mais quand on se disputait, on était comme deux tornades opposées, fonçant toutes les deux à trop vive allure pour être la première à renoncer. En plus, on était toujours un peu en froid après ma confession de la semaine précédente, car Tabby voulait faire comme si je ne lui avais rien dit. C'était plus facile ainsi.

« Je l'ai vu avec une autre fille. Il faisait nuit. Je ne sais pas s'ils s'embrassaient, mais leurs têtes étaient super proches... », lui avais-je chuchoté dans le noir.

— Oh, super, a dit Tabby en étirant ses jambes. On nous regarde.

J'ai respiré un grand coup en voyant qui nous observait. Lou. Elle portait un Bikini à pois taille haute, dans le style de celui que je me rappelais avoir vu sur Taylor Swift dans sa phase Kennedy. En gros, Lou passait son temps à imiter les autres.

— Contente-toi de l'ignorer, ai-je conseillé à Tabby avant de prendre ma bouteille d'eau, regrettant que celle-ci ne contienne pas une boisson plus forte.

— Ça m'étonne qu'elle ait décidé d'aller où que ce soit sans son petit ami, a commenté Tabby.

Dans sa bouche, ces deux mots sonnaient horriblement.

— Détrompe-toi, il est là, ai-je marmonné.

Effectivement, Beck était là, si peu à sa place dans cet endroit lumineux et bruyant que c'en était ridicule. De profil, il regardait fixement à travers la clôture grillagée qui entourait la piscine.

Tabby se mit à rire.

— Je suppose qu'il n'a pas de maillot de bain.

J'ai repensé à ce qu'il y a sous le tee-shirt de Beck. À ses tatouages. Un mec disposé à se faire inscrire tant de choses sur la peau devait être différent des autres. Son degré d'engagement ne devait pas aller au-delà d'une pipe à une fête.

Pourtant, je me trompais sur son compte. J'avais imaginé qu'il était possible de l'apprivoiser grâce à un mystérieux pouvoir que je n'ai jamais possédé. J'ai senti sa main recouvrir la mienne, ses cheveux tomber sur mon visage tandis qu'il m'embrassait sur le front. Ses silences… C'était peut-être ce que je préférais chez lui. Sa capacité à se taire quand tous les autres faisaient du bruit. Je comblais ces silences avec ce que j'avais envie d'entendre. Je préférais l'histoire que je m'inventais à ce qu'il est réellement. Mais j'ai laissé mes fantasmes tout gâcher.

— Tu vas donc la faire, cette rando ? ai-je demandé.

Tout, plutôt que penser à Beck.

Tabby a contemplé le ciel. Au début, j'ai cru qu'elle allait ignorer ma question, puis sa réponse m'est parvenue, comme assourdie.

— Je ferais n'importe quoi pour lui, Elle. Genre, vraiment. Parfois, ça me fait flipper.

Tabby est une romantique. Un trait de caractère que beaucoup de gens ignorent à son sujet. Elle se moque des filles qui aiment les comédies romantiques, de celles qui délaissent leurs amies quand elles ont un copain. En fait elle est pareille. Elle voudrait vivre une grande histoire d'amour.

J'ai supposé que Mark avait d'autres aspirations, mais je n'ai jamais su lesquelles, ni ce qu'il attendait de Tabby ce jour-là, dans les bois. Ni ce qu'il a tenté de faire lorsqu'elle a refusé.

Dans la salle de classe, Lou s'est désintéressée de moi. Elle observe son reflet dans un miroir de poche Sephora.

— Peut-être qu'il l'a vraiment mérité, dis-je quand la sonnerie du lycée retentit, ma voix noyée dans le raffut. Peut-être qu'il méritait pire.

Ça ne fait que quelques jours que tu es retourné à la fac mais les choses ont changé on dirait. Envoie-moi un message dès que tu peux s'il te plaît.

Texto envoyé par Tabitha Cousins à Mark Forrester, 13 septembre 2018, 6 h 52

17

BECK

Commissariat de police de Coldcliff,
16 septembre, 15 h 05

AGENT OLDMAN : Parlons de tes relations avec Mark Forrester.

BECK : On n'en avait pas. J'ai vu ce mec deux fois à des fêtes, c'est tout.

AGENT OLDMAN : Un mec à qui tu as pratiquement cassé le nez. Je me trompe ?

BECK : On s'est un peu pris la tête. Une fois. Ça arrive, quand on boit à une fête. C'est lui qui m'a provoqué. Il était jaloux. Il a dû voir que Tabby m'a parlé et ça l'a gonflé.

AGENT OLDMAN : De quoi avez-vous discuté, Tabby et toi, à cette fête ?

BECK : (Il fait craquer ses doigts.) Je sais même plus. De tout et de rien. Je parle souvent de tout et de rien avec les gens. Un peu comme avec vous en ce moment.

AGENT OLDMAN : Essayais-tu de reconquérir Tabitha ?

BECK : Non. C'est pas parce qu'on discute avec une nana qu'on a envie de retourner dans son lit.

AGENT OLDMAN : Mark n'a pas porté plainte contre toi.

BECK : Parce qu'il savait qu'il s'était comporté comme un connard et qu'il l'avait mérité.

AGENT OLDMAN : Tu affirmes que Tabby et toi vous parliez peu. Par contre, tu parlais à Eleanor, la meilleure amie de Tabitha. Elle Ross. C'est bien ça ?

BECK : (Il marque une pause.) Pas vraiment. On n'était pas amis non plus. Qu'est-ce que tout ça a à voir avec ce qui est arrivé à Mark Forrester ?

AGENT OLDMAN : On va y venir.

18

LOU

Je n'ai pas vraiment le temps de discuter de ça maintenant. J'ai une vie, vous savez ? En plus, j'attends que Beck passe me prendre. OK, il est toujours à la bourre. C'est vrai que j'estime qu'il est de mon devoir de faire connaître Tabby telle que je la connais. Elle n'est pas le petit ange pour lequel elle veut se faire passer subitement. (Elle portait de la *dentelle* au lycée, la veille du jour où elle a cessé de venir. Qui fait ça, sérieusement ?)

Je me souviens de l'endroit où j'étais, quand j'ai su pour Mark. Sur mon lit, avec un masque de beauté, attendant que Beck réponde à mon texto. C'était moi qui lui avais écrit en dernier, et mon message remontait à presque trois heures – non pas que j'aie compté. Ce que je veux dire, c'est que Beck n'est pas greffé à son téléphone comme nous autres. Alors quand mon portable a bipé, je m'attendais à ce que ce soit lui. Il lui arrivait de m'envoyer un texto pour me signaler qu'il était dans le jardin. J'étais alors tout excitée à l'idée de le retrouver en cachette – en prenant soin d'enfiler une jolie culotte avant.

Sauf que ce n'était pas Beck. C'était ma copine Trish. « Tu as vu ? On ne parle que de ça sur Facebook. Mark Forrester est mort. Un accident de randonnée à ce qu'il paraît. »

Ma première réaction (même si c'est affreux et que jamais je ne l'avouerai) a été d'espérer que Tabby soit morte, elle aussi.

(Tabby. On dirait un nom de chat, vous ne trouvez pas ? Si elle en était un, ce serait une chatte sauvage constamment en chaleur.)

Ce qu'il faut surtout que vous sachiez, c'est ce qui est arrivé à la dernière fête d'Elle, avant la mort de Mark. Franchement, je n'ai pas trop compris ce qui s'est passé ce soir-là. Je ne sais pas non plus pourquoi Beck a frappé Mark au visage, parce qu'il refuse de me le dire. Par contre, je suis sûre que ça a un lien avec la mort de Mark, comme une espèce de réaction en chaîne.

Si vous êtes déjà allé à une fête d'Elle, vous savez que ça peut virer au n'importe quoi. Elle en organise seulement deux fois par an, quand ses parents partent en week-end et lui donnent leur bénédiction. Ces fêtes sont aussi cliché que celles qu'on voit dans les films d'ados, jusqu'aux gens qui le font dans les chambres à l'étage. Je n'en fais pas partie, je vous rassure. Même si Beck est super sexy et qu'on le fait presque tous les jours.

Enfin, en quelque sorte. Bon, après tout, c'est pas vos oignons.

De toute façon, Beck et moi, ce n'est pas le sujet. C'est Tabby et Mark. Et ce que j'ai vu. Du moins ce que je crois avoir vu. Ce n'était pas très clair, j'avais bu du vin. D'habitude, je ne bois pas – contrairement à Tabby. Je déteste quand les gens changent de personnalité et mettent ça sur le compte de l'alcool. C'est exactement ce que ma mère a fait l'été dernier lorsqu'elle a trompé mon père avec un inconnu rencontré dans un bar. Ses copines et elle étaient parties pour un week-end entre filles et, à son retour, elle a tout balancé à mon père. Elle répétait : « J'avais trop bu, je n'étais pas dans mon état normal. » C'est tellement pratique, cette excuse.

Bref, j'étais pompette et je cherchais Beck. Impossible de le rater. Un vrai *bad boy.* Avant lui, je n'étais sortie qu'avec des sportifs : footballeur, basketteur, base-balleur. Tous interchangeables, chiants et prévisibles, davantage préoccupés par leur sport que par moi. Ça me soûlait qu'un mec vienne me chercher pour un rencard en polo, au volant de la Honda de son papa. Je brûlais d'envie de connaître une relation plus transgressive, à la hauteur de mon côté sauvage.

Beck n'était en vue nulle part, ce qui m'embêtait un peu : non seulement on était censés être venus ensemble à cette fête, mais en plus, le fait que je ne le trouvais pas indiquait clairement que je ne le connaissais pas aussi bien que j'aurais dû, après une relation de six mois. (Bon, j'avoue qu'on n'avait jamais abordé le sujet de l'exclusivité dans notre couple, parce qu'en le mettant sur le tapis, je serais passée pour la fille trop collante. En plus, je n'ai pas envie d'être le genre de nana qui a besoin d'afficher qu'elle est « en couple » sur son statut Facebook pour l'être véritablement. Même si, entre nous, cette validation serait sympa.)

Je ne sais pas du tout pourquoi j'ai ouvert la porte du pool house. Peut-être parce que j'avais déjà essayé toutes les autres. J'y ai déjà vu des gens fumer des joints, à une autre fête d'Elle – ce que je trouve dégueu. Cette fois, je n'ai fait qu'entrouvrir le battant, et c'est là que j'ai vu le dos de Tabitha. Elle était à califourchon sur un mec dont je ne voyais pas le visage. Il faisait super sombre là-dedans. J'ai reconnu son dos parce qu'une lanterne dans le jardin éclairait légèrement l'horrible tatouage de plante grimpante qui remonte le long de sa colonne vertébrale. Des mains pétrissaient son cul, et ses cheveux s'échappaient de sa tresse en épi à moitié défaite.

Bref, j'allais repartir (je ne suis pas une perverse qui mate les autres pendant qu'ils le font) quand j'ai entendu ce qu'elle a dit. Je l'ai entendu, et je ne peux pas l'effacer. « Ça ne veut pas dire que je t'aime toujours. »

C'est bizarre de dire ça à son copain, non ? C'est-à-dire qu'au début, j'ai pensé qu'ils avaient dû se disputer, et que le faire dans un endroit où on pouvait les surprendre était leur manière coquine de se rabibocher. Sauf que, quelques minutes plus tard, j'ai vu Mark dans la maison, qui se servait à boire. Je suis certaine que c'était lui : il portait son tee-shirt rose. (Même si je l'ai entendu dire qu'il était *saumon*.) Du coup, je suis ressortie. La porte du pool house était toujours fermée, et Tabitha avait disparu.

Alors peut-être que je me trompe dans la chronologie, mais je ne vois pas comment Mark aurait pu le faire avec Tabitha dans le pool house et s'envoyer des shots dans la cuisine en moins de cinq minutes – à moins qu'il se soit dédoublé. Il n'y a qu'une conclusion possible : elle trompait Mark à la fête.

Bien sûr, j'ai passé mentalement en revue les suspects possibles. Il y avait Keegan, le pote de Mark qui lui collait toujours aux basques dans les fêtes, s'imaginant sans doute qu'il aurait de bonnes chances de tirer un coup. (Il n'avait pas tort, car il est plutôt beau gosse. Cela dit, il serait beaucoup plus sexy s'il ne travaillait pas au *Stop & Shop*.) Je me suis toujours demandé s'il y avait un truc entre Tabitha et lui. C'est dans sa manière de la regarder, parfois, comme s'il était une sorte de prédateur en chasse. Un serpent. En ouvrant suffisamment la gueule, il pourrait la gober vivante.

Il y avait Dean Hanson de l'équipe de foot. Quelqu'un les aurait vus, Tabitha et lui, sortir discrètement des vestiaires des garçons après une partie d'action ou vérité, en seconde. Et Reid Carter, avec qui tout le monde sait que Tabitha fricotait juste avant de se mettre avec Mark. À moins que ce soit pendant. Ça ne m'aurait pas étonné d'elle. Oh, et Dylan, dont j'ai oublié le nom parce qu'il ne fréquente pas notre lycée. Mais une fois, à la Foire de l'automne, Katie Saunders les a vus dans la grande roue, et il avait carrément la main dans son short.

Puis tout à coup, j'ai eu comme un déclic et ça m'a pourri la soirée. Et si c'était Beck ?

Comprenez-moi bien : j'ai une confiance absolue en mon petit ami. C'est de Tabitha que je me méfie. Les filles comme elle savent s'y prendre pour faire faire n'importe quoi aux mecs.

En plus, même si ça me fait carrément mal de l'avouer, Beck a eu une histoire avec Tabitha. Il n'en parle jamais, mais avant que Tabitha supprime son compte Facebook, quand on était amies sur ce réseau, j'ai regardé les anciennes photos de son profil et j'en ai trouvé deux datant d'il y a deux ans, avant qu'elle et Mark sortent ensemble. Elle était assise sur les genoux de Beck, à une fête, et ils s'embrassaient. Genre ils se roulaient des pelles tout le temps et brusquement, c'était fini.

À la fête d'Elle, je n'ai pas arrêté de chercher Beck. Je sentais mon stress monter. J'avais besoin de savoir qu'il n'était pas avec elle. Je suis retournée dehors. Il y avait un groupe de personnes près de la piscine, et la porte du pool house était ouverte. Je n'ai pas vu Beck ; par contre, j'ai vu Tabitha, assise au bord de la piscine, les pieds dans l'eau, la main sur la bouche.

Et puis j'ai vu Beck. Évidemment, je l'ai reconnu même de dos. Il a de longs cheveux blonds et ne quitte jamais son blouson de cuir, ce que je trouve ultra sexy. Il était assis sur un transat près de la clôture, à fumer en contemplant le ciel, alors qu'il m'avait dit qu'il avait arrêté. Vous saviez que Beck a commencé à fumer à douze ans ? Lorsqu'on s'est mis ensemble et que je lui ai demandé d'arrêter (parce que je ne voulais pas qu'il meure), il s'est contenté de répondre : « Bien sûr, mon cœur », et il l'a fait, comme s'il n'y avait rien de plus facile. C'est là que j'ai su qu'il m'aimait pour de vrai. Même si, en toute franchise, la raison qui m'a poussée à lui dire d'arrêter, c'est que je ne supporte pas l'odeur.

Je suis donc allée le voir et lui ai tapoté l'épaule. Il a pris ma main dans la sienne, comme s'il n'était pas surpris. Beck ne montre jamais sa surprise. Ni sa joie, ni sa tristesse. Aucune émotion, en fait. Il est super fort pour les cacher.

— Salut, mon cœur, a-t-il dit.

Il me donne toujours ce petit nom. Je trouvais ça trop chou, même si parfois j'aurais préféré qu'il m'appelle par mon nom complet, comme le font les mecs à la télé. « Louisa Maria Chamberlain, je t'aime. »

— T'étais où ? ai-je demandé directement. Je t'ai cherché partout.

— J'ai pas bougé.

— Tu fumes.

Il a laissé tomber sa cigarette allumée avant de l'éteindre en l'écrasant avec sa botte.

— Plus maintenant.

— Tu m'avais dit que tu avais arrêté, lui ai-je reproché en m'efforçant de rester fâchée contre lui.

Je sentais que ma colère commençait à faiblir, comme toujours avec lui.

— C'est vrai. Mais parfois l'envie est trop forte et j'en ai besoin. Tu ne comprends pas, parce que t'as jamais été accro à rien.

Il a passé un bras autour de mes épaules et a planté un baiser sur le haut de mon crâne.

Si, je suis accro à toi, aurais-je voulu répondre – le genre de réplique digne d'une comédie romantique, alors je n'ai rien dit. Vous savez, ça fait peur aux mecs quand vos émotions prennent trop de place.

Il ne s'est pas excusé d'avoir fumé alors qu'il m'avait dit avoir arrêté. Beck ne s'excuse jamais. Peut-être parce qu'il ne se sent jamais coupable de rien. Je me suis blottie contre lui et j'ai plaqué mes mains sur sa peau nue, là où sa veste était remontée. J'ai respiré son odeur : un mélange de cuir, de sueur et (dégueu) de tabac. Puis j'en ai décelé une autre, juré. Un parfum. Tabby doit galérer pour couvrir le truc nauséabond qu'elle a à la place de l'âme, parce qu'elle en met toujours une tonne.

Je sais ce que vous pensez : je suis parano, j'invente des trucs à cause des médias qui démolissent Tabitha. Je la charge à bloc, je projette sur elle mon manque d'assurance. C'est ce que dirait ma mère, en tout cas. Elle est psychiatre, et c'est entre autres pour ça que je ne lui raconte jamais rien.

Le truc, c'est que Beck n'a pas pu renoncer au tabac aussi facilement, même s'il a prétendu le contraire. Peut-être qu'il n'a jamais pu renoncer tout à fait à Tabitha non plus. Parfois, tout ça me gonfle grave. Je me demande s'il pourrait avoir joué un rôle dans la mort de Mark. Si ce jour-là, Tabitha et Mark étaient vraiment seuls dans les bois.

Je sais, c'est ridicule et ça n'a aucun sens. Beck sort avec moi. Je suis sûre que ce n'était pas lui dans le pool house, ce soir-là. En tout cas, il y avait quelqu'un, et j'ai comme l'impression que Tabitha n'a pas œuvré toute seule. Les filles comme elle se débrouillent toujours pour que quelqu'un d'autre se tape le sale boulot.

THE DENVER ZODIAC 17 septembre 2019

L'autopsie du corps de l'étudiant de Princeton a révélé une alcoolémie élevée
Par Madison West

Le rapport d'autopsie indique que Mark Forrester, vingt ans, était alcoolisé le jour de sa mort. Forrester et sa petite amie Tabitha Cousins, dix-sept ans, avaient rejoint le point de vue appelé la Rupture après avoir emprunté le sentier de Mayflower quand Forrester a fait une chute mortelle de douze mètres. La cause de sa mort est la noyade. Cousins est actuellement la seule suspecte.

Nous ignorons ce que le procureur de district Anthony Paxton et son équipe feront de ce nouvel élément. Cousins maintient que Forrester a chuté après s'être trop approché du bord. Cependant, un sac à dos lesté de pierres a été retrouvé dans la rivière Claymore. Il a été confirmé plus tard que ce sac est bien celui que Cousins a acheté pour Forrester au REI de Boulder.

Les parents de Cousins ont engagé la redoutable avocate Marnie Deveraux pour représenter leur fille. Hier, Deveraux a déclaré à la presse que la vérité serait dévoilée, qualifiant d'« incontestable » l'innocence de sa cliente.

19

BRIDGET

Le temps d'un battement de cils, vous nous raterez. Nous, les sept mille huit cents âmes de Coldcliff. Laissez-moi vous guider. Actuellement, vous êtes au nord, à Coldcliff Heights, là où est situé le lycée du même nom. Vous trouvez sûrement que c'est joli. Admirez donc cette vue sur les montagnes.

Vous sentez-vous en sécurité ? Sans doute que oui, abrité comme vous l'êtes, encadré de montagnes, d'arbres et de fourrés. Ici, l'air sent certainement meilleur que là d'où vous venez. Frais, vivifiant. Vous trouvez peut-être que les filles de chez nous ont l'air saines.

Il n'y a aucune raison valable de venir à Coldcliff. On n'a pas de hauts sommets sur notre territoire ; par conséquent, aucun grimpeur expérimenté ne s'arrête chez nous. Nos magasins laissent à désirer. De toute façon, la plupart d'entre nous achètent en ligne. Forest Glen, le seul centre commercial, est de taille très modeste, et chaque année, de plus en plus de boutiques mettent la clé sous la porte. Le plus souvent, les gens font leurs courses au *Stop & Shop*, situé sur la même place que le cabinet d'orthodontie de mon père et l'opticien où je fais faire mes lunettes.

Nous avons des quartiers sympathiques. La périphérie est bordée d'espaces sauvages. Ici, la plupart des gens sont issus de la classe moyenne supérieure et vivent dans des maisons à un étage, comme la nôtre. Nous avons presque tous de grands jardins, dans lesquels nous n'allons presque tous jamais.

Ce que nous avons, en revanche, ce sont de bons sentiers de randonnée. C'est ce qui attire les touristes à l'automne, quand la couleur des feuilles change. Nous retrouvons plusieurs sortes d'amateurs d'activités en plein air, avec leurs vêtements imperméables et leur répulsif contre les ours noirs qu'ils croient être le plus grand danger du secteur.

Si vous avez lu les journaux récemment, vous pensez peut-être que les ours ne constituent plus le seul danger.

Nous avons désormais une nouvelle attraction touristique : ma sœur. Les gens se pressent en masse sur les sentiers avec des cartes générées par un site Internet appelé « Plus fort que la Rupture ». Ils essaient de refaire le dernier parcours de Mark et Tabby. Tordu, non ? Je ne sais pas qui a eu l'esprit assez morbide pour avoir cette idée, ni qui l'est assez pour prendre le temps de venir faire ce parcours. En tout cas, je les croise dans les bois parce que j'y suis, pour courir.

Aujourd'hui, en plus de ces vautours munis de leurs cartes, je vois quelqu'un d'autre. Le frère de Mark. Je le reconnais à ses cheveux blonds et bouclés, radicalement différents de la coupe *buzz cut* impeccable de Mark.

Ah oui, et il est en tongs. Qui fait de la randonnée en tongs ? Sauf qu'à mon avis, il n'est pas là pour ça.

Il m'a vue. Je me pétrifie, comme un chevreuil dans la ligne de mire. Pourtant, je n'ai pas peur. Je le répète : il est en tongs, et ces bois sont mon domaine.

— Qu'est-ce que tu fais ici ? me demande-t-il. Ne me dis pas que tu fais partie de ces gens-là.

Il tend son majeur à un couple en shorts kaki assortis, équipés de bâtons de marche.

— Je suis coureuse de fond. Donc je cours. Tu crois vraiment que je suis comme eux ?

Je sautille sur place à côté de lui. J'ai horreur d'être coupée dans mon élan.

— Je ne sais pas. Excuse-moi, je ne voulais pas être désagréable. Ces crétins me tapent sur le système. Moi, c'est Alex. Toi c'est Bridget, c'est ça ?

Je sais ce qu'il veut dire par « Toi c'est Bridget ». Toi, tu es la sœur de Tabby.

— Oui, c'est ça.

Je désigne ses pieds, car je n'ai pas envie de regarder son visage. En dehors de ses cheveux et des joues mal rasées, sa ressemblance avec Mark est frappante. Mêmes yeux, même bouche.

— Ce n'est pas le meilleur choix de chaussures pour marcher.

— Je ne suis pas là pour ça, réplique-t-il. Je… Peu importe. C'est juste que je me sens plus proche de lui quand je viens ici. Je ne suis pas le seul, apparemment – alors qu'aucun de ces gens ne le connaissait.

J'arrête de bouger pour lui jeter un coup d'œil avant de baisser de nouveau les yeux. C'est dur de le regarder en face. Et si je me trompais complètement sur son compte ? Ce garçon à l'air dur que j'ai vu à l'enterrement et qui déteste ma sœur… à cet instant, il semble juste triste et perdu. Je pense à Tabby, chez nous, sûrement vautrée sur le canapé devant « Real Housewives ». Si ça se trouve, il n'y a pas tant de mystère autour de cette affaire, contrairement à ce que tout le monde semble croire. Il n'y a peut-être qu'un garçon décédé, et des gens endeuillés par sa mort.

— Je suis désolée, dis-je en repoussant mes cheveux humides de mon visage.

Pourquoi ai-je l'air si coupable ? Ce n'est pas moi qui ai poussé Mark.

Toutefois, je suis coupable d'autre chose, et sans ça, la situation serait très différente aujourd'hui.

— Je vais te poser une question. Je voudrais que tu sois honnête, me prévient Alex.

Je regarde autour de moi, consciente que nous sommes seuls.

— Tu les as vus, ce jour-là, pas vrai ? poursuit-il. Tu as remarqué quelque chose de bizarre ?

Je secoue la tête et commets l'erreur de le regarder dans les yeux. L'intensité que j'y vois me contraint à retenir mon souffle. À cet instant, il ressemble particulièrement à Mark. À Mark quand il voulait quelque chose.

— Non, je les ai trouvés tout à fait normaux.

Je ne précise pas que leur *normalité* était tout sauf normale.

— J'essaie simplement de comprendre, se justifie-t-il. J'ai entendu des trucs. J'ai vu la vidéo. Ma famille vit un enfer. Mark et moi, on se parlait peu. J'étais au courant qu'il avait une copine, mais je ne savais pas du tout si c'était sérieux.

C'était trop sérieux. Je pense au casier de Tabby, à l'injure qui y avait été griffonnée. Alex ne se doute de rien.

— Moi non plus, je ne savais pas grand-chose, dis-je. Tabby a sa vie, j'ai la mienne.

Je fixe ma montre. Le chronomètre a continué de tourner. Je ne veux pas m'attarder davantage, craignant ce qu'il va me demander.

— Je retourne en Australie la semaine prochaine. Si quoi que ce soit te revient, dis-le-moi. Tu sais où on habite. Je te vois passer devant chez nous quand tu cours.

Je déglutis. J'ai la gorge sèche.

— Il faut que j'y aille, dis-je.

Je me retourne pour reprendre ma course, priant pour qu'il ne me suive pas.

— Mark m'a dit que la sœur de sa copine ne l'aimait pas ! lance-t-il d'une voix de plus en plus forte. Pourquoi ça ? Tout le monde aimait Mark !

Je pique un sprint.

Je ne me sens plus en sécurité à Coldcliff.

Extrait du journal intime de Tabby

18 octobre 2018

Comment fait-on pour cesser d'aimer quelqu'un ? Il faut absolument que je le sache. Mark est fâché contre moi parce qu'il sait que j'ai parlé de nous à Beck. Il ne s'est rien passé, mais Mark n'y croit pas. Pourtant, moi, je suis censée croire qu'il n'y a rien eu avec toutes les filles que je vois sur son compte Insta. Je lui ai quand même fait une remarque à ce sujet, rien que pour voir ce qu'il allait répondre. Il m'a convaincue que j'étais parano. Il n'y a que toi, m'a-t-il assuré, mais continue comme ça, et ça ne va pas durer. Je me sens tellement seule...

THE COLORADO CHARGER 19 septembre 2019

Un nouveau témoin dans l'affaire du petit ami assassiné
Par David Moss

Un nouveau témoignage choc a été apporté par un résident de Coldcliff, Colorado. Abe Hendricks, quarante-sept ans, prétend avoir vu Tabitha Cousins, dix-sept ans, mettre des pierres dans un panier de pique-nique à Crest Beach, Coldcliff, le matin précédant la mort de Mark Forrester le 16 août. Hendricks en a informé la police locale par téléphone. Il n'est certes pas en mesure de prouver ses allégations, mais il assure que c'est bien Cousins qu'il a vue ce matin-là sur la plage.

Le corps de Forrester a été découvert dans une petite rivière à une quinzaine de mètres d'un sac à dos lesté de pierres, incitant les enquêteurs à privilégier désormais la piste criminelle dans la mort par noyade du nageur de compétition.

« D'habitude, je suis tout seul dans les parages », a confié Hendricks hier au *Coldcliff Tribune*. « Il était tôt, même pas 7 heures. Le soleil venait de se lever. Il y avait cette fille. Je n'y ai plus repensé, jusqu'à ce que je voie son visage aux informations. »

Une source qui souhaite rester anonyme a contacté en exclusivité le *Charger* pour signaler que Cousins et Forrester s'étaient disputés récemment au cours d'une fête privée, organisée par une amie de Cousins.

« Je n'entendais pas ce qu'ils disaient », raconte la source. « Ils parlaient à voix basse. Puis elle est partie, furieuse. » Une hypothèse voudrait que Cousins ait trompé Forrester avec son ancien petit ami, Thomas Becker Rutherford III, et aurait poussé Forrester lorsqu'il l'a interrogée à ce sujet, pendant leur randonnée. Cependant, le procureur de district Anthony Paxton a déclaré que l'assassinat de Forrester avait été soigneusement prémédité, par une jeune fille dangereuse. De son côté, Marnie Deveraux, la puissante avocate de Cousins, maintient que les accusations portées contre sa cliente sont « totalement infondées ».

COMMENTAIRES (24 précédents)

AccroAuCafé : Bien pratique, ce témoin qui se réveille seulement maintenant. Je ne sais pas. Il y a un truc pas net dans cette affaire.

KatieKat : Je vois pas du tout comment elle va s'en tirer.

PrincessePetitPois : Ils se sont engueulés à cette fête parce qu'elle couchait avec un autre.

> **Rapidos01 :** Ouais, comme si tu pouvais le savoir.
>
> **PrincessePetitPois :** Je le sais parce que j'y étais.

20

KEEGAN

Même si j'espère vraiment que Tabby finira en taule, je n'arrive pas à l'imaginer dans ce genre d'endroit. Vous la voyez, vous, en train de s'enfiler la bouffe de la prison ? Déjà, elle se plaignait des restaus où Mark l'emmenait, comme si elle était trop bien pour y être vue. À cause d'elle, il se sentait comme une merde s'il ne lui offrait pas du steak tous les soirs. Vous savez ce que ressentent les mecs, quand ils se cassent le cul, que ça ne suffit toujours pas et que ça ne suffira jamais ?

Aujourd'hui, je bosse au *Stop & Shop*. Je me tape deux services d'affilée parce que j'ai besoin de fric. Il se trouve que moi, je sais ce que ressent un mec qui se casse le cul sans résultat. Kyla n'a pas des goûts de luxe. C'est le genre de nana qui est contente que vous fassiez déjà attention à elle. (Ne lui dites pas que j'ai dit ça.) Sauf que, ces temps-ci, plus je lui donne de marques d'attention, plus elle en réclame.

Si Mark était là, il me conseillerait de ne pas perdre mon temps. Il me dirait de trouver quelque chose dont je peux ressortir gagnant. Mark détestait ne pas être le premier.

Une fois, il est arrivé deuxième à une rencontre sportive au lycée, pour le cinquante mètres papillon – un événement qui ne semblait même pas important, à ses yeux. Après, il y a eu un feu de joie. Je l'ai vu sortir sa médaille d'argent de la poche de son sweat à capuche et la jeter dans les flammes, au milieu des Chamallows grillés et des hot dogs. Même si j'étais complètement bourré, je n'oublierai jamais ce moment. Mark avait horreur de perdre.

Je souris à la vieille dame dont j'enregistre les achats. On peut toujours juger une personne en se basant sur le contenu de son panier. Cette grand-mère n'achète que de la viande en promo qui sera avariée demain – un amas de chair rouge d'où s'échappe un jus sanglant jusque sur le tapis roulant. Je lui souris quand même, car j'ai besoin de ce job pourri. Je n'ai pas assez de blé pour me tirer de cette ville.

De tout l'été, Mark n'est venu chez moi que deux fois. Il était toujours occupé ailleurs. Avec Tabby, je suppose – ou par la natation. Le Centre aquatique de Coldcliff Heights a une piscine olympique. Mark était hyper énervé, après ce qui s'était passé aux NCAAs[1]. Typique de Mark : il se mettait tous les torts sur le dos, alors que c'était sa faute à elle. Elle l'avait appelé tard la veille pour lui prendre la tête. Comme si elle l'avait fait exprès pour qu'il échoue.

Je ne regarde même pas le client suivant, jusqu'à ce que je m'aperçoive qu'il ne veut rien acheter. Puis je remarque son uniforme et son visage austère.

---

1. NCAA : National Collegiate Athletic Association. Aux États-Unis, cette association organise les programmes sportifs de nombreuses grandes écoles et universités. (*NdT*)

— Keegan Leach, dit l'homme. Aurais-tu une pause bientôt, qu'on puisse discuter ?

Les flics m'ont déjà auditionné. Le téléphone de Mark indiquait que j'étais la dernière personne à qui il a parlé avant de partir avec Tabby. J'ai été assez direct avec eux. Enfin, je leur ai dit comment Mark se positionnait, par rapport à cette idée de randonnée : ça l'inquiétait. Je leur ai montré le dernier texto qu'il m'a envoyé, et qu'ils avaient certainement déjà vu.

L'agent Oldman, voilà comment s'appelle ce type. Ce n'est pas à lui que j'ai eu affaire la fois précédente. Après mon service, je m'assois sur un fauteuil rigide au commissariat de police et je transpire. Je déteste avoir affaire aux flics. Citez-moi une seule personne qui ne se sente pas coupable en leur présence, même quand elle n'a rien à se reprocher.

— Keegan, me salue-t-il en prenant place en face de moi. Merci d'être venu. De nouveaux éléments ont été portés à notre connaissance dans l'affaire Mark Forrester, et j'espérais que tu pourrais nous éclairer.

Je me carre sur le fauteuil, décidément hyper inconfortable. Ça doit être voulu, pour qu'on ne soit pas à l'aise.

— Quelqu'un affirme avoir vu Tabitha Cousins à Crest Beach, le matin du jour de la mort de Mark. Elle mettait des pierres dans un panier de pique-nique.

— OK.

J'ai déjà lu l'article. Je n'arrive toujours pas à imaginer Tabby avec un panier de pique-nique. Trop bucolique.

— Nous pensons que ce sont celles qui devaient ancrer Mark au fond de la rivière Claymore. Tu dois savoir que nous avons retrouvé le sac à dos lesté, celui qui était rempli de pierres, dans la rivière avec le corps de Mark.

« Avec le corps de Mark ». Je ne peux pas penser à lui en ces termes, comme si c'étaient deux choses séparées. Mark et son corps. C'est tellement dingue. Je préfère l'occulter complètement.

— Ouais, je réponds. J'ai entendu parler du sac.

Oldman se penche vers l'avant et tente de m'impressionner par sa carrure. Une tactique d'intimidation. Je me demande si c'est lui qui a interrogé Tabby. Est-ce qu'elle a craqué en face de lui ? La connaissant, ce serait plutôt elle qui le ferait craquer.

— Nous croyons que Mark portait ce sac à dos, ce jour-là. Des randonneurs ont confirmé avoir vu une fille avec un panier de pique-nique et un garçon avec un sac à dos monter à la Rupture.

Les traits d'Oldman s'adoucissent un peu. Est-ce qu'il travaille ses mimiques chez lui, devant la glace, comme on nous demandait de le faire pour le jour de la photo de classe ?

— Il y a quelque chose qui me dérange, poursuit-il. Pourquoi aurait-il porté un sac aussi lourd sans savoir ce qu'il contenait ?

Je hausse les épaules.

— C'est Mark. C'est un sportif. Enfin, c'était. Il n'a probablement même pas remarqué son poids. L'été, il avait l'habitude d'aller courir tous les matins avec un sac rempli de conserves de soupe de sa mère. Il pensait que ça contribuait à muscler son dos. En plus, il était le genre de mec à porter le bordel de sa copine sans même qu'elle le demande. Pardon, les affaires de sa copine.

Oldman hoche la tête et me lance un regard appuyé, comme pour dire *Les femmes et leur mystérieux bordel.*

— Ça paraît logique, concède-t-il. Ce qui ne l'est pas, c'est qu'on a récupéré le sac dans l'eau, presque exactement sous l'à-pic de la Rupture. Mark, lui, a été retrouvé environ cinquante mètres plus loin.

Cinquante mètres. Le cent mètres nage libre était sa spécialité. Je me souviens de nous au club de natation du lycée, tôt le matin, moi avec parfois un mal de tête, buvant cul sec des bouteilles pleines de Gatorade[1] coupé à l'eau, parce que Mark avait lu quelque part qu'il n'y avait pas mieux pour dessoûler avant d'entrer dans l'eau. Mark doublant presque tous les autres dans sa catégorie. On disait de lui qu'il était le prochain Michael Phelps.

— Et donc vous en concluez que…, je commence.

Oldman me regarde assembler les pièces de tout ce bordel. Tout le monde sait que c'est Tabby qui a poussé Mark de la Rupture, même si elle soutient qu'il est tombé. Personne ne la croit. Elle dit qu'il a perdu l'équilibre. À quoi s'attend-elle ? Vu son impatience chronique, elle n'a pas assez bien peaufiné son plan.

— Ce n'est pas la chute qui a été fatale à Mark. On sait déjà que la cause de sa mort est la noyade. Mais en présumant qu'il est tombé avec le sac sur le dos, si le but était de le lester, on l'aurait retrouvé ainsi, toujours

1. Boisson énergétique américaine. (*NdT*)

avec le sac sur le dos. Or, Mark a réussi à s'éloigner à la nage.

Je déglutis pour ravaler la bile qui me monte dans la gorge. Mark était vivant. Il s'est battu pour sa survie, comme il se battait pour obtenir ce qu'il voulait. Souvent, les gens pensent que Mark obtenait tout facilement : les bonnes notes, les performances sportives, les filles. Mais il devait travailler dur pour ça, exactement comme tout le monde.

Oldman croise les doigts devant moi. Il porte une alliance ; un modèle tape-à-l'œil, serti de diamants.

— Ça ne prouve rien, enchaîne-t-il. Toutefois, ça amène à penser que quelqu'un aurait pu maintenir Mark sous l'eau.

— Vous voulez dire Tabby ? je demande d'un coup.

— Nous n'écartons aucune piste, réplique-t-il d'un ton calme et professionnel – tout le contraire de moi.

— Il s'est peut-être épuisé, dis-je.

Ça m'écœure trop d'imaginer Tabby entraîner un tiers là-dedans ; de penser que quelqu'un haïssait Mark au point de vouloir sa mort.

— La rivière est pleine de rochers, entre le point de chute et l'endroit où Mark a été retrouvé. Toute empreinte mouillée sur la pierre a pu sécher et disparaître. Nous passons actuellement les environs au peigne fin pour rechercher des empreintes de pas qui nous permettraient d'identifier un suspect.

Je frotte mon visage avec mes mains. Dire que Mark a failli ne pas faire cette randonnée. J'aurais pu le convaincre d'y renoncer. Ce jour-là, j'étais avec lui. Mais je n'ai même pas essayé.

— Ce que je me demande, reprend Oldman, c'est ce que tu sais, toi, en tant que meilleur ami de Mark et sans doute la personne la plus proche de lui. Avait-il des ennemis ? À ton avis, qui aurait pu vouloir sa mort ?

— Personne, je réponds. Tout le monde adorait Mark.

Sauf celle qui était censée l'aimer plus que tous les autres.

Tu as dit que tu allais m'appeler et ça fait des heures que j'attends. J'étais censée réviser pour une grosse interro de biologie. Je vais tout foirer à cause de toi. Où tu es ? *22 h 34*

Tu as ouvert le Snap que je t'ai envoyé, au moins ? *22 h 36*

Pourquoi t'as pas commenté la photo sur laquelle je t'ai tagué, sur Insta ? Je te fais honte ? *23 h 17*

Tu as vraiment envie de me voir ce week-end ? *23 h 21*

Et à Princeton, ils savent que j'existe ? *2 h 17*

Textos envoyés par Tabitha Cousins à Mark Forrester, 18-19 octobre 2018

THE COLDCLIFF TRIBUNE 20 septembre 2019

La jalousie pourrait être le mobile, dévoile l'historique des textos
Par Julie Kerr

Un nouvel élément a été découvert à propos de la mort de Mark Forrester, vingt ans, champion de natation de Princeton dont l'accident de randonnée survenu mi-août est désormais considéré comme un homicide probable. La petite amie de Forrester, Tabitha Cousins, dix-sept ans, qui se trouvait avec lui au moment de sa mort, a affirmé que son ami avait chuté. Cependant, des textos récupérés sur le téléphone portable du jeune homme, retrouvé dans la rivière, montrent que des relations tumultueuses pourraient être un mobile. Cousins envoyait fréquemment des messages à Forrester dans lesquels elle l'accusait de la tromper. Le jour de la randonnée, elle a envoyé un texto menaçant.

L'avocate de Cousins n'a pas souhaité faire de commentaires à ce sujet.

21

BECK

Commissariat de police de Coldcliff,
23 septembre, 10 h 16

AGENT OLDMAN : Je vais être direct, Thomas. C'est ton vrai prénom, n'est-ce pas ? Thomas Becker Rutherford III.

BECK : Personne ne m'appelle comme ça.

AGENT OLDMAN : Nous avons obtenu un mandat pour inspecter ton téléphone. Tu n'as pas été très bavard quand nous t'avons demandé si tu étais toujours en contact avec Tabitha. Elle t'a appelé plusieurs fois aux alentours de Noël. Puis de nouveau quelques mois plus tard. Ainsi que cet été. Apparemment, elle n'a pas perdu ton numéro.

BECK : Elle m'a appelé, et alors ? Je vois pas où est le problème.

AGENT OLDMAN : Le problème, c'est que tu as répondu. Vous avez bien dû parler de quelque chose.

BECK : Je lui ai dit d'arrêter de m'appeler. Ça la prenait de temps en temps. Elle voulait juste parler. J'étais peut-être le seul qui l'écoutait.

AGENT OLDMAN : Elle t'a dit que ça n'allait pas avec Mark ?

BECK : Non. On parlait pas de lui.

AGENT OLDMAN : Avait-elle des attentes vis-à-vis de toi ? Quand elle t'appelait ? Elle devait avoir une raison précise, si elle continuait à le faire.

BECK : Parfois, c'était juste pour que j'aille la chercher à une fête. Elle savait que je la jugerais pas.

AGENT OLDMAN : Par rapport à quoi ?

BECK : D'être bourrée, ou je sais pas.

AGENT OLDMAN : Tabitha buvait beaucoup.

BECK : Comme la plupart des gens dans les fêtes.

AGENT OLDMAN : Alors tu allais la chercher. À moto.

BECK : Ben ouais.

AGENT OLDMAN : Et de quoi parliez-vous, pendant ces trajets ? Où alliez-vous ?

BECK : Il y a trop de bruit, on s'entend pas. Vous êtes jamais monté sur une moto ? On n'entend que dalle, à part la route. Je la déposais chez elle. Enfin, pas pile devant, et après je la regardais jusqu'à ce qu'elle soit rentrée, pour être sûr que tout allait bien.

AGENT OLDMAN : Pourquoi ne pas l'accompagner à pied jusqu'à sa porte ?

BECK : Ses parents m'appréciaient pas trop.

AGENT OLDMAN : Pourquoi ça ?

BECK : Vous avez une fille ?

AGENT OLDMAN : Réponds à la question, s'il te plaît.

BECK : En fait, c'est pas tant qu'ils m'aimaient pas, disons qu'ils me connaissaient pas.

AGENT OLDMAN : As-tu l'impression que la plupart des gens ne te connaissent pas ?

BECK : Vous êtes psy en plus d'être flic, maintenant ?

AGENT OLDMAN : (Il s'éclaircit la voix.) Les soirs où tu as reconduit Tabitha chez elle, vous n'êtes jamais allés à Queen Anne's Woods ?

BECK : Non, pourquoi on y serait allés ?

AGENT OLDMAN : Si Tabitha et toi… (Il marque une pause ; un autre agent entre dans la pièce.) Un instant, Thomas. Je reviens tout de suite.

BECK : Je m'appelle pas Thomas.

TABBY CATS – JUSTICE POUR TABBY !

Bienvenue sur notre page Facebook !

Ce groupe compte désormais près de 20 000 membres. Formidable ! Apparemment, on est NOMBREUX à être convaincus de l'innocence de Tabby. Avec tous ces articles à charge qui paraissent les uns après les autres, nous devons aider notre amie et diffuser le message le plus largement possible. Combien d'entre nous ont déjà été accusées d'avoir menti ? Combien se sont fait traiter de pute pour avoir eu des rapports sexuels ? Combien ont été cachées par un garçon populaire qui n'assumait pas de sortir avec nous ? Je n'ai jamais rencontré Tabby, mais c'est inutile. Je sais qu'elle dit la VÉRITÉ. Je le vois dans ses yeux. Je parie que, si Mark n'avait pas été un sportif accompli ou un garçon blanc et riche, tout serait différent. Ne les laissez pas s'en tirer comme ça !

Nous manifesterons dans le centre-ville de Coldcliff ce week-end, avec des oreilles de chat sur la tête. Rejoignez-nous ! Et partagez autour de vous !

4.1k likes 252 commentaires 311 partages

22

ELLE

Si vous avez l'impression de toujours mal me connaître même après avoir passé du temps avec moi, c'est normal. Je garde mes distances avec les gens. Même avec Tabby. Elle ne sait pas tout, et c'est mieux comme ça.

On se voit aussi souvent que possible. Aujourd'hui, j'arrive avec des donuts au sucre glace de chez *Milky's Variety*, ses préférés. Elle est maquillée alors qu'elle ne sort pas de chez elle. Un van de télévision est garé le long du trottoir. Je lui fais un doigt d'honneur avant de franchir le portail et de frapper aux portes vitrées du patio.

— Tu es la seule à me rendre visite, se plaint Tabby en prenant un donut. C'est comme si tout le monde m'avait oubliée.

Je me demande si c'est vrai. Pas que tout le monde l'a oubliée, car à l'évidence la réponse est non, mais si je suis réellement la seule à venir la voir.

— Tu es trop sympa avec moi, poursuit-elle en essuyant le sucre glace sur ses lèvres. Je te revaudrai ça. La prochaine fois que tu seras témoin assisté dans un possible homicide, je t'apporterai des donuts, moi aussi.

Je souris. En vérité, c'est moi qui lui suis redevable.

Je ne suis pas prête à raconter ma vérité. Alors je vais continuer à raconter celle de Tabby.

La première fois que Mark et elle ont couché ensemble, c'était chez moi. On était tous en bas, à jouer aux jeux vidéo, quand Tabby a dit qu'elle allait se chercher un truc à boire. Mark l'a suivie. Je me suis retrouvée seule avec Keegan – ce qui arrivait parfois quand on était tous les quatre. Je n'avais rien contre lui, c'est juste qu'on était censés sortir ensemble par défaut et qu'il n'était pas vraiment mon genre.

J'ai fini par monter voir où était Tabby. Je l'avais appelée dans la cuisine, mais elle n'y était pas. Puis j'ai entendu du bruit dans ma chambre. Je suis allée à la porte et je me suis immobilisée d'un coup. Ils n'avaient même pas pris la peine de la fermer complètement. Mark était au-dessus d'elle ; elle avait les mains plaquées sur lui, enfoncées dans sa peau. Il a dit quelque chose que je n'ai pas tout à fait compris, mais ça ressemblait à : « Tu es à moi. »

Ça faisait cinq jours qu'ils se connaissaient.

Je ne jugeais pas Tabby pour avoir couché avec un mec qu'elle venait de rencontrer. C'est ce commentaire possessif qui m'a fait un peu flipper. « Tu es à moi. » Je savais que Tabby trouverait ça plutôt romantique. C'était une étreinte. Une promesse. Elle voulait qu'on la désire ; elle avait besoin qu'on ait besoin d'elle. Elle devenait le miroir de la personne avec qui elle était.

J'ai fermé la porte. Je suis retournée au rez-de-chaussée, où Keegan était assis. Il avait mis sa partie en pause – une première.

— Qu'est-ce qui se passe ? a-t-il demandé.

— Rien.

Je me suis assise sur le canapé, laissant un coussin entier entre nous.

— Ils baisent ?

Les yeux rivés sur mon jean, je me suis sentie rougir.

— Je ne sais pas.

Il s'est mis à rire, mais ce n'était pas un rire sympa.

— Si, tu le sais. Il faut t'y faire. C'est une habitude, chez Mark.

J'ai replié mes jambes sous moi. Je voulais me faire aussi petite que possible. Depuis que j'ai pris conscience de mon corps, j'essaie toujours d'occuper le moins d'espace possible.

— Comment ça, une habitude ?

Keegan a repris sa manette sans me regarder.

— Il rencontre une nana. Il fait une fixette sur elle. Elle fout tout en l'air, et ça explose.

Une sorte de déflagration est apparue sur l'écran de télé, suivie de deux mots rouges au milieu : *« Game over. »*

J'aurais voulu répéter à Tabby ce que Keegan venait de dire. Il fallait qu'elle soit au courant, avant qu'elle s'investisse davantage et tombe sérieusement amoureuse de Mark. Sauf que par la suite, ce soir-là, une fois les garçons partis, j'ai bien vu qu'il était trop tard. Elle était déjà raide dingue de lui.

— Il est tellement génial, Elle, a-t-elle soupiré quand on est allées à pied chez *Reid's Ice Cream*.

Ses cheveux bouclaient autour de ses oreilles à cause de l'humidité qui imprégnait l'air.

— Tu sais, quand tu rencontres quelqu'un, et que c'est le bon ? a-t-elle demandé. Ben je crois que Mark pourrait être le bon.

J'en doute, aurais-je voulu répliquer. J'étais sûre que Tabby n'était qu'une nana parmi la ribambelle de filles avec lesquelles Mark aimait jouer. Si ça se trouve, ce qui l'avait attiré chez elle, c'était qu'il la soupçonnait d'être encore au lycée. D'être inexpérimentée.

— Cool, ai-je répondu à la place. Je suis contente pour toi.

Je me suis rappelé que Mark n'était qu'un amour de vacances. Il allait retourner à Princeton entamer sa deuxième année. Il serait dans le New Jersey, à trois mille deux cents kilomètres de Coldcliff, Colorado.

— On skypera tous les soirs, m'a informée Tabby à la fin de l'été. J'ai même acheté de nouveaux soutifs. Tu sais, pour pimenter les choses.

Je voyais bien qu'elle paniquait à l'intérieur. Son visage la trahissait : ses yeux ne racontaient pas la même histoire que sa bouche. Elle s'inquiétait par rapport aux étudiantes. Celles que Mark retrouvait dans les rencontres sportives ; celles qui étaient assises devant lui en cours ; celles qui allaient aux fêtes, les bretelles de leur soutien-gorge glissant sur leurs épaules nues pendant qu'ils s'enfilaient de la bière pas chère. Mark avait dû lui jurer qu'elle était la seule qui comptait à ses yeux. « Tu es à moi. »

Les choses iraient mieux une fois que Mark serait retourné à l'université. Tabby redeviendrait elle-même. Avec un peu de chance, ils allaient rompre, mais peut-être pas. En tout cas, il ne serait plus son unique centre d'intérêt.

— Tu es ma seule amie, tu sais, me dit Tabby maintenant. Sans toi, je ne sais pas ce que je ferais.

Je lui rends son étreinte, espérant qu'elle ne sente pas la tension qui crispe mes épaules. Quelque chose me dit que, sans moi, les choses auraient été beaucoup plus faciles pour elle.

SHARP EDGES CRIME

LA VÉRITÉ EST NOTRE CREDO !

24 septembre 2019

Tabitha Cousins : une brave fille qui aurait mal tourné ?

Par Oberon Halton

La toile s'enflamme autour de Tabitha Cousins, dix-sept ans, soupçonnée d'avoir tué son petit ami pendant une randonnée, alors qu'on croyait la mort de l'étudiant accidentelle. Désormais, les scoops fleurissent au sujet de Tabby, comme l'appellent ses amis et sa famille. Une source proche de la jeune fille m'a révélé en exclusivité que Tabby avait des doutes sur sa relation avec Mark, mais qu'elle ne savait pas comment y mettre un terme.

« Elle avait peur de sa réaction », m'a confié la source, qui préfère rester anonyme.

Voilà une dichotomie intéressante. Ces derniers temps, l'affaire Tabby, présentée dans les médias comme particulièrement clivante, prend de l'ampleur sur les réseaux sociaux. Les Tabby Cats, un groupe Facebook qui compte à présent près de 40 000 membres, s'est monté en soutien à Tabby. Mais un groupe rival, Justice pour Mark Forrester, affirme que Tabby voulait la mort de Mark. Dans les commentaires, on compare souvent l'affaire Tabby à celle d'Amanda Knox. Un site web l'a même baptisée « la Tueuse aux yeux bleus », un surnom qui, apparemment, lui est resté.

Des lecteurs voudraient savoir ce que j'en pense. Honnêtement, je suis partagé. Je viens de créer mon blog et ça me touche que vous me fassiez suffisamment confiance pour me demander mon avis. Au début, je me disais que Tabby était coupable. À cent pour cent. Puis j'y ai réfléchi. L'hypothèse récente d'un pacte suicidaire qui aurait mal tourné me paraît sensée. Mark est peut-être allé jusqu'au bout et pas elle. Je suis persuadé qu'elle en sait davantage qu'elle le dit, peut-être parce qu'elle le protège.

Vous pouvez me contacter *via* ma messagerie privée. N'hésitez pas à laisser un commentaire ou à m'écrire si vous avez des informations sur cette affaire.

COMMENTAIRES

PenEstUnePouffe : Un pacte suicidaire ? Carrément ! C'est ce que je dis depuis le début. Ce n'est qu'une question de temps avant qu'ils retrouvent son sac à dos à elle.

Arès : Elle protège quelqu'un, mais pas Mark. Impossible que cette fille ait agi seule.

23

LOU

Ces temps-ci, quand il m'appelle « mon cœur », j'ai l'impression qu'il s'adresse à une gamine. Une gamine un peu cloche. Je ne sais pas trop ce qui a changé entre nous, hormis le fait que son ex n'arrête pas de surgir dans les actualités, même si elle n'a pas encore été officiellement inculpée. (Ça, je l'attends de pied ferme !)

Ce n'est pas toujours facile d'être la petite amie de Beck Rutherford. Surtout lorsqu'il vous demande de faire des choses dont vous n'avez pas envie. (Non, pas ça, sale pervers.) Je parle de monter à l'arrière de sa moto sans casque, ou d'aller se promener à pied à 2 heures du matin – ce qui m'oblige à faire le mur. Une fois, ma mère m'a prise sur le fait. Maintenant, elle est persuadée qu'il faut que j'aille voir quelqu'un pour exprimer toutes les *émotions* que j'éprouve. Les émotions, c'est un gros sujet pour ma mère, ce qui me paraît logique vu qu'elle gagne sa vie en écoutant les gens parler des leurs.

Vous avez probablement vu le nom de Beck apparaître çà et là sur Internet. C'est super frustrant. Je ne sais même pas s'il est au courant, puisqu'il n'est pas sur les réseaux sociaux (tout ce qui est social, c'est pas son fort, haha). Après sa rupture avec Tabby, il a supprimé son compte Facebook.

Il n'est pas très réactif pour répondre à mes messages. Je crois l'avoir déjà dit, non ? Aujourd'hui, c'est pire que jamais. Il est carrément injoignable. En plus, il n'est pas venu hier soir, contrairement à ce qui était prévu. Je ne crois pas que les garçons mesurent bien les efforts qu'on fournit pour se faire belles. Comme moi. Chaque fois que je reçois son texto « T'es dispo ? », je prends une douche. Je me rase partout. Je m'hydrate avec la lotion corporelle qu'il aime bien. Je me maquille, même si je venais de me démaquiller pour aller au lit. Puis je réponds « Oui ! ».

(Le point d'exclamation, c'est un peu *too much*, non ? Mon amie Tessa dit que les points d'exclamation, ça fait désespéré. Il faut dire qu'elle sort depuis quatre ans avec le même mec chiant et ne pratique que la position du missionnaire.)

Après les cours, je suis dans tous mes états à cause du silence de Beck, quand soudain on sonne à la porte. Ça doit être lui, et pour une fois il vient me voir en journée. Sauf que, lorsque je vais ouvrir (vêtue seulement d'un débardeur et d'une culotte), je me rends compte que ce n'est pas lui. C'est un policier – un jeune. Il me regarde avec des yeux écarquillés avant de reprendre contenance, pendant que je me cache derrière le battant.

— Désolée, dis-je. J'attendais quelqu'un d'autre.

— Louisa Chamberlain ?

— Ouais. C'est pour quoi ?

Mais je connais déjà la réponse. Ça a forcément un rapport avec Tabby. Je savais qu'ils finiraient par me contacter. Ils ont déjà auditionné d'autres personnes : Elle, Bridget, Beck (bonne chance pour arriver à lui tirer les vers du nez)... Même Mr Mancini.

— Votre mère est là, Miss Chamberlain ?

Ah, je ne m'y attendais pas, à celle-là. Premièrement, ma mère est toujours au boulot, et deuxièmement, j'espère bien que ce policier n'est pas le Type, celui avec qui elle s'est envoyée en l'air pendant son week-end entre filles. Dans ma tête, je lui prêtais des traits qui changeaient tout le temps : moche, beau gosse, barbu, les yeux bleus, grand, trapu. Elle n'a jamais dit comment il s'appelait. Elle parlait de lui comme s'il était une erreur – comme elle l'aurait fait avec un objet qu'elle possède. Je déteste m'imaginer la scène. Ma mère dans un bar, bourrée, sûrement en train de brailler sur une affreuse chanson d'un groupe qu'elle a vu en concert dans les années 1990, avant que je naisse et la rende pragmatique. Ma mère, flirtant avec un autre gars, n'importe quel homme qui l'aurait complimentée et lui aurait offert un verre. Ma mère, rentrant avec lui.

— Elle n'est pas là, je dis d'un ton plat. Pourquoi ?

Il ne répond pas. Il est carrément trop jeune pour ma mère, mais c'est peut-être son genre. Peut-être que n'importe quel type qui n'est pas mon père est son genre.

— En fait, il faut aussi qu'on s'entretienne avec toi. À propos de Beck Rutherford.

Des taches rouges fleurissent sur mon cou ; je le sais, car c'est là que je porte mes émotions, dans la zone le long de mes clavicules. Stress, gêne, désir sexuel, angoisse. Tout rouge et couvert de plaques – le collier le plus moche de la terre.

— Qu'est-ce que vous voulez savoir ?

Il fourre une main dans sa poche et me donne sa carte.

— Appelez-moi quand vous serez disponible. J'aurais juste deux ou trois questions à vous poser.

Je me rends compte qu'il ne veut pas entrer, parce que je suis une ado en culotte, et aussi parce qu'il est inutile qu'il entre. Je n'ai rien fait de mal.

Je promets d'appeler (je n'en ai pas l'intention) puis je referme la porte. De la fenêtre, je le regarde s'éloigner. Sa démarche n'a rien d'arrogant. D'après sa carte, il s'appelle inspecteur Blake Stewart. J'ai oublié de regarder s'il avait une alliance. Oubli ou pas, de toute façon, ça n'a aucune importance : ce n'est pas un petit bout de métal qui va empêcher quoi que ce soit.

Après être remontée dans ma chambre, j'ouvre mon ordinateur portable. Avant, j'allais sur le site du *Coldcliff Tribune* pour suivre les dernières nouvelles sur l'affaire de Tabby, mais maintenant, son visage est partout. Perez Hilton en a même fait un mème. Je ne peux pas m'empêcher de me dire qu'elle doit adorer toute cette effervescence autour d'elle.

Puis je suis tombée sur *Sharp Edges Crime* (ne me demandez pas comment) et c'est devenu ma nouvelle obsession. Ça va vous paraître horrible, mais tout nous ramène à cette histoire, en ce moment, non ?

Hier, un nouvel article a été publié sur le blog : « Une brave fille qui aurait mal tourné ? » Comme si on parlait d'une brique de lait oubliée dans le frigo. Vous l'avez lu ? C'est plutôt du bon journalisme, en fait.

Je rafraîchis la page pour voir les nouveaux commentaires. Ceux des défenseurs de Tabby. Ça me débecte.

Ne croyez pas ce que vous lisez, ni ce que vous voyez. Chaque fois qu'ils montrent Tabby quittant le bureau de son avocate ou je ne sais pas qui, elle porte un chemisier boutonné jusqu'au cou et a son air de lapin pris dans les phares. (Et d'abord, comment ils savent où la trouver, systématiquement ? Et qui se cache derrière « ils » ? C'est elle qui est derrière tout ça, j'en suis certaine.)

Elle est leur petite fiancée. Ils sont bien décidés à prouver son innocence. Vous vous souvenez de ce qu'elle a dit au *Tribune* ? Qu'elle avait *peur*.

La pauvre a tellement peur qu'elle a pris le temps de mettre ses faux cils. Ils sont tous tombés dans le panneau. Ses larmes, ses mains qui tremblent… Devenir célèbre, elle kiffe. Avant que son compte Instagram (public) soit supprimé, il était rempli de selfies hyper filtrés et de citations de Marilyn Monroe, que toute pouffe de base adore placarder sur sa vie : « Si vous ne pouvez pas me supporter pour le pire, nul doute que vous ne me méritez pas pour le meilleur. »

Sauf que, maintenant, la vérité est en train d'éclater. Ils ont trouvé un sac à dos et tous ces textos pas cool. Ce n'est qu'une question de temps avant qu'ils sortent la prochaine bombe. Mon seul commentaire sera : « Je vous l'avais bien dit. »

Tu ne m'as même pas dit dans quelle résidence tu es. Je trouve ridicule de ne même pas savoir où habite mon PETIT AMI. *23 h 23*

C'est qui, la pouffiasse sur toutes tes photos ? Je suppose qu'elle est assez bien pour figurer dans ta vie, contrairement à moi ? *23 h 41*

Tu as commis une grave erreur en me contrariant. On peut être deux à jouer à ce petit jeu. *2 h 16*

Écoute, je suis désolée de t'avoir envoyé tous ces textos hier soir, mais j'ai vraiment les boules, on pourrait discuter ? *6 h 14*

Textos envoyés par Tabitha Cousins à Mark Forrester, 24-25 octobre 2018

PEOPLE.COM 26 septembre 2019

La piste de l'homicide est désormais privilégiée dans l'enquête sur la mort d'un jeune homme à l'avenir prometteur, qui a secoué la petite ville de Coldcliff, Colorado. Le 16 août dernier, Tabitha Marie Cousins, dix-sept ans, et son petit ami Mark Forrester, vingt ans, ont marché jusqu'au point de vue appelé la Rupture. Selon les déclarations de Cousins à la police, Forrester aurait chuté de la falaise après avoir perdu l'équilibre, et elle aurait eu du mal à ressortir des bois alors qu'il faisait nuit. Le couple voulait admirer le coucher de soleil.

Cependant, après la découverte par les plongeurs de la police d'un sac à dos lesté de pierres dans la rivière Claymore, et après l'audition de Cousins, la jeune fille qui continue de clamer son innocence est désormais considérée comme la principale suspecte dans la mort de l'étudiant. D'après une déclaration à son avocate, l'adolescente ignorait ce que contenait le sac à dos, et pourquoi Forrester s'est autant approché du bord.

L'examen de l'historique des textos échangés entre Cousins et Forrester, qui sortaient ensemble depuis un an environ, a révélé que leur histoire était tumultueuse, émaillée de jalousie et d'accusations de la part de Cousins. Des sources proches du couple affirment que, dans les mois précédant la mort de Forrester, alors que celui-ci était revenu passer ses vacances d'été à Coldcliff après son année d'études à Princeton, la situation semblait s'être améliorée.

« De l'extérieur, ils formaient le couple parfait », se souvient une source qui a demandé à rester anonyme. « On ne se serait jamais douté qu'ils avaient des problèmes. »

La police poursuit son enquête. Le procureur de district Anthony Paxton déclare disposer de suffisamment de preuves pour inculper Cousins.

Forrester devait commencer sa troisième année à l'université de Princeton. Selon son frère, il projetait de passer cet automne le test d'admission à la faculté de droit. Les amis de Forrester le décrivent comme un jeune homme sérieux, loyal et généreux.

« Il aurait fait n'importe quoi pour vous », l'encense son meilleur ami Keegan Leach, vingt ans, également résident de Coldcliff. « Il vous aurait donné sa chemise, même si vous le connaissiez à peine. Je n'arrive pas à croire qu'il ne soit plus là. »

En plus d'être un étudiant brillant, Forrester était un nageur talentueux. Il avait décroché plusieurs bourses avant de les décliner pour partir étudier à Princeton, comme son père avant lui. Nageant pour les couleurs de son université, il a remporté plusieurs championnats durant ses deux premières années à la faculté. Cette année, alors qu'il partait grand favori du cent mètres nage libre, il n'a pas réussi à se qualifier pour la finale.

« C'est le stress qui a eu raison de lui », analyse un membre de son équipe qui souhaite rester anonyme. « C'est vrai, ce que tout le monde dit. C'est à cause d'elle. Toujours sur son dos. Je savais qu'il y avait un truc qui clochait. »

Actuellement en dernière année de lycée, Cousins a été surnommée la Tueuse aux yeux bleus par les médias, dans lesquels elle tient une part grandissante. Elle doit se présenter au tribunal la semaine prochaine pour entendre les accusations portées contre elle.

COMMENTAIRES

Kiley_R_aime_B : *Oh my god*, cette fois c'est sûr, regardez cette photo d'elle. Elle a l'air grave coupable.

XmanArrive : Quoi, parce qu'elle est maquillée ? Comment tu peux juger si quelqu'un est coupable à partir d'une photo ?

MissPenn : J'ai voulu aller sur son compte Insta, il a été supprimé, comme celui de Mark. Je me demande vraiment ce qui s'est passé. Les filles ne tuent pas leur petit copain comme ça. Il a dû faire un truc pour le mériter.

Rapidos01 : Personne ne fait de la rando avec un sac à dos rempli de pierres.

Chef : On est dans le même lycée, elle et moi !!!!! Je connais au moins cinq personnes qui ont couché avec elle.

Trop_Belle : Il s'est peut-être suicidé ? Ce n'est pas parce qu'ils se sont balancé des vacheries par texto que ça fait d'elle une meurtrière. Si les flics voyaient ce qu'on s'envoie, mon mari et moi, ils nous coffreraient direct.

Kenn-A-D : Je connaissais cette fille, à une époque. Croyez-moi, elle est coupable.

24

LOU

Putain, j'y crois pas !!! Elle est dans *People* ! Et pas tout en bas, quand vous scrollez à mort. Non, il y a son visage juste là, le plus gros de la rubrique faits divers !

Vous comprenez maintenant pourquoi je pense qu'elle a tout manigancé ? Pas de pub, c'est de la mauvaise pub, on est d'accord ? Cette fille cherche à être connue. Elle veut qu'on la regarde, que les gens parlent d'elle. J'en ai la certitude depuis *Un tramway nommé Désir*.

Aujourd'hui, pendant une heure de libre, je retrouve Beck sous les gradins. Il a repris la clope. Il n'essaie même pas de s'en cacher.

— Compte pas sur moi pour t'embrasser si tu as un goût de cendrier, dis-je.

— Je t'ai rien demandé.

Il tape du pied. C'est nouveau. On dirait qu'il est… stressé ?

Je m'écarte légèrement.

— Tu sais que tu es en train de me tuer, là. Passivement.

Il incline la tête.

— Mon cœur, personne exige que tu restes si près de moi.

— T'es un connard. Quand est-ce que tu vas me parler de l'article ? Je sais que tu l'as lu. Tu y crois, maintenant ? Elle est coupable, Beck ! Ils doivent avoir des preuves contre elle.

— Peut-être bien. Ou alors ils l'espèrent.

Beck ne s'est pas toujours exprimé en énigmes. Quand on s'est rencontrés, ça faisait un moment que Tabby et lui n'étaient plus ensemble. On n'a pas exactement les mêmes fréquentations (en fait, Beck n'a pas de fréquentations), et il m'a fallu une certaine organisation (« préméditation » est un mot tellement laid) pour m'assurer qu'on serait à la même fête au même moment. C'était une soirée costumée, je m'étais déguisée en ange – un risque à prendre, mais je tenais à être la lumière contrastant avec les ténèbres que Tabby représentait. C'est là qu'on a commencé à se voir, lui et moi. J'ai veillé à ce qu'il y ait d'autres occasions, jusqu'à ce qu'on passe à la vitesse supérieure.

Lorsque Tabby nous a vus ensemble pour la première fois, j'étais persuadée qu'elle en serait contrariée. Elle sortait déjà avec Mark, mais, à sa manière de regarder Beck, on voyait qu'elle le désirait toujours. Tout le monde savait qu'il l'avait larguée parce qu'elle l'avait trompé. Sauf que, contre toute attente, elle a souri – à moi ou à lui, allez savoir. Presque comme si l'idée qu'on soit ensemble ne lui déplaisait pas. Comme si rien de ce que je pouvais faire ne la surprendrait.

— La Tueuse aux yeux bleus, dis-je. Franchement, c'est pas débile, ce surnom ? À tous les coups, c'est elle qui l'a trouvé.

Beck s'est contenté de hausser les épaules avant d'écraser son mégot sous sa botte.

Quelque chose a changé, depuis que Tabby n'est plus dans les parages. Beck n'a plus la même allure. Il fait plus *cheap*. Il n'est plus l'authentique *bad boy* qui fait fantasmer les filles. On dirait un costume d'Halloween imitation cuir plutôt qu'en cuir véritable. De l'eau de Cologne au lieu du parfum. En l'absence de rivales, les garçons perdent de leur attrait.

— Ils m'ont interrogé, m'annonce Beck alors que j'allais partir. Je vais prendre un avocat.

— Oui, elle essaie de t'entraîner dans sa chute. Ne la laisse pas s'en tirer.

Vous comprenez ce que ça signifie, hein ? Le visage de Tabby étalé partout ? (À part le fait qu'elle adore être le centre du monde ?)

Ça signifie qu'ils ont vraiment une preuve contre elle. Ou qu'ils vont en avoir une très prochainement.

25

ELLE

Vous savez déjà que Tabby a engagé une avocate. Ce que vous ignorez peut-être, c'est que je n'ai même plus le droit de lui parler. Elle est un peu plus isolée chaque jour. Une princesse prisonnière dans sa maison. J'aimerais bien savoir ce qu'ils ont comme preuves à charge, à part ce tas de conneries. Comme si le fait de ne pas être un ange vous rendait forcément coupable.

Moi non plus, je ne suis pas innocente dans tout ça. J'ai joué un rôle. Et je continue.

Aujourd'hui, en cours, je me perds au milieu d'un tourbillon de filles – celles qui viennent à mes fêtes, mais qui me connaissent très mal. Ce n'est pas leur faute. Quand Tabby est entrée dans ma vie, j'ai laissé tout le monde sortir d'une emprise que j'ignorais avoir. Maintenant, lorsqu'on me demande un truc (« Tu fais quoi après les cours ? Tu vas à la fête dans les bois ? »), c'est pour m'amadouer dans l'espoir que je dévoile quelques-uns des secrets de Tabby.

Je suis une tombe. Je réponds que tout va bien et laisse mon sourire faire le reste. Ma bouche est mon arme la plus mortelle. Avec elle, j'ai raconté des tas de mensonges. Deux d'entre eux étaient fins comme de la dentelle, au début. C'est à peine s'ils avaient de la matière. Puis ils sont devenus tellement complexes que ça n'avait plus d'importance.

Je sais que Dallas a un cours d'algèbre en deuxième heure. J'ai organisé mon emploi du temps pour éviter de le voir. Aujourd'hui, il sort du bureau de Mr Mancini au moment où j'entre dans le réfectoire. Je me réfugie dans une salle au hasard, pour qu'il ne me remarque pas. Non pas que ce soit grave. Dallas me harcèle de textos. « Elle, qu'est-ce qui se passe ? Qu'est-ce que j'ai fait de mal ? Parle-moi. Si j'ai fait quelque chose, je mérite de savoir quoi, non ? »

Oui, il a fait quelque chose. Mais je suis celle qui a fait quelque chose de mal. En ne lui parlant pas, cette fois. Vous voyez ? Ma bouche est vraiment mon arme la plus mortelle. Si je dis un truc, les gens ont des ennuis. Si je ne dis rien, c'est moi qui ai des ennuis. Parfois, quand on est une fille, on est toujours perdante. Comme en ce moment : je dois me cacher, non pas parce que j'ai peur de ce qu'il dira, mais parce que j'appréhende ce que les autres diront.

Par contre, je n'ignore pas le texto de Beck, que je reçois juste après être rentrée chez moi. Voir son nom apparaître sur mon écran me noue toujours les tripes et me serre le cœur. « J'ai pris un avocat. Et toi, ils t'interrogent encore ? »

C'est ma faute s'il est impliqué dans tout ça. Comme c'est ma faute si Tabby et lui ne sont plus ensemble. C'est aussi par ma faute qu'elle a rencontré Mark. J'ai eu l'effet d'un catalyseur pour tout, et je suis la seule à le savoir.

« Elle te trompe. » Voilà ce que j'ai dit à Beck alors qu'il sortait avec Tabby depuis quatre mois. J'étais ivre, pieds nus dans un jardin quelconque, et ça m'énervait que Tabby fasse comme si je n'existais plus depuis qu'elle vénérait son *bad boy* en blouson de cuir. Ces étoiles qu'elle avait dans les yeux, c'était à vomir. Le pire, c'est qu'elle continuait à flirter avec d'autres mecs – même si elle n'appelait pas ça flirter. Elle appelait ça « être sympa ». Si comme moi elle avait vu Beck pour ce qu'il est vraiment, si elle avait perçu sa douceur et sa sensibilité qu'il prenait bien soin de dissimuler sous sa carapace, jamais elle n'aurait été aussi « sympa ».

Il l'a interrogée à ce sujet et elle n'a pas démenti, parce que c'était vrai. Elle l'avait trompé. Elle avait embrassé Sawyer Hartman, qui ne l'intéressait même pas spécialement. Je les ai vus à l'arrêt de bus : leurs lèvres se sont effleurées. Je ne savais même pas que Tabby prenait parfois le bus. Voilà peut-être ce qui me contrariait le plus : qu'il y ait des zones d'ombre dans sa vie et que je n'y sois pas invitée.

Deux jours plus tard, c'était fini entre elle et Beck. Mon poison avait fait effet rapidement. Bien sûr, Tabby était dans tous ses états. Je l'ai emmenée manger une glace et j'ai séché ses larmes en l'écoutant s'épancher, sachant que c'était à cause de moi qu'elle souffrait, sans pour autant lui avouer quoi que ce soit.

Malgré tout, Beck a continué à l'aimer. Je le voyais bien. Ils n'étaient pas exactement amis. C'était autre chose. Deux personnes qui ont vécu une expérience commune. L'une d'entre elles avait trahi l'autre, mais il y avait toujours de l'affection entre elles.

(Même si cette analogie s'applique également à Dallas et moi, je préfère l'ignorer. En ce qui me concerne, j'ai fait carrément pire.)

Mon téléphone vibre alors que je suis en train de répondre à Beck – un message trop long et plein d'émotions, que je n'enverrai jamais. Le nouveau texto vient de Dallas : « Je sais que tu m'as vu, tout à l'heure. S'il te plaît, parle-moi. »

Je le supprime immédiatement avant d'effacer tout ce que j'étais en train d'écrire à Beck. À la place, j'envoie : « Ça n'a pas d'importance. De toute façon, ils n'entendent pas ce que je dis. »

En lâchant mon scoop à Beck il y a deux mois (à propos de Mark), j'étais sûre que ça marquerait le début de la fin. Je ne sais pas pourquoi je l'ai fait. Je suppose que je voulais voir jusqu'où les gens seraient prêts à aller pour Tabby.

Peut-être que je suis incapable de gérer la réponse.

26

KEEGAN

Je pense que c'est au moment de la fête de rentrée que tout a commencé à aller de travers entre Mark et Tabby. Oui, quand on sort avec quelqu'un, le cap des trois mois n'est pas facile à passer. C'est pas une plaisanterie. C'est pour cette raison que, les petites amies, c'est pas mon truc, même si Kyla n'arrête pas de me demander ce qu'on est exactement. Je sais ce qu'elle aimerait entendre. Moi, j'ai juste envie de lui répondre qu'on est des êtres humains – une autre sorte d'animaux, quoi.

À l'occasion de la fête de rentrée, Mark avait prévu tout un programme pour Tabby, dont un dîner romantique la veille du match de foot. Quelques heures plus tard, j'ai reçu un texto disant qu'il voulait sortir, alors j'ai supposé qu'ils s'étaient encore pris la tête. On est allés à une fête. Il a bu, mais pas autant que moi. Quand je lui ai demandé ce qu'il en était de sa soirée en amoureux, il a poussé un long soupir.

— Elle ne répond pas à mes messages. En fait, je ne sais pas du tout qui elle est.

Il s'est frappé le front avant de rectifier :

— Où elle est, je veux dire.

— C'est pas les filles qui manquent, ici, ai-je répliqué en balayant la pièce d'un geste.

C'étaient les mêmes têtes que d'habitude, surtout des élèves en dernière année à Coldcliff Heights, et quelques « rebuts » comme moi, coincés entre le lycée et la Vraie Vie qui vient après. Mais ça ferait du bien à Mark de sortir avec quelqu'un d'autre, même si ce n'était qu'un réconfort physique.

— Tu ne comprends pas, a-t-il rétorqué, assis sur l'accoudoir d'un fauteuil marron défraîchi.

Ses bras étaient gigantesques, comme si ses muscles allaient jaillir de sa chemise. J'avais ce corps moi aussi, à l'époque où je nageais et m'entraînais avec Mark. Plus maintenant.

— Je ne veux pas n'importe quelle fille, a-t-il ajouté. C'est elle, que je veux.

Mais pourquoi ? aurais-je aimé lui demander. OK, Tabby était sexy, comme la plupart des filles présentes ce soir-là. Au lit, je suppose que ça devait être magique avec elle. Elle était peut-être capable de se décrocher la mâchoire sur commande. Mark était trop bien pour aborder ce genre de sujet intime avec moi, contrairement à mes collègues masculins du *Stop & Shop*. Tabby venait souvent acheter des trucs au magasin : du soda light, du démaquillant, parfois des trucs de fille comme des tampons. Elle portait toujours le même minuscule pyjama short et un débardeur sans soutif en dessous, presque comme si elle mettait le pauvre type à la caisse au défi de s'imaginer à quoi elle ressemblait à poil.

Un jour, j'ai essayé d'en parler à Mark. Il s'est contenté de rire.

— Ça ne m'étonne pas d'elle. Elle déteste faire l'effort de s'habiller quand rien ne l'y oblige. Allez, quoi, ça ne t'est jamais arrivé de sortir de chez toi en pyjama parce que tu avais la flemme de te changer ?

C'est là que j'ai su qu'il avait choisi son camp. C'est là que j'ai su qu'il y avait un camp à choisir.

Je ne suis pas en mesure de raconter ce qui s'est passé ensuite, ce soir-là. J'étais très soûl, et je n'ai pas fait attention à ce que Mark a fait. Je ne sais pas du tout comment il est rentré chez lui. Apparemment, j'ai quitté la fête sans chaussures. À mon réveil le lendemain, j'avais les pieds noirs. Mes chaussettes déformées avaient été essorées : on aurait dit deux serpents dégoûtants qui traînaient par terre. Dans mon lit, il y avait une fille bizarre. Je n'ai pas du tout pensé à Mark jusqu'à ce qu'il m'envoie un texto pour me prévenir qu'il retournait à la fac plus tôt que prévu, afin de passer plus de temps à la piscine.

Lorsque j'ai trouvé le temps de lui écrire, je lui ai demandé s'il avait eu des nouvelles de Tabby. Sa réponse tenait en un mot : « Non. »

Je me suis dit que c'était fini entre eux. Je l'espérais. Je voulais que Mark retourne à Princeton et trouve une fille de son âge, peut-être très sportive et plus compréhensive. Mark n'était pas du genre à se plaindre, mais il m'avait dit à plusieurs reprises que Tabby ne comprenait pas pourquoi il fallait qu'il s'entraîne autant d'heures à la piscine ou au gymnase.

— Elle veut qu'on parle tous les soirs, se plaignait-il. Elle ne comprend pas que je suis au lit à 21 heures et que je dois me lever à 4 heures. Ce matin, à mon réveil, j'avais dix-sept appels manqués, tous d'elle, plus un texto pas sympa.

Je lui ai demandé de me le lire, ce qu'il a fait. C'était long. Quelque chose du genre : « Je sais que tu sors avec une autre fille et que c'est pour ça que tu fais comme si j'existais pas, ben si tu me fais ça, je peux faire pareil, on peut être deux à ce jeu-là, fils de pute. Tu te crois malin mais je vois clair dans ton jeu. »

— Largue-la, ai-je conseillé.

C'était comme s'adresser à un enfant ou essayer d'expliquer les tables de multiplication à quelqu'un de complètement paumé.

— Elle est cinglée, ai-je ajouté.

— Mais non, a-t-il protesté. C'est juste qu'elle a été traumatisée dans le passé. Les mecs lui ont beaucoup menti. Je l'aime. Je regrette qu'elle ne me fasse pas confiance.

Je savais (je suis sérieux, écoutez-moi bien), je *savais* que le coup du traumatisme était de la pure foutaise. Je connais bien ce genre de nana : la pouilleuse de la classe moyenne supérieure de base, constituée de gobelets *Starbucks*, de maquillage, de boissons allégées en sucre et de robes deux tailles trop petites. Le genre à aimer raconter qu'elle a connu des épreuves. Soyons honnêtes : ces prétendues épreuves, c'est elle qui en est à l'origine. C'est elle, le dénominateur commun. Et Mark est tombé dans le panneau. Jusque-là, il en avait été préservé. Il ne savait pas qu'il était pris au piège, et c'est peut-être pour ça qu'il ne cherchait pas d'issue.

Maintenant, ils affirment que Tabby n'a pas agi seule, qu'il y avait un autre type. Un pauvre pigeon qui en pinçait pour elle. Je crois savoir qui.

27

BRIDGET

Maintenant, il n'y a plus que moi que Tabby puisse voir. Enfin, il y a mes parents, aussi. Ma sœur est là sans être là. Des vans de télévision sont garés dans notre rue. Les journalistes qui font le pied de grue à l'intérieur n'ont donc pas d'autre occupation ? Tabby les observe par la fenêtre.

— Ils font en sorte que je paraisse coupable, me dit-elle ce soir, pendant qu'on regarde en pyjama ses « Real Housewives » adorées. C'est leur intention depuis le départ. J'ai trop de démons en moi.

— Tout le monde a un passé, je réplique. Ils ne peuvent pas t'en tenir rigueur.

Elle caresse son sourcil d'un doigt.

— Non seulement ils le peuvent, mais ils en feront une arme sur laquelle ils m'empaleront.

Je ne ris pas, jusqu'à ce qu'elle se mette à glousser et que j'aie l'impression de retrouver la Tabby normale, pas la fille que je vois en ligne. Pas la Tueuse aux yeux bleus ; pas le visage qui génère des centaines de commentaires.

À la voir ainsi sans maquillage, avec les cheveux rassemblés en chignon ordonné, on la croirait incapable de faire du mal à qui que ce soit.

— Il était temps qu'on se marre un peu, poursuit Tabby en se levant pour prendre notre saladier de pop-corn vide. Cette baraque est un vrai mausolée. Papa et maman ne savent même plus se comporter comme des êtres humains en ma présence.

Elle n'a pas tort. Ces temps-ci, nos parents ressemblent plutôt à des apparitions qu'à des êtres de chair et de sang. Ils gardent la tête constamment baissée et parlent à mi-voix de « tout ce qui s'est passé ». Ils hésitent entre prétendre que Tabby n'existe pas et surcompenser en lui faisant de la lèche : presque tous les jours, maman passe commande pour elle chez *Starbucks*, et aujourd'hui elle est rentrée avec une nouvelle paire de chaussons molletonnés. « Tu es coincée à la maison, mais au moins, tu auras ta dose de caféine et les pieds au chaud ! » Parfois, je surprends notre père en train d'observer Tabby comme s'il n'avait pas la moindre idée de qui elle est. À mon avis, ça fait un moment qu'il est largué.

Tout à l'heure, quelqu'un a déposé des fleurs sous notre porche. J'ai lu la carte qui allait avec. « On peut discuter ? » Je ne sais pas de qui elles sont, ni qui a besoin de parler à ma sœur. J'ai fourré le bouquet dans un grand sac poubelle noir que j'ai remisé dans le garage, avant que quelqu'un d'autre le voie.

Ça m'a rappelé la série de fleurs que Tabby a reçues à l'automne dernier. Des orchidées bleu et violet, ses préférées. Elles sont teintées artificiellement, car on n'en trouve pas de pareilles dans la nature. J'ai vu les orchidées alignées sur sa commode, comme des petits soldats. Elles n'étaient pas de bonne qualité, du genre de celles qu'on achète au supermarché. Même les plus fraîches se fanaient déjà. Sur son bureau, il y avait un mot qui devait accompagner l'une d'elles : « À cause de tu c quoi »

J'ai levé les yeux au ciel : Mark, pourtant en prépa droit à Princeton, ne prenait même pas la peine d'écrire « sais » correctement.

Puis je suis retournée dans ma chambre commencer une liste que j'allais compléter au cours des mois suivants : « Comment se débarrasser de Mark. » Je l'ai déchirée la première fois que la police est venue chez nous. Sous forme de confettis, dans ma corbeille à papier en osier, elle me paraissait moins compromettante.

— Au fait, j'ai oublié de te demander, me dit Tabby en allant ouvrir le frigo d'un pas traînant. De quoi il voulait te parler ? Stewart. Qu'est-ce qu'il voulait savoir ?

Je regarde mes pieds, mes chaussettes miteuses ressortant sur le parquet clair du salon.

— Je te l'ai dit : il voulait juste le déroulé des événements. Les infos de base. Je ne lui ai rien dit de spécial.

Elle referme brusquement la porte du frigo en serrant contre elle un reste de macaronis au fromage enveloppé de film plastique, que maman avait préparés pour le dîner de la veille.

— Il y a un truc dont il faut que je te parle.

Elle me fait jurer que ça doit rester entre nous. Je suis du genre à tenir mes promesses.

Extrait du journal intime de Tabby

24 octobre 2018

Je suis quasi certaine de ne pas être parano. Je ne suis pas la seule fille. Keegan l'a plus ou moins reconnu. Je suis sûre que c'est pour cette raison que le week-end de la fête de rentrée s'est si mal passé. Quelque part, ça me soulage de me dire que ce n'est pas juste dans ma tête. En même temps, ça me fiche le moral à zéro de savoir que je n'étais qu'un flirt d'été. Je ne comprends pas pourquoi il ne rompt pas, tout simplement.

UPPER HAND CRIME 30 septembre 2019

Nouvel indice capital dans l'affaire de la chute du randonneur
Par Angie Watts

La police a découvert un nouvel indice concernant la mort de Mark Forrester, vingt ans, tué le mois dernier après être tombé d'un point de vue à Coldcliff, dans Queen Anne's Woods, Colorado. Des cheveux ont été retrouvés sur la rive de la rivière Claymore, dans laquelle Forrester s'est noyé. Leur analyse ADN devrait renforcer le lien entre la mort de Forrester et sa petite amie, Tabitha Cousins, âgée de dix-sept ans.

Les enquêteurs se penchent actuellement sur les empreintes retrouvées à proximité de la rive et sur les sentiers environnants, une tâche qui sera sûrement ardue étant donné l'engouement que connaît le sentier de Mayflower. En effet, ce circuit attire de nombreux randonneurs à Coldcliff, une ville située à cinquante kilomètres au sud de Boulder, en particulier au printemps et à l'automne.

28

ELLE

Connard de saint Mark. La mort a fait de lui un martyr. J'imagine que ça leur fait un point commun, à Tabby et lui. Ça lui a toujours plu à elle aussi, d'être une martyre. Je le sais mieux que personne.

Le compte Instagram de Mark a été supprimé (la police doit le considérer comme un élément de l'enquête), mais sur les photos qu'il postait, il y avait d'autres filles. Il faisait la fête quand il disait à Tabby qu'il était dans sa chambre d'étudiant, en pleines révisions. Lorsqu'il ne répondait pas à ses messages, il prétextait avoir oublié son téléphone chez lui. Ça n'empêchait pas les photos d'être postées comme par magie sur son compte. Même si Tabby n'en croyait pas un mot, elle laissait filer.

Je sais qu'ils se sont à moitié disputés à la fête de rentrée. Elle n'a pas voulu en parler, et je n'ai pas insisté. Quelques semaines plus tard, alors que Mark était retourné à Princeton, on est allées au *Stop & Shop* acheter du pop-corn, moi dans mon bas de pyjama râpé et Tabby dans son petit short en tissu-éponge, avec le rouge à lèvres qu'elle se sentait obligée de porter en toutes circonstances. Mark l'influençait de plein de façons. Elle ne se rendait peut-être pas compte de toute la place qu'il prenait, mais moi si. Le poids invisible qui pesait sur ses épaules. Ses réticences à boire un milkshake en entier. Le besoin de lisser ses cheveux, même si Mark et elle ne se voyaient que par écrans interposés.

— On devrait prendre des légumes, a suggéré Tabby. Peut-être du houmous. Mark dit que c'est un super aliment.

« Mark dit que. Mark dit que. » Je ne sais pas ce que lui, faisait de son côté ; en tout cas, je doute qu'il ait « Tabby dit que » à la bouche. « Tabby dit que je ne devrais pas boire autant. Tabby dit que j'ai une petite amie. »

— Va chercher le houmous, ai-je répliqué. Je m'occupe des glaces. Et des chips.

On achetait toujours des glaces et des chips. Tabby s'est dirigée vers le rayon frais et moi vers les surgelés avec une boule dans la gorge. Je détestais cette impression d'avoir toujours Mark calé entre nous deux.

Tandis que je revenais avec mon litre de glace au chocolat, Tabby était penchée sur un assortiment de produits réfrigérés. Son cul sortait pratiquement de son short. Puis mon regard s'est porté sur les files d'attente aux caisses, derrière nous – peut-être par réflexe, pour voir qui matait. Je me rassure en pensant que je voulais protéger Tabby, alors qu'en fait j'étais probablement jalouse. J'ai toujours l'impression qu'il est bien plus difficile de ne pas la remarquer elle plutôt que moi, même si on nous dit souvent qu'on pourrait passer pour des sœurs. C'est peut-être vrai, mais, même entre sœurs, il y en a toujours une plus jolie que l'autre.

Ce jour-là, quelqu'un la matait bel et bien : Keegan. Il avait une de ces façons de regarder Tabby, comme si… comme s'il prenait des notes. C'est là que j'ai compris. Il la surveillait. Il la gardait à l'œil. Il ne l'aurait pas fait si quelqu'un d'autre ne le lui avait pas demandé.

Elle était dans son viseur et ne se rendait compte de rien, courbée sur l'emballage de son houmous pour s'assurer qu'il ne contenait pas trop de glucides, je suppose. Keegan la fixait avec une telle intensité qu'il ne s'apercevait pas que j'étais là. Je trouvais ça tellement flippant que j'ai aussitôt cessé d'être jalouse de Tabby. Elle s'était mise dans le pétrin avec Mark, sans en avoir conscience. Elle avait beau prétendre que tout allait bien entre eux, ce n'était pas du tout le cas. Elle n'avait pas confiance en lui, ce qui la rendait parano. Mark ne lui faisait pas confiance non plus. Par contre, au lieu d'être parano lui aussi, il chargeait Keegan d'accomplir une mission qu'il n'était pas en mesure de gérer lui-même : surveiller sa copine, s'assurer qu'elle reste dans le droit chemin. J'étais certaine qu'ensuite il ferait son rapport à Mark : « On aurait dit une pute. Si elle s'habille comme ça pour aller s'acheter à bouffer, tu imagines comment elle se fringue au lycée ? Aux fêtes ? Mec, t'es pas sorti de l'auberge. »

Je l'ai vu sortir son téléphone. Se mettre à écrire. J'ai retenu mon souffle. Il n'attendait même pas pour tout balancer à Mark ; il le faisait tout de suite.

Je me suis empressée de rejoindre Tabby, mes tongs claquant sur le sol.

— Tu as trouvé ce que tu cherchais ? ai-je demandé. Parce que ma glace est en train de fondre.

Elle s'est redressée, a rejeté ses cheveux derrière son épaule et a rangé son portable dans son sac.

— Ouais. Ce truc est déjà tout prêt. Apparemment, c'est compliqué à préparer soi-même. Je regardais sur Google. Il faut du tahin, je ne sais même pas ce que c'est. Je vais opter pour la facilité. Maintenant, il me faut un concombre à tremper dedans, sinon je vais me gaver de chips.

On est allées à la caisse de Keegan. Il se montrait distant, comme s'il nous connaissait à peine, alors qu'on avait bu et joué à des jeux vidéo ensemble.

— Bonjour, a-t-il dit en fourrant nos achats dans un sac.

— Salut, a répliqué Tabby.

Quand il a rangé le houmous, elle a ajouté :

— J'essaie de manger plus sainement.

Comme s'il en avait quelque chose à battre. Comme si manger sainement allait suffire à Mark pour qu'il rappelle son chien de garde. J'ai fusillé Keegan du regard, ne lui décochant même pas un sourire quand je lui ai tendu ma carte bancaire.

— Vous avez des plans pour ce soir ? a-t-il demandé pendant qu'on attendait la validation du paiement.

— Soirée à la maison entre filles, a répondu Tabby pile au moment où je disais :

— On ne sait jamais ce que la soirée nous réserve.

Il n'a pas bronché. Il s'est contenté de me donner mon reçu. Sans avoir besoin de regarder en arrière en sortant, je savais qu'il nous observait toujours. Qu'il l'observait, elle.

— Il est tellement bizarre…

Les mots se sont échappés de ma bouche une fois qu'on ne risquait plus rien, dehors.

— Tu aurais vu sa façon de te regarder ! me suis-je exclamée. Comme s'il planifiait quelque chose.

Elle a baissé les yeux. Le trottoir était constellé de chewing-gums fossilisés, dessinant une affreuse mosaïque.

— Je crois qu'il ne m'aime pas, a-t-elle dit enfin. Selon lui, Mark peut prétendre à mieux.

Au lieu d'être jalouse, à cet instant, je l'ai plainte. Mark, avec son éternelle coupe *buzz cut* et ses épaules larges ; sa manière possessive de lui prendre la main dans la foule, comme s'il voulait que tout le monde sache qu'elle lui appartenait. Tabby avait décrété que sa valeur se mesurait à l'affection que Mark lui portait.

— C'est toi qui peux prétendre à mieux, ai-je objecté.

Après m'avoir enlacé la taille, Tabby s'est mise à rire.

— Je ne crois pas. Tu as vu les autres candidats ?

Moi aussi j'ai ri, pourtant je n'ai pas trouvé ça drôle du tout.

29

LOU

Je suis dans la file d'attente au *Stop & Shop* quand j'entends deux personnes devant moi parler de l'affaire Tabby. Deux femmes d'environ trente-cinq ans, avec des sacs à main de créateur. Son nom est vraiment sur toutes les lèvres. C'est à ce moment-là que je les vois : ses yeux. Ils me scrutent depuis la une d'un tabloïd qui d'habitude fait ses choux gras du bébé de Meghan Markle ou de la vie conjugale de Justin Bieber. Pourtant, Tabby est bien là, parmi eux, sur une photo récupérée sur son compte Insta. C'est le gros titre qui m'achève : « L'ado de 17 ans : coupable ou innocente ? »

Elle n'est plus cantonnée aux nouvelles locales. Elle s'affiche désormais dans les actualités nationales. Ce n'est pas pareil que la fois où je l'ai vue sur la page d'accueil de *People*. Vu que je faisais des recherches sur elle (allez, avouez, vous aussi vous le faites), c'était normal que je tombe dessus. Là, j'ai carrément une impression d'intrusion, comme si c'était elle qui faisait des recherches sur moi. Là, elle prend la place d'une célébrité innocente qui a un problème de cellulite.

Et vous savez quoi ? Elle adorerait ça. Un jour, à la cantine, on était quelques-unes à discuter d'Amanda Knox. On se demandait si c'était elle la meurtrière (évidemment, sans le moindre doute). Tout à coup, Tabby est apparue au-dessus de nous. Elle a dit un truc genre : « Ne croyez pas tout ce que vous lisez. » Comme si on lui avait demandé son avis !

C'est pour ça qu'elle a commis ce crime. Pour devenir célèbre. Pour être la nouvelle Amanda Knox ; la nouvelle jolie fille accusée de meurtre. Forcément : elle n'a aucun talent pour autre chose, pas vrai ? C'est le genre de nana à qui on a sûrement répété des dizaines de fois qu'elle devait *s'appliquer*. Je l'ai vue devant le bureau de Mr Mancini, en train de remonter l'élastique de sa jupe. À tous les coups, elle n'était pas là pour des conseils sur les universités auxquelles envoyer sa candidature. Non, elle ne comptait pas étudier ni *s'appliquer*, comme nous autres – comme si on était des décalcomanies en quête de la bonne surface sur laquelle se coller.

Tabby n'a peut-être pas de très bons résultats, mais il faut lui reconnaître une chose : elle a de la ressource. Elle savait qu'elle n'était pas assez intelligente pour intégrer une bonne école avec ses seuls moyens. Elle savait aussi que Mark allait en avoir marre de ses crises et finirait par la larguer. Alors elle a dû trouver un plan B. Et maintenant, elle fait la une d'un tabloïd, juste à côté des Kardashian. Elle a gravi les échelons en partant des informations locales, puis en apparaissant sur les blogs spécialisés dans les affaires criminelles, pour finir sur *People* et *TMZ*. Son joli minois ; ses yeux d'un bleu intense. Je suis certaine qu'ils feront un biopic sur elle. Elle engagera un prête-plume minable qui écrira ses Mémoires. À la fin, elle sera riche et les hommes, même terrifiés, voudront coucher avec elle. Personne ne saura jamais ce qui est vraiment arrivé à Mark dans les bois.

Je pose rageusement le journal sur le tapis roulant, puis je me rends compte que le type à la caisse est Keegan, le pote de Mark. Celui qui l'accompagnait à toutes les fêtes, à l'évidence pour se dégotter de petites lycéennes.

— Elle est coupable, j'affirme – parce que je me sens obligée de dire quelque chose.

— Ouais, je sais, réplique-t-il en me balançant presque le tabloïd.

Je paie genre 5 dollars pour ce magazine pourri. Je suis sûre que Tabby jubilerait.

— Ce sera tout ? demande-t-il vu que je reste plantée là.

Un client se met à tousser derrière moi, impatient.

— Oui. Il faudrait qu'on trouve une preuve de sa culpabilité.

THE VANGUARD 2 octobre 2019

Un deuxième suspect interrogé à propos de la mort de l'étudiant de Princeton
Par Mason Livingston

La police de Coldcliff, Colorado, a déclaré mardi soir s'intéresser à un autre suspect dans l'affaire de la mort de Mark Forrester, vingt ans, survenue le 16 août dernier.

Thomas Becker Rutherford III, surnommé Beck, est un ancien petit ami de Tabitha Cousins. Même si la police refuse d'en dire plus, elle dispose de suffisamment de preuves pour le soupçonner d'être impliqué dans l'affaire. D'après une source, le journal des appels entre Cousins et Rutherford incite les enquêteurs à penser que Cousins n'aurait peut-être pas agi seule.

Le *Coldcliff Tribune* a été le premier à mentionner la mort de Forrester, qu'on pensait due à un accident de randonnée. Depuis, on ne croit plus que Forrester soit tombé de la Rupture, le point de vue du sentier de Mayflower, contrairement à ce qu'a dit Cousins aux enquêteurs.

Rutherford, dix-sept ans, a déjà été arrêté pour agression. Il a été exclu temporairement à de multiples reprises du lycée de Coldcliff Heights, où Cousins et lui sont scolarisés. Selon nos informations, les deux jeunes gens ont entretenu une relation amoureuse par le passé, et Rutherford serait prêt à tout pour Cousins.

« Il était amoureux d'elle », affirme l'une de nos sources qui souhaite rester anonyme. « Ça ne s'arrête pas en un claquement de doigts. »

30

KEEGAN

— T'es trop bizarre, me reproche Kyla. C'est à Mark que tu penses ?

On est dans mon lit. On vient juste de… Inutile que vous sachiez ce qu'on vient juste d'essayer de faire. De toute façon, c'est comme si Mark était au lit avec nous : Kyla remet régulièrement le sujet sur le tapis, alors oui, désolé, mais je n'ai pas envie d'avoir en tête la mort de mon meilleur pote quand je suis censé bander.

— Mon meilleur ami est mort, donc oui, ça me travaille. C'est lourd, ce qui se passe. Du coup, on peut dire que ouais, je pense à Mark.

Elle dessine un cercle sur mon torse. Comme si c'était une cible.

— C'est pas ce que je veux dire.

Elle se lève et remet la robe qu'elle portait en arrivant ici.

— Je sais que tu es chamboulé, poursuit-elle, mais il y a autre chose. Sois franc. Il y a quelqu'un d'autre ?

Kyla est censée n'être qu'un flirt d'un soir. Vous voyez le genre : bonasse, mais pas très classe. Je ne dis pas ça pour être méchant. Elle est comme ça, c'est tout.

— Non, il n'y a que toi.

Elle hausse les sourcils.

— Pourquoi tu continues à te mentir, Keegan ?

Je ne vois pas ce qu'elle veut de plus. Hier soir, je l'ai emmenée au restau. Elle a insisté pour qu'on aille dans cet endroit chic, au centre-ville. Elle a commandé du champagne. Elle m'a fait régler l'addition. Apparemment, elle ne comprend pas que Mark n'est plus là, que je puisse avoir du mal à gérer son absence. Les enquêteurs enchaînent les annonces, comme si Tabby était une de ces poupées gigognes que ma mère collectionnait, avant. On en ouvrait une, et il y en avait une plus petite à l'intérieur. Cette affaire, c'est pareil. Il y a des couches et des couches, entourées de quelque chose de joli. Et les gens en ont l'eau à la bouche, putain.

Maintenant, les flics sont en train d'analyser le téléphone de Tabby et tous les appels qu'elle a passés à ce Beck Rutherford. Des appels, pas des textos. Ceux-là étaient réservés à Mark, et ils montrent bien qu'elle était énervée. En fait, je suis content qu'ils les aient trouvés. Tabby essayait de se faire passer pour la fille sage, la pauvre petite, et ces messages montrent ce qu'elle est vraiment : barjo.

C'est peut-être vrai que Beck l'a aidée. Je les ai déjà vus ensemble. En plus, j'ai vu ce type s'en prendre à Mark, à la fête d'Elle. Maintenant, sa copine, cette Lou, voudrait que je l'aide à résoudre le mystère – sûrement pour pouvoir innocenter Beck. Je devrais peut-être accepter, si je veux prouver que

Tabby est coupable. Sur le coup, j'ai répondu que ça ne m'intéressait pas, mais je regrette de l'avoir envoyée bouler. Je ferais tout pour que ces deux-là aient le destin qu'ils méritent.

— Je ne sais pas si je vais pouvoir continuer longtemps comme ça, me prévient Kyla.

Continuer quoi ? ai-je envie de demander. Ce n'est pas comme si on était en couple. Je ne lui ai jamais demandé d'être ma petite amie. C'est elle qui a supposé qu'on était ensemble. De toute façon, elle retourne à la fac en janvier. Elle m'a expliqué qu'elle avait différé sa rentrée d'un semestre, mais je n'ai pas pris la peine d'écouter pourquoi. Quand j'y repense, je ne sais même pas à quelle université elle va, ni même ce qu'elle étudie.

— OK, je réponds. Je ne comprends pas ce que tu attends de moi.

— Je voudrais que tu m'apprécies. Tu le regretteras peut-être, si ce n'est pas le cas.

Puis elle se retourne pour partir, avec ses grands airs. Ainsi disparaît mon semblant d'érection, et avec elle toutes les chances que je sois de bonne humeur aujourd'hui.

Ce matin, je dois revoir l'inspecteur Stewart. Il a laissé un message disant qu'il voulait discuter « d'un nouvel élément ». Je vois ce mec plus souvent que mes potes. En réalité, c'est un peu triste, parce que je n'ai pas vraiment de potes. Mark était mon seul ami ; tous les autres ne sont que des gens que j'ai côtoyés à des fêtes et qui n'étaient jamais là une fois la gueule de bois passée.

Aujourd'hui, Stewart m'interroge sur Beck, la dernière personne dont j'ai envie de parler.

— Selon toi, Mark était-il au courant pour Beck Rutherford ?

Je déteste le nom de ce petit con. Avec son blouson de cuir de grunge et sa clope au bec.

— Ouais, Mark savait. Il m'a dit que Tabby baisait avec lui. Pardon, qu'elle couchait avec lui. Enfin, vous voyez. Il voulait en avoir la preuve.

— C'est là que tu es entré en jeu.

Je commence à ne plus pouvoir blairer ce Stewart ; comme s'il atteignait sa vitesse de croisière et que plus je transpirais sur ce fauteuil, plus il était à l'aise.

— Ouais, on peut dire ça. Il m'a juste demandé de garder un œil sur elle.

— D'espionner Tabitha ?

— Non, pas ça. De lui faire savoir si je voyais quelque chose.

— Tu n'as donc jamais espionné Tabitha Cousins. Tu ne l'as jamais suivie jusque chez elle.

Ce n'est pas comme ça, que ça s'est passé. Je ne l'ai pas suivie jusque chez elle. Je l'ai vue, tout simplement, à l'arrière de la moto de Beck. Il l'a déposée dans la rue. Moi, j'étais dans ma voiture, roulant au pas pour rester planqué. Beck Rutherford avec ses cheveux longs à la con. En plus, il ne porte même pas de casque, même si, elle, elle en avait un. Ils ne se sont pas embrassés, mais je parie qu'il en avait envie, car il est resté là, à la regarder rentrer.

Moi aussi, je l'ai regardée. J'ai envoyé un texto à Mark pour l'informer qu'elle était avec Beck. J'aurais voulu la confronter à ce sujet ; frapper à sa porte et lui demander ce qu'elle foutait avec ce type, alors qu'elle avait cet autre garçon complètement mordu qui aurait fait n'importe quoi pour elle.

Mark m'a répondu immédiatement : « Merci mec je lui parlerai plus tard. »

J'ai failli balancer mon téléphone. « Je lui parlerai ? » Il était si posé, si émotionnellement stable ! Moi, j'aurais voulu percuter ce type et sa bécane, les éjecter de la route. C'était la différence entre Mark et moi.

— Non, je réponds en prenant Stewart de haut, le considérant comme une proie et non plus comme un prédateur. Je n'ai jamais espionné cette fille.

Il change de position, pose ses mains devant lui et croise les doigts.

— D'après nos informations concernant les déplacements de Mark, tu es la dernière personne à l'avoir vu vivant. À part Tabitha. Qu'avez-vous fait, Mark et toi, le matin avant la randonnée ?

— Je vous l'ai déjà dit : on a pris un petit déjeuner à l'extérieur. Dans ce *diner* où on avait l'habitude d'aller quand on était au lycée. L'endroit n'a pas changé.

Je ne sais pas pourquoi j'ajoute ce détail. Quelque part, il a de l'importance. Le *Rita's* n'a pas changé, tandis que nous, si. On y sert toujours le même pain perdu spongieux, les mêmes œufs au bacon graisseux.

— Avez-vous parlé de Tabitha ? Mark t'a-t-il semblé stressé d'une quelconque manière, en colère, de mauvaise humeur ?

On m'a déjà posé ces questions, au tout début. J'ai dit que non, comme je le fais maintenant. Mark était égal à lui-même. Il avait commandé une assiette pleine de protéines et n'en avait pas laissé une miette. Il ne gâchait jamais la nourriture.

J'ai dit que non, mais ce n'était pas tout à fait vrai, pas plus que maintenant. Il m'a dit un truc. Un truc qui a fait toute la différence. Sauf que je ne peux pas en parler à Stewart. Ni à personne.

Je vois bien qu'il ne me croit pas. Je sais aussi qu'il est passé à l'ennemi. Maintenant, il est de son côté à elle. Tabby. Je ne sais pas comment, mais elle lui a retourné la tête et a répandu ses mensonges comme une sorte de maladie. Il faut que vous gardiez une chose à l'esprit, à propos de cette fille : son poison est si bon qu'on ne se rend pas compte qu'il nous tue à petit feu, jusqu'à ce qu'il soit trop tard.

31

LOU

Elle fait bander même Internet. Vous saviez que, sur YouTube, on trouve carrément des tutos « Maquille-toi comme Tabby » ? Les gens vont jusqu'à copier son look ! Les cheveux noirs et les yeux bleus. Il y a même une nana qui essaie de se faire des taches de rousseur avec un eye-liner. Tout ça me donne envie de vomir. Il finira sûrement par exister des lentilles de couleur à son nom. Pour en arriver là, il lui aura suffi d'assassiner un mec.

Et voilà qu'elle entraîne Beck dans sa chute.

Tout le monde le croit impliqué parce qu'ils sont sortis ensemble, Tabby et lui (alors que c'était genre il y a presque deux ans). Les gens s'imaginent qu'elle lui a demandé de la débarrasser de Mark pour qu'ils puissent se remettre ensemble. Je passe peut-être trop de temps sur *Sharp Edges*, parce que le meurtre tourne en boucle dans ma tête comme les paroles d'une chanson. Ou alors j'écoute trop souvent les conversations en douce, au lycée. Malgré tout, je suis certaine que Beck est innocent.

Je ne m'attendais pas à ce qu'il me rende visite ce soir. C'est pourtant ce qu'il fait. Il m'envoie un texto alors que j'allais m'endormir. « T chez toi ? »

J'enfile un sweat à capuche en laissant mes jambes nues. Il est près de l'arbre devant la maison, à faire les cent pas – ce qui ne lui ressemble pas. Une fois que je suis dehors, il m'attrape par les épaules.

— Tu sais que j'ai rien fait, pas vrai ? me demande-t-il. Même mes parents me croient coupable ! Ils m'évitent, comme si j'étais une sorte de monstre qui vit sous leur toit. Ma mère me laisse à manger dans le frigo. On dirait qu'elle ne supporte même pas de me regarder.

Je glisse mes mains dans son blouson, où je sais que sa peau sera chaude. Jamais Beck ne m'a autant parlé de ses parents. C'est tordu, mais j'imagine que je devrais remercier Tabby.

— Je sais que tu es innocent, dis-je.

Puis, sans pouvoir m'en empêcher, j'ajoute :

— Mais où tu étais, la nuit où c'est arrivé ? Tu n'as jamais répondu à mon texto.

— En balade à moto, réplique-t-il. Ça me prend de temps en temps, quand ça se complique dans ma tête. Je me suis arrêté boire une bière au *Pacers*, sauf que personne ne se souvient de m'avoir vu là-bas. C'est comme si tout se retournait contre moi.

Il n'est jamais comme ça, avec moi. Jamais stressé, toujours calme. Je me blottis contre lui. Il me laisse faire, posant sa main en coupe sur ma tête.

— Je sais que tu n'étais pas avec Tabby, je souffle. Mais pourquoi est-ce qu'elle t'a si souvent appelé ? Tu ne m'en as jamais parlé.

Il soupire, se frotte les yeux.

— J'en sais rien. Elle voulait juste quelqu'un avec qui discuter.

Je m'écarte.

— Elle a sa copine Elle, pour ça. Pourquoi elle aurait besoin de toi ?

— Elle doit penser que je la comprends. Je peux pas vraiment l'expliquer.

Ma voix se met à trembler, comme lorsque je sais que je suis sur le point de pleurer :

— Mais tu l'as larguée ! Je ne savais pas que vous étiez toujours en contact.

— Je te fais pas la liste de tous les gens avec qui je parle. Qu'est-ce que ça peut faire ? D'ailleurs, depuis quand on est censés être exclusifs ?

J'hésite entre rire et pleurer. Parfois, Beck ne mérite vraiment pas que je fasse tant d'efforts. Il est comme un puzzle auquel il manquerait trop de pièces.

— Et pourquoi tu as frappé Mark ? À la fête ?

Je ne sais même pas pourquoi je lui pose cette question, si ce n'est que ça me paraît important, tout à coup.

Il tire sur une mèche de ses cheveux.

— On s'est pris la tête. Je lui ai dit que je le tenais à l'œil. Il m'a regardé comme s'il ne voyait pas du tout de quoi je parlais. C'est un manipulateur, Lou. Il sait très bien ce qu'il fait.

— C'était. Il savait. Il est mort, Beck. Et la police doute que Tabby ait agi seule.

Cette fois, lorsqu'il m'attire contre lui, je résiste – une seconde à peine. Je me souviens de quoi ses mains sont capables, en bien comme en mal. C'est l'essence de Beck. Dur avec les autres. Des jointures qui ont été couvertes de sang ; une bouche qui fume, crache des gros mots et des menaces. Doux avec moi. Une bouche qui m'appelle « mon cœur, mon cœur », en se pressant contre ma peau ; des mains qui me vénèrent.

— Il faut que tu me croies, c'est tout, murmure-t-il. Je n'ai rien à voir là-dedans. Et elle non plus.

Pourquoi tu n'as pas répondu à mon texto, cette nuit-là ? aimerais-je demander. *Où tu étais, pour de vrai ?* Pourtant je m'abstiens, car cette partie de moi qui refuse de se taire me chuchote qu'en réalité, je ne tiens pas à le savoir.

— Je te crois, dis-je. Je trouverai un moyen de le prouver.

Je l'incite à penser que c'est juste pour lui. Mais j'ai toujours été du genre à avoir besoin de savoir. Un jour, ma mère a dit que j'avais l'esprit d'analyse. Avant, je voulais écrire pour le journal du lycée, puis je me suis aperçue que personne ne le lisait et que tout le monde se fichait pas mal des articles sur la bouffe de la cantine. Alors je me suis lancée dans des trucs perso.

Ce n'est pas pour Beck que je le fais, ni pour Tabby. C'est pour moi. Et pour vous, en fait. Parce que c'est la vérité qui nous rendra à tous notre liberté.

32

KEEGAN

Parfois, je suis hanté par le dernier cri que Mark a poussé. Le son qu'il a dû émettre ; le dernier bruit du mec qui pensait tenir le monde dans ses mains. Très souvent ces temps-ci, je me réveille la nuit, couvert d'une sueur dégueulasse, et je l'entends dans ma tête – toutes les différentes versions de lui. Mark heureux aux fêtes, avec qui tout le monde discutait. Mark triste, après une journée peu performante à la piscine. Même Mark ivre, braillant des chansons de vieux groupes dont je n'avais jamais entendu parler. Il connaissait les paroles de presque toutes les chansons.

Je me demande à quoi il pensait dans ces instants ultimes, avant de mettre le sac sur son dos. Avant qu'elle l'étreigne, l'embrasse, et le pousse dans le vide.

Si ça se trouve, il n'a pas crié. Il était peut-être trop surpris pour émettre un son. Je n'ai aucune idée du temps qu'il a mis à tomber, mais la Rupture est haute. J'y suis allé une fois quand j'étais petit, l'été où mon beau-père a voulu nous faire faire davantage d'exercice. J'avais les jambes flageolantes ;

regarder en bas me filait la nausée et j'avais trop peur pour m'approcher du bord. À ce jour, j'ai toujours le vertige.

Je me demande si sa tête a fait du bruit en frappant les rochers. Je me pose des tas de questions morbides. Surtout, je me demande de quoi avait l'air Tabby, quand elle s'est penchée pour voir ce qu'elle avait fait. Son visage quand elle a vu qu'il était toujours vivant.

J'aurais dû être un meilleur ami pour Mark. J'ai laissé cette fille s'immiscer entre nous – précisément ce qu'elle cherchait à faire. Elle lui a organisé une fête d'anniversaire sans même m'en parler. Qui fait un truc pareil ? Elle s'évertuait à l'éloigner de ceux qui l'aimaient vraiment. Pourtant, il ne se rendait compte de rien.

Ça embêtait Mark, que Tabby et moi ne nous entendions pas.

« Je ne m'attends pas à ce que vous soyez les meilleurs potes du monde », m'avait-il dit. « Mais tu pourrais faire un effort. Elle va rester là un bon moment. »

Ça devait être pendant les vacances de Noël. Une semaine plus tard, alors qu'il était retourné à la fac, Tabby est venue au *Stop & Shop*, parfaitement maquillée, vêtue d'un legging et chaussée de ces grosses bottes fourrées qui plaisent aux filles. Elle n'a pas déposé sa merde habituelle sur le comptoir. Pas de soda light, de bonbons ni de tampons, mais une boîte de capotes. Format XXL, si vous voulez tout savoir.

Mark n'était pas censé rentrer de Princeton avant fin avril.

Elle me mettait carrément au défi de faire un commentaire pendant que j'enregistrais son achat. Je n'ai rien dit.

Elle voulait me provoquer, mais je suis resté de marbre. J'ai fourré les capotes dans un sac plastique et j'ai bien fait attention à lui facturer 5 cents supplémentaires pour le sac. Parfois, je fais cadeau du sac aux nanas canon.

— Des projets pour ce soir ? a-t-elle demandé.

Elle me cherchait. Elle n'en avait rien à foutre de ce que je faisais de ma soirée.

— Ouais, et ça te regarde pas, ai-je rétorqué.

— Tu ne m'aimes pas, a-t-elle dit avant de rigoler. C'est con, parce que c'est moi qu'il choisira à tous les coups.

— Je m'en tape. Seize dollars soixante-quinze.

Elle a dessiné son nombril à travers son tee-shirt avant d'enfoncer sa carte dans le lecteur. Je me demandais à quoi elle ressemblait sans toute cette merde qu'elle se collait en permanence sur la figure ; si ce maquillage cachait un monstre hideux.

Pendant qu'elle s'éloignait, j'ai tendu le majeur à son dos. Elle a regardé en arrière puis m'a fait un clin d'œil. Ce n'était qu'un jeu, pour elle. La vie. Mark. Même moi.

Dès qu'elle est partie, j'ai envoyé un texto à Mark : « Ta copine vient juste d'acheter une grosse boîte de kpotes. »

Il m'a répondu deux heures plus tard. J'étais rentré chez moi. D'habitude, il ne met jamais aussi longtemps. Je sais qu'il répondait toujours immédiatement aux textos de Tabby ; qu'il l'appelait pile à l'heure où il avait promis de le faire. En cherchant « petit ami » dans le dictionnaire, vous auriez trouvé la photo de Mark.

« Elle aime anticiper. Je peux pas m'en plaindre ;-) »

Il était tellement aveugle !

J'ai fait défiler mes échanges de textos avec des filles que j'avais rencontrées récemment. La plupart d'entre elles n'étaient que des aventures d'un soir qui insistaient pour qu'on se refile nos numéros, sous prétexte qu'« on s'était bien marrés ». Je n'avais aucune raison de reprendre contact. J'avais eu ma dose, mais je m'ennuyais à mourir et il fallait bien que je m'occupe.

Après quoi on a frappé à ma porte, et finalement je n'ai eu besoin d'envoyer de texto à personne.

THE COLDCLIFF TRIBUNE
10 octobre 2019

L'ADN retrouvé près du corps du randonneur est bien celui de sa petite amie
Par Julie Kerr

L'ADN qui a été retrouvé à proximité du corps de Mark Forrester, vingt ans, est définitivement lié à sa petite amie Tabitha Cousins, d'après une déclaration de la police datée d'hier. Ce nouvel élément ainsi qu'une demi-empreinte de pas correspondant aux baskets Nike de Cousins, près de la rivière où Forrester a été retrouvé, constituent des preuves suffisantes pour inculper officiellement l'adolescente.
Des empreintes appartenant à une autre personne, à proximité de l'entrée des bois, ont été identifiées comme étant celles de Thomas Becker Rutherford III, dix-sept ans, avec qui Cousins avait entretenu une relation amoureuse. L'avocat de Rutherford n'a pu être joint.

33

KYLA DOVE

Vous ne me connaissez pas, ou du moins pas très bien, ce qui ne me dérange pas. Je ne le prends pas mal. Personne ne me connaît très bien. Rien ne me différencie des autres. Mes cheveux sont artificiellement blonds et je mets beaucoup de maquillage pour cacher mes nombreuses poussées d'acné. Mon corps, je le couvre à peine: les parties qui plaisent aux garçons détournent leur attention de mon visage. Comme ça, ils ne remarquent pas qu'il n'est pas joli.

Enfin, pour une fois, ce n'est pas mon physique qui est concerné. C'est ce que j'ai à dire qui est important.

Je ne pense pas que Tabby soit coupable. Elle serait sûrement stupéfaite de voir que je suis de son côté, car je sais qu'elle ne m'apprécie pas. Chaque fois qu'on est sortis à quatre (Mark, Tabby, Keegan et moi), elle faisait presque comme si je n'étais pas là. Un jour, je l'ai entendue dire à une fête d'Elle que j'étais *désespérée*. Ça me rend triste, car je crois qu'en d'autres circonstances, on aurait pu être amies. Mais pas dans ce contexte – parce qu'on nous met en compétition, nous les filles, pas vrai ?

On dit de nous qu'on naît avec l'intuition féminine. Pourtant, on est très douées pour ignorer les choses auxquelles on ne tient pas à être mêlées. Tabby détesterait que je la mette dans le même sac que les autres filles, pourtant j'ai l'intime conviction qu'elle ne savait pas du tout ce qui se passait jusqu'à ce que ça arrive. Vous vous demandez comment je sais qu'elle n'est pas coupable.

C'est parce que je sais qui l'est.

34

BRIDGET

Plus personne ne sait comment se comporter en présence de Tabby. Elle n'est pas exactement assignée à résidence (il n'y a pas de policier dehors qui l'empêche de sortir, à moins qu'on compte le cercle des vans des journalistes, et Tabby n'a pas de bracelet électronique, comme j'en ai vu à la télé). Malgré tout, notre maison est devenue une sorte de prison. Hier soir, je l'ai entendue se disputer avec les parents. Elle voulait qu'ils l'autorisent à retourner au lycée.

— Je ne pourrais pas juste mener une vie normale ? les a-t-elle suppliés.

— On pense qu'il vaut mieux que tu restes ici jusqu'à ce que ça se tasse.

C'est ce que papa a répondu. Il dit toujours « on », dans les disputes. « On » ceci, « on » cela. Je ne sais pas trop à quel moment maman et lui ont fusionné pour devenir ce « on » indéterminé, mais c'est comme ça, maintenant.

— Vous me croyez coupable ?

Ils n'ont pas réagi tout de suite. Puis maman a dit :

— Bien sûr que non, ma chérie.

Elle mentait. Ils ont peur. Peur que Tabby ait fait quelque chose. C'est comme si on n'était plus des petites filles et qu'ils ne savaient plus qui ils ont en face. On vit sous leur toit, on se brosse les cheveux, ils nous embrassent pour nous souhaiter bonne nuit, mais quelque chose a changé. On n'est plus aussi douces. On est opaques, alors qu'avant on était transparentes. Notre peau signale l'approche d'une tempête, alors ils se tiennent à l'écart.

Mes parents aimaient bien Mark. C'était « un garçon si gentil. Si poli ». Il succédait à Beck, mais Beck n'avait jamais été à la hauteur selon eux, donc Mark n'avait aucun mal à paraître bien sous tous rapports. Beck n'est jamais venu dîner en famille. Il n'a jamais serré la main de papa, ni promis de prendre soin de sa fille.

Je trouve Tabby blottie sur le canapé devant un film. En m'étirant contre le mur, je vois ce qu'elle lit sur la tablette de maman : un nouvel article de *BuzzFeed*. Le même que celui que Laurel et Sydney regardaient après l'entraînement. Le titre est putaclic : « Ce que cette fille a fait après s'être disputée avec son copain va vous choquer ».

Tabby sourit. Elle porte du rouge à lèvres. En fait, elle est parfaitement maquillée, même si elle ne met pas le nez dehors.

C'est du moins ce qu'elle prétend. Ce n'est pas comme si les parents étaient toujours là pour la surveiller. Maman enseigne à l'école élémentaire et papa est orthodontiste. Du coup, ils sont absents toute la journée. Papa s'est même occupé de l'appareil dentaire de Mark quand il était ado, avant qu'il entre dans notre vie. Parfois, j'imagine combien ça a dû être gênant, la première fois que Mark est passé prendre Tabby. Papa qui connaissait comme sa poche l'intérieur de la bouche de Mark. Papa le torturant en resserrant les fils et les élastiques. Papa sachant comment fonctionnait la bouche de Mark, mais buvant tout de même chaque parole qui en sortait.

— Comment tu peux lire ça ? je demande sèchement. Tu contribues à augmenter le trafic du site. Tu tiens vraiment à savoir ce qu'ils disent sur toi ?

Elle fait rouler sa tête en arrière et me tire la langue.

— Allez, Bridge ! Mieux vaut savoir ce qu'ils disent que de se poser des questions. Tous les autres le savent. Pourquoi pas moi ?

J'imagine qu'elle a raison. Elle a le droit de savoir. Je suis coureuse de fond. Je me prépare pour chaque course, chaque entraînement. Elle aussi se prépare. Pour sa prochaine réapparition au lycée. Les prétendus « faits » que les gens vont lui cracher au visage. Elle se prépare pour la prochaine fête à laquelle elle ira, où une emmerdeuse lui demandera qui elle va tuer ce soir-là. Elle veut être en possession de tous les éléments, même si je ne sais pas trop ce qu'elle compte en faire.

— Je vais peut-être m'enfuir, tout simplement, déclare-t-elle tout à coup en jetant la tablette sur le côté. Ça leur donnera de quoi parler. De toute façon, il n'y a plus rien pour moi, ici.

Elle rit, mais ses yeux sont pleins de larmes.

— Tu m'as moi, dis-je.

— Pour combien de temps ? chuchote-t-elle presque. Toi aussi, tu finiras par me tourner le dos.

Là-dessus, elle récupère la tablette et monte à l'étage avant de claquer la porte de sa chambre assez fort pour faire trembler la maison. Je pense : *Je parie que les journalistes ont entendu ça*. Je parie qu'ils sont en train de broder leurs conneries dessus, avec ma sœur coincée au milieu de leur toile. Leur veuve noire.

J'envoie un texto à Elle, étant donné que je n'arrive pas à dormir à cause de mon cerveau qui passe en revue tout ce que Tabby, dans sa spirale, pourrait faire. Aux autres. À elle-même.

« Elle a craqué, tout à l'heure. Elle a menacé de s'enfuir. Je crois qu'elle en serait capable. »

Elle répond presque tout de suite. « Elle ne le fera pas. La date de son procès est fixée. La police doit pouvoir la contacter. Elle sait que ça causerait des problèmes. »

Ses propos reflètent une assurance qui me fait défaut, comme si elle connaissait cette version de Tabby mieux que je connaissais la mienne.

« J'ai un mauvais pressentiment », j'écris. Je marque une pause avant de poursuivre : « Je crois qu'elle a fait quelque chose de mal. »

« C'est-à-dire ? » demande Elle. Je pose mon téléphone sans répondre – soit parce que je ne sais pas quoi dire, soit parce que je regrette d'en avoir trop dit.

Le lendemain, maman confisque la tablette. Sans elle, Tabby ne tient pas en place. Traînant les pieds, en chaussons, elle tourne en rond dans la cuisine, le salon et le vestibule.

— Ils ne trouveront rien, m'assure-t-elle. Ils pensent que j'ai plein de secrets.

— Et c'est vrai ?

Elle s'arrête, m'attrape la main et la serre si fort que c'est presque douloureux. Pendant qu'elle s'ennuyait tout à l'heure, elle m'a verni les ongles et ils sont encore un peu poisseux. Elle a insisté pour du noir.

— Ils savent tout sur moi, siffle-t-elle. S'ils assemblaient leurs stupides neurones, ils me verraient tout entière.

C'est la dernière chose qu'elle me confie avant qu'on s'endorme. Je me réveille dans le bruit, la lumière, et avec la certitude glacée que, même si la situation est déjà grave, elle est sur le point de devenir catastrophique.

Deuxième partie

Jack fell down and broke his crown[1].

1. Suite de la comptine américaine : « Jack est tombé et a cassé sa couronne. » (*NdT*)

THE COLDCLIFF TRIBUNE 12 octobre 2019

La petite amie en état d'arrestation : après la mort du randonneur, elle songeait peut-être à s'enfuir
Par Julie Kerr

Tabitha Cousins, dix-sept ans, arrêtée hier soir, a été placée en détention provisoire dans un centre pour mineurs à Colorado Springs. L'adolescente y restera jusqu'à son procès, fixé pour l'instant à la fin novembre.

Un habitant de Coldcliff qui souhaite rester anonyme a informé notre rédaction qu'au moment de son arrestation, Cousins avait préparé un sac et prévoyait de s'enfuir depuis plusieurs jours, voire plusieurs semaines. « Elle sait que la vérité va être découverte, qu'elle va passer sa vie derrière les barreaux », a commenté la source. « Être fugitive aurait été bien plus facile. En plus, je doute qu'elle ait prévu de partir seule. »

La police demande à être contactée par toute personne susceptible de détenir des renseignements complémentaires à ce sujet.

1

ELLE

Voici ce qui se passe quand la police arrête une fille. Les agents débarquent chez elle. Ils prennent peut-être un air suffisant, parce qu'ils n'ont jamais cru à sa version des faits. Possible aussi qu'ils la malmènent un peu plus que nécessaire en lui passant les menottes, juste devant ses parents et sa sœur. Ils lui disent qu'elle a le droit de garder le silence. Comme s'ils allaient l'écouter même si elle hurlait.

Ils lui disent de quoi elle est accusée : du meurtre de Mark Forrester. Ils remarquent qu'elle porte un jean moulant et qu'elle est maquillée, alors qu'il est 23 heures. Voyant le sac qu'elle a préparé, ils se demandent où elle a prévu d'aller. Elle pensait s'en tirer, la sale gosse. Elle pensait avoir roulé tout le monde avec ses grands yeux et l'histoire qu'elle avait inventée, celle qui la présentait comme totalement innocente. « On est partis en randonnée. On voulait admirer la vue. Il s'est trop penché. On. On. Il. » Jamais « moi ». Elle n'a rien fait de mal.

Voici ce qui se passe quand la police arrête une fille. On lui fait subir un nouvel interrogatoire, encore et encore, parce qu'ils pensent pouvoir lui arracher la vérité. Ils savent que Mark n'est pas tombé. Il n'était pas le genre de garçon à tomber dans quoi que ce soit.

— C'est toi qui l'as tué, assènent-ils. On le sait. Si tu avoues, tu nous faciliteras la tâche. On pourra conclure un marché. Tu veux passer le reste de ta vie en prison ?

Ils se demandent pourquoi elle n'a pas encore pleuré. Elle doit être un monstre dénué d'émotions, agissant purement par instinct. Heureusement qu'ils l'ont arrêtée, car qui sait de quoi elle est réellement capable ? Ils ne savent pas que, si, elle a pleuré, mais seulement quand personne n'était là pour le voir. Ils ne se doutent pas que, lorsqu'elle s'endort enfin la nuit, elle doit retourner son oreiller parce qu'il est trempé de larmes.

Comme elle a dix-sept ans, elle est placée dans un centre de détention pour mineurs. Elle dort dans une aile avec d'autres adolescentes apeurées. Elle se demande pourquoi elles sont là, si elles sont accusées d'assassinat, elles aussi. Ce n'est pas elle, la meurtrière. Elle n'a pas pu le faire.

Ce qu'elle n'a pas avoué aux policiers : oui, elle était fâchée contre Mark pendant cette randonnée. Oui, elle a marché derrière lui et, pendant une seconde, voire davantage, elle s'est permis de fantasmer sur la sensation de ses paumes plaquées sur le dos en sueur de Mark. Pour une fois, ce serait elle qui aurait eu le dessus. Mais elle ne l'a pas fait. Elle est incapable de commettre un meurtre.

— J'ai peur, chuchote-t-elle presque. J'ai peur d'y être pour quelque chose dans ce qui s'est passé.

Je sais tout ça parce qu'elle a droit aux visites.

Je la supplie :

— Raconte-moi. On va surmonter cette épreuve ensemble.

Les contacts physiques sont interdits. Du coup, dans ma tête, je pose ma main sur la sienne. J'espère qu'elle le sent.

— Je ne peux pas, réplique-t-elle. Je ne voulais pas qu'il meure, OK ? Je ne pensais pas que ça arriverait.

Je voudrais lui demander ce qu'elle veut dire par là, mais notre temps est écoulé.

2

BECK

Commissariat de police de Coldcliff,
15 octobre, 14 h 10

AGENT OLDMAN : Tu sais sans doute que Tabitha a tenté de quitter la ville la semaine dernière et qu'elle a été placée en détention provisoire. Si tu as quelque chose à nous dire, c'est le moment. Avait-elle prévu de te rejoindre ?

BOBBY GOOD, AVOCAT DE BECK : Vas-y, tu peux répondre.

BECK : Pourquoi elle aurait fait ça ?

AGENT OLDMAN : Selon moi, si quelqu'un essaie de s'enfuir, c'est qu'il a quelque chose à se reprocher.

BECK : Selon moi, si quelqu'un est persuadé que tout le monde le déteste, il a pas vraiment d'autre choix.

BOBBY GOOD : Comme il l'a déjà affirmé, mon client ne sait rien des déplacements de Miss Cousins.

AGENT SCHULTZ : Une résidente de Shady Lane affirme avoir vu une moto passer aux alentours de 19 heures.

Elle dit avoir levé les yeux de son jeu de cartes. Es-tu passé à moto dans Shady Lane, la nuit où Mark Forrester a été tué ?

BECK : J'ai aucune raison de passer par cette rue. Je vais pas dans les quartiers bourges.

AGENT SCHULTZ : L'accès aux bois, où on a retrouvé l'empreinte de tes bottes, se trouve à proximité de Shady Lane.

BECK : Il ne vous est jamais venu à l'idée que Durango pouvait avoir fabriqué plus d'une paire de bottes ? Dans l'étrange but de gagner du fric, peut-être ? La moitié des mecs qui fréquentent le *Pacers* ont les mêmes. Vous avez qu'à vérifier.

AGENT SCHULTZ : Je t'assure que nous ne négligeons aucune piste.

AGENT OLDMAN : Louisa, ta petite amie, habite Shady Crescent. Elle affirme qu'elle ne t'a pas vu, cette nuit-là.

BECK : Ouais, parce qu'on s'est pas vus.

AGENT SCHULTZ : C'était pourtant prévu, n'est-ce pas ? Et tu n'as pas répondu à ses messages ?

BOBBY GOOD : C'est sans rapport avec l'affaire. Vous n'avez pas de preuve rattachant mon client à la scène du crime.

AGENT OLDMAN : Et le texto que Mark t'a envoyé ?

BECK : Ouais, je sais même pas comment il a eu mon numéro. Il a dû le trouver dans le téléphone de Tabby. Apparemment, c'était le genre de type à fouiller dans les affaires de sa copine.

AGENT OLDMAN : Il t'a demandé de ne pas t'approcher de Tabitha. Pour quelle raison a-t-il eu besoin de le faire ?

BECK : J'en sais rien. Ce mec était possessif.

AGENT SCHULTZ : C'est ce que Tabitha t'a dit ?

BECK : Pas la peine. Ça se voyait. Dans les fêtes, il avait toujours un bras passé autour d'elle.

AGENT OLDMAN : On dirait que tu faisais très attention à ce que faisait Tabitha.

BECK : Ben, c'est le genre de fille auquel les gens font attention. C'est ce que fait le pays tout entier en ce moment, non ?

BOBBY GOOD : Ce que mon client essaie de dire, c'est qu'il n'est pas le seul à avoir remarqué des choses.

AGENT OLDMAN : Raconte-nous ce qui s'est passé lors du week-end de la fête de rentrée.

BECK : Ça fait un bail, comment je suis censé m'en souvenir ?

AGENT SCHULTZ : Tu n'as donc pas retrouvé Tabitha à la fête, ce week-end-là ?

BECK : Non, d'ailleurs je l'ai même pas vue, à ce moment-là.

AGENT OLDMAN : D'après plusieurs sources, il paraît qu'elle a quitté la fête avec un garçon qui portait un blouson de cuir noir.

BECK : Ouais, ben c'était pas moi.

AGENT SCHULTZ : On dirait qu'on a touché un point sensible. Es-tu toujours amoureux de Tabitha Cousins ?

BOBBY GOOD : C'est hors de propos. Vous enquêtez sur la mort d'un jeune homme. Ce n'est pas la vie amoureuse de mon client qui a tué Mark Forrester.

AGENT OLDMAN : Vous nous laisserez en juger.

BECK : Pas facile d'aimer une fille qui n'aime qu'elle.

3

LOU

C'est un mal pour un bien – enfin, appelez ça comme vous voulez. Ça y est, Tabby a été arrêtée, et c'est tout ce qu'elle mérite. À l'évidence, elle s'est crue plus maligne qu'elle ne l'est réellement. Je devrais m'en réjouir, pourtant ce n'est pas le cas : la police est plus que jamais sur le dos de Beck. Ça le rend tout grognon et mutique. Il ne veut pas en parler. Pour être honnête, il rechigne aussi à me toucher.

— Des tas de gens ont les mêmes bottes, dis-je quand je le vois au lycée, aujourd'hui.

— Je sais, mon cœur, réplique-t-il en repoussant une mèche de mon visage. (J'adore ce geste, surtout lorsqu'il le fait en public.) Mais personne ne me croit.

Il a ses grosses bottes noires Durango aux pieds. Je ne l'ai jamais vu porter autre chose.

— Tu ne vas jamais dans les bois, en plus, je renchéris.

Le poing serré sur mon épaule, il est hyper silencieux. J'en viens carrément à me demander s'il respire.

Je répète :

— Tu ne vas jamais dans les bois, en plus. Pas vrai ?

— Non, répond-il. La rando et toutes ces conneries, c'est pas franchement mon truc.

Je ne comprends pas pourquoi il a mis autant de temps à réagir, ni pourquoi j'ai l'impression qu'il a répondu ce que je voulais entendre. Je passe peut-être trop de temps sur Internet.

4

BRIDGET

Tabby s'est quelquefois plainte de Louisa. Des trucs du style : « Pourquoi est-ce qu'elle me déteste autant ? Je ne lui ai jamais rien fait de mal. » Je ne le jurerais pas, mais à mon avis, ce n'est pas tant ce que Lou aurait contre ma sœur, mais plus ce qu'il y avait entre elles. Plus précisément *celui* qu'il y avait entre elles. Beck. D'après ce que j'ai entendu dire, Lou pense que Tabby est sortie avec Beck alors qu'il était déjà avec elle, ou quelque chose dans ce goût-là.

(Ne me demandez pas ce qui se passe avec Beck, comme si j'étais censée le savoir. C'est juste un type que ma sœur retrouvait en douce. Je ne le connais pas plus que ça. J'en sais autant que vous sur lui, autrement dit pas grand-chose. Quand Tabby et Beck étaient « ensemble » – peu importe ce que vous mettez derrière ce mot –, il n'a pas estimé utile de me capter. Au moins, il avait un côté honnête, pas comme Mark qui au début essayait de se la jouer « grand frère cool ». Ça n'a pas fonctionné.)

Bref, c'est avec Lou que tout a commencé pour ma sœur. Si elle n'avait pas posté cette vidéo de Tabby poussant Lance, tout cela serait-il arrivé ? Peut-être que oui. Peut-être qu'une fille comme Tabby n'avait aucune chance de s'en sortir indemne. Mais l'avoir filmée n'a pas aidé. C'est à cause de la vidéo que les gens se sont sentis autorisés à critiquer ma sœur. L'espace des commentaires a été le premier champ de bataille. Si la situation était inversée, si c'était moi que la police avait emmenée, je sais que Tabby ne se contenterait pas de rôder comme une ombre dans les couloirs du lycée.

Alors aujourd'hui, je décide d'aller voir Louisa Chamberlain.

Je dois attendre qu'elle soit seule, car elle est toujours entourée de la même bande de filles. Je crois que leurs prénoms sont tous des variations de Kaylie, Kacie ou Kylie, et elles sont toutes en pastel, comme des craies de couleur en rang d'oignon. Elles doivent vraiment être insipides pour avoir Louisa comme meneuse. Je suis obligée de patienter jusqu'à la fin de la journée, quand Louisa retourne à sa voiture garée sur le parking. Elle conduit une Audi, ce qui me fait sourire : un jour, Tabby a dit que seuls les trous du cul conduisaient des Audi.

Je suis censée être à l'entraînement. On doit aller dans les bois se préparer pour la course sur la colline de Salt Hill avec ses dénivelés, mais ce n'est pas là que j'ai envie d'être. Pas parce que c'est l'endroit où Mark est mort. Je suis peut-être morbide, mais ce n'est pas ça, qui me gêne. C'est la mort de Tabby qui m'embête davantage ; la façon dont on l'assassine un peu plus chaque jour. Chaque commentaire sous chaque article est un nouveau coup de couteau, une nouvelle blessure.

Comme j'ai besoin de rejeter la faute sur quelqu'un, je décide que ce sera sur Louisa.

Je la suis jusqu'à ce qu'elle soit presque arrivée devant sa portière. Je suis douée pour ça – arriver discrètement par-derrière. C'est une compétence que j'ai peaufinée pendant les années que j'ai passées à courir. Je n'ai pas un style tape-à-l'œil. Je prends rarement la tête en début de course. Je choisis plutôt de me caler derrière les premières, les yeux rivés sur leur dos, jusqu'à voir apparaître chez elles les premiers signes de fatigue : épaules voûtées, foulées raccourcies, respiration superficielle. Alors, c'est là que je frappe. C'est pour cette raison que l'année dernière, mes coéquipières m'ont surnommée le Poignard silencieux.

« Tu as l'air réservée, jusqu'à ce que tu ne le sois plus », m'a dit Laurel.

À présent, je ne le suis plus.

— Pourquoi tu as fait ça ? je lance au dos de Louisa.

J'ai horreur de ses cheveux, toujours impeccablement coiffés, avec ces précieuses boucles qui à l'évidence n'ont rien de naturel.

Elle se retourne brusquement.

— Pardon ?

Je ne me démonte pas.

— Pourquoi tu l'as filmée ? Et pourquoi tu as posté la vidéo ? Tu es jalouse de ma sœur au point de vouloir gâcher sa vie ? Tu te rends compte que ça va plus loin qu'une simple dispute pour un mec, hein ? Elle est dans un centre de détention pour mineurs. Elle risque la prison !

Je ne suis pas terrible en affrontements. Ma voix se fait déjà grêle, comme la semelle de chaussures trop usées sur les sentiers. Je pense aux Nike que Tabby portait dans les bois ce jour-là. Mon cerveau revient sans cesse à ce détail, comme s'il avait une signification quelconque.

— Je ne suis pas la seule à l'avoir filmée, se défend Louisa en tapotant ses ongles sur son bras. Ce n'est pas comme si elle avait voulu faire ça en privé. Si elle ne voulait pas que les gens la voient, elle n'aurait pas dû se comporter comme une psychopathe devant tout le monde.

— Elle n'est pas psychopathe. Elle était furieuse. Est-ce que tu sais seulement ce que Lance lui a dit ?

— Et toi, tu le sais ? C'est plutôt cette question que tu dois te poser, rétorque Lou. Écoute, tu ne la connais peut-être pas aussi bien que tu le penses. Je sais ce que j'ai vu. En plus, ce n'était pas la première fois que Tabby pétait un plomb. Si elle part en vrille comme ça alors qu'elle sait qu'on la regarde, imagine ce qu'elle est capable de faire quand il n'y a pas de public !

Je vois où elle veut en venir. Tabby a mauvais caractère. Maintenant, chacun se souvient de toutes les crises qu'elle a piquées. Si Tabby était du genre discret, la situation ne serait peut-être pas la même. Parce qu'à un moment donné, on a décrété que la discrétion était une qualité. Par conséquent, se faire remarquer est automatiquement un défaut. Dans ce monde, toute fille sortant des limites de son corps s'expose à des violences. Il n'y a pas de juste milieu.

— Lance n'a rien dit en dehors du fait que Mark manquait à l'équipe de natation. Il n'y avait aucun sous-entendu.

Je serre les dents. Je suis censée être la discrète. L'innocente. Cela dit, ce n'est pas parce que je ne fais pas certaines choses que je n'y pense pas. Par exemple, là, je pense à mettre mon poing dans la figure de Louisa. Je pense à la satisfaction que j'aurais à entendre mes jointures craquer sur sa pommette.

Je vais me retenir. Ce n'est pas à moi que Louisa en voudra, mais à Tabby. Mon accès de violence sera mis sur son compte. J'ai dû voir ça quelque part, moi qui ai toujours été *si gentille*. Il a dû se passer quelque chose pour que je me débarrasse de cette peau et en enfile une plus lourde, plus agressive. Je ne suis plus vraiment moi-même ; juste une extension de Tabby, un membre supplémentaire. Si j'ai un bleu, elle aussi. Si je craque, elle aussi. Alors je me dois de rester intacte, pour nous deux.

— Je te demande juste d'arrêter de faire courir des rumeurs sur ma sœur.

Là-dessus, je tourne les talons avant de m'éloigner. J'espère qu'elle a entendu le venin dans ma voix, et qu'elle sait que ce ne sont pas des paroles en l'air. Parce que les filles discrètes peuvent aussi être les plus dangereuses.

5

ELLE

Vous vous demandez peut-être qui est Dallas, et quel est son rôle dans tout ça. Il ne devrait avoir aucun rôle, mais comme j'ai écouté Tabby, nous sommes maintenant tous les trois impliqués.

Dallas a un an de moins que nous (au lycée, il est en troisième année), mais on ne dirait pas en le voyant. Il est grand et élancé, avec de longues jambes. En fait, tout chez lui est long.

(Une minute, je n'ai pas dit ça d'une manière salace. Si Tabby était là, elle se serait marrée. Aucune allusion sexuelle ne lui échappe. Dommage qu'elle ne soit pas là.)

Bref, c'est aussi un gentil garçon. Un jour, j'ai trouvé dans notre jardin un oiseau qui avait une aile cassée. Je l'ai mis dans une boîte à chaussures et l'ai déposé dans un refuge pour animaux. Dallas y est bénévole. Il a réussi je ne sais comment à soigner l'oiseau, puis il est venu me voir au lycée pour me demander si je voulais être là quand il allait le relâcher.

Je suis sûre qu'il y a une sorte de métaphore dans cette histoire. Un garçon, une fille et un oiseau à l'aile brisée qui réapprend à voler. Mais s'il y a un sens à tout ça, je ne l'ai pas trouvé. De nous trois, l'oiseau est le seul à s'en être sorti guéri.

— Elle ! Elle, salut. Tu veux bien me parler, s'il te plaît ?

Il me rattrape sur le parking, alors que je m'apprête à rejoindre la voiture de ma mère.

— Je n'ai rien à dire. Tu as été très clair sur ce que tu penses de moi.

— J'étais en colère, OK ? Mais tu ne m'as pas laissé une chance de m'expliquer.

Je me retourne pour lui faire face.

— Pourquoi je devrais te donner une chance de le faire ? Tu n'étais pas là.

— Ouais, parce que tu ne m'as pas laissé y être. Elle, tu sais que tu me plais. Tu me plais toujours. C'est toi qui me rejettes.

Ce sont toujours les gens que vous n'avez pas envie d'entendre qui ont tous les mots qu'il faut. Ceux dont vous avez besoin. Comme si la vie avait fait en sorte qu'ils franchissent les mauvaises lèvres. La vie a aussi fait en sorte que tous les mots qui franchissent les miennes soient mauvais.

— Laisse-moi tranquille, dis-je en lui tournant le dos, les larmes aux yeux.

Il porte son tee-shirt Nirvana, celui pour lequel je l'ai charrié parce que je doute qu'il puisse citer une seule des chansons de ce groupe.

— Je sais que tu traverses une période difficile, insiste-t-il. Avec Tabby en détention, et tout le reste…

Et tout le reste.

Mark est mort. Tabby s'est fait arrêter.

Si je ne m'étais pas éloignée, rien de tout ça ne serait arrivé.

PEOPLE.COM 16 octobre 2019

Y AVAIT-IL UNE RIVALE DANS L'AFFAIRE DE LA TUEUSE AUX YEUX BLEUS ?

Par Talia Sims

De multiples sources présument que Tabitha Cousins, dix-sept ans, en voulait particulièrement à son petit ami Mark Forrester, étudiant de Princeton et champion de natation décédé le 16 août dernier dans des circonstances troublantes. Cousins est actuellement placée en détention provisoire dans un centre pour mineurs.

D'après plusieurs sources, pendant que Forrester était à Princeton et Cousins au lycée de Coldcliff Heights, elle le soupçonnait d'avoir des relations avec d'autres jeunes femmes. Une étudiante qui souhaite rester anonyme a affirmé que Cousins avait même fait un aller et retour à Princeton pour prendre Forrester en défaut.

« Elle a débarqué à une fête à laquelle il était et l'a forcé à partir. C'était super gênant », déclare l'étudiante. « En plus, la fille en question n'était qu'une amie de Mark. »

D'après le compte Instagram de Forrester désormais supprimé, la jeune femme s'appelle Madeleine Swanson, vingt ans, étudiante en troisième année à Princeton. Nous n'avons pas pu la joindre. Un ami de Forrester, qui nous a contactés de manière anonyme, a déclaré que Cousins était jalouse de toutes les filles à qui Mark parlait.

« Il ne l'a pas trompée », affirme l'ami. « Il la traitait comme une princesse. Pourtant, elle ne l'a jamais cru. Elle détestait toutes ces autres filles. Elle laissait entendre qu'il pourrait leur arriver des trucs. Des trucs graves. »

Depuis le début de ces spéculations, la colocataire de Swanson, Gloria Wheaton, dit que Swanson reçoit des menaces de mort de la part du groupe de soutien de Cousins, connu sur les réseaux sociaux sous le nom de Tabby Cats.

« Il faut qu'ils laissent Maddie tranquille », nous a dit Wheaton au téléphone. « Elle n'a rien fait de mal. Si Mark est allé voir ailleurs, ce n'est pas avec Maddie. »

Le procès de Cousins doit s'ouvrir début décembre. Si elle est jugée comme une adulte, elle risque la prison à vie.

Extrait du journal intime de Tabby

5 novembre 2018

Je pensais que ça ferait plaisir à mon petit ami que je lui fasse la surprise, mais il était furieux. Il refuse même de me toucher. Tout ce que je veux, c'est qu'il m'aime comme moi, je l'aime. Il m'accuse de l'espionner. En vérité, j'ai parfois l'impression que c'est moi qu'on surveille. Comme si Mark avait des yeux ici, bizarrement.

6

ELLE

La virée à Princeton. Je savais que ça allait refaire surface. Alors voilà comment ça s'est passé.

On a pris la voiture de la mère de Tabby. On est parties un vendredi après-midi, juste après les cours. Tabby a dit à sa mère qu'elle allait passer le week-end chez moi, et j'ai raconté le même mensonge à mes parents. Maman m'a souhaité de prendre du bon temps, mais j'ai bien vu qu'elle était déçue qu'on aille chez Tabby au lieu de rester chez nous. Elle adore nous avoir toutes les deux à la maison, nous apporter de petites choses à grignoter et demander à Tabby comment se passent les cours, ses histoires de cœur, sa vie. Tabby se prête au jeu comme je ne le fais jamais. Vu la relation que ma mère a établie avec elle, Tabby est la fille qu'elle aurait rêvé d'avoir : belle, charismatique, et ne pouvant rien faire de mal.

Tabby m'a assuré que c'était Mark qui l'avait invitée, qu'il était au courant de notre venue.

— C'est dingue qu'on ne l'ait pas fait plus tôt, a-t-elle commenté.

Elle conduisait trop vite ; malgré le froid, elle gardait sa vitre baissée. Les courants d'air nous fouettaient la peau.

C'était complètement fou, de parcourir ainsi la moitié du pays. Rien que pour y aller, il nous fallait une journée entière. Quand ça a été mon tour de conduire, j'ai eu du mal à ne pas piquer du nez. J'ai enchaîné les cafés, qui m'attaquaient l'estomac, comme de l'acide. Je n'avais pas envie d'aller à cette fête. Tabby et moi avons fait une halte sur une aire de stationnement miteuse pour nous maquiller dans les toilettes. Je l'ai regardée appliquer son eye-liner noir (son signe distinctif) alors même qu'elle en portait déjà une tonne. Je l'ai laissée mettre de la poudre bronzante sur mes pommettes parce qu'elle me trouvait trop pâle.

— Ça se passe où exactement, cette fête ? ai-je demandé quand on a enfin repris la route, coincées dans les bouchons, en ville.

— Chez un mec, a répondu Tabby.

On se trouvait à un carrefour. Elle a sorti son téléphone, qui était déjà sur la page Insta de Mark. C'est à ce moment-là que j'ai commencé à douter qu'on ait été invitées à quoi que ce soit.

— Ça ne devrait plus être très loin, a-t-elle ajouté.

À ce jour, je ne sais pas du tout comment elle a fait pour trouver l'adresse de ce type. Plus tard, j'ai moi aussi décortiqué le compte de Mark, pour reprendre les mêmes indices qu'elle. Il y avait une photo de lui et d'autres mecs qui devaient être ses copains de fac, plus une fille aux cheveux noirs. Elle avait été postée la veille de notre arrivée.

Quelqu'un avait mis en commentaire : « Trop hâte de vous voir demain, bande de trouducs ! »

Quelqu'un d'autre avait écrit : « Y a pas mieux que les fêtes d'Igor. »

Tabby n'avait rien à part ce prénom, Igor. Si vous affichez le compte de ce type, vous verrez la photo d'une résidence, prise en septembre, avec un mec qui pose devant et qui doit être Igor. « Première piaule d'adulte », disait la légende, suivie du hashtag #devenirautonome.

Je ne savais pas tout ça, à l'époque, quand on s'est garées devant la résidence. Il y avait un Interphone à l'entrée. Tabby a cherché le nom d'Igor, mais seuls des numéros étaient affichés. Elle m'a regardée avant de hausser les épaules.

— Pourquoi tu n'appelles pas Mark ? ai-je demandé.

— Je veux lui faire la surprise.

Elle a touché ses lèvres.

— Alors il ne sait pas qu'on vient, ai-je conclu.

Elle a eu un grand sourire, comme si ça me faisait plaisir qu'elle m'ait menti.

— Ben, pas vraiment. Je savais que tu trouverais ça dingue, mais j'avais besoin de faire un truc qui retienne son attention.

Son attention. Ça m'énervait que le besoin de retenir l'attention reste notre motivation première. En plus, c'était super difficile à obtenir. Si les gens nous l'accordaient dès le départ, on ne serait peut-être pas obligées d'en arriver à de telles extrémités pour se faire remarquer.

Je me suis mordu l'intérieur des joues. J'avais la nausée. Dans le hall, il régnait un mélange d'odeurs corporelles et de parfum rance.

— C'est quoi ton plan, au juste ? ai-je voulu savoir, juste au moment où un type d'environ vingt-cinq ans traversait le vestibule d'un pas tranquille pour sortir.

Il nous a tenu la porte. Tabby lui a souri brièvement.

— On se contente de suivre le bruit, a-t-elle indiqué.

Sauf qu'il n'y avait aucun bruit. Ce n'était pas une fête de lycéens qu'on entendait dans tout le quartier ; le genre de fête auquel j'étais associée parce que ma mère voulait être cool et me laissait faire ce que je voulais. Si on a réussi à trouver l'appartement d'Igor, après avoir pris l'ascenseur jusqu'à son étage, c'est uniquement parce qu'une fille est montée avec nous et que Tabby lui a posé la question.

— Tu sais quel est le numéro de l'appart d'Igor ? Je plane totalement !

La fille a ri.

— Oui, pas de souci. C'est le onze, au troisième.

Elle est descendue de l'ascenseur, et on est montées jusqu'au troisième étage.

La suite est gênante. On a ouvert la porte de chez Igor et on est entrées, moi derrière Tabby, la suivant comme son ombre. Les gens discutaient en petits groupes. Certains dansaient. Tout le monde s'est arrêté pour nous regarder. La plupart étaient en pull et en jean. Tabby et moi, on faisait tache avec nos minijupes et nos collants déchirés, tout en décolleté. J'ai regretté d'être venue.

— Je peux vous aider ? a demandé un type avec un épais col roulé.

Plus tard, j'ai vu sur Instagram que c'était Igor.

— On cherche Mark Forrester, a répondu Tabby. Il est là ?

Igor a eu l'air un peu perplexe, puis il s'est ressaisi et a acquiescé.

— Ouais, il est là. Par contre je ne sais pas trop où. Vous êtes qui ?

— Je m'appelle Elle, ai-je commencé, mais Tabby m'a interrompue.

— Je suis sa petite amie.

Vu la tête d'Igor, il était évident que Mark n'avait jamais parlé de petite amie. Sur le coup, j'ai eu mal pour Tabby. Elle devait avoir carrément les boules.

Igor a voulu dire quelque chose, mais Tabby s'est avancée en le bousculant. Elle n'a pas pris la peine de retirer ses boots, alors que tous les autres étaient en chaussettes, leurs chaussures entassées près de la porte. Moi, j'ai ôté les miennes. J'avais juste envie de m'asseoir, ou de m'allonger et dormir.

— Salut, Elle, m'a dit quelqu'un. Qu'est-ce que vous faites là ?

C'était Keegan, une bière à la main.

— Aucune idée, ai-je répondu, ne trouvant rien de mieux. Tabby cherche Mark.

Quelques minutes plus tard, Tabby est revenue, furieuse, essuyant des larmes sur ses joues.

— On se casse, a-t-elle dit.

— Où ça ? ai-je demandé.

Lorsqu'elle m'a regardée, j'ai vu qu'elle avait les yeux rouges. Puis elle s'est rendu compte que Keegan était derrière moi.

— Qu'est-ce que tu fous là ? a-t-elle craché.

— J'ai été invité, s'est-il justifié. Je suis arrivé jeudi. Je suis en congé, ce week-end.

Mark est apparu environ une minute plus tard, suivi d'une fille. La nana aux cheveux noirs de la photo sur Insta. Il a voulu poser une main sur l'épaule de Tabby, mais elle s'est libérée d'une secousse avant de s'asseoir, pratiquement sur les genoux de Keegan. Elle a pris la bière qu'il tenait et l'a portée à sa bouche.

Finalement, on est restées. Tabby s'est soûlée, a flirté avec Keegan pour emmerder Mark, lui faire payer ce qu'il trafiquait avec cette fille à notre arrivée. J'ai laissé quelqu'un me donner un verre. Je ne sais pas ce que c'était ; je ne l'ai pas bu. J'ai regardé tout ce qui se passait entre Tabby et Mark, sans filtre. Les coups d'œil ; les yeux plissés de Tabby ; le regard implorant de Mark. À la fin de la soirée, ils sont partis ensemble, et la fille aux cheveux noirs n'était visible nulle part.

Keegan paraissait aussi agacé que moi.

— Elle n'aurait pas dû venir. Ça se passait très bien sans elle.

— C'était qui, cette fille ? ai-je voulu savoir.

Il a haussé les épaules, même s'il était visiblement content que je pose la question. Peut-être que ça lui faisait du bien de voir que Mark n'était pas parfait.

— Celle-là, je ne sais pas comment elle s'appelle.

J'ai fini sur un canapé chez Igor, à côté de celui de Keegan. À mon réveil le lendemain matin, il faisait encore nuit. J'étais complètement désorientée. Je suis allée aux toilettes d'un pas chancelant. J'ai eu des haut-le-cœur. J'ai cru que j'allais vomir, mais rien n'est venu.

Tabby et Mark devaient être dans le couloir, parce que leurs voix se sont faites plus nettes. Mark se défendait : « On ne faisait que discuter. C'est pas facile avec son copain, en ce moment. »

Tabby : « Je m'en fiche ! Tu es mon petit ami. Ne l'oublie pas. »

Sur la route du retour, je lui ai rapporté ce que Keegan m'avait dit : « Celle-là, je ne sais pas comment elle s'appelle. » Il fallait que Tabby sache ce que ça impliquait : qu'il y en avait d'autres.

— On en a discuté, a-t-elle répliqué. C'est réglé. Je le crois, quand il dit qu'il ne s'est rien passé.

Sauf qu'elle ne le croyait pas, et moi non plus.

7

MADELEINE SWANSON

Mark Forrester était quelqu'un de bien. Je ne comprends pas du tout comment j'ai été mêlée à tout ça. J'ai vu des trucs en ligne – ma coloc adore lire les potins sur les célébrités. Elle m'a montré un post concernant la « rivale » dans l'affaire de la Tueuse aux yeux bleus. Elle a dit : « Maddie, c'est pas toi, là, de dos ? »

C'est une photo de Mark et moi à une fête. Elle doit dater de novembre dernier, à l'époque où, avec Jason, on se prenait beaucoup la tête. J'ai rencontré Mark dans un cours de statistiques, en première année, et on est restés amis. De temps en temps, on va boire un verre en semaine, pour se donner des nouvelles. Jason était parti à Brown et je le vivais mal, mais je n'ai jamais envisagé de le tromper avec Mark. Ce n'était pas comme ça, entre nous. Par contre, j'ai parlé de Jason à Mark. Je voulais avoir son avis. Pour Mark, ce qui comptait avant tout, c'était l'honnêteté, même si c'est vachement dur.

Je me souviens de cette fête, à présent. C'est celle où Tabby s'est pointée. Mark ne m'avait jamais dit qu'il avait une copine – sûrement parce que c'était toujours moi qui parlais de mes problèmes, ce qui est carrément gênant à avouer. Je ne suis pas allée à Princeton pour être la fille qui passe son temps à se plaindre des mecs. Si je suis venue ici, c'est parce que j'ai des capacités. Mais Jason m'a fait douter de moi. Juste avant cette fête, il m'a annoncé qu'il voulait faire une pause.

— Qu'est-ce que tu veux dire ? ai-je demandé.

— Exactement ce que tu penses, a-t-il répondu. Ça ne fonctionne pas pour moi.

Puis j'ai entendu un rire en fond sonore. J'ai compris qu'il n'était pas seul. Il me larguait par téléphone, et en public. Ça reste la pire humiliation de ma vie.

Évidemment, après un coup pareil, je n'avais aucune envie d'aller à la fête. Je préférais rester dans ma chambre, en pyjama, à pleurer devant un film débile. Mais ma coloc m'y a traînée.

— On va se marrer, m'a-t-elle assuré. Ne laisse pas ce connard gâcher ta soirée, et encore moins ton année !

Alors j'y suis allée. Ça se passait chez un type appelé Igor. Ma coloc et lui flirtaient depuis des semaines. Elle aimait bien l'idée qu'il n'habite pas sur le campus, même si l'appart en lui-même n'avait rien de spécial. Je me sentais pas trop mal en arrivant là-bas. Prête à affronter la vie de célibataire, sans le poids mort qu'était Jason. Puis cette foutue chanson a résonné ; celle sur laquelle Jason et moi avions dansé, au bal de promo.

— C'est notre chanson, m'avait-il chuchoté à l'oreille, les mains sur mes hanches. Je t'aimerai toujours.

Je l'avais cru.

Comme je savais que j'allais pleurer, j'ai voulu aller aux toilettes, m'effondrer en privé, mais c'était déjà occupé. Mark m'a vue plantée là, me frottant les yeux. Soudain, c'était comme si j'avais ouvert les vannes. Il m'a prise dans ses bras pour me consoler et m'a demandé si je voulais aller discuter dans un endroit calme. On a fini dans ce qui devait être la chambre d'Igor. Je lui ai tout raconté : la rupture par téléphone, la chanson. Je ne devais pas être belle à voir, mais il s'est contenté de m'écouter. Il m'a dit ce que j'avais besoin d'entendre ; des vérités plus percutantes parce qu'elles sortaient de la bouche d'un autre mec. Que j'étais super, que j'avais des tas de qualités. Qu'il ne fallait pas que je perde mon temps avec quelqu'un qui avait des doutes à mon sujet.

— Il va le regretter, a dit Mark. Mais toi, jamais.

Ces paroles me sont restées. Même si j'étais hyper gênée d'avoir pleuré devant lui, je me suis accrochée à ses conseils comme à une bouée. Ça a regonflé mon ego. Je me suis autorisée à le croire.

Je m'apprêtais à l'étreindre quand la porte s'est ouverte d'un coup. Une fille qui portait une jupe ultra courte est apparue. C'était la première fois de ma vie que je la voyais.

— C'est quoi, ce bordel ? a-t-elle vociféré.

— Tabby…, a dit Mark.

— Exactement ce à quoi je m'attendais, putain.

Là-dessus, elle est partie, verte de rage. Mark s'est levé, a passé la main dans ses cheveux.

— C'est qui ? ai-je demandé.

— Elle, c'est… C'est compliqué.

Comme je l'ai dit, j'ignorais que Mark avait une copine. Je pensais que sa vie se cantonnait à la natation et aux études, mais évidemment, il avait les mêmes besoins que nous. Je me suis dit qu'ils étaient peut-être censés se retrouver et qu'il avait perdu la notion du temps en me prêtant son épaule. Je ne me doutais pas une seconde qu'elle avait fait la route depuis le Colorado pour lui faire une surprise.

Elle n'avait pas l'air d'être le genre de fille qui plaît à Mark. Ça doit sembler ridicule : comment je pouvais savoir quel était son genre ? Si on m'avait posé la question, j'aurais répondu une fille plus naturelle. Quelqu'un qui met des jeans et des pulls à grosses mailles, les cheveux noués en chignon flou. Avec du baume à lèvres plutôt que ce trait rouge, comme sur la bouche de cette fille. J'étais encore plus étonnée d'apprendre qu'elle était au lycée.

Peut-être que je ne connaissais pas aussi bien Mark que je le croyais. Ce que je sais en tout cas, c'est que cette fille (Tabby) avait l'air furieuse en ouvrant la porte de la chambre. En fait, elle ne semblait pas vraiment surprise. Comme si elle s'attendait à trouver Mark en compagnie de quelqu'un d'autre. De moi, même.

Je ne sais pas mentir. Après ma rupture avec Jason, il est arrivé une ou deux fois de me demander ce que ça donnerait, si Mark et moi nous mettions ensemble. Je ne suis jamais retournée avec Jason. Chaque fois que je recevais un des textos qu'il m'envoyait quand il était bourré, pour s'excuser, je me souvenais de ce qu'avait dit Mark : *« Il va le regretter. Mais toi, jamais. »*

Mark et moi, on n'est jamais sortis ensemble. C'est la vérité. C'est ma version des faits, et il est hors de question que je la vende à un de ces lamentables tabloïds en ligne. Le pays entier est obsédé par cette affaire. Tout ce que je veux, c'est savoir ce qui est arrivé à Mark, le type le plus sympa du monde, qui ne méritait rien de tout ça.

Croyez-le ou non, mais c'est moi, la fille qu'on voit sur ces photos. C'est moi, la « rivale ». Je doute que ce qui s'est passé dans les bois soit un accident. Je pense que la vengeance est un plat qui se mange froid, et que Tabby a commencé à planifier la sienne à l'instant où elle nous a trouvés dans cette chambre, Mark et moi.

THE GOSSIP ARMORY 19 octobre 2019

Tabby et Beck : les nouveaux Bonnie & Clyde ?
Par Brad Hargrove

À ce stade de l'enquête, on dirait bien que Tabby Cousins n'a pas agi seule. Pourtant, la police refuse de révéler les éléments qui confortent cette hypothèse. Il y a quelques jours, les enquêteurs ont interrogé un ex-petit ami de Tabby, Thomas Rutherford III – « Beck » pour les intimes. Ne vous laissez pas berner par le chiffre romain qui suit son nom. Ce type est de la graine de délinquant. Tabby et lui ont entretenu une relation passionnelle pendant leur deuxième année de lycée. Nombre de mes sources affirment que c'est avec lui qu'elle a perdu sa virginité.

Tout ça m'interroge. Si Tabby et Beck s'aimaient, pourquoi avoir eu besoin de tuer Mark pour être ensemble ?

Vous savez sûrement ce que j'en pense. Je doute qu'elle l'ait assassiné. Pas sûr non plus que Beck soit coupable, mais, d'après mon expérience, en tant que professionnel, je peux vous dire que les médias ont deux façons de brosser le portrait d'un garçon : soit il est populaire, soit c'est de la mauvaise graine. Je vous laisse deviner qui est qui dans cette affaire. L'étudiant de Princeton / star de la natation *versus* le type qui se bat dans les fêtes quand il a trop picolé. Mark n'étant plus de ce monde, il ne peut pas être en tort.

En début de semaine, *People* a réussi à se procurer une photo de Tabby et Beck, apparemment datée de l'époque où ils étaient ensemble (visible ici si vous ne l'avez pas déjà vue, même si ça me fait mal de contribuer à augmenter le trafic de ce site). Vous avez remarqué où sont les mains de Tabby? Elle en a une sur le visage de Beck et l'autre dans son dos. Lui, tient une cigarette entre ses doigts, son autre main sur son cul à elle. Ils sont en train de se rouler une pelle. Ce qui me frappe sur cette photo, hormis le fait qu'elle montre deux personnes à l'évidence folles l'une de l'autre, c'est le placement de leurs mains. Tabby est clairement aux commandes. Cette fille avait le contrôle. Quand vous comparez avec les photos d'elle et Mark (voir mes posts précédents ici et là), regardez comme sa main à lui recouvre la sienne lorsqu'ils se promènent, ou la distance qui sépare leurs corps, même quand il a son bras passé autour de ses épaules. Je ne suis pas expert en langage corporel; pourtant, je ne peux pas m'empêcher de me demander si ce garçon s'est mis à la dominer à partir du moment où il n'a pas obtenu ce qu'il voulait.
D'autres informations suivront bientôt. Merci à vous, chers lecteurs, de vouloir échanger avec moi. Que diriez-vous de résoudre cette affaire avant la police et de devenir célèbres? (Je plaisante.)

COMMENTAIRES

SkullGirl : Encore un article de merde sur un site de merde. Dis pas que t'es un pro; t'es qu'un hacker qui squatte le sous-sol de ses parents.

Marley : C'est toujours la faute de l'ex-petit ami caractériel ! Dommage, il est super sexy. Je veux bien l'épouser quand il sera en prison à vie pour ce crime.

PetiteÉpave : On parie qu'il va être condamné à perpète alors qu'elle sera libérée ?

ViveLesChiens101 : C'est tordu que je trouve ça romantique ? Mon copain ne veut même pas m'embrasser en public…

QuandLesColombesPleurent : Il y a rien qui va, dans tout ça. Vous vous plantez sur toute la ligne.

8

ELLE

Il y a un truc que je dois faire.

Comme *ce jour-là*, j'ai fait un truc que je devais faire.

Je ne le vois pas beaucoup au lycée. Il est peut-être interrogé par la police. Je suis sûre qu'il n'en parle à personne. De toute façon, même sans ça, il ne vient pas des masses en cours. Pourquoi est-ce qu'il me plaisait autant ? M'attirait-il pour ce qu'il était, lui, ou à cause de Tabby ?

Je peux lister ce qui me plaît chez Dallas. Son sourire. Sa façon de dire mon prénom, comme si c'était quelque chose de précieux. L'assurance de ses mains posées sur mon dos. Beck n'était qu'un môme ; un élève avec qui je suis allée à l'école toute ma vie. Rien qu'un gamin, toujours à s'attirer des ennuis, les mains sales d'avoir joué dehors et une bouche qui aimait choquer. Beck n'était qu'un gamin, jusqu'à ce qu'une gamine décide qu'il était plus que ça et que, moi aussi, je le considère d'un autre œil.

Tabby et lui se ressemblent peut-être de bien des façons. Ils sont malins. Calculateurs. S'ennuient facilement. Elle aurait pu coucher avec lui tout le temps qu'elle sortait avec Mark. Aujourd'hui, j'ai besoin de savoir, alors je vais lui poser la question.

Je prends la voiture de ma mère pour conduire jusqu'aux bois, après les cours. Il est assis sur un tronc d'arbre tombé à terre, juste à côté de l'entrée sud. Les feuilles mortes craquent sous mes semelles. Beck se retourne. Il ne porte pas son blouson de cuir, mais un sweat à capuche trop large.

— Tu me suis ou quoi ? demande-t-il.

— Bonjour à toi aussi. Non, je ne te suis pas. C'est un lieu public. Tout le monde a le droit de venir ici.

— T'as pas l'air d'être habillée pour la marche.

Il se penche en avant. Ses yeux balaient mon corps. Mon short, mon haut court. Son regard me parcourt avec la lenteur d'un escargot, laissant une trace chaude sur moi. Tabby n'est pas là et je m'habille comme elle, tout en petits détails. Un bout de peau visible. Plus de maquillage. Je ne sais même pas pourquoi je fais ça. Pour que Beck me regarde comme il le fait maintenant ? Nous sommes seuls, pas de Tabby. Je pourrais le toucher, même l'embrasser, et voir comment il réagirait.

Je ne sais pas ce qui me retient : la peur d'être rejetée ou la peur de trahir Tabby.

— Quelles questions ils te posent, les flics ? je demande brusquement. Ils te croient impliqué ?

Est-ce que tu es impliqué ?

— Des conneries, répond-il en sortant une cigarette. Les mêmes questions qu'ils posent à tout le monde. Je ne sais pas trop ce qu'ils pensent, mais je m'en fous, en fait. En plus, on est tous plus ou moins impliqués, non ?

Il est au courant. Il sait ce que j'ai fait, et que, s'il est compromis à ce point, c'est à cause de moi. J'ai la bouche sèche.

— Oui, j'imagine. Mais ils ont trouvé tes empreintes. Tu y étais, cette nuit-là.

Il fait tourner le talon de sa botte sur le sol.

— Non, je n'y étais pas. Des tas de gens ont les mêmes bottes. Ils tiennent à me faire porter le chapeau parce que c'est facile. Ils ne veulent pas croire qu'elle puisse avoir agi seule.

— Tu penses qu'elle est coupable ?

Je ne me suis même pas autorisée à considérer cette éventualité. Me confronter à ce vide noir en Tabby reviendrait à le reconnaître en moi-même.

— Non, répond-il. Mais si c'était elle la meurtrière, elle n'aurait eu besoin de l'aide de personne. On la connaît, toi et moi. C'est pas dans ses habitudes de mêler les autres à ses affaires.

On se tait un instant, songeant peut-être que nous avons été entraînés très loin dans son orbite, et qu'une partie de nous s'y trouve encore. Avant, Tabby et moi avions envie des mêmes choses. C'était peut-être seulement lorsqu'elle avait obtenu quelque chose que ça valait le coup de le désirer.

— Tu l'aimes toujours ? je lui demande. Est-ce qu'elle trompait Mark avec toi ?

Il allume sa cigarette, sur laquelle il tire longuement.

— Je l'ai peut-être jamais aimée. On s'est peut-être juste servi l'un de l'autre, comme font tous les gens.

Il ne répond pas à ma seconde question. Je sais qu'il ne le fera pas. Maintenant, je pense à ceux que j'ai utilisés, et à ceux qui l'ont payé cher.

SHARP EDGES CRIME
LA VÉRITÉ EST NOTRE CREDO !

20 octobre 2019

Et si on parlait des filles ?
Par Oberon Halton

Tout le monde semble croire que l'ex de Tabby, Beck Rutherford, est impliqué dans le meurtre de Mark Forrester. Oui, ils ont trouvé une empreinte de botte, et oui, le mec en question a un côté un peu dark. Mais, pour ma part, je m'interroge sur les filles de l'entourage proche de Tabby.

D'après des sources du lycée de Coldcliff Heights, Tabby avait peu d'amies. Elle fréquentait surtout Elle Ross, dont la fête organisée cet été a été le théâtre d'une mystérieuse altercation entre Beck et Mark, avant la mort de ce dernier. Quelle est la place d'Elle dans tout ça ? Car il serait naïf de croire qu'elle n'a pas joué un rôle quelque part. Entre meilleures amies, on se dit tout. Qu'a confié Tabby à Elle ?

Il y a aussi Bridget, la sœur de Tabby. Il paraît que les sœurs sont profondément solidaires entre elles. Bridget, qui a déjà obtenu l'année dernière une médaille d'argent au championnat de cross de l'État du Colorado, est pressentie pour le remporter cette année. D'après la rumeur, elle connaît Queen Anne's Woods mieux que personne. Alors pourquoi se focalise-t-on sur Beck Rutherford quand il y a deux autres suspectes bien plus plausibles juste sous notre nez ?

9

LOU

Je suis contente que *Sharp Edges* ait posté cet article. Je me félicite que quelqu'un ait soulevé ce point. Oh, regardez, voilà deux filles qui connaissent Tabby mieux que personne. Si elle n'a pas agi seule, il est probable que l'une d'elles l'ait aidée, pas vrai ?

Je les vois toutes les deux au lycée. Je les ai à l'œil. Ces temps-ci, Elle a tendance à raser les murs, comme si elle était coupable de quelque chose. Ça change de l'an dernier. Avec Tabitha, elles en faisaient toujours des tonnes, sans cesse à essayer d'avoir un coup d'avance sur l'autre. Si ça se trouve, c'était vraiment le cas, et Tabitha a gagné. « Hé, les meufs, j'ai tué mon mec. Et vous, vous avez fait quoi, ce week-end ? »

Quant à Bridget, elle a toujours été inexistante. C'est le genre de fille que vous ne voyez pas vraiment, jusqu'à ce qu'on vous la montre. Alors, vous vous rendez compte qu'elle était là depuis le début. Moi, je suis fille unique et quasi certaine que mes parents ne m'ont même pas désirée. Si je suis là, c'est à cause d'un dysfonctionnement de préservatif d'origine divine, auquel je ne veux vraiment pas penser. Je n'aurais jamais cru Bridget capable de quoi que ce soit, mais quand elle est venue me voir sur le parking, ce jour-là, j'ai vu une autre facette d'elle. Une facette qui m'a beaucoup rappelé Tabby.

Enfin bref. Beck est en route pour chez moi et ma mère n'est pas là, donc on sera tranquilles. Je meurs d'envie de lui parler de tout ça – même si j'ai aussi envie de ne pas parler, vous voyez le truc. J'entends sa moto, autrement dit il est à l'heure, ce qui n'arrive presque jamais. Il doit avoir terriblement envie de me voir, autant que j'en ai envie, moi.

J'ouvre la porte avant même qu'il ait le temps de frapper.

— Salut, mon cœur, dit-il.

Son ton est sec, sa diction saccadée, pas aussi traînante que d'habitude. Quand je me jette à son cou (son sweat pue la clope, dégueu), il se raidit avant de s'écarter.

— Il y a un problème ?

— Ça va pas te plaire, répond-il en croisant les bras. Je crois qu'on devrait lever le pied un moment.

Il est toujours sous le porche. Je suis dans l'entrée, appuyée contre le battant. Je n'entends pas vraiment ce qu'il dit, parce que, sans déconner, il n'est même pas venu jusqu'au paillasson avant de me larguer.

— Lever le pied, je répète. On se voit à peine, ces jours-ci ! Tu ne réponds jamais à mes messages.

— Je sais, réplique-t-il en tapotant le sol de sa botte.

Je ne saurais dire si c'est le stress ou s'il a simplement hâte d'en finir.

— Écoute, je suis désolé. Mais c'est trop la merde dans ma tête, ces temps-ci. Je pense qu'on devrait arrêter de traîner ensemble jusqu'à ce que ce soit plus clair.

Traîner ensemble. Comme si notre relation se limitait à ça.

— T'es sérieux ? Mais t'es un vrai connard ! C'est à cause de Tabby ?

Il garde les yeux baissés. Ses cheveux retombent sur sa joue. J'ai envie de couper cette mèche, de tout couper avec lui, d'arrêter de m'attacher aux mauvaises personnes.

— Je tenais juste à te le dire en face, déclare-t-il. Je suis désolé, OK ? Tu mérites d'être avec quelqu'un qui te comprenne vraiment.

— Waouh ! Va te faire foutre.

Je regrette de ne pas avoir trouvé de meilleure réplique. Ça me viendra plus tard, quand j'aurai la tête sur l'oreiller, que mes pensées tourbillonneront au-dessus de moi – un méli-mélo de toutes les choses que j'ai dites et pas dites.

— Ouais, je suis un connard. Mais y a trop de trucs en ce moment.

Je vous jure : pendant une seconde, j'ai l'impression qu'il va se mettre à chialer. Comme si Beck Rutherford flippait.

— C'est pas impossible que j'aille en taule, ajoute-t-il.

Même si je crève d'envie de lui coller mon poing dans la figure, je suis aussi tentée de le prendre dans mes bras et de lui dire que tout ira bien. Même si ce n'est pas forcément vrai.

— Tu ne vas pas aller en prison, je le rassure. Tu n'as rien à voir là-dedans.

— J'ai pas tué Mark, se défend-il. Pourtant, on dirait qu'ils font tout pour prouver que si.

Bon, là, ça m'agace. Beck perd complètement les pédales, et il a besoin que quelqu'un croie en lui. Il a besoin qu'on apporte la preuve que Tabby a agi seule et qu'il n'est pas impliqué dans l'affaire.

Il n'y a peut-être que moi qui les connaisse assez bien pour démêler tout ça.

THE NATIONAL NEWS RING 23 octobre 2019

« Elle n'en est pas à son coup d'essai » : une ancienne camarade de classe nous parle de la Tueuse aux yeux bleus

Par Daria Burns

Plusieurs anciens élèves de Chester, école privée située à Rochester, dans l'État de New York, ont confié en exclusivité au *Ring* que Tabitha Cousins, la Tueuse aux yeux bleus, avait pour habitude d'obtenir ce qu'elle voulait, quel qu'en soit le prix.

« Tout le monde sait ce qu'elle a fait à Jordan Bosch », a déclaré une source qui sortait avec Bosch au lycée. « Après avoir gâché la vie de Jordan, elle et sa famille ont soudainement déménagé, et elle a été scolarisée dans un nouvel établissement. Ça ne me surprend pas vraiment d'apprendre quelques années plus tard qu'elle a gâché la vie d'un autre garçon. »

Selon deux autres camarades de classe, Cousins s'était rendue à une fête en compagnie de Bosch et avait dit à son ancienne meilleure amie, Kennedy Baker, vouloir perdre sa virginité avec lui.

« C'était un sujet hyper sérieux pour elle », se souvient Baker. « Elle était prête à tout pour que ça arrive. »

Pendant la fête, Baker a perdu de vue Cousins. Celle-ci a quitté les lieux avec Bosch. Sur le trajet du retour, un accident de voiture a mis fin à la prometteuse carrière de footballeur du jeune homme. Les rapports indiquent que le taux d'alcool dans

le sang de Bosch dépassait la limite autorisée. Cousins s'en est sortie indemne, mais les rumeurs ne l'ont pas épargnée, ce qui d'après nos informations serait l'une des raisons pour lesquelles ses parents auraient décidé de partir à Coldcliff.
« Elle disait que c'était à cause du boulot de son père », a précisé Baker. « Mais on n'était pas dupes : elle en avait fini avec Rochester. Il était temps pour elle de passer à autre chose. De trouver une autre cible. »
Bosch n'a pas donné suite à nos demandes d'interview. Toutefois, selon son père, séparé de sa mère depuis l'an dernier, son fils a dépassé cette épreuve et a repris sa vie en main.
« Je ne sais pas ce qui s'est passé avec cette fille ; en tout cas, il a surmonté tout ça », a assuré Jack Bosch. « Il n'a pas envie qu'on lui rappelle cette sale histoire. »
Cousins est actuellement placée en détention provisoire dans un centre pour mineurs jusqu'à son procès imminent.

COMMENTAIRES (voir les 57 précédents)

ChatDeGouttière : OK, on dirait un bébé pute sur cette photo. Jamais je laisserais ma gamine sortir habillée comme ça.

CrâneEtOsXXL : J'ai entendu parler de cette histoire il y a super longtemps. Jordan allait dans le même lycée que moi. À tous les coups, c'est même pas lui qui conduisait.

EmmenezMoi : La « meilleure amie » veut juste son quart d'heure de célébrité. Comme tous les autres. Ce site pourri se repaît de tout et n'importe quoi.

BethVagabonde : C'est quoi son problème, à ce journaliste ? Avec lui, les mecs n'ont jamais rien à se reprocher. J'ai connu Jordan à la fac. Devinez quoi : il est parfaitement capable de conduire bourré et d'avoir un accident. En plus, je parie qu'il avait l'ascendant sur elle. Elle avait, quoi, treize ans ? Je dis ça, je dis rien.

10

KENNEDY BAKER

C'est moi qui ai parlé au *Ring* du passé caché de Tabby. Certains de mes amis trouvent que c'est bas ; que, si j'ai alerté ce tabloïd, c'est uniquement pour l'argent et le quart d'heure de célébrité. En réalité, tout ce que je veux, c'est que la vérité sorte. Je suppose que l'histoire ne l'a pas suivie jusqu'à Coldcliff, alors je suis là pour vous raconter comment elle a gâché la vie de ce premier garçon.

On n'était qu'en cinquième, mais on se fringuait comme des lycéennes de dernière année. Tabby avait déjà des nichons et un cul, et elle savait exactement comment s'en servir – même si je l'entendais souvent se plaindre qu'elle n'était pas sexy, pas jolie. Elle voulait juste susciter des compliments. Je n'en étais pas avare, d'autant plus qu'elle me les renvoyait systématiquement.

Il y a une chose à savoir sur Tabitha Cousins. Elle était prête à s'embarquer dans tout ce qui lui semblait prometteur. Elle avait un schéma bien établi. Son truc, c'étaient les sportifs populaires. Quelque chose me disait que, dans vingt ans, on la verrait dans « Real Housewives » (que ma mère regarde religieusement). Elle en serait à son deuxième ou troisième mari, à sa dixième opération des seins, et elle n'hésiterait pas à débourser 20 000 dollars pour l'anniversaire d'un de ses gosses.

Le sportif populaire de notre école, c'était Jordan Bosch. Il avait quatre ans de plus que nous. C'était un footballeur de talent. On disait souvent de lui qu'il serait recruté par la National Football League avant même d'avoir terminé le lycée. Tabby et moi le fréquentions de près : on faisait partie de l'équipe des pom-pom girls.

Tabby est devenue très prévenante avec Jordan. Elle l'attendait toujours avec une bouteille d'eau après ses matchs ; elle lui proposait de lui masser les épaules. C'était pas cool, parce que Jordan avait déjà une petite amie : Bella, qui était major de sa promo.

Le lendemain du match régional (on a gagné, évidemment, grâce à Jordan), Tabby est venue me voir avec son grand sourire.

— Kennedy, on va à une fête ! J'ai réussi à nous faire inviter. Tu n'as qu'à dire à ta mère que tu viens dormir chez moi. Je dirai la même chose à la mienne.

Elle avait tout planifié. On s'est retrouvées à l'arrêt de bus, puis on s'est maquillées dans les toilettes d'un *McDo*. Tabby s'est tartinée de poudre bronzante et a souligné ses yeux d'eye-liner noir. Elle se regardait dans la glace en avançant les lèvres.

— J'ai l'intention de sortir avec Jordan, m'a-t-elle annoncé en extirpant une minibouteille de vodka de son sac à main, du style de celles qu'on donne dans les avions. Attends un peu de me voir à l'œuvre.

— Il est avec Bella ! ai-je protesté. Il ne va pas la tromper.

Elle a haussé les épaules avant de boire une gorgée, puis m'a passé la bouteille. Je n'ai pas bu. Je m'en fichais, que Jordan lui plaise. Ce qui m'embêtait, c'était qu'elle ait l'arrogance de penser qu'il quitterait sa copine pour elle. J'avais aussi les boules qu'elle se fiche complètement de Bella, et qu'elle soit prête à faire un coup pareil à une autre fille.

À la fête, je l'ai perdue de vue. Je n'ai pas compris pourquoi elle avait voulu que je l'accompagne, vu qu'elle avait clairement l'intention de me lâcher dès le départ. J'ai fini par appeler ma mère pour qu'elle vienne me chercher. J'ai été privée de sorties pendant un mois.

Le lendemain, j'ai entendu la nouvelle : Tabby et Jordan avaient quitté la fête ensemble ; c'était lui qui conduisait et ils se sont crashés contre un arbre. Son taux d'alcool était super élevé alors qu'il certifiait n'avoir bu qu'un seul verre. Il avait le genou broyé, et c'était probablement la fin de sa carrière de footballeur.

Tabby affirme qu'il avait voulu la forcer à lui tailler une pipe, qu'elle était montée en voiture avec lui parce qu'elle ne voulait pas rester à la soirée. Qu'elle ne s'était pas doutée qu'il y aurait de l'alcool. Ça l'avait mise mal à l'aise, alors quand Jordan avait proposé de la ramener chez elle, elle avait accepté.

Bien sûr, Jordan avait une autre idée en tête. Tabby l'a compris quand il s'est garé sur le bas-côté et a commencé à baisser sa braguette. Elle a refusé et a voulu descendre. Apparemment, c'est à ce moment-là que Jordan a verrouillé les portières avant de repartir en trombe, roulant de plus en plus vite, pour lui faire peur, jusqu'à ce que la voiture se plante contre un arbre, que Jordan se retrouve avachi contre le volant et que Tabby sorte demander de l'aide.

Parmi les élèves, les avis étaient partagés sur elle, mais la plupart d'entre nous étaient fermement convaincus que Tabby mentait. Jordan n'aurait jamais fait ça, ce n'était pas son genre – même si, par la suite, Bella a rompu avec lui. À l'école, Tabby se faisait traiter de pute, le truc habituel, jusqu'à ce que le proviseur intervienne et convoque ses parents. Et puis, comme ça, « boum », ils sont partis. Toute la famille a déménagé. La pancarte « VENDU » était plantée sur leur pelouse avant même qu'on sache que la maison était sur le marché.

Tabby ne m'a jamais dit au revoir. Elle ne voulait plus avoir affaire à moi. Elle m'a utilisée (même si je ne sais toujours pas dans quel but) et devait penser que je ne lui servais plus à rien. Il se trouve que je promenais le chien, le jour où elle et sa famille ont quitté leur maison dans leur Ford Escort bleu pâle. Je jure que je n'invente rien quand je dis qu'elle s'est retournée, a approché son visage du pare-brise arrière puis a porté un doigt à ses lèvres, comme pour dire : *chut*. Là-dessus, elle a agité la main avant de me faire un clin d'œil.

Il faisait chaud, pourtant j'ai frissonné. Quand j'y repense, je frissonne encore. Je ne savais pas où Tabby partait. Par contre, je savais qu'elle retomberait sur ses pattes, comme un chat. Je savais qu'il finirait par y avoir un autre Jordan ; un mec à l'avenir prometteur dont elle s'empresserait de gâcher la vie. J'en étais persuadée, mais qu'est-ce que j'y pouvais ? Je n'étais qu'une ado. De toute façon, personne ne m'aurait crue.

11

ELLE

Tabby est dans un sale état. Elle a le visage gonflé, les yeux rouges. Bizarrement, on dirait qu'elle a rapetissé, assise en face de moi au centre de détention, les épaules voûtées sous ses cheveux raplapla. C'est peut-être mon absence qui la fait paraître plus petite. Sans moi à son côté, son ombre ne prend plus autant d'espace.

— D'autres personnes sont venues te voir ? je demande.

Je connais la réponse avant la fin de ma question. Pour lui rendre visite, il a fallu que j'obtienne une autorisation. En arrivant ici, dans cet enchevêtrement de bâtiments trapus comme des trolls, on a aussitôt envie de faire demi-tour. Franchir la sécurité, longer le couloir étroit, entendre mes semelles couiner… Tout ça me donne l'impression d'être une criminelle, comme si les murs eux-mêmes aspiraient mes secrets. Les gens préfèrent se planquer derrière leurs écrans que de s'infliger ça.

Tabby émet un rire sans joie.

— Mes parents. Bridge. Qui d'autre pourrait venir ? Je n'ai personne.

C'est toute l'ironie : elle n'a réellement personne. Pourtant, le monde entier est sur son dos, s'évertuant à la faire craquer sous le poids du soupçon collectif.

— Est-ce que ça va ? Je veux dire, tu vas bien ? Je pense à toi, tu sais…

Je m'interromps avant de m'enfoncer davantage. Évidemment, que ça ne va pas. En plus, c'est en partie ma faute.

— Oui, ça va, répond-elle. J'aime imaginer que je vis dans un trou à rat, avec une bande d'actrices vaches qui rêvent de célébrité.

Elle inspire une bouffée d'air fétide avant d'ajouter :

— *Home sweet home.*

Elle voudrait que je rie. Elle a besoin de me faire rire, de savoir que tout va bien. Alors je ris, même si ce n'est pas drôle. Cette pièce grise n'a pas de fenêtre. Ses codétenues, éparpillées aux autres tables face à leurs propres visiteurs, le regard méfiant et les traits tirés, semblent toutes se fondre dans la tristesse du décor. Peut-être qu'au bout d'un certain temps, cet endroit aspirera Tabby comme une tache supplémentaire. Je ne peux pas laisser faire ça.

— Qu'est-ce qu'on dit, sur moi ? demande-t-elle en ramenant ses cheveux sur son épaule. J'ai besoin de savoir. Raconte-moi tout.

— Rien. Chacun a ses soucis à gérer. Les gens parlent moins qu'avant.

— Tu mens, m'accuse-t-elle en entrelaçant ses doigts. Je sais toujours quand tu mens.

C'est faux.

— La police pense que Beck est impliqué dans ce qui se passe. Je ne sais pas. Tout ça va finir par retomber, tu sais bien. Forcément, Beck ne dit rien.

Elle hausse un sourcil.

— À propos de quoi ? Je croyais qu'il n'y avait rien à dire.

Je la fixe dans les yeux pendant deux, trois secondes. Ces yeux, toujours brillants, d'un bleu surnaturel. Je suis la première à détourner le regard.

— Tu vas bientôt sortir, Tabby. Qu'ils aillent tous se faire foutre. Ils n'ont rien de mieux à faire, voilà tout.

Soudain, elle se penche au-dessus de la table et m'attrape les poignets, assez fort pour me faire presque mal. On n'est pas censées se toucher – d'ailleurs, l'une des gardiennes approche. Rien ne leur échappe.

— Fais que ça s'arrête, me supplie-t-elle. Fais quelque chose pour que ça s'arrête.

Je ne peux pas, voudrais-je répondre. Quand je la regarde partir, tandis qu'on la ramène là d'où elle vient, je prends conscience qu'il y a bel et bien une chose que je peux faire.

12

BRIDGET

Vous vous demandez encore ce que me voulait l'inspecteur, l'autre jour ? Vous finirez par le savoir. Aujourd'hui, samedi matin, alors que je devrais être dans les bois en train de faire du fractionné sur la colline, je suis de nouveau auditionnée. Par Stewart, dont les grosses mains sont croisées devant lui, sur la table de la cuisine. Tabby n'est pas là. Ils m'ont déjà pressée comme un citron, mais pas assez à leur goût.

Maman apporte deux cafés, comme si c'était normal que Stewart soit chez nous. Ça l'est peut-être devenu. Elle sait qu'il prend son café avec de la crème et du sucre. Avant les visites de l'inspecteur, on n'avait jamais de crème dans le frigo.

— Que t'a dit Tabby dans les jours qui ont précédé la randonnée ?

J'ai horreur de sa voix, lente et posée, comme si j'étais un bébé qui ne comprenait rien.

— Rien de particulier. Elle y allait juste parce que Mark le voulait.

— Tu connais bien ces bois, d'après ce qu'on m'a dit, commente-t-il.

Qui vous a dit ça ? voudrais-je demander.

— Je suis coureuse de fond. C'est là que je m'entraîne.

— Tu lui as dessiné une carte.

Je ne sais pas si c'est une simple affirmation ou une accusation.

— Oui. Je vous l'ai déjà dit : c'était au cas où elle voudrait retourner courir. J'imagine qu'elle l'a gardée.

— Retourner courir ?

Merde. J'aurais dû me taire. Maintenant, ils vont se servir de cette information pour tout déformer. Une arme de plus à utiliser contre ma sœur.

— Elle est venue courir avec moi une fois. Elle ne connaissait pas le chemin.

— Tu as dit qu'elle avait gardé la carte. Pourtant, elle ne l'a pas emportée, ce jour-là.

Il se carre sur la chaise, comme si c'était une grande révélation.

— Elle a dû l'oublier. Regardez le résultat : elle s'est perdue.

— Regardez le résultat, répète-t-il. Et toi, as-tu couru dans les bois, ce jour-là ?

Ma bouche est ultra sèche.

— Oui. J'y vais presque tous les jours.

— As-tu fait en sorte d'y être pour voir ta sœur et Mark ?

Je nie de la tête. De toute façon, ça n'a pas d'importance. Je les ai juste entraperçus, marchant ensemble. Je suis restée cachée derrière les arbres. Ils riaient, ils ne se disputaient pas.

Tabby se trouvait quelques pas en arrière. Mark chantait. Je suis partie, puisque visiblement tout allait bien.

— Tu n'aimais pas Mark, n'est-ce pas ? demande-t-il.

Je relève brusquement la tête.

— Qu'est-ce qui vous fait croire ça ?

— Ce que tu lui as dit à Crest Beach. Certains auraient pu l'interpréter comme une menace.

Keegan. Ce connard. Pas étonnant que ma sœur ne puisse pas le voir.

— Je blaguais, je me justifie. Il ne l'a pas super bien pris.

Stewart acquiesce, son menton s'agite.

— Merci d'avoir répondu à mes questions. Si quelque chose te revient, même un détail, tu as ma carte.

Il se lève pour partir, laissant un autre café entamé derrière lui (combien ma mère lui en a-t-elle préparé ?), puis se retourne.

— Une dernière chose, Bridget. Quelle est ta pointure ?

J'ouvre la bouche, mais aucun son n'en sort.

— Trente-huit, dis-je enfin. Ou trente-neuf, ça dépend.

Je ne sais pas pourquoi je le précise. Quelque part, ça me semble important.

Soyons clairs : je ne suis coupable de rien, si ce n'est d'avoir voulu protéger ma sœur. C'est elle qui a besoin de moi. Je sais ce que les médias font aux filles comme elle. Tout le monde dit : « Ah, ces mecs, ils sont incorrigibles ! » Mais les filles ? Elles, ce sont forcément des monstres.

SHARP EDGES CRIME
LA VÉRITÉ EST NOTRE CREDO !

24 octobre 2019

Let's talk about sex, baby (et à quoi ça mène)
Par Oberon Halton

C'est bon, j'ai attiré votre attention avec ce titre ? Eh bien, restez concentré. J'ai un scoop grâce à une photo qui explique pourquoi la relation entre Tabby et Mark a commencé à se dégrader. Ce n'est pas simplement parce que l'un s'ennuyait ou que l'autre avait l'œil baladeur. Non, c'est parce qu'il y avait une grossesse là-dessous.

Une photo envoyée par un de nos lecteurs montre Tabby entrant dans un centre d'avortement. Comme vous le constatez, elle porte un sweat de Princeton, ce qui est assez cruel vu que Mark n'était au courant de rien. La photo a été publiée sur un compte Instagram créé uniquement pour la poster. Et c'est bien ce qu'a fait son utilisateur.

La question, c'est quand Mark a-t-il su pour l'avortement ? Certains croient que c'est lorsqu'il a échoué aux NCAAs, où il ne s'est même pas qualifié pour la finale alors qu'il était pressenti pour remporter la médaille d'or. D'autres pensent qu'il ne savait rien jusqu'à cette randonnée dans les bois. Quand Tabby lui a annoncé la nouvelle, il aurait paniqué, et c'est là-haut, à la Rupture, qu'il est arrivé quelque chose.

Je ne sais pas vous, mais en ce qui me concerne, cette révélation me fait l'effet d'une bombe et m'incite à tout remettre à plat. Si vous avez d'autres informations à ce sujet, pensez à moi ! Ensemble, faisons la lumière sur ce mystère.

COMMENTAIRES

RegardeDePlusPrès : On ne voit même pas son visage, sur la photo. Ça pourrait être n'importe quelle fille en sweat. En plus, quelqu'un la déteste peut-être assez pour avoir photoshopé Princeton dessus. On dirait bien que c'est ça.

QuandLesColombesPleurent : Mark n'est pas forcément le père.

Extrait du journal intime de Tabby

29 mars 2019

Super, voilà qu'il ne me croit pas pour l'avortement. Ce n'était pas moi, je le jure devant Dieu. C'est ce que je lui ai dit. Pourtant, il refuse de me croire. Il dit qu'on en discutera plus tard, mais on est plus tard, et on n'en a toujours pas reparlé. J'ai regardé en ligne ses épreuves éliminatoires. Il n'était pas du tout dans son état normal. Il n'a même pas été qualifié pour les demi-finales ! Il va être vert de rage, tout ça à cause de moi. J'ai peur qu'il me largue, mais j'ai aussi peur qu'il ne le fasse pas.

13

BECK

Commissariat de police de Coldcliff,
24 octobre, 10 h 43

BECK : J'ai rien d'autre à ajouter. (Il marque une pause.) Je vais rester là encore longtemps ? Parce que j'ai un contrôle, demain. J'ai pas envie de me planter.

AGENT OLDMAN : Il ne faudrait pas non plus te planter à cet interrogatoire. On a juste quelques questions supplémentaires à te poser, Beck. Connais-tu cette photo ?

BECK : (Il regarde brièvement la photo et referme le dossier.) Non. Jamais vue de ma vie.

AGENT OLDMAN : J'ai du mal à le croire. J'ai l'impression que presque tous les élèves de ta classe l'ont vue. Elle a été postée sur un nouveau compte Instagram en mars.

BECK : C'est une fille en sweat, et alors ?

AGENT OLDMAN : En sweat de Princeton. Regarde où elle se trouve.

BECK : Devant un bâtiment. Je vois pas ce que c'est.

AGENT OLDMAN : Il se trouve juste à côté de chez toi, pourtant. Tu passes devant quand tu vas au lycée. C'est une clinique où on pratique des avortements.

BECK : OK. Faut croire que je l'avais encore jamais remarquée.

AGENT OLDMAN : Tabitha t'a-t-elle parlé d'un avortement ? T'a-t-elle dit qu'elle comptait se rendre dans ce centre ?

BECK : Non. Pourquoi elle l'aurait fait ? D'abord, comment vous pouvez être sûr que c'est Tabby ? Ça pourrait être n'importe qui avec un sweat de Princeton.

AGENT OLDMAN : D'après la source, c'est le sweat que Mark lui a donné. Qui d'autre le porterait ?

14

ELLE

Vous voulez savoir, pour l'avortement. Ou plutôt, vous voulez savoir si Tabby s'est fait avorter ou pas. Franchement, ce n'est pas à moi qu'il faut le demander. Je n'ai pas envie d'en parler. Il y a certaines choses que les filles doivent vivre seules. Parlez-en à une seule autre personne, et ça prend soudain des proportions délirantes.

Tout ce dont je me souviens, c'est de la remarque de Lou, au lycée.

— Tabitha a grossi, m'a-t-elle dit alors qu'on se lavait les mains aux toilettes toutes les deux, presque en tandem.

— Ah, ai-je répliqué. Je ne crois pas.

Je me sentais dans l'obligation de la défendre. D'une part, c'est à peine si Lou m'adressait la parole, et d'autre part, ma loyauté allait à Tabby – même si elle se comportait bizarrement ces temps-ci.

— Peut-être parce que tu la vois, genre, tous les jours. En sport, elle a un certificat médical pour être dispensée de trampoline. Et je ne la regardais pas spécialement ni rien, mais je l'ai vue dans les vestiaires, quand elle s'est changée après le cours. Son ventre était super gonflé.

J'ai pensé à Tabby. Elle mangeait de moins en moins chaque jour. Je n'avais peut-être pas vu qu'elle avait pris du poids. En tout cas, elle n'en perdait pas – quel que soit le nombre de chips qu'elle remplaçait par des branches de céleri.

— Je me disais que tu étais peut-être au courant de quelque chose, a ajouté Lou.

J'ai nié de la tête. Elle est partie avant que je puisse lui demander quel rapport il y avait entre le trampoline et le ventre de Tabby. Il m'a fallu quelques secondes pour comprendre. Le truc que toutes les adolescentes apprennent à redouter.

Pourtant, Tabby ne pouvait pas être enceinte. Ça faisait un moment que je ne l'avais pas vue boire d'alcool, mais c'était juste parce qu'elle essayait de réduire sa consommation. Elle n'aimait pas l'état dans lequel ça la mettait, les pertes de mémoire que ça lui provoquait. Mark n'aimait pas la personne qu'elle devenait.

En avait-elle parlé à Mark ? Serait-il content ? Dans ma tête, deux versions de lui se côtoyaient. L'une voulait assister à toutes les consultations prénatales, construire un berceau et chronométrer les contractions. L'autre accusait Tabby de mentir pour lui mettre le grappin dessus et crachait des répliques du genre : « Comment tu sais que c'est moi le père, d'abord ? »

— Est-ce que ça va ? ai-je demandé à Tabby un soir où on se promenait.

C'était quelque chose qu'on faisait, avant, quand on avait besoin de prendre l'air, de sortir des boîtes qu'étaient nos maisons, le plafond nous empêchant de voir les étoiles.

— Est-ce que tout va bien, entre toi et Mark ?

— Qu'est-ce qui te prend ? s'est-elle étonnée en donnant un coup de pied dans un caillou avec sa Converse rose. Oui, tout va bien. Ce n'est pas toujours facile, mais on fait en sorte que ça marche.

Que « ça » marche, c'est-à-dire ? Un bébé, une relation ? Soudain, je me suis sentie comme une gamine qui colle aux basques de sa grande sœur, s'efforçant de se faire remarquer.

— Le problème, avec Mark, a-t-elle commencé en rejetant la tête en arrière vers le ciel, c'est que je l'aime plus qu'il ne m'aime. Mais je pense l'avoir accepté. Toutes les relations sont un peu déséquilibrées. Il y en a toujours un qui est plus attaché que l'autre.

J'ai pensé à Dallas et moi. Il y aurait eu tellement de choses à dire.

— Tu sais que tu peux te confier à moi, lui ai-je rappelé.

J'avais parlé si fort que j'ai presque crié. C'était une exigence, une prière. *Raconte-moi tout, parce que moi, j'ai des milliards de trucs à te dire.*

Elle s'est frotté les bras et a ramené ses manches sur ses mains, les faisant disparaître.

— Parfois…

Elle a fait traîner le mot si longtemps que je me suis demandé si elle savait comment continuer.

— Parfois, j'aimerais être capable de ne plus m'excuser, a-t-elle repris. Tout n'est pas ma faute.

— C'est-à-dire ? ai-je demandé.

Elle s'est contentée de rire. Ce n'était pas son rire normal : il était creux, comme vidé.

— Tu sais bien ! Toutes les filles savent. On s'excuse pour tout. C'est limite génétique. Inscrit dans notre ADN.

Elle avait raison. Je ne comptais plus le nombre de fois où je m'excusais régulièrement. Pardon à la dame de la cantine de n'avoir pas de monnaie sur moi. Pardon aux profs de ne pas connaître la réponse. Pardon aux filles de monopoliser le miroir dans les toilettes. Pardon aux garçons d'être trop et jamais assez.

Pardon pour mon corps, pour tous les combats que j'ai menés contre lui. Et plus encore, pardon pour les émotions brûlantes qui se bousculent dans ma poitrine et y bouillonnent sans cesse.

— Toi aussi, tu peux te confier à moi, a-t-elle dit.

Alors c'est ce que j'ai fait. Je lui ai tout raconté pour Dallas, sans lui avouer que j'aurais préféré que ce soit Beck à la place. C'étaient les pouces de Beck que je sentais le long de ma mâchoire ; ses bras qui me plaquaient sous lui. « Tu es belle, Elle. » Voilà ce qu'il était censé me murmurer. Évidemment, j'ai omis de lui parler de tout ça. Tabby a écouté mon horrible vérité. Sa main a trouvé la mienne, mêlant ses doigts aux miens. Quelque part, elle a rendu cette vérité moins horrible.

— Je n'en reviens pas que tu aies gardé tout ça pour toi, a-t-elle soufflé. Je pensais qu'on se disait tout.

Même si j'adore Tabby, une infime partie de moi lui en voulait. Elle avait réussi à faire sien quelque chose qui n'appartenait qu'à moi. Mon agacement est vite passé. J'avais trop de choses en tête.

Des semaines plus tard, j'ai entendu les rumeurs, comme tout le monde. Quelqu'un avait vu une fille de la taille de Tabby devant la clinique, vêtue d'un sweat à capuche orange, de Princeton. Le sweat à capuche: souvenez-vous-en, car ce détail a de l'importance. C'était l'université de Mark. Le sweat de Mark.

Et quand Mark a su… c'est là que Tabby a craqué.

15

BRIDGET

Je ne sais absolument pas comment il a eu mon adresse mail, mais le message que je reçois aujourd'hui prouve qu'il a réussi à la trouver.

« La vérité est en train d'éclater. Tu ne connais peut-être pas aussi bien ta sœur que tu le crois. Je n'essaie pas de te faire peur. Ce que je peux te dire, c'est que tu n'es pas comme elle. »

Il vient d'Alexander. Alex. Il est retourné en Australie ; pourtant, il trouve quand même le moyen de me faire frissonner. D'autant plus que ce message apparaît à peu près en même temps que l'article de *Sharp Edges* sur l'avortement.

Franchement, je n'ai pas grand-chose à dire à ce sujet. J'ai entendu les rumeurs, comme tout le monde. C'était l'après-midi, j'étais au lycée et je récupérais mon livre de maths dans mon casier. Elle, la copine de Tabby, est venue me voir – ce qui était bizarre : d'habitude, elle ne me parle jamais. C'est la meilleure amie de Tabby, quelqu'un dont j'ai toujours été jalouse par association. Les gens pensent que Tabby et Elle sont sœurs. Je voyais les commentaires, sur l'Insta de Tabby. « C'est dingue, on dirait des jumelles ! » Pourtant, quand Tabby et moi nous montrions ensemble en public, personne ne pointait jamais notre ressemblance.

— Tabby ne m'a pas rejointe, ce midi, a-t-elle dit.

Je voyais à son teint blême que l'absence de Tabby au déjeuner n'était pas son seul problème.

— Elle a aussi loupé une grosse interro de biologie. Je lui ai envoyé plusieurs textos.

Elle s'est appuyée contre le casier voisin du mien.

— Bridge, je suis obligée de te demander : est-ce que Tabby se comporte étrangement, ces temps-ci ?

J'ai revu ma sœur, chipotant dans son assiette, tenant contre elle son ordinateur portable comme si c'était son bébé, regardant fixement le compte Instagram de Mark. Elle qui d'habitude brillait comme de l'or était devenue terne et ne reflétait même plus la lumière. J'ai songé à mentir à Elle, mais au fond de moi, je pensais pouvoir sauver Tabby en étant sincère.

— Oui, ai-je confirmé. Depuis que Mark est retourné à Princeton.

La sonnerie a choisi de se déclencher pour rompre les quelques secondes de silence entre nous.

— Il faut qu'on en reparle, a conclu Elle. Je crois qu'il y a un truc qui cloche.

Plus tard ce jour-là, j'ai vu ce qu'ils avaient fait au casier de Tabby. Quelqu'un avait écrit dessus, à la bombe : « TUEUSE DE BÉBÉ ». Je me suis pétrifiée quand j'ai vu ça. Puis j'ai continué à marcher je ne sais trop comment. Plus je regardais cette accusation, moins j'arrivais à me convaincre que ce n'était pas vrai. Quelqu'un d'autre s'est arrêté net et fixait les mots comme s'ils allaient s'en aller. Beck Rutherford. Je me suis demandé ce que ça pouvait bien lui faire, puisqu'il avait clairement dit à Tabby qu'il ne voulait plus d'elle. Pendant un mois entier, il n'a répondu ni à ses textos, ni à ses appels. Pendant un mois entier, Tabby a pleuré. Elle ne voulait plus sortir, que ce soit pour aller au centre commercial ou ailleurs. Elle laissait toujours les garçons devenir sa planète Terre, tandis qu'elle gravitait autour d'eux comme une petite lune obéissante.

Le lendemain, mes parents ont reçu un coup de téléphone à la maison. On les convoquait à une réunion avec Tabby et la proviseure, Mrs Stanton. Je les ai entendus en parler, l'oreille plaquée contre la porte de leur chambre. J'en étais réduite à faire la gamine qui écoute en douce.

— Elle a des ennuis, s'inquiétait ma mère. Ryan, il faut qu'on l'aide.

Puis papa a dit un truc que je n'oublierai jamais.

— Paula, tu te souviens de ce qui s'est passé la dernière fois ? Parfois, j'ai comme l'impression que c'est elle, la source des ennuis.

Je ne saurai jamais ce qui s'est dit lors de cette réunion. Je les ai vus sortir de la voiture, tous les trois : papa quittant la place du conducteur, maman le siège passager, Tabby descendant de la banquette arrière vêtue d'une robe dans laquelle je ne l'avais jamais vue, boutonnée jusqu'au col, l'ourlet lui arrivant aux genoux, ses cheveux maintenus en arrière par un bandeau. J'ai vu ce qu'elle était réellement : jeune et effrayée.

Quand on est retournées en cours, le lundi, l'inscription sur le casier de Tabby avait été effacée. Je ne l'ai jamais interrogée là-dessus. Je ne lui ai pas demandé si c'était vrai, ni ce que Mark l'avait obligée à faire. J'aurais dû. En vérité, personne n'a aidé Tabby. Alors ce qui est arrivé ensuite, c'est notre responsabilité à tous.

Tu me crois pas, hein ? Je sais pas combien de fois je dois te répéter que je me suis pas fait avorter. Je sais même pas où est ton sweat. Quelqu'un me l'a volé. *21 h 21*

Pourquoi tu agis comme un connard ? J'en ai rien à foutre, de ta compétition. C'est NOUS mon souci, et je pense que ça part en vrille. *22 h 11*

Pour info, jamais je ne me serais débarrassée de notre bébé. *1 h 57*

Textos envoyés par Tabitha Cousins à Mark Forrester, 27-28 mars 2019

16

LOU

Bon, OK, l'avortement. Vous êtes tous persuadés que c'est moi qui ai pris la photo devant la clinique, mais je vous jure que non. Je savais que Tabby était sortie avec des mecs, donc j'en ai déduit qu'elle n'était plus… Enfin, vous voyez, quoi. Pour ma part, j'ai commencé à prendre la pilule l'année dernière, quand je sortais avec Braden Hall – même si finalement on ne l'a jamais fait. Bref, je me trompais sur Tabby. Peut-être qu'elle est comme les autres filles : elle a trop peur de gâcher l'instant en demandant à son partenaire de mettre une capote, et gâcher l'instant, ça paraît parfois plus grave que gâcher sa vie.

C'est Leslie Sears qui m'a dit, pour l'avortement. Leslie sait que je déteste Tabitha. Un jour, devant mon casier, elle m'a raconté que sa grande sœur l'avait vue : Tabitha Cousins, devant le centre d'avortement. Serpentant entre les fous de Jésus et leurs pancartes du style « TON BÉBÉ FAIT LA TAILLE D'UN POING ».

— Il y a une preuve ? ai-je demandé.

Il y en avait une. Une photo. On ne voit pas vraiment le visage de Tabby, mais c'est inutile. Elle portait le sweat de Mark, dans lequel elle avait l'habitude de se blottir comme si c'était un doudou. C'était sa manière à elle d'alerter le lycée : « Je sors avec un étudiant de Princeton. »

OK, je ne suis pas très fière de ce qui s'est passé ensuite – ou plutôt de ce que j'ai fait. J'ai créé un compte Instagram rien que pour poster la photo. Puis j'ai envoyé le lien à Mark. J'ai tenté le coup en me basant sur l'adresse mail de sa fac. J'ai aussi supposé qu'il ne serait pas déjà au courant, vu qu'il n'était pas sur la photo, à lui tenir la main.

Je confirme qu'il n'était pas au courant. Il a répondu : « C'est qui ? » Évidemment, je ne l'avais pas contacté avec mon adresse perso, donc il ne pouvait pas savoir qui j'étais. Je ne comptais pas rebondir, puis je me suis sentie un peu mal – ou peut-être que je m'ennuyais, pour être honnête à cent pour cent. Du coup, j'ai écrit : « Désolée que tu l'apprennes de cette manière, mais ça vaut mieux que de ne rien savoir du tout. » Et j'ai ajouté, juste avant de cliquer sur ENVOYER : « Il faut que tu saches qui elle est. »

Il ne m'a jamais répondu.

Bon, vous savez, je culpabilise un peu par rapport à toute cette histoire. Il est évident que ce n'est pas moi qui ai poussé Mark de la Rupture. En cours, on a parlé de ce truc, l'effet papillon. (C'est aussi un film pourri avec Ashton Kutcher.) Le concept, c'est que tout ce que vous faites peut avoir des conséquences importantes, même lointaines. Si ça se trouve, Mark n'a jamais voulu parler de cet avortement jusqu'à ce que Tabby et lui aillent marcher dans les bois, quand personne ne serait là pour les entendre. Là, elle s'est énervée, et elle l'a poussé.

Pourtant, certains la croient. Comme moi je l'ai crue, à un moment. À une fête organisée par Elle, au début de l'année, lorsque Mark et Tabby avaient entamé une relation à distance et que Beck m'a appelée « mon cœur » pour la première fois. Elle nous a observés ensemble, et plus tard, elle m'a coincée dans la salle de bains – ce que j'ai trouvé super agressif. Elle s'est juste assise sur le comptoir pendant que je me remettais de l'eye-liner.

— Tu as de très belles lèvres, m'a-t-elle complimentée.

Bizarre, on est d'accord ?

— Tu devrais en jouer plus, a-t-elle poursuivi. Tiens, prends ça.

Elle m'a donné un tube de rouge à lèvres sorti de son sac, couleur prune. Je savais que je n'en aurais jamais l'usage. D'ailleurs, je ne sais plus où je l'ai fourré. Si ça se trouve, je l'ai balancé. J'en avais ras le bol de récolter les restes de Tabby. Cela dit, et je vous jure que c'est vrai : le nom de cette teinte, c'était *Ça tue les garçons*.

— Merci, ai-je marmonné en espérant qu'elle partirait.

Ses collants fins étaient déchirés, genre exprès – ce qui à mon sens faisait ultra pouilleuse. J'ai honte d'avouer qu'à la fête suivante, j'ai fait pareil avec les miens. Non pas que j'aie voulu lui ressembler, mais j'avais envie que Beck me regarde comme il la regardait, elle.

— Tu n'as pas à t'inquiéter, m'a-t-elle rassurée. C'est archi fini, entre lui et moi. En plus, je trouve que vous allez bien ensemble. Il a besoin d'être avec une gentille fille.

D'un bond, elle est descendue du comptoir et a passé une main dans mes cheveux, comme le faisait ma mère avant qu'elle soit trop occupée à draguer les inconnus dans les bars.

Je l'ai laissée partir sans répondre, parce que merde, j'étais censée dire quoi ? Plus tard, alors que j'essayais de m'endormir, j'ai trouvé quelques bonnes répliques. « Je n'ai pas besoin de ton approbation. Je fais ce que je veux. Si c'est la compétition que tu cherches, tu vas être servie. » Enfin, dans une réalité alternative, nos yeux se sont croisés dans le miroir et j'ai rétorqué : « Qu'est-ce qui te fait croire que je suis une gentille fille ? »

Ce jour-là, dans la salle de bains, c'est comme si Tabby m'avait jeté un sort et qu'après ça, j'avais passé chaque jour à essayer de lui prouver qu'elle avait tort, que je n'étais pas gentille. Maintenant, vous commencez à me connaître. Je ne suis pas franchement un ange, si ?

Ça m'étonne qu'il ait fallu attendre si longtemps pour que tout le monde sache pour son avortement. Je suis contente que les gens soient au courant, car ça fait partie de son histoire. Entendons-nous bien : je ne la juge pas pour avoir décidé de se faire avorter. On devrait toutes avoir le droit de choisir ce qui est bon pour notre corps. Si je la juge, c'est parce que je ne suis même pas sûre qu'elle sache qui était le père.

17

ELLIOTT WRAY DES TIGERS, L'ÉQUIPE DE NATATION DE PRINCETON

Je n'arrive toujours pas à y croire. Qu'il ne soit plus là. Sans lui, les entraînements ne sont plus pareils. C'était toujours lui, le meneur. Je l'entends encore, beuglant au bord de la piscine pendant que je bossais mes séries. *« Allez, tu peux faire mieux que ça ! »* m'encourageait-il. Certains le trouvaient peut-être excessif, mais il voulait seulement le meilleur pour chacun. Il poussait les autres, vous voyez ? Mince, le mot n'est pas très bien choisi.

Bref, vous m'avez interrogé sur les NCAAs, où Mark s'est planté. J'en connais un paquet à qui ça a fait plaisir. Les mecs de Boston College ont presque poussé des cris de joie. Pour nous, ça a été une vraie claque. Après son échec au cent mètres nage libre, Mark n'a pas voulu être le dernier relayeur dans le quatre fois cent mètres. Du coup, c'est Mike Mathers qui l'a remplacé. Mike n'arrive pas à la cheville de Mark, donc ça ne nous a pas spécialement aidés à remonter.

Après ce fiasco, j'ai vu Mark dans les vestiaires. Penché au-dessus du lavabo, il serrait ses lunettes de piscine dans son poing. Il avait l'air grave énervé. Ça crépitait presque autour de lui. Je n'osais même pas lui parler. Je savais que, quoi que je dise, ça me péterait à la figure. Il devait d'abord se calmer.

De toute façon, je ne crois pas qu'il m'ait vu. Je l'ai entendu quand j'allais ouvrir mon casier.

« Elle a tout foutu en l'air », s'est-il plaint. « Elle n'a pas idée des efforts que ça m'a demandé, tout ça pour rien. »

Je ne voyais pas de qui il parlait. Mark n'avait jamais mentionné de petite amie. De mon point de vue, il bossait dur et aimait faire la fête. Il n'avait pas le temps d'avoir une copine. Il faut dire qu'il était discret sur sa vie privée. Il n'était pas du genre à se vanter des nanas avec qui il couchait.

Mark le Squale, mec. Je n'arrive toujours pas à croire qu'il ne soit plus là. Ni à la merde qu'il devait affronter pendant tout ce temps. Avec ce poids qu'il se trimballait, ça m'étonne qu'il ne se soit pas noyé plus tôt.

18

ELLE

Mark était censé gagner, car il gagnait toujours. Il s'entraînait depuis une éternité. Je savais qu'il prenait les choses au sérieux : il ne se passait pas une journée sans que j'aille voir son compte Instagram. Ces derniers temps, il n'y avait plus de photos de fêtes ; plus de bouteilles dans des mains moites ; plus de visages flous. Plus de Tabby, non plus. C'était comme si elle n'existait pas.

Bref, Mark n'a pas gagné, il n'a pas décroché de médaille, et en plus il n'a même pas été qualifié pour la finale. Il est arrivé quatrième aux qualifications et, à partir de là, il a stagné. Tout cet entraînement, et pas de résultats.

Le soir de la rencontre sportive, Tabby est venue chez moi en pleurant. C'est ma mère qui lui a ouvert. Elle avait l'habitude de voir mon amie en larmes. J'avais parfois l'impression qu'elle préférait que ça se passe comme ça, avoir une fille cassée dont il fallait recoller les morceaux. Je ne la laisse jamais me voir dans cet état. Tabby est la fille qu'elle aurait toujours voulue et n'a jamais eue. Elle autorisait ma mère à la tenir dans ses bras, à lui frotter le dos et à lui apporter du thé.

Ce jour-là, c'est moi et moi seule que Tabby voulait voir. Elle s'est affalée sur mon lit, la tête dans mes oreillers.

— J'ai tout fait foirer, putain. Tout est ma faute ! Mark me déteste.

— Comment est-ce qu'il pourrait te détester ?

— J'ai foutu sa vie en l'air. C'est ce qu'il m'a dit.

— Il t'a dit ça ?

La culpabilité me tordait les tripes.

— Par texto. C'est pareil. En fait, c'est pire, parce que maintenant j'ai une preuve écrite.

— Fais voir. Je vais l'effacer.

Elle n'a pas voulu me donner son téléphone.

— C'est ma faute, s'il a perdu cette course. Il n'était pas concentré. À cause de toutes ces rumeurs débiles. Je ne sais pas comment il a su. Je ne vois vraiment pas qui peut lui avoir balancé ça. Il est à la fac ! Qui aurait pris la peine de le faire chier avec ça ?

Ces rumeurs débiles. La clinique, sur Swanson Road. La casquette de base-ball, le mouvement rapide d'une queue-de-cheval par-dessus le sweat trop large. Le rugissement de la circulation dans la rue. Des lunettes de soleil pas assez grandes pour cacher son visage. Le soleil comme une main chaude sur ses reins, la poussant vers la porte en même temps qu'il l'empêche d'avancer, comme dans un jeu de tir à la corde avec son corps.

— J'ai une idée de qui pourrait l'avoir fait, dis-je, pour ne plus y penser. Keegan. Il est resté à Coldcliff, lui, contrairement à Mark. Il te surveille pour le compte de Mark.

Tabby a ricané.

— N'importe quoi ! Keegan… Il a sa vie. Il doit s'en taper, de savoir si ça va entre Mark et moi.

Elle s'est redressée sur le lit, un oreiller serré contre sa poitrine, avant d'ajouter :

— C'est juste que j'ai l'impression d'être sur le point de tout perdre.

— Je t'ai dit de ne pas… Tu sais, ai-je répliqué. Je t'ai dit que je pouvais gérer. Si tu m'avais écoutée, tu ne serais pas dans cette panade.

Je détestais que tout ça soit son idée ; qu'elle ait si facilement endossé le rôle de martyre. Ces derniers temps, je détestais ça. Pourtant, je l'avais accepté.

— C'était quelque chose que je devais faire, s'est-elle justifiée.

J'avais envie de répliquer (*Non, c'est toi qui as fait en sorte que ça le soit*), mais soudain je n'ai plus eu l'énergie de me battre contre elle. Surtout à ce sujet.

— Il ne s'est jamais excusé, a-t-elle poursuivi.

Elle s'est essuyé les yeux. J'ai compris qu'elle avait fini de pleurer, que les larmes s'étaient taries pour laisser place à autre chose.

— Il a mauvais caractère, Elle.

— Comment ça ? ai-je demandé.

Elle n'a jamais pu répondre : ma mère a choisi ce moment-là pour frapper à la porte, brandissant du chocolat chaud à la crème irlandaise, fidèle à son rôle de *maman cool*.

Je regrette de ne pas lui avoir reposé la question.

Je t'aime, je t'assure, c'est pour ça que cette relation à distance me pèse tant. Ce sera mieux quand on sera ensemble cet été, sans être dérangés. On en a besoin, sinon j'ai peur qu'il arrive quelque chose de grave.

Texto envoyé par Tabitha Cousins à Mark Forrester, 25 avril 2019, 10 h 19

19

KEEGAN

Oui, j'ai entendu parler de l'avortement, de la bouche même de Mark. Il m'a demandé mon avis, comme si j'y connaissais quelque chose. Je n'ai absolument rien à dire, si ce n'est qu'elle aurait dû le mettre au courant, parce qu'il aurait été là pour elle, parce qu'il l'aimait. Il aurait respecté sa décision, quelle qu'elle soit, et aurait compris que « son corps, son choix ».

En gros, j'ai rien à ajouter là-dessus.

20

ELLE

Tabby m'appelle du centre de détention. Elles ont droit à des coups de fil. Je l'imagine faisant la queue devant une cabine payante miteuse, comme dans la série *Orange Is the New Black*. Elle doit devenir dingue là-bas, sans son iPhone. Moi, je sais que je perdrais la boule si je n'avais plus le mien. Ma mère adore se pencher sur mon addiction au portable, mais elle est aussi accro que moi au sien, avec ses blogs sur la parentalité et ses parties de *Candy Crush*.

— Raconte-moi ce qu'ils disent, commence-t-elle. Je n'ai pas Internet ici, tu t'en doutes. Alors vas-y, je t'écoute.

— Oh, rien de neuf, je réplique.

À son silence qui se prolonge juste de quelques secondes, je comprends qu'elle sait que je mens.

— Bon et toi, comment tu vas ? je demande.

— Je dois prendre ma douche avec quarante autres filles. Dis-moi ce qui se passe. J'ai besoin de savoir.

— Les garçons de l'équipe de natation ont lancé une campagne afin de récolter des fonds pour une bourse au nom de Mark. C'est un peu comme une page GoFundMe. Et il y a ce hashtag #EnSouvenirDeMark sur Insta, où les gens postent des photos de lui ou des anecdotes sur tous les trucs sympas qu'il est censé avoir fait.

J'omets de mentionner le post sur l'avortement, ainsi que les commentaires nauséabonds qu'il a générés.

Ma dernière remarque la fait rire.

— Ça ne m'étonne pas. Quoi d'autre, Elle ?

— Il n'y a pas que du mauvais. Le groupe Facebook qui a été créé pour te défendre, les Tabby Cats. Ils manifestent, et tout.

— C'est chou.

J'entends un sourire dans sa voix, du soulagement. Tout le monde ne vénère pas le souvenir de Mark. Tout le monde ne laisse pas la mort le rendre irréprochable.

— Tu ne voudrais pas qu'on parle d'autre chose ?

Parce que moi, si. J'ai besoin de parler d'autre chose, et j'ai besoin de ma meilleure amie.

— Il s'est passé quoi ?

La voilà, la Tabby que je connais ; l'amie féroce qui prendrait ma défense même si j'étais en tort. Et je le suis.

— Il sait que c'était moi et pas toi, dis-je. Il me harcèle pour qu'on en discute. Je suis… Je me sens comme un monstre.

— Tu n'es pas un monstre, Elle ! rétorque sèchement Tabby. Tu m'entends ? J'en ai tellement marre qu'on nous incite à penser de cette manière ! Comme si nos choix faisaient de nous ou des anges, ou des démons. Essaie de voir les choses autrement. Dans un sens ou dans l'autre, tu aurais été jugée, quoi que tu fasses.

Je doute qu'on parle toujours de moi. On parle plutôt d'elle. Qu'elle l'ait fait ou pas (même si on ne sait pas exactement de quoi il s'agit), les gens la haïront. C'est déjà le cas.

— Il paraît qu'ils ont trouvé une empreinte de botte appartenant à Beck, déclare Tabby.

Entendre son prénom me fait l'effet d'un coup de couteau.

— Ouais. J'ai vu ça sur le Facebook de Lou. Elle a écrit un message mystérieux, comme quoi la vérité va bientôt éclater.

— Tu veux bien me rendre un service ? Parle à Beck, d'accord ? Dis-lui que tout ça va finir par se tasser.

— Je…

Je n'ai pas envie de parler à Beck. J'ai de bonnes raisons de garder mes distances.

— Dis-lui, Elle. C'est ma faute, à cent pour cent. Il voulait juste me protéger.

Je retiens mon souffle. C'est à cause de moi que Beck a frappé Mark au visage. À cause de ce que j'ai dit. « Ce n'est pas quelqu'un de gentil, et je l'ai vu la pousser. »

C'est vrai, j'avais vu Mark la pousser. J'avais bu, mais je sais ce que j'ai vu. Sauf que je n'ai pas prévenu Beck pour qu'il aille au secours de Tabby. Je l'ai fait pour le mettre à l'épreuve. Il fallait que je sache à quel point il tenait à elle. S'il l'aimait toujours.

J'ai eu ma réponse.

— Je lui parlerai, dis-je.

— Je dois y aller, Elle. Je t'aime, OK ? Quoi qu'il arrive, ne l'oublie pas.

Tabby raccroche avant que j'aie pu le lui dire à mon tour.

21

BRIDGET

Je ne sais pas trop pourquoi les inspecteurs s'intéressent à cette carte, comme si une jeune fille sachant se repérer était la chose la plus dangereuse au monde. Oui, c'est moi qui l'ai dessinée. Non, ce n'était pas dans l'intention de piéger Mark dans les bois. Si Tabby connaît ces sentiers, c'est uniquement de mon fait. Parce que je lui avais demandé de venir courir avec moi.

Au début, elle a ri, assise à la table de la cuisine, les mains autour de son café qu'elle ne buvait plus que noir.

— Le seul truc qui me ferait courir vite, c'est d'être poursuivie par quelqu'un.

— Eh bien, tu n'auras qu'à faire comme si je te poursuivais, ai-je insisté. Allez, essaie ! On dit que la course à pied déclenche des endorphines et rend heureux.

— Qu'est-ce qui te fait croire que je ne suis pas déjà heureuse ? a-t-elle demandé. En plus, il existe aussi des pilules pour ça. C'est beaucoup moins fatigant.

Je savais que j'avais touché un point sensible. Depuis que nos parents avaient été convoqués au lycée pour l'injure sur le casier de Tabby, ils la forçaient à voir une thérapeute. Une femme dont le cabinet se trouvait en centre-ville, à qui Tabby était censée tout déballer une heure par semaine. Je me suis demandé si elle mentait à propos de Mark ; si elle parlait de lui, même. Je ne sais pas du tout quels sujets elle abordait pendant ces séances, ni si sa thérapeute avait posé sur elle son diagnostic : « Dépressive. Renfermée ». Pour ma part, j'avais établi le mien : « Prisonnière d'une relation toxique ».

J'étais prête à renoncer à l'idée que Tabby vienne courir avec moi, quand soudain elle s'est levée et a fini ce qui lui restait de café.

— Bon, d'accord. Mais je n'ai pas de baskets.

Je lui ai prêté une de mes paires de Nike. Elle voulait mettre son sweat à capuche de Princeton, même si je l'ai prévenue qu'il ferait bien trop chaud là-bas. De toute façon, elle n'arrivait pas à mettre la main dessus.

— Maman l'a sûrement mis à laver, a-t-elle supposé. J'ai beau lui répéter que je peux m'occuper moi-même de mon linge, elle n'écoute rien.

Étonnamment, Tabby était rapide. Elle n'a pas eu besoin de faire de pause. Elle ne s'est pas penchée en avant, la tête entre les genoux. Elle était naturellement douée.

Les bois sont traversés de différents circuits qui s'entrecroisent comme une toile d'araignée. Il y a la Promenade, pour les grands débutants ou ceux qui n'ont pas le temps de parcourir plus de mille cinq cents mètres. Puis il y a la Crête du Saut et le Goulot, qui font cinq et six kilomètres et demi. Je sais ce qui est censé se passer sur ces pistes.

La Crête du Saut, c'est pour se faire sauter, et le Goulot, c'est pour picoler. Celle-ci est jonchée de canettes de bière et de bouchons de bouteille, pour justifier son nom. Puis il y a Cider, qui fait près de dix kilomètres et qui englobe tout le reste en une boucle serrée. La dernière, c'est le sentier de Mayflower, une longue piste tortueuse de treize kilomètres, comme une ceinture trop lâche. Aller jusqu'au bout signifie monter à la Rupture, une falaise abrupte, le point culminant de Coldcliff, dont l'ascension est récompensée par une vue magnifique.

Je n'y suis jamais allée. J'ai entendu parler de ce qui y est arrivé : des gens en sont tombés, on ne les a jamais retrouvés. Je sais aussi qu'il y a des histoires destinées à dissuader les jeunes alcoolisés de s'approcher du bord, et ça suffit à me faire peur. De plus, je suis coureuse de fond, pas grimpeuse.

Tabby et moi étions en route pour la Promenade. Si elle n'était pas fatiguée, je pensais lui proposer un second tour. Au lieu de ça, elle s'est arrêtée pour regarder les panneaux des autres sentiers.

— La Rupture, a-t-elle lu. Drôle de nom.

— Apparemment, c'est parce que la roche s'est fendue il y a des années. On dit qu'un jour, elle s'effondrera sur elle-même.

— Un jour, a-t-elle répété avant de frotter ses bras nus. Bon, on y retourne ?

Même si c'était moi qui connaissais les bois, pendant une minute, j'ai eu l'impression que c'était elle qui me montrait le chemin.

Extrait du journal intime de Tabby

1er juin 2019

Je suis tellement contente que Mark soit rentré pour l'été ! Ça va mieux, maintenant. Je sais qu'il y a beaucoup de choses dont il faut qu'on parle, mais je suis heureuse. Ça va être le meilleur été de ma vie. Quand il sera passé, on regardera tout ce qu'on a fait. Tous nos projets. Et on saura qu'on les a tous concrétisés. Je l'aime vraiment. J'espère juste que c'est réciproque.

22

ELLE

Il nous restait encore un mois de cours quand Mark est revenu, fin mai. Tabby et moi étions chez moi. Il est apparu comme ça, sous le porche, avec un bouquet de fleurs, et l'a prise dans ses bras. Derrière lui, Keegan tirait la tronche. Il était en retrait, comme un chien obligé de rester dehors. Je n'avais pas envie que l'un ou l'autre entre dans la maison, sauf que ma mère était là, et elle leur a demandé s'ils voulaient rester dîner.

— Ça aurait été avec plaisir, a répondu Mark, mais j'ai prévu d'emmener ma nana à un vrai dîner en amoureux.

Je vous jure qu'il a fait un clin d'œil à ma mère. Plus gênant encore : elle a rougi. Ma mère, quarante-deux ans, qui rougit à cause d'un garçon deux fois plus jeune qu'elle. Je l'ai détestée à cet instant, pour les taches roses qui ont fleuri sur ses pommettes, brillantes comme des bonbons tout lisses.

Je la détestais. Je détestais Mark. Je détestais qu'il appelle Tabby « ma nana », comme si elle était sa chose. Je détestais la main de Mark sur les reins de Tabby, son autre main la tenant fermement, comme un coquillage charnu. La seule chose que je ne détestais pas à cet instant, c'était le visage de Tabby. Elle affichait un sourire, mais il était crispé. Celui qu'en général elle réservait aux photos de classe et à la dame de la cantine.

— Maggie, vous auriez un vase ? Il faudrait les mettre dans l'eau, a suggéré Tabby en tendant les fleurs à ma mère.

J'ignorais ce que c'était ; je ne voyais qu'une profusion de rose et de violet. En un sens, je savais que donner le bouquet à ma mère était un acte de rébellion que Mark n'apprécierait pas, mais que Tabby a accompli quand même.

Soudain, je me suis dit que je ne devais pas la laisser partir où que ce soit seule avec lui.

— J'ai faim, moi aussi, ai-je déclaré en grattant la cuticule de mon pouce. Keegan et moi, on pourrait vous accompagner ?

Mark ne s'y attendait pas. Son visage s'est assombri – brièvement. C'était un calculateur. Il n'allait pas montrer à son adversaire qu'elle l'avait frappé là où ça fait mal.

— Ouais, moi aussi je mangerais bien un morceau, a renchéri Keegan.

J'ai tenté de masquer mon étonnement de le voir entrer dans mon jeu. Peut-être qu'il s'ennuyait. Peut-être qu'il était excité et avait envie de me sauter. Peut-être même que je m'en fichais. Dallas ne me parlait plus.

— OK, pourquoi pas ? a dit Tabby en tirant sur le bras de Mark alors qu'il restait planté là, comme un mannequin de grand magasin. On a tout l'été pour être rien que tous les deux, pas vrai ?

Mark a grogné, réduit à l'état d'homme des cavernes. Il voulait aborder certains sujets avec Tabby et tenait à le faire en privé. Si on venait avec eux, il ne pourrait rien dire ; il n'aurait pas la possibilité de faire entrer ses mots en elle de force. Ils finiraient par se retrouver seuls, mais, à cet instant, je pensais vraiment que retarder ce moment d'une journée ferait la différence.

On est donc allés dans ce restau chic du centre-ville, où mes parents sortent parfois en amoureux. *Ombrage*, celui avec l'auvent orné de guirlandes lumineuses. On nous a tous les quatre casés à une table au fond. Keegan a commandé une bière avant même qu'on lui donne le menu. Lorsqu'on l'a posée devant lui, il en a bu une grande gorgée. Puis, de la table, sa main est passée à ma cuisse nue. Je l'ai autorisée à y rester, même si je la trouvais lourde et chaude.

Entre-temps, Mark s'était ressaisi. Il avait drapé son bras sur les épaules de Tabby, comme une écharpe. J'ai remarqué que ses poils noirs qu'il épilait commençaient à repousser. Pour la natation, il devait être entièrement glabre. C'est ce que Tabby m'avait dit.

— Partout ? lui avais-je demandé.

— Partout, sauf la tête. Et puis bon, il se peut qu'il en ait laissé à certains endroits.

Mark le Squale. Son surnom de nageur. Une fois que je l'ai entendu, je ne pouvais plus le voir autrement. Fendant l'eau, chassant sa proie. Il paraissait même moins humain, avec ses yeux trop écartés, comme placés ainsi exprès pour qu'il voie ce qui se passe des deux côtés.

Au dîner, Mark le Squale s'est comporté en gentleman. Il a même passé commande pour Tabby – une « attention » que j'ai jugée machiste et grossière, à laquelle Tabby n'a rien trouvé à redire. Blottie contre son bras, elle l'a laissé parler de tout ce qu'il voulait faire cet été-là. Il disait plus souvent « je » que « on ».

— Je vais emmener cette nana camper, a-t-il déclaré d'un ton détaché, comme si la question était réglée. Vous savez que ce sera une première, pour elle ?

Jusque-là, je n'avais jamais remarqué qu'il appelait souvent Tabby « cette nana » ou « ma nana » au lieu d'utiliser son prénom. Je me suis demandé combien de filles à Princeton avaient droit au même traitement. Ces filles en arrière-plan sur son compte Instagram, le visage luisant, les cheveux volants, les bras en l'air, toujours occupées à attirer l'attention, et s'attirant sûrement celle de quelqu'un dont elles n'avaient rien à secouer, car la vie est ainsi faite.

En tout cas, la mienne était ainsi faite. La main de Keegan n'était plus sur ma cuisse. Prise en sandwich entre les deux, elle remontait petit à petit.

— Tabby est déjà partie camper, ai-je rétorqué platement. Elle n'a pas aimé du tout. Ses parents l'ont obligée, l'été dernier. Ça a été un fiasco.

— À cause de mon père, qui n'est pas fichu de planter une tente. En plus, il pleuvait à seaux !

Assise en face de moi, Tabby m'a jeté un regard noir avant de reprendre :

— Ce n'est pas parce que j'ai essayé un truc une fois et que ça ne m'a pas plu qu'on peut en déduire que je déteste camper.

Ça m'a fait mal. Elle prenait le parti de Mark dans une bataille dont elle ignorait probablement l'existence. La main de Keegan est remontée lentement. Quelque part, sentir le poids de cette chair me soulageait.

— Et un pique-nique, a ajouté Mark. Il faut qu'on fasse un pique-nique, pas vrai, bébé ?

Il se sentait de plus en plus à l'aise ; il savait qu'il était en position de force. Il a attiré Tabby contre lui, son bras non plus comme une écharpe molle mais comme une sorte de serpent dangereux – un boa constrictor, semblable à celui que la zoologue nous avait montré l'an dernier, au lycée, dans le cadre de notre orientation professionnelle. On avait eu le droit de le toucher. Si je l'ai fait, c'est uniquement parce que Tabby l'avait fait. Grâce à son audace, j'ai su qu'on ne risquait rien.

— Un pique-nique, ça serait marrant, a approuvé Tabby. Seulement si on trouve un panier en osier, à l'ancienne. Je préparerai des sandwichs, et on prendra du champagne.

À cet instant, je ne savais plus du tout qui elle était. Tabby n'avait jamais exprimé l'envie de pique-niquer avec un panier en osier à l'ancienne. Elle n'avait même pas de sac isotherme. Lorsqu'elle apportait son déjeuner, au lycée, c'était dans un sac plastique. Elle y pensait après coup, quand elle en avait assez des frites de la cantine.

— Tout ce que tu voudras, bébé.

Mark l'a embrassée sur la joue. Je me suis focalisée sur ses doigts ; sur la façon dont il lui agrippait le bras. Quand il les retirerait, ils laisseraient des marques blanches.

— Je ne comprends pas l'intérêt de manger à l'extérieur, ai-je commenté sèchement. Surtout l'été. Il fait trop chaud, et il y a des bêtes partout.

Je savais que j'avais perdu la bataille et que j'en devenais presque pathétique. Je m'en fichais. Il fallait que Tabby sache que j'étais toujours combative ; que ce n'était pas parce qu'on lui pompait toute son énergie que je n'en avais plus assez pour deux.

Keegan était resté presque totalement silencieux. Il buvait une gorgée de bière de temps à autre avec sa main libre. J'ai desserré les cuisses – une invitation à le laisser remonter davantage son autre main.

— Et toi, Keegan, tu as prévu quoi, cet été ? a demandé Tabby d'une voix à la fois forcée et guindée, choisissant cet instant pour l'inclure dans la conversation.

La main de Keegan s'est immobilisée, comme s'il ne pouvait pas continuer et répondre en même temps. Je ne savais pas s'il était soulagé ou déçu.

— Comme d'habitude, a-t-il dit. Le magasin ne va pas se gérer tout seul.

— Tu as eu une promotion ? s'est étonnée Tabby. Félicitations !

— Oui, c'est un assez grand honneur. Le dernier manager en date part à Stanford cet automne et m'a passé le flambeau. Il sait reconnaître un prisonnier à perpétuité quand il en voit un.

J'ai ressenti de la pitié pour Keegan, et même de l'affection, qui s'est propagée dans ma poitrine comme un incendie. À ce moment-là, j'ai oublié qu'il était très certainement les yeux de Mark, quand son pote était à la fac. J'ai réussi à passer outre. On fait tous des trucs pas nets pour nos amis. J'ai mis ma main sous la table pour prendre la sienne; lui faire savoir que je voulais bien qu'elle soit là. Mais sa main, qui jusqu'à présent vivait sa vie comme un petit animal, ne bougeait plus.

— Toi aussi, tu aurais pu t'inscrire à la fac, a fait remarquer Tabby. Même dans une université communautaire[1]. Il n'est pas trop tard.

Keegan a ri.

— Il est trop tard pour beaucoup de choses.

Mark est intervenu :

— Je lui prends la tête avec les études, mais ça ne sert à rien. Chacun fait ce qu'il a envie.

Après ça, Mark a repris son programme estival, qu'il avait apparemment préparé avec soin. Le carnaval Calloway en juillet. La plage. Un *road trip* à Cape Cod pour voir les tortues marines. La main de Keegan s'est réveillée; ses doigts ont franchi l'élastique de ma culotte, sur le côté. J'ai pris mon verre d'eau dont j'ai bu la moitié, ne sachant pas trop quoi faire de mes mains.

Son pouce m'a frottée lentement d'abord, puis plus vite.

Juste après, j'ai eu l'impression d'avoir fait quelque chose de mal. Je me faisais sans doute l'effet d'être une fille facile, un peu sale. J'avais laissé un garçon me doigter dans un restaurant, et en plus on ne sortait même pas ensemble.

1. Aux États-Unis, un *community college* est un établissement d'enseignement supérieur public qui propose une formation en deux ans, bien moins onéreuse que la scolarité dans une université plus prestigieuse. (*NdT*)

C'était la première fois que quelque chose était entré en moi depuis… depuis. Quand les plats sont arrivés, j'ai à peine touché à mon assiette. Au moment de l'addition, Mark a payé pour Tabby et lui. Keegan et moi avons chacun réglé notre part. Il avait peut-être l'impression de m'avoir déjà assez donné.

Je n'ai jamais raconté à Tabby ce qui s'était passé. Je ne lui ai jamais dit que, lorsqu'on est partis, Mark s'est penché pour ramasser son portefeuille et qu'il a maté sous la jupe de notre serveuse. Il y a des tas de choses que je ne lui ai jamais dites. Peut-être que, si je lui avais parlé, elle aurait fait pareil.

23

BRIDGET

Mes parents rendent visite à Tabby tous les week-ends. La première fois, maman a apporté des cookies. Comme s'ils allaient autoriser ces biscuits à arriver jusqu'à elle. Je suis sûre que les gardiennes les ont mangés en se fichant de nous.

J'y vais quand je peux, moi aussi – mais sans mes parents. Je préfère. Avec eux, c'est différent. Tabby n'est pas la même en leur présence, comme si elle se censurait. Non pas qu'elle mente ou quoi, mais on agit tous différemment quand nos parents sont là. Comme si on voulait être la meilleure version de nous-mêmes. On veut qu'ils soient fiers de nous.

Mes parents ne parlent pas de Tabby. Du moins, pas devant moi. Ils doivent bien avoir des choses à dire. Le soir de son arrestation, ils sont restés plantés là, pétrifiés, comme des appareils qu'on aurait oublié de recharger. C'était moi qui étais bouleversée ; moi qui pleurais, comme Tabby.

Oui, elle a pleuré. Les gens font souvent des commentaires sur le fait qu'elle n'a pas l'air triste, sur aucune des photos en ligne. Quelqu'un a écrit : « Dénuée d'émotions. En gros, c'est un robot. Évidemment qu'elle l'a tué. Une vraie sociopathe. » Mais qu'attendez-vous d'elle ? Vous voulez vraiment voir ses larmes ? Vous pensez que vous en avez le droit ? Dans ce cas, demandez-vous pourquoi. Pensez-vous qu'on vous doit l'eau venant de ses yeux, comme une sorte d'excuses ?

Que vous a-t-elle fait ? La connaissez-vous, ou croyez-vous seulement la connaître parce que vous avez lu des tas d'articles sur elle, et qu'on voit son visage partout ? La question est légitime. Moi, je sais que ma sœur est capable d'émotion, car je l'ai vue les éprouver toutes, sans exception. Je lui en ai même emprunté, comme je piquais ses fringues dans son placard sans le lui demander. Ce qui est drôle, c'est que, depuis qu'elle n'est plus là pour me dire de ne pas toucher à ses affaires, je ne suis pas allée une seule fois fouiller dans son placard.

Les agents de police y ont mis leur nez, cela dit, le soir où ils l'ont arrêtée. Je ne sais pas trop ce qu'ils cherchaient. Une boîte à secrets ? Si vous pensez que je devrais moi-même fouiller sa chambre (car en tant que sœur, je suis capable de voir clair en elle mieux que personne), je ne le ferai pas. Si Tabby a des choses à cacher, elles sont dans sa tête, ou tatouées sur sa peau. En plus, elle a le droit d'avoir des secrets. Personne ne peut se permettre de les extirper et de les déballer sous prétexte qu'on ne sait pas ce qui s'est passé exactement ce jour-là, dans les bois.

Aujourd'hui, Tabby est contente de me voir. Tout compte fait, elle est de bonne humeur. Elle est maquillée et a lissé ses cheveux. Elle est de nouveau Tabby, non plus une ado au regard vitreux, en combinaison de détenue.

Bon, je suppose qu'il y a un secret que je peux révéler. Les célèbres (tristement célèbres ?) yeux bleus de Tabby ne sont pas naturels. Elle porte des lentilles de couleur depuis aussi longtemps que je me souvienne, même à l'époque où on vivait à Rochester. Maman a les yeux bleus et papa les yeux marron. Comme je tiens de notre mère et pas Tabby, elle a voulu qu'on soit assorties. Avant, ça me plaisait que ma sœur et moi soyons assorties, sauf que les yeux ne suffisaient pas pour qu'on ait l'air d'être de la même famille. En plus, les siens étaient d'un bleu plus vif que les miens, plus électrique. À l'image de ce qu'elle est par rapport à moi : plus vive, plus électrique.

Parfois, j'ai bien envie de dire aux médias que Tabby a les yeux marron, pour qu'ils cessent de la surnommer la Tueuse aux yeux bleus. Je déteste celui ou celle qui a eu cette idée. Je déteste que ma sœur soit réduite à son apparence. Je déteste qu'en plus ce soit un détail de son apparence qui s'achète dans le commerce. Je déteste qu'on nous juge lorsqu'on modifie notre look avec des produits qu'on achète dans le commerce. Je déteste tout ça.

— La bouffe est dégueu, ici, m'informe Tabby. La bonne nouvelle, c'est que j'ai perdu quelques kilos.

Elle se carre sur sa chaise.

— Tu n'as pas besoin de perdre du poids.

C'est ma réponse toute faite – même si je parie que Mark lui faisait croire le contraire. « Tu aurais besoin d'un peu d'exercice. »

— Je prépare mon corps pour la plage, enchaîne-t-elle. L'été prochain.

Elle affiche son sourire satisfait, celui que tout le monde interprète à sa façon. C'est juste son visage. Sa manière à elle d'essayer de rire d'une situation qui n'a vraiment rien de drôle. Quel mal y a-t-il à cela ? Tout le monde voudrait la voir malheureuse, en mode veuve éplorée. Mais Tabby n'a jamais pleuré la mort de personne. Je me souviens qu'une fois, alors qu'elle conduisait (elle venait d'avoir son permis), un oiseau a heurté le pare-brise et s'est brisé le cou. J'ai pleuré. Pas elle.

— Qu'est-ce que j'étais censée faire ? s'est-elle défendue. Me déporter et avoir un accident ? Cet oiseau a eu une pulsion suicidaire.

(N'allez pas répéter cette anecdote. Les gens en déduiront encore plus de choses. Vu comment ça se passe, cet oiseau va revenir d'entre les morts pour raconter sa triste fin à un journaliste et faire passer Tabby pour un monstre encore plus redoutable. « Voilà bien la preuve que c'est une meurtrière. Me tuer ne lui a fait ni chaud ni froid ! »)

— Comment ça va, au lycée ? me demande-t-elle. Je n'aurais jamais cru que ça me manquerait. Franchement, ici, c'est un peu comme là-bas. Mes camarades ne sont pas très sympas non plus.

— Ça va.

Je ne lui raconte pas tout ce qui se dit sur elle. Ni que certains me regardent d'un autre œil. Ni que ça ne me dérange pas toujours, car au moins, on me regarde.

— Et la course à pied ? Je sais que j'ai raté ta première compétition. Je suis désolée.

Elle baisse les yeux sur ses mains. Elle est désolée. Ça, c'est la Tabby que personne à part moi n'a l'occasion de voir. *Ma* Tabby. Celle qui se souvient de chaque détail important de ma vie, ainsi que de ceux qui le sont moins à mes yeux mais dont elle sait, d'une certaine manière, qu'ils le sont.

— Ne t'excuse pas. J'ai gagné.

C'est un mensonge. Je n'ai pas gagné. Je n'y suis même pas allée. Mais Tabby est ici, dans le seul endroit où la vérité ne peut pas l'atteindre. Elle n'a aucun moyen de le savoir. Nos parents non plus ne peuvent pas vendre la mèche, vu qu'ils ne sont pas au courant.

— Ça ne m'étonne pas.

Elle tapote la table devant nous, ses doigts pâles aux cuticules parfaites, à l'opposé des miennes, toutes rongées. Elle a mis du vernis à ongles noir.

— Tu sais que je suis jalouse de toi, poursuit-elle. Je l'ai toujours été. Tu as tellement de talent. Ton corps sait exactement quoi faire. Il court. Le mien n'a jamais eu le mode d'emploi.

J'ai la bouche trop sèche pour pouvoir répondre. L'environnement est hostile. On en dit toujours trop ou pas assez. Je sais que c'est impossible que Tabby soit jalouse de moi. Elle a toujours eu plus, pour tout.

— Ça n'a rien à voir avec le talent, finis-je par marmonner. Je travaille plus dur que les autres, c'est tout.

C'est vrai. Les autres sortent, font la fête, boivent, fument, comatent, sans se soucier des conséquences. Ma vie est routinière, structurée, disciplinée. Ces temps-ci, elle ressemble à une prison.

— Mais tu gères à fond, objecte Tabby. Mon problème, c'est peut-être que je n'ai jamais réellement travaillé, quel que soit le domaine. Sinon, les choses auraient été différentes. Je ne serais pas ici.

Elle ment. J'ai l'impression qu'au contraire, elle a travaillé dur pour des tas de choses. C'était de faire comme si ça ne lui demandait aucun effort qui lui prenait tant d'énergie.

— Promets-moi quelque chose, reprend ma sœur. Fais en sorte de vivre ta vie en dehors des autres. En dehors des garçons. Des filles. Des gens. Si tu leur laisses trop de place, tu ne seras plus capable de voir où ils finissent et où tu commences. Tu te perdras.

Notre temps est écoulé. Je ne peux pas lui demander ce qu'elle entend par là. Peut-être que c'est inutile, car je le sais déjà.

24

BECK

Commissariat de police de Coldcliff,
24 octobre, 12 h 16

AGENT SCHULTZ : Tu comprends ce que signifie l'empreinte de botte. Nous avons des raisons de croire que tu étais dans les bois, ce soir-là. Que Miss Cousins et toi avez prémédité quelque chose. Si nous obtenions un mandat pour analyser ton ordinateur, sur quoi est-ce qu'on tomberait ?

BECK : Beaucoup de porno, probablement.

AGENT OLDMAN : As-tu quelque chose à ajouter, Thomas ?

BECK : Ouais. J'ai besoin d'une clope.

AGENT OLDMAN : Ce n'est plus le moment de blaguer. Si tu sais quelque chose à propos de Tabitha Cousins que nous ignorons, c'est l'occasion de le dire.

BECK : Ouais, j'ai un truc à ajouter. (Il marque une longue pause.) Elle n'a rien fait de mal.

PEOPLE.COM

29 octobre 2019

La « Tueuse aux yeux bleus » plaide non coupable
Par Talia Sims

Tabitha Cousins, dix-sept ans, baptisée « la Tueuse aux yeux bleus » après que son petit ami Mark Forrester a trouvé la mort au cours d'une randonnée, s'est présentée au tribunal hier pour annoncer qu'elle plaiderait non coupable. En pleurs, l'adolescente a proclamé son innocence, affirmant qu'elle aimait profondément le jeune homme. Sans maquillage, ses yeux bleus tristement célèbres emplis de larmes, elle a fait une déclaration pleine d'émotion, certifiant qu'elle n'avait rien à voir avec la mort de Forrester, qui a secoué la ville de Coldcliff, Colorado, et provoqué l'émoi de la nation.
« Miss Cousins est bien décidée à faire en sorte que la vérité sorte », a précisé Marnie Deveraux, son avocate, dans une déclaration à la presse. « À ce stade, ma cliente ne répondra à aucune question. »
Une page GoFundMe a été créée par la famille de Forrester afin de récolter de l'argent pour les aspirants nageurs n'ayant pas les moyens de suivre un entraînement. Forrester, détenteur d'un titre au championnat NCAA pour Princeton, tenait à ce que tout le monde ait les mêmes chances que lui.
Bien que nous n'ayons pas pu joindre la famille proche de Forrester, sa tante Margot Reed a confié à *People* que ses parents allaient mal depuis la disparition de leur fils.

« C'est dur pour eux », a-t-elle commenté. « Tout ça à cause de cette fille. Le pire, c'est qu'ils ne l'avaient jamais rencontrée ! Cette gamine qu'ils ne connaissaient même pas a gâché leur vie. »
Quant à la famille de Cousins, elle a décliné nos demandes d'interview.

COMMENTAIRES (voir les 101 précédents)

Étincelles : Waouh, difficile de faire plus partial que cet article envers les pauvres petits blancs privilégiés ! Combien de fois devez-vous mentionner qu'il faisait de la natation ? C'EST BON, ON A COMPRIS.

LaMinuteEstÉcoulée : LOL je me disais pareil.

Pop_Canzz : Ouaip. Je pense que Talia Sims bande carrément pour l'ÉTUDIANT DE PRINCETON DÉCÉDÉ (au fait, vous saviez qu'il allait à Princeton ?).

PeinsLeEnNoir : Vous auriez dû voir les trucs qu'elle postait sur Insta, quelle pute, pas étonnant que son ex soit impliqué, je suis sûre qu'elle a écarté les cuisses pour ce mec et qu'elle a aussi obtenu ce qu'elle voulait.

Rapidos01 : Il faut que vous arrêtiez de vous prendre pour des enquêteurs et de traiter comme une pute une fille que vous ne connaissez même pas.

Tu réalises que ça fait presque un mois que tu es rentré et qu'on s'est à peine vus ? Pourquoi est-ce que j'ai l'impression d'être toujours ta copine à distance ? *15 h 31*

En fait, je n'ai même plus l'impression d'être ta copine. Plutôt une meuf que tu sautes quand ça te chante. *17 h 57*

POURQUOI TU NE RÉPONDS PAS ? *17 h 58*

Tu l'as baisée, cette salope, pas vrai ? Cette fille, à la fête. Je sais que tu l'as baisée. J'aurais plus de respect pour toi si tu l'avouais une bonne fois pour toutes. *21 h 21*

Parfois, je te déteste et je regrette qu'on se soit rencontrés. *21 h 22*

Textos envoyés par Tabitha Cousins à Mark Forrester, 28 juin 2019

SHARP EDGES CRIME

LA VÉRITÉ EST NOTRE CREDO !

1er novembre 2019

Quand une bourrade devient une bousculade
Par Oberon Halton

J'ai un scoop ! Dans une vidéo postée hier sur *The Button*, deux personnes (censées être Tabitha Cousins et Mark Forrester) se disputent à une fête. À un moment donné, le garçon pousse la fille contre le garde-corps d'une terrasse. Difficile de savoir si ce sont réellement Tabby et Mark. En lisant les commentaires du *Button* (on vit tous pour les commentaires, pas vrai ?), vous constaterez que la plupart des gens pensent qu'il s'agit bien de Tabby. Par contre, ils doutent que le garçon soit Mark. On ne le voit que de dos. Soyons francs : Mark Forrester était blanc, grand et châtain. Combien de garçons répondent à cette description ?

« J'étais là, ce soir-là », a révélé une source. « Tabby flirtait avec tous les mecs. Mark et elle ont passé la soirée à se disputer. Elle n'a pas arrêté de lui mettre des vents pour parler avec Beck Rutherford. »

Une chose est sûre : Beck Rutherford, qui semble avoir sa propre bande de groupies (ce sont ses cheveux, si vous voulez mon avis), n'est pas le jeune homme de la vidéo. Cependant, j'ai reçu un tuyau intéressant proclamant que Beck et Mark ont eu une altercation lors de cette même fête, bien que le lien avec la scène filmée ne soit pas clairement établi.

Un lecteur perspicace a également fait remarquer que la fille de la vidéo (vraisemblablement Tabby) retourne embrasser le garçon peu de temps après avoir heurté le garde-corps. Peut-être une prise de bec entre amoureux ? Avec Mark, ou avec quelqu'un d'autre ?

25

LOU

Oui, bon, cette vidéo, tout le monde en parle. Je ne sais pas qui a filmé la scène, mais j'aurais été la première à affirmer que ce n'est pas Tabby et Mark sur ces images. Sauf que j'étais là, ce soir-là, et que j'ai reconnu sa jupe de pute en Skaï. Ainsi que le tee-shirt que portait Mark, parce qu'il était rose vif, même si lui le voyait *saumon*.

Elle a beaucoup plus de vues que la vidéo que j'avais moi-même postée il y a quelque temps. Quand Tabby avait bousculé Lance. J'en viens à me dire que les gens malmènent les autres seulement si on les a déjà malmenés, eux.

Je ne sais pas. Toute cette histoire me laisse un mauvais goût dans la bouche. Je ne sais pas quoi dire. Évidemment, *Sharp Edges* a été le premier à poster à ce sujet.

Bridget Cousins est facile à repérer, maintenant. Vous l'avez peut-être remarqué, mais elle s'habille de plus en plus comme sa sœur. Elle doit lui piquer ses fringues. Tabby n'est plus là pour le lui interdire. En fait, je trouve ça assez triste. J'ai toujours voulu avoir une sœur. Vu que mes parents ne m'ont même pas désirée, il n'y avait aucune chance pour que ça arrive.

— Salut, dis-je quand je coince Bridget devant son casier.

De près, en réalité, elle est plutôt jolie. Pas aussi ordinaire que je l'ai toujours cru. Elle pourrait sûrement être belle, si elle le voulait. Mais peut-être qu'elle veut être plus que ça. Tant mieux pour elle. J'en ai marre que le monde nous impose d'être jolies, en plus de tout ce qu'on doit déjà être. J'en ai marre de jouer à ce jeu-là.

— Qu'est-ce que tu veux ? me demande-t-elle sèchement.

Sa voix… Elle ressemble tellement à celle de Tabby.

— J'ai vu la vidéo. Elle t'en avait parlé ? De lui ?

Bridget s'appuie contre son casier.

— Qu'est-ce que ça peut te faire ? C'est toi qui t'es démenée pour donner l'impression que c'est Tabby qui est violente. Sans toi, les gens auraient peut-être oublié ma sœur. Tu n'as pas arrêté de jeter de l'huile sur le feu. Maintenant, regarde le résultat.

— Désolée, dis-je.

Je ne sais pas si je le suis réellement, mais on s'en tape.

— Mark n'était pas un type bien, affirme-t-elle. Le monde vient d'en prendre conscience. Quelle excuse tu comptes lui trouver ? Tu en as bien une, non ? Quelque part, c'était aussi la faute de Tabby ? À moins que tu fasses partie de ces gens qui disent que ce n'est pas lui, que c'était un des nombreux mecs avec qui elle couchait ?

Elle se retourne pour partir, furieuse. Elle porte des chaussures à talons (qui doivent être à Tabby ; je suis sûre qu'elles font la même pointure), avec lesquelles elle a du mal à marcher.

Quant à moi, je reste là, à me demander si, finalement, je fais partie de ces gens-là.

26

ELLE

Je les ai filmés avec mon téléphone. Je ne sais même pas pourquoi. De toute façon, ce soir-là, il faisait trop sombre pour distinguer quoi que ce soit. On voit à peine que c'est Tabby et Mark. Il faut combattre le feu par le feu. En plus, c'est moi qui suis à l'origine du raz-de-marée qui a emporté Tabby.

La source, c'est moi. Je suis celle qui a envoyé la vidéo au *Button*. Les gens croient ce qu'ils veulent. J'aurais dû me douter qu'ils prendraient aussitôt la défense de la silhouette floue qui, selon eux, n'est même pas Mark et pourrait être n'importe quel type.

Moi, j'y étais. Je l'ai vu. Mark l'a poussée volontairement. Oui, elle criait, mais lui aussi.

Peut-être que, lorsqu'ils étaient à la Rupture, il a voulu recommencer ? Il l'a poussée, et elle l'a poussé en réaction.

Dans ce cas, peut-on vraiment lui en vouloir ? Qu'auriez-vous fait à sa place ?

Non, honnêtement. Réfléchissez-y. Imaginez que vous soyez sur les hauteurs. Déjà, vous avez probablement le vertige. Le garçon qui vous accompagne prend plus de place que vous. Alors qu'il pique une crise, ses bras se tendent et entrent en contact avec vous, rien qu'une seconde. Levez-vous les mains pour vous protéger ? Est-ce un combat, ou un vol plané ?

Parce que, plus j'y pense, plus je me dis que, ce jour-là, l'un des deux devait être précipité dans le vide. Si ça n'avait pas été Mark, ça aurait été Tabby.

La vidéo a été tournée lors de la dernière fête que j'ai organisée cet été. Je l'avais annoncée sur Facebook, invitant qui voudrait venir. Tout le monde est venu, même Keegan. Après ce qui s'était passé à l'*Ombrage*, je pensais qu'il s'abstiendrait. C'est toujours aux filles de se sentir gênées après coup. Elles portent la charge mentale. Les garçons, eux, ne se soucient de rien, ne se prennent pas la tête, restent creux et bouche bée, tous leurs mensonges et promesses déjà taris, utilisés avec quelqu'un d'autre.

Il était presque 23 heures (je le sais, car j'ai regardé mon téléphone). Je suis montée à l'étage, et je les ai entendus dans le jardin. Ma fenêtre était ouverte. J'ai regardé en bas, ils étaient là, à se tourner autour comme deux fauves. Tabby et Mark.

— Tu es tout le temps en train de contrôler ce que je fais ! braillait Tabby. Je ne suis pas ton pantin !

— Je n'aurais pas à le faire si tu me disais la vérité, a rétorqué Mark d'une voix posée.

— Je te l'ai déjà dite ! Ce n'est qu'un ami !

J'ai plaqué la main sur ma bouche. Mark était au courant. Pour Beck. Je me suis souvenue de Tabby et moi, ivres, la première fois que Mark et elle sont sortis ensemble. *« Il n'a pas besoin de savoir quoi que ce soit sur mon passé, alors ne lui en parle pas, OK ? »*

— Tu as foutu ma vie en l'air, a dit Mark avec un calme inquiétant.

Puis il s'est penché sur elle, les mains sur ses épaules, et l'a poussée en arrière, contre le garde-corps de la terrasse – celui qui bouge chaque fois qu'on le touche. J'ai sorti mon téléphone pour commencer à filmer. Par réflexe. Mark l'a poussée une deuxième fois, puis il l'a embrassée, en saisissant son visage en coupe. Elle s'est écartée de lui, mais il a pris l'arrière de son crâne dans sa main. Sa grosse main charnue, capable de petits riens comme de beaucoup. À cet instant, j'ai imaginé le crâne de Tabby, fragile comme un œuf de rouge-gorge, et Mark le brisant dans son poing serré.

C'est la première fois que je me suis dit que Mark pouvait tuer Tabby.

Bien sûr, elle riposterait, comme elle l'a fait à ce moment-là, agressive et pleine d'émotion, crachant des mots entre ses larmes. Je ne comprenais pas ce qu'elle disait, et peut-être que lui non plus. Ils ont été interrompus par quelqu'un que Mark connaissait. Soudain, ils ont changé de visage, comme s'ils ne s'étaient jamais disputés. Le bras de Mark a retrouvé sa place habituelle sur les épaules de Tabby, et elle a souri, comme si sa bouche savait exactement quoi faire.

Ils étaient tous les deux très forts en dissimulation. D'un autre côté, c'est une question de survie, quand on est une fille et qu'on a dix-sept ans.

27

KEEGAN

Je ne sais pas quoi dire sur cette vidéo, si ce n'est que Mark avait beaucoup bu, ce soir-là. Non pas que je lui cherche des excuses. Je ne sais pas ce qui s'est passé entre eux. Je n'étais pas partie intégrante de leur couple.

Voilà ce que je pense : même s'il avait fait ce geste (si c'était bien lui sur la vidéo), méritait-il de mourir ?

Pour moi, tout commence à se mélanger. Peut-être que Mark en avait marre. Peut-être que je le comprends. Je suis moi-même à une fête avec Kyla, et j'ai l'impression d'être dans *Un jour sans fin*. Cette fête ressemble à toutes les précédentes. Kyla a mis trop de parfum. Elle danse avec deux de ses copines avant de revenir me voir.

— On devrait peut-être retourner chez toi, susurre-t-elle en se pressant contre moi.

Je me raidis contre elle.

— On devrait peut-être se tailler de cette ville, je réplique. Aller ailleurs. Se tirer d'ici, tu vois.

Elle s'écarte.

— De quoi tu parles, Keegan ? Pourquoi est-ce qu'on partirait ?

Je me concentre sur ses sourcils froncés, puis je ris.

— Je te fais marcher. Je ne voudrais pas être ailleurs.

Voilà qu'elle me regarde comme si elle ne me connaissait pas. Ça, c'est vrai. Elle ne sait pas qui je suis. La seule personne qui me connaissait vraiment n'est plus là.

28

BECK

Commissariat de police de Coldcliff,
2 novembre, 17 h 28

AGENT OLDMAN : Parlons de la fête chez Eleanor Ross, où tu as agressé Mark Forrester. Une vidéo de cette soirée a refait surface. L'altercation qu'on y voit a-t-elle un quelconque rapport avec l'agression ?

BOBBY GOOD : Vas-y.

BECK : (Il rit.) C'était pas une agression. C'étaient deux mecs qui discutaient. Je ne sais pas du tout ce qu'on voit sur cette vidéo.

AGENT OLDMAN : Plusieurs sources affirment que tu es allé voir Mark et que tu l'as agressé. Après ça, il avait un bleu sur la joue.

BECK : Oui, ce mec marquait facilement. C'est pas ma faute. Je l'ai à peine touché.

AGENT OLDMAN : Qu'est-ce qui t'a incité à aller voir quelqu'un que, selon toi, tu connais à peine, contre qui tu n'avais rien de spécial, pour le frapper ? Pensais-tu défendre Tabby ?

BECK : On avait juste une affaire à éclaircir. C'était entre lui et moi.

AGENT OLDMAN : Une affaire qui concernait Tabby. Elle est votre unique point commun, n'est-ce pas ?

BECK : Une affaire, c'est tout. Il m'a provoqué. Il m'a poussé, en quelque sorte. Alors j'ai riposté. Je suis pas du genre à rester sans rien faire quand on me cherche.

AGENT OLDMAN : Ensuite, tu as quitté la fête, c'est bien ça ? Où es-tu allé ?

BECK : Je m'en souviens pas. Il y a eu des tas de fêtes. J'ai sûrement enfourché ma bécane et je suis parti.

AGENT OLDMAN : Tu es peut-être allé dans Queen Anne's Woods.

BECK : Non. Je suis pas du genre à me balader dans la nature.

AGENT OLDMAN : Certains randonneurs nous ont dit avoir vu un garçon correspondant à ta description et une fille correspondant à celle de Tabitha, dans les bois, ensemble, alors qu'il faisait nuit – et pas qu'une fois.

BOBBY GOOD : C'est de la spéculation pure et simple.

BECK : Ça devait être quelqu'un qui me ressemblait.

AGENT OLDMAN : Ça serait beaucoup plus facile si tu m'expliquais la vraie raison qui t'a poussé à agresser Mark à cette fête. Était-ce à cause de ce qu'on voit sur la vidéo ?

BECK : Le seul qui aurait pu répondre à cette question, c'est Mark. D'après ce que j'ai entendu dire, il cause pas trop, ces temps-ci.

ALLIAGENEWS.COM 5 novembre 2019

LA MEURTRIÈRE PRÉSUMÉE DE SON PETIT AMI PRÊTE À SE LIVRER DANS UNE PROCHAINE INTERVIEW

Par Beth Caan

Tabitha Cousins, accusée d'avoir tué son petit ami, le nageur de Princeton Mark Forrester, et dont le procès commencera dans le courant du mois, aurait accepté un entretien depuis le centre pour mineurs de Colorado Springs où elle est actuellement placée en détention provisoire. Selon nos informations, Cousins souhaite raconter sa version des faits afin de mettre un terme aux rumeurs. Nul doute que les chaînes d'actualité se livreront une guerre sans merci pour avoir l'occasion d'interviewer l'adolescente de dix-sept ans.

Une source proche de Cousins a confié en exclusivité à *Alliage News* que « Tabitha est la seule à savoir ce qui s'est passé ce jour-là, et elle veut dire la vérité. Elle n'a rien à cacher. »

Avec toi, je me sens comme une moins-que-rien, et c'est un problème.

Texto envoyé par Tabitha Cousins à Mark Forrester, 29 juillet 2019, 1 h 17

THE GUARDIAN 10 novembre 2019

LA DEMANDE D'INTERVIEW DE LA MEURTRIÈRE PRÉSUMÉE DE SON PETIT AMI REJETÉE

Par Mason Livingston

La demande d'interview que Tabitha Cousins et son avocate, Marnie Deveraux, devaient accorder à *Hello America*, a été rejetée vendredi par le Bureau des prisons de Colorado Springs. Anne Leon, qui était pressentie pour mener l'entretien, avait précédemment déclaré que Cousins dévoilerait tout sur cette affaire particulièrement médiatisée, et qu'elle ne laisserait pas le doute planer sur le fait que le sort tragique de son petit ami, Mark Forrester, était dû à un accident. Le monde se voit désormais contraint d'attendre le procès de Cousins, qui doit se tenir plus tard ce mois-ci, pour savoir ce qui s'est réellement passé dans les bois ce jour-là.

29

LOU

J'avais prévu d'organiser une soirée spéciale interview, comme je le fais quand il y a « Le Bachelor », juste avec quelques copines (et le rosé de ma mère). Mais c'est tombé à l'eau. Je dois avouer que je me sens plutôt soulagée. Quel genre de fille voudrait donner une interview devant des millions de téléspectateurs rien que pour clamer son innocence ? Celles qui veulent faire leur intéressante. Des filles comme Tabitha Cousins.

J'ai eu presque – je dis bien presque – pitié d'elle. Mais les coups de pub de ce type me rappellent que, même si ce n'est pas elle qui a tué Mark, elle est quand même coupable. Elle met le grappin sur les choses. Elle prend ce qu'elle veut, peu importe qui le voulait avant elle. Elle a mis le grappin sur Blanche, et elle voulait mettre le grappin sur Beck, et la voilà avec le monde posé sur ses genoux, comme un nouveau jouet. Je ne doute pas qu'une fois de plus, elle en attendra davantage que ce qu'il pourra lui donner.

Lorsque ma mère est rentrée, hier soir, je lui ai demandé avec qui elle était. Ça me prend, parfois, rien que pour voir si elle aura l'air coupable. Si elle et moi avons un point commun, c'est notre capacité à observer les gens.

— J'ai vu une patiente, a-t-elle répondu.

Elle n'en a pas dit plus. Je ne l'ai pas crue.

Alors aujourd'hui, je profite qu'elle est sous la douche pour me faufiler dans son bureau. Bon, je n'ai même pas besoin d'être discrète, vu qu'elle laisse sa porte ouverte et que son ordinateur portable est allumé, avec des documents ouverts. Il me faut deux minutes pour comprendre que je lis le dossier d'une patiente. Une vraie personne. Quelqu'un de complètement taré, je pourrais ajouter, dont la vie est scindée en plusieurs parties : HISTORIQUE, ÉTAT MENTAL, DIAGNOSTIC, RECOMMANDATIONS. « A eu des problèmes avec les garçons dans le passé. S'énerve facilement. Prompte à se défendre. Réfractaire à la thérapie. Aime que je lui raconte ma vie, comme si nous étions amies. N'a jamais modifié sa version des faits du 16 août. Connue pour sa capacité à manipuler. »

Dès que je n'entends plus l'eau couler, je m'empresse de cliquer sur la souris pour que l'écran affiche la même chose qu'avant, puis je quitte la pièce. Sur son bureau, il y a un portrait de nous trois, mon père, ma mère et moi, datant d'Avant. Peut-être que chacun dans sa vie a un Avant et un Après. Avant qu'une personne fiche tout en l'air. Avant que ma mère soit infidèle, elle se confiait à moi, et je me confiais à elle. Après, elle n'a plus été qu'un gros nœud de secrets.

Le nom sur le dossier. « T. Cousins ». Depuis combien de temps ma mère suit-elle Tabitha ? Et quelles sont ses recommandations, pour une fille pareille ?

J'enfile mon manteau et quitte la maison avant d'avoir à lui parler, ou de devoir l'entendre débiter son baratin. Ce n'est pas en interrogeant ma mère que je vais tirer les choses au clair. Elle me parlera de *secret médical*. C'est peut-être aussi inscrit dans son code génétique, de protéger une autre tarée ; une fille qui, une fois adulte, aura sûrement les mêmes travers qu'elle.

Si ça se trouve, je me trompe, et Tabby n'est pas le problème. Le problème, c'est peut-être son entourage. Beck. (Bon, lui, c'est une certitude, puisqu'il m'a larguée. Argh !) Même si c'est un connard, je ne peux pas oublier l'air apeuré qu'il avait l'autre jour, sous mon porche. Il est convaincu qu'il risque de finir en prison. De mon côté, je suis potentiellement la seule personne qui puisse découvrir la vérité à temps pour que ça n'arrive pas. Sauf que je ne peux pas le faire seule.

Keegan est de service au *Stop & Shop*, comme je m'y attendais. J'espère qu'il n'est pas du genre employé modèle, puis je me rends compte que je m'en tape. Ce mec n'est pas mon problème. Rien de tout ça ne l'est. Mais je le prends pour moi quand même, car j'ai besoin de savoir.

— Keegan Leach, dis-je.

Il me scanne de la tête aux pieds, en mode gros pervers. Je me demande s'il me trouve bandante. Ce qui est sûr, c'est que je ne suis pas du tout son genre.

— Tu veux quoi ? demande-t-il.

— La même chose que toi, je rétorque. Je veux qu'elle ait ce qu'elle mérite.

30

ELLE

On a cessé de sortir à quatre peu après la fête d'anniversaire de Mark, que Tabby m'avait convaincue d'organiser chez moi pour que tout le monde puisse profiter de la piscine. Sur Insta, Keegan (qui n'était même pas à la fête) s'est soudain retrouvé avec cette blonde collée à lui. Tous les deux ont commencé à traîner avec Tabby et Mark, et j'ai été éjectée du tableau. Si c'était pour tenir la chandelle, merci mais non merci. Du coup, au lieu de voir Tabby tous les jours, je ne la voyais plus que rarement.

Keegan m'a tout de même fait un cadeau d'adieu. Je suis allée au *Stop & Shop* et j'ai été obligée de régler mes achats à sa caisse, vu que c'était la seule ouverte. Ça ne m'aurait pas dérangée qu'on fasse comme si on ne se connaissait pas, mais il n'était pas de cet avis.

— Il faut qu'ils rompent, a-t-il décrété. Ils sont toxiques l'un pour l'autre. J'ai essayé. J'ai dit à Tabby que tu avais vu Mark embrasser une autre fille à sa fête d'anniversaire, qu'elle avait organisée chez toi. Dis-lui, toi, elle te croira.

La fête d'anniversaire de Mark. Je me suis demandé si c'était pour m'éviter que Keegan n'était pas venu, ou pour une autre raison.

—Je ne vais pas lui mentir, ai-je protesté en croisant les bras. C'est un mensonge, pas vrai ?

Il n'a pas répondu. Il m'a juste dit que je devais 11,76 dollars et m'a demandé comment je comptais payer.

Je ne sais pas comment ça se passait quand ils sortaient à quatre ; s'ils allaient quelque part, ou s'ils restaient chez eux à regarder un film avant de se retirer dans des chambres séparées pour se peloter. Je crois que je m'en fichais. J'ai imaginé leurs serviettes de mariage monogrammées. « Keegan et Kyla. » Je me suis demandé depuis combien de temps ils se connaissaient avant qu'il pose sa main sur sa cuisse nue, attirée comme une sorte d'aimant par toute cette chair.

C'est un peu pitoyable, mais j'avais hâte que les cours reprennent. Je voulais que Mark retourne à Princeton et que Keegan disparaisse de nos vies, puisqu'ils formaient un bloc. J'avais envie qu'on soit de nouveau entre nous, Tabby et moi. J'aurais la version authentique, pas la contrefaçon. Les quelques fois où je l'avais vue, elle se comportait ultra bizarrement, comme si elle était programmée pour dire certaines choses. « On a fait ci » et « On a fait ça ». Elle n'avait jamais de temps à me consacrer.

Mark devait repartir à Princeton le 26 août. J'avais fait une marque (sans jeu de mots) sur mon calendrier. Un décompte, comme pour Noël quand j'étais petite. Ce n'était pas tant son retour à Princeton que j'attendais avec impatience que le retour de Tabby.

Il restait trois semaines avant le jour J quand mon téléphone a vibré en pleine nuit. Je le garde toujours à côté de mon oreiller, comme si c'était mon animal domestique. Je suppose que je ne voulais pas louper quoi que ce soit d'important.

Les yeux pleins de sommeil, j'ai swipé l'écran. Je pensais avoir reçu un texto. Personne ne m'appelle jamais. Même Tabby m'envoyait rarement des messages, préférant passer par Snap, afin que nos conversations ne laissent aucune trace. Cette fois, c'était un appel, et c'était elle. Lorsque j'ai répondu, elle semblait paniquée, désespérée.

— Salut, a-t-elle dit. Il faut absolument qu'on se voie. C'est la merde absolue et je ne sais pas quoi faire.

— Hé, pas si vite, ai-je répliqué. Où tu es ? Qu'est-ce qui est arrivé ?

— Je suis dans ton jardin. Tu peux venir m'ouvrir ?

Je suis descendue discrètement pour la faire entrer dans le vestibule. Sitôt que j'ai déverrouillé la porte, elle était à l'intérieur, haletante, le regard affolé, toute décoiffée. Elle avait pleuré.

— Qu'est-ce qui s'est passé ? ai-je chuchoté. Qu'est-ce qu'il a fait ?

Elle a secoué la tête, s'est agrippée à moi, a enfoui son visage dans mon tee-shirt, sur mon épaule.

— Qu'est-ce qu'il n'a pas fait, plutôt ?

Je l'ai guidée jusqu'à l'étage, comme si c'était la première fois qu'elle venait chez moi. On s'est toutes les deux glissées dans mon lit, comme on le faisait plus jeunes, quand elle venait dormir à la maison – même si elle apportait un sac de couchage qu'elle déroulait au sol. Elle avait toujours froid. Il fallait toujours qu'elle soit proche de moi.

— Qu'est-ce qui s'est passé, ce soir ? Raconte-moi tout, ai-je insisté une fois que nous étions sous la couverture.

Il émanait d'elle une puissante odeur d'alcool et de tabac.

Elle a fixé le plafond d'un regard vitreux.

— On a parlé de notre été, a-t-elle dit.

Soudain, c'était comme si ces mots avaient séché ses larmes. Elle n'avait plus la voix cassée.

— On a parlé de nous. C'est la merde, et je ne sais pas quoi faire.

— Tu n'as qu'à rompre, ai-je conseillé.

Ça faisait des semaines, des mois que je mourais d'envie de le lui dire. Je ne pouvais plus me retenir.

— Il ne te mérite pas, ai-je renchéri.

Elle a ri ; un son qui est allé *crescendo*. J'ai eu peur que ça réveille mes parents.

— Rompre avec lui ? Mais on n'est même pas ensemble !

Les réseaux sociaux de Mark. Le visage de Tabby qui n'apparaissait presque jamais sur les photos. Comme si elle cessait d'exister dans la vie publique de Mark. Tabby, son petit secret honteux ; l'endroit où sa bite campait l'été. Il allait retourner à ses fêtes, avec ces étudiantes anonymes qui l'encourageaient dans ses compétitions et le suivaient dans les bars munies de leurs fausses cartes d'identité. Il n'avait plus besoin de Tabby.

— Il faut que je t'avoue un truc, ai-je dit brusquement, sans même savoir comment j'allais le formuler. J'ai vu Mark embrasser une fille, à sa fête d'anniversaire. Je ne sais même pas qui c'était. Je voulais t'en parler, mais c'était délicat.

— Ce n'est pas vrai, a-t-elle riposté. Il ne me ferait jamais ça.

— Désolée, ai-je soufflé. Tu finiras par trouver quelqu'un qui t'aime réellement.

Elle s'est écartée de moi en roulant sur elle-même, en position fœtale. J'ai cru qu'elle dormait, mais je sais ce que j'ai entendu ensuite : « C'est déjà fait. » J'ai observé son dos, la courbe blanche de son cou. Elle n'avait plus l'air aussi fragile. Pas comme de la porcelaine. Quelque chose qui ne volerait pas en éclats. Le lendemain matin, à mon réveil, elle n'était plus là, et je me suis demandé si j'avais rêvé.

Extrait du journal intime de Tabby

6 août 2019

C'est comme si mon pire cauchemar se réalisait. J'ai confiance en Elle. Elle m'a dit qu'elle avait vu Mark embrasser une autre fille, à sa fête. Il n'a même pas pu attendre d'être parti pour le faire. Elle pense que je devrais le larguer, mais ce n'est pas si simple. Ça n'est jamais simple.

SHARP EDGES CRIME
LA VÉRITÉ EST NOTRE CREDO !

12 novembre 2019

Pas de quoi être fier de commettre un adultère...
Par Oberon Halton

... mais de là à mériter la mort, c'est exagéré.

Apparemment, il existe une preuve de l'infidélité de Mark. Elle figure sur des photos Instagram supprimées depuis (même si quelqu'un a eu la présence d'esprit de faire des captures d'écran avant – merci à toi !). Je les ai vues, et je dois reconnaître que ceux qui y figurent ont l'air sacrément intimes. Cette Madeleine sur laquelle tout le monde se jette n'est pas la seule. Il y a d'autres filles. De plus, ces photos ont été postées sur un compte public, afin que tout le monde puisse en profiter. Comme si Mark mettait Tabby au défi de lui faire une réflexion à ce sujet. Maintenant, Tabby est présentée, en plus de tout le reste, comme une fille ayant un sérieux problème de jalousie.

L'un de nos lecteurs m'a écrit en privé, en réponse à mon dernier article. Il ou elle a demandé à rester anonyme et m'a soumis l'hypothèse suivante : Tabby était peut-être hyper agressive avec Mark à propos de l'infidélité parce qu'elle-même allait voir ailleurs, et qu'elle tentait de prendre le contre-pied.

À vous la parole : jusqu'où êtes-vous allé pour vous venger d'un petit ami ou d'une petite amie volage ? Quelle punition aurait-il ou elle méritée, selon vous ?

COMMENTAIRES

CaféNoirTorréfié: Tabby trompait Mark, c'est certain. La question n'est pas de savoir si elle était fidèle ou pas, mais de savoir avec combien de mecs elle l'a trompé, car à mon avis, Beck n'était pas le seul.

31

BRIDGET

Je suppose que je devrais raconter ce que j'ai dit à Mark la dernière fois qu'on s'est vus, parce que c'est là-dessus que Stewart voulait m'interroger. Soyons clairs : je ne regrette pas ce que j'ai dit. Mais je pense que ce qu'il a répondu a de l'importance.

C'était le jour où on est allés tous ensemble à la plage du lac. Je ne sais même pas pourquoi j'ai été invitée, ni pourquoi j'ai accepté. J'étais censée courir treize kilomètres avant d'aller sur le parcours de santé près des bois faire des tractions et des dips pour mes triceps. J'étais persuadée que c'étaient mes bras, mon point faible. Si je parvenais à les muscler, je serais la meilleure pour cette saison de cross. Tout le monde pense que la course à pied sollicite essentiellement les jambes, mais c'est plus une question de bras. Ce sont eux qui déterminent ce que fait le reste de votre corps. Ce sont eux qui prennent les décisions.

Tabby était là, avec son chapeau mou. Elle sentait la crème solaire et ses yeux étaient cernés de noir. Je l'avais entendue rentrer en douce la nuit précédente – une fois de plus. Elle n'a pas dû dormir beaucoup cet été-là, comme si elle carburait carrément à autre chose. Sur le trajet vers la plage, tout paraissait normal. On a chanté sur Taylor Swift en mangeant des bonbons. J'avais les pieds sur le tableau de bord – ce que maman nous interdit toujours. « Si tu as un accident, tes jambes passeront à travers ton corps », nous avait-elle prévenues. Elle ignorait que Tabby et moi, on était invulnérables.

On est arrivées les premières. On a étalé nos serviettes, enfoui nos pieds dans le sable.

— Voilà les garçons, a dit Tabby en leur faisant signe.

Mark et Keegan, le torse luisant, en caleçons de bain bleu marine assortis, presque comme si c'était voulu. Mark était plus à son avantage que Keegan, le corps plus sculpté, comme s'il avait passé tout son été à nager.

Ils se sont installés à côté de nous. Tabby et Mark ont échangé devant nous un baiser qui a duré bien trop longtemps. Soudain, je ne me suis plus sentie à ma place : trop jeune, trop bébé, une gamine assise parmi des adultes. Les formes de Tabby emplissaient son Bikini. La pointe de son tatouage de plante grimpante était visible ; celui qui lui remonte dans le dos, qu'elle s'est fait faire en première année de lycée, et dont nos parents ignoraient l'existence. Moi, j'étais maigrichonne, plate comme une limande, dure comme du cuir, le cheveu plat et le visage ordinaire.

— Kyla arrive, a dit Keegan.

Il s'est levé d'un bond, sa main en visière sur les yeux, tandis qu'une blonde se dirigeait vers nous. Une fois plus près, elle s'est mise à courir et a sauté dans ses bras, crochetant ses jambes autour de sa taille pendant qu'il l'étreignait.

Qu'est-ce que je fous là ? aurais-je voulu demander à Tabby. *Pourquoi il a fallu que je vienne vous tenir la chandelle ?*

— On devrait aller se baigner, a proposé Mark. Tu viens, Tabby ?

— Je n'ai pas encore assez chaud, a-t-elle répondu.

Elle s'est étirée avant d'éventer son ventre avec ses mains.

J'ai regardé autour de nous. Quand on entend « plage », on pense endroit glamour, corps fermes, parties de Frisbee et vagues déferlantes. Crest Beach n'a rien à voir avec ça. C'est une minuscule bande de sable, un rivage rocheux jonché de canettes de bière froissées. Ça m'a contrariée d'avoir renoncé à mon entraînement pour venir ici ; de m'être laissé détourner de mon programme pour une journée. Mark avait peut-être le même ressenti vis-à-vis de ma sœur. Pendant une seconde, j'ai été désolée pour lui qu'il l'ait rencontrée.

— Allez, a insisté Mark en se penchant vers Tabby. Un peu d'exercice ne te ferait pas de mal, bébé.

Tout à coup, je n'étais plus du tout désolée pour lui.

— Fiche-lui la paix, est intervenu Keegan. Tu as vu les vagues, aujourd'hui ? Elles sont trop grosses pour se baigner.

Il y avait eu une tempête la nuit précédente. La pluie avait martelé le toit. L'eau du lac avait la couleur de la boue. Les vagues se fracassaient sur le rivage, faisant rouler les galets quand elles se retiraient.

— Mais non, ça va ! a objecté Mark, l'air prétentieux, si sûr de lui. Ce sont des bébés vagues. Dans ce cas, j'y vais tout seul.

Il s'est levé, a retiré ses tongs.

— Si tu te noies, ne compte pas sur moi pour te sauver, ai-je dit.

Tout le monde m'a entendue. J'avais les yeux rivés sur Mark, mais j'ai senti les autres tourner la tête. Tabby a ri doucement. Puis tous l'ont imitée, car c'était ça : juste une blague. Sauf que je ne plaisantais pas. Je n'avais pas du tout l'intention d'être drôle.

Mark, lui, savait que j'étais sérieuse. Il n'a pas ri, mais il a souri, debout dans le soleil, ses dents d'un blanc parfait soudain comme des crocs. J'ai compris qu'il pourrait déchiqueter ma sœur. Cacher tous les morceaux pour qu'on ne la retrouve jamais. J'avais déjà du mal à la retrouver alors qu'elle était assise tout près de moi, un de ses pieds pleins de sable touchant mon coude.

— Tu sais qu'on m'a proposé quatre bourses de natation ? a-t-il rappelé. Tu sais que, cet été, j'ai passé plus de temps dans la piscine qu'ailleurs ? Si je meurs, ça ne sera certainement pas de cette manière.

Il nous a tous regardés avant de se concentrer de nouveau sur moi.

— Fais attention aux contre-courants. Tu pourrais facilement être emportée.

Là-dessus, il s'est élancé à petites foulées vers le bord de l'eau, tout en muscles saillants.

— Bridge, m'a reproché Tabby une fois Mark parti. Qu'est-ce qui t'a pris ?

— Il m'a menacée. Tu n'as pas entendu ? « Fais attention aux contre-courants. Tu pourrais facilement être emportée. » C'est pas de l'intimidation, ça ?

Keegan et Kyla n'écoutaient plus. Elle lui étalait de la crème solaire dans le dos, comme une mère avec son petit garçon. Tabby s'est tournée vers moi, nos visages si proches qu'ils se touchaient presque sous son chapeau mou.

— Il te conseillait seulement d'être prudente. Au lycée, il était sauveteur. Il n'a pas envie qu'il t'arrive quoi que ce soit, c'est tout.

— Tu prends toujours sa défense. T'en as pas marre ?

C'était comme si le silence s'était abattu sur la plage entière. Tout le monde pouvait nous entendre. J'avais besoin qu'elle me réponde, même si j'aurais dû lui poser la question depuis longtemps.

Les doigts de Tabby tressaillaient. Il lui fallait une cigarette. Je ne savais pas d'où lui venait cette mauvaise habitude, parce qu'au moins, j'étais sûre que Mark n'y était pour rien. M. Sain, M. Viandemaigre et Légumes. Elle cherchait un mensonge dans sa tête. Pas n'importe lequel ; celui qui me clouerait le bec. Moi aussi, j'ai cherché une réplique, mais finalement, je n'en ai pas eu besoin.

— Si, a-t-elle soufflé pour que moi seule l'entende. Parfois, j'en ai marre.

Ce que je m'apprêtais à dire ensuite s'est évaporé dans ma bouche. J'ai regardé Mark fendre les flots de ses mouvements puissants, agitant les bras comme une machine, ses jambes réduites à une tache floue dans l'eau brune. J'ai souhaité qu'un contre-courant l'emporte, comme une prophétie qui se serait autoréalisée. Le champion de natation, noyé dans les eaux boueuses du lac. Cela aurait été un juste retour des choses, en quelque sorte. Les gens auraient trouvé que c'était du gâchis, comme d'habitude lorsqu'un garçon meurt. Quand c'est une fille, le deuil est toujours tempéré d'accusations, de raisons indiquant que c'était sa faute. « Elle buvait trop. Elle voulait se la raconter. » J'aurais voulu que le lac engloutisse Mark – ce même lac où on a appris à faire du ski nautique quand on était petites.

Le lac ne m'a pas écoutée. Il a ramené Mark sur le rivage, indemne. Mais c'était l'une des dernières fois que je le voyais vivant.

32

ELLE

Je suppose que ce n'était qu'une question de temps avant que Dallas se pointe chez moi. Le voilà, assis sous le porche, avec un bouquet de fleurs. Ce n'est pas le bouquet qui me donne envie de me rouler en boule et de pleurer. C'est son visage, ouvert et franc – plus que je le mérite, étant donné que j'ai été tout le contraire.

— Désolé de te suivre partout, s'excuse-t-il. Mais tu refusais de me parler. Tu sais, Elle, je ne suis pas fâché… Je regrette seulement que tu ne m'aies pas laissé la possibilité d'être là pour toi.

Il se lève.

Il n'était pas là parce qu'il n'était au courant de rien. Mais Tabby si, et elle était là. Ce matin-là, elle m'a retrouvée chez moi après le départ de ma mère pour son travail. Quand elle a vu que je frissonnais, elle a retiré son sweat (celui de Mark, aux couleurs de Princeton) et l'a passé sur mon débardeur, faisant glisser mes bras dans les manches comme si j'étais une enfant. À vrai dire, je me sentais aussi paumée et sans défense qu'une enfant.

Une fois devant la clinique, j'ai relevé la capuche.

C'est moi, sur la photo – la fille aux cheveux noirs qui porte le sweat de Princeton. Tabby m'a déposée avant d'aller garer la voiture, parce qu'on était en retard à cause des bouchons et que je ne voulais pas rater le rendez-vous. Je ne sais pas du tout qui a pris la photo. Tout le monde a supposé que c'était Tabby dessus, avec ses cheveux qui sortaient de la capuche orange. Lorsque la photo a été postée en ligne, c'était son idée de ne pas détromper les gens.

— Qu'ils me jugent, a-t-elle dit. Qu'ils pensent ce qu'ils veulent de moi. Toi, tu mérites mieux.

C'est donc devenu le bébé de Tabby. L'avortement de Tabby. Tabby qu'on jugeait. C'était elle, la martyre – tout ça au nom de notre amitié. J'aurais dû lui en être reconnaissante. Je devrais l'être. Pourtant, une infime partie de moi-même lui en veut, car Tabby a toujours tiré la couverture à elle. C'est typique d'elle, même pour un problème qui ne la concerne pas directement.

Dallas, lui, a toujours su que c'était moi sur la photo. Le premier texto qu'il m'a envoyé (« Je te reconnaîtrais n'importe où, pourquoi tu ne m'as pas laissé t'accompagner ? ») m'a mise en colère. Comme Tabby, il ramenait tout à lui. Alors que c'était de moi qu'il s'agissait. De mon corps, qui soudain me semblait étranger.

Je n'aurais pas dû laisser Tabby intervenir dans ma vie et mentir pour moi. Elle était contrariée que je ne lui ai rien dit pour Dallas et moi. Elle savait qu'on se pelotait de temps à autre, mais elle me croyait toujours vierge. « Pourquoi tu ne m'as rien dit ? » Voilà sa première réaction, vexée qu'elle était. Vous voyez, quand je vous dis qu'elle tire la couverture à elle ?

J'en ai marre des gens et de leurs sempiternels « Pourquoi tu n'as pas... » J'en ai marre de ne pas avoir de réponse. J'avais peut-être envie que Tabby ne sache pas tout de ma vie. Puis elle a débarqué, a dégagé ma douleur d'un coup d'épaule. Regardez le résultat. J'ai fait le choix de ne pas avoir de bébé. J'ai fait jurer à Tabby de ne rien dire – ce qu'elle a fait. Elle n'a même pas dit la vérité à Mark lorsqu'il lui a demandé : « Si ce n'était pas toi, alors qui ? » Elle a laissé ce secret pourrir et l'infection se propager à leur relation. Si j'avais simplement éclairci les choses, la situation aurait pu être très différente.

J'ai passé un temps infini à me dire que je ne mérite rien de bien. J'ai voulu ce que je ne pouvais pas avoir. J'ai voulu le petit copain de ma meilleure amie, et, quand j'ai échoué, j'ai fait en sorte qu'elle non plus ne puisse pas l'avoir. Mais maintenant, alors que je rejoins Dallas, je voudrais simplement qu'on me prenne dans les bras. Je voudrais simplement qu'on m'aime, en dépit de tout.

Ses lèvres se posent sur mes cheveux.

— Je n'irai nulle part ailleurs, sauf si tu me le demandes, souffle-t-il.

À cet instant, je ne compte pas le lui demander.

33

LOU

Je suis du genre casanier. À ce stade, ça ne doit pas vous surprendre, non ? C'est vrai : je déteste être dehors. Il y a toujours du vent, ça me décoiffe, et les insectes me dégoûtent. Pourtant, je suis là, à marcher dans les bois avec un quasi-inconnu, à la recherche de je ne sais quoi. Je peux vous assurer que cet endroit me fiche la trouille. Les arbres se referment au-dessus de nous ; du coup, la lumière ne filtre presque pas au travers. Tout ce que j'ai, c'est la lampe de mon iPhone. C'est très déstabilisant : je n'ai aucune idée de l'heure qu'il est.

Je ne sais pas trop si je suis surprise que Keegan ait accepté de m'accompagner. En fait, j'ai l'impression qu'il s'attendait à me voir revenir au magasin, comme s'il était soulagé que je le lui demande. Peut-être parce que je lui ai dit que j'avais besoin d'aide. Quand on veut quelque chose d'un garçon et qu'on inclut le mot « besoin », on augmente de cent pour cent ses chances qu'il accepte de vous aider. Être un héros, c'est inscrit dans l'ADN des mecs.

J'avoue que Keegan a quelque chose d'héroïque à cet instant, parce qu'il a une carte. Personnellement, je n'ai pas pensé à en imprimer une. À l'évidence, c'est une bonne idée, vu que je ne sais pas du tout me repérer alors qu'en plus, on est en plein jour. Si Tabitha ne me tapait pas autant sur le système, j'aurais presque de l'empathie pour elle, qui s'est retrouvée coincée ici en pleine nuit.

On croise un autre groupe de gens un peu plus âgés que moi, sûrement des étudiants. Eux aussi tiennent des cartes. J'entends un bout de leur conversation : « C'est ici qu'elle a dû courir, après. » J'ai vu ça sur Internet. Les bois deviennent eux aussi tristement célèbres, par association. Les gens viennent grimper en groupe jusqu'à la Rupture pour voir la scène de crime. *Plus fort que la Rupture.* Quelqu'un a fait remarquer que c'était une bonne chose pour les petits commerçants du centre, ces gens qui veulent voir les endroits « hantés » par Tabby. L'autre jour, sur Insta, j'ai carrément vu un costume d'Halloween « Tabby et Beck ». J'aurais préféré que ce soit une blague. C'est pour ça qu'il faut que je réhabilite le nom de Beck.

— On cherche quoi, exactement ? a demandé Keegan. Parce que, tu sais, s'il y avait quoi que ce soit, j'imagine que les flics l'auraient déjà trouvé.

— Pas forcément, j'objecte. Je crois qu'il faut qu'on se fie à notre instinct. Tu connaissais Mark mieux que personne.

Et moi, je connais Beck mieux que personne.

Pourquoi n'ai-je pas pensé à venir ici plus tôt ? C'est évident. Je sais que cette affaire fait beaucoup de bruit, mais les flics et les inspecteurs passent souvent à côté d'indices. Imaginez que je sois celle qui réussit à être *plus forte que la Rupture*, pour ainsi dire. Imaginez la surprise de Beck.

Même si, franchement, ce n'est pas vraiment pour lui que je fais ça.

C'est pour moi, et mon besoin de savoir. Je déteste quand une histoire n'a pas une fin satisfaisante.

Keegan émet une sorte de grognement. On continue à marcher. Les autres randonneurs et enquêteurs en herbe semblent avoir disparu. Plus on s'enfonce, plus leurs voix me manquent. Chaque bruit (une branche qui craque, un gland qui tombe) me fait sursauter.

Sérieusement, je ne crois pas aux fantômes. Mais cet endroit est ultra flippant, et de plus en plus étouffant. J'ai les jambes toutes griffées en dessous de mon short. J'ai vu les photos de Tabby sur Internet, à l'époque où on la qualifiait encore de « survivante » et de « chanceuse ». En short elle aussi, les jambes sales, couvertes d'égratignures. Ils ont même montré ses chaussures. Je m'en souviens, car c'étaient des Nike roses et j'ai les mêmes. D'après Tabby, elles sont à sa sœur. Je me souviens qu'elles n'étaient plus roses, plutôt rouge foncé.

Rouge foncé, parce qu'elles étaient mouillées.

OK, ils ont trouvé une empreinte de pas. Mais a-t-on demandé à Tabby pourquoi ses baskets étaient mouillées ? Elle a déclaré être revenue de la Rupture par le chemin qu'ils avaient emprunté à l'aller. Elle avait une grosse entaille sur le bras, due au fait qu'elle se serait précipitée pour descendre. Pourquoi ne l'avais-je pas remarqué plus tôt ?

— Ses chaussures, dis-je soudain à Keegan. Tu les as vues ? Elles étaient mouillées. Ça va te paraître bizarre, mais j'ai les mêmes, et les siennes n'ont pas la même allure sur la photo. Parce qu'elles sont trempées.

— OK, réplique Keegan. Et alors ?

— Et alors, il n'a pas plu, ce jour-là ! Elle a dit qu'elle n'était pas allée à la rivière, car elle n'y voyait rien dans le noir. Pourtant, ils ont trouvé une empreinte de pas, et ses baskets étaient mouillées.

Elle n'est jamais descendue jusqu'à la rivière pour voir comment allait Mark. Elle a prétendu qu'elle ne savait pas comment y accéder, que la nuit tombait et qu'elle avait peur. Puis, plus tard, elle a légèrement modifié sa version. Elle a eu l'impression d'être suivie, pourchassée dans les bois. Elle a juré avoir entendu une respiration.

— Je sais pas, tempère Keegan. Elle a peut-être marché dans une flaque.

Les bois sont hyper secs. Il n'y a que des feuilles mortes sous nos pieds. Je crois bien qu'il a plu il y a deux jours, sauf qu'ici, ça ne se voit pas du tout.

— On ne va pas grimper là-haut, quand même ? demande Keegan. J'ai pas les chaussures qu'il faut.

Il regarde ses Converse.

— On retrace leur itinéraire, donc si, évidemment ! Si les autres en sont capables, on peut le faire, nous aussi.

Sérieusement, je me demande si quelqu'un ne va pas finir par avoir un accident. Un de ces touristes en treillis munis d'une carte, qui veulent savoir où la Tueuse aux yeux bleus a commis son crime. Alors, Tabby sera responsable d'autres morts.

On arrive à la pente abrupte. Il nous faut plus escalader que marcher. J'ai du mal à croire que les gens font ça pour le fun. Mes ongles sont déjà bousillés. Keegan se débrouille super bien. Il me tend souvent la main pour me tirer, ce qui est plutôt sympa. Je suis sûre que Beck se serait davantage soucié de ses clopes.

Je ne sais pas du tout combien de temps on met pour atteindre le sommet, mais je suis contente que Keegan soit là : pas sûre que j'y serais arrivée seule. Je me demande dans quelle mesure Mark a aidé Tabby. S'il l'a tirée, comme Keegan l'a fait avec moi. Si elle projetait depuis le début de le pousser dans le vide, ou si elle a agi sur un coup de tête. Peu importe ce que Keegan et moi allons découvrir aujourd'hui, on ne le saura jamais. Seules deux personnes connaissent la vérité, et l'une d'elles est morte.

Une fois au sommet, on dirait qu'il n'y a pas assez de place pour deux. Je reprends mon souffle (visiblement, je ne suis pas au mieux de ma forme) alors que Keegan est là, tranquille, à regarder au bord.

— Ne t'approche pas trop, je l'avertis.

— Pourquoi ? Tu as prévu de me pousser ?

L'idée me traverse l'esprit que *lui* pourrait me pousser. Après tout, on se connaît à peine. C'est le dernier endroit où son meilleur ami était en vie. En fait, Keegan pourrait péter un plomb à tout moment. Ce qui me fait peur, aussi, c'est l'impression qu'un pan entier de roche pourrait se détacher sous nos pieds. Ce n'est qu'une grosse saillie rocheuse, comme si on l'avait ajoutée. J'ai lu quelque part qu'autrefois, on appelait ce point de vue le Pouce du Géant, et peu à peu, c'est devenu la Rupture.

D'en bas, ça ne m'avait pas l'air aussi haut, pourtant ça l'est sacrément. En contrebas, il y a des rochers sur lesquels Mark a dû se fendre le crâne à moitié. On dirait une rangée de dents irrégulières qui mordent l'eau. C'est vraiment incroyable qu'il ne soit pas mort sur le coup. En plus, il avait ce sac à dos, donc il a dû s'écraser avant même de comprendre ce qui lui arrivait.

En bas, l'eau est plutôt stagnante. Tabby espérait peut-être que Mark serait emporté vers un lac et qu'on ne retrouverait jamais son corps, sauf que le courant n'est pas super fort. D'ici, le cours d'eau ressemble à une grosse limace, jusqu'à sa couleur vert marronnasse. Mark a dû essayer de gagner la rive en se délestant du sac à dos. Je m'imagine à la place de Tabby, le voyant se relever, m'empressant de descendre.

Puis je prends une profonde inspiration, comme au yoga, et là, je sens la main de Keegan dans mon dos.

— Qu'est-ce que tu fous ? je demande sèchement.

Je me retourne tellement vite que j'ai peur de tomber de l'autre côté, le long de la pente rocheuse par laquelle on est arrivés. Keegan lève les mains, comme s'il était en état d'arrestation.

— Eh ho, détends-toi ! Je disais juste que tu ne devrais pas t'approcher autant. Tu ne m'as pas entendu ? Je ne voudrais pas avoir un autre cadavre sur la conscience.

Je croise les bras et frotte ma chair de poule.

— Pourquoi tu aurais le cadavre de Mark sur la conscience ? C'est pas toi qui l'as poussé.

Il se gratte la tête. De près, je le trouve plus beau. Il a quelques taches de rousseur sur le nez. Je parie qu'il ne les supportait pas, quand il était plus jeune.

— Non, mais c'est compliqué. Je savais que Tabby ne lui apportait rien de bon. J'ai eu le pressentiment qu'il allait arriver un truc grave pendant cette randonnée, pourtant je n'ai rien dit.

— Est-ce que ça aurait fait une différence, si tu étais intervenu ? Dans les relations amoureuses, on n'entend que ce qu'on veut bien entendre.

Je ne vois pas pourquoi j'essaie de le dédouaner. Il est un peu pathétique, et je suppose que je sais l'effet que ça fait, d'être un peu pathétique.

— Possible, admet-il.

Il a le regard lointain, comme s'il n'écoutait pas vraiment.

Je contemple de nouveau la vue. C'est pour ça que les gens viennent ici : pour admirer le paysage. Au loin, on voit les montagnes. C'est censé être joli. Franchement, je ne comprends pas la *hype*. Pourquoi s'infliger une telle épreuve rien que pour voir le paysage d'en haut ? Pour ma part, je préfère passer ma vie à hauteur d'yeux.

— Il n'y a rien, ici, dis-je.

Sérieusement, je ne sais pas à quoi je m'attendais. À trouver un mot griffonné sur la roche, ou l'empreinte d'un baiser au rouge à lèvres, symbole de la victoire de Tabby ? Tout est vide, désolé. À part le fantôme de Mark Forrester, il n'y a absolument rien à voir. Je ne suis pas médium, mais je sens une espèce de *vibe* flippante ici, et j'ai envie de me tirer.

— Ouais, approuve Keegan. On ferait mieux d'y aller.

Je n'arrive pas à savoir s'il est déçu ou soulagé.

La descente est terrifiante. Je suis persuadée que je vais mourir. Quel énorme gâchis ce serait ! Au final, ce serait Tabby qui aurait le dernier mot. Je me débrouille pour me griffer un peu plus les jambes, ce qui sera du plus bel effet la prochaine fois que je mettrai une jupe.

Pour atteindre la rivière depuis le sentier, il faut couper à travers une herbe super haute et toute poisseuse, qui me donne l'impression qu'on me lèche les jambes. Keegan reste en arrière.

— J'ai pas envie de mouiller mes pompes, se justifie-t-il.

Je soupçonne que ce n'est pas la vraie raison, mais je ne lui en veux pas. Il n'a pas envie que l'image du cadavre de Mark dans la rivière devienne encore plus nette que celle qu'il doit déjà avoir en tête.

Un craquement me fait sursauter. Je lève les yeux. Aussitôt, je m'accroupis, étouffant le cri qui me vient aux lèvres. Tabby est sur la rive d'en face. Elle a les yeux braqués sur l'eau ; sa capuche est relevée. C'est impossible, et pourtant elle est bien là ! Je ne sais pas si elle m'a vue. Par contre, je sais ce qu'elle est capable d'infliger à quelqu'un qu'elle était censée aimer, alors je n'ai pas envie de découvrir ce qu'elle pourrait faire à quelqu'un qu'elle déteste.

J'ai loupé un truc ? Elle s'est échappée du centre pour mineurs ? Il y a eu un flash info spécial depuis qu'on est partis dans les bois ? Je dégaine mon téléphone, me rappelant que Tabby a prétexté n'avoir plus de batterie, raison pour laquelle elle n'a pas pu appeler les secours. J'ai du réseau, ma batterie est pleine, mais pas d'alertes Google sur l'affaire Tabby.

À travers les roseaux, je l'observe qui baisse sa capuche. Je m'aperçois alors que ce n'est pas du tout elle. Évidemment. Il n'y a pas de cascade de cheveux noirs – qu'elle teignait forcément pour qu'ils aient cette nuance. Non, cette fille n'est pas Tabby, mais quelqu'un qui a mis son sweat. Quelqu'un qui porte le sweat Princeton de Mark. C'est Elle Ross.

Quand je comprends ce que ça signifie, je plaque une main sur ma bouche. La fille devant la clinique, avec sa capuche relevée – ce n'était pas Tabby ! C'était Elle. J'aurais dû le deviner plus tôt. Je prête mes fringues à mes amies ultra souvent, et certaines de ces putes ne me les rendent jamais. C'est Elle qui avait le sweat. C'est Elle qui s'est fait avorter ! Je me suis trompée de fille quand j'ai lancé la rumeur.

Et Tabby m'a laissée faire.

Qu'est-ce que ça veut dire, bon sang ? Qu'est-ce qu'elle fait là, de l'autre côté de la rivière, à fixer l'eau comme si elle voulait voir quelque chose en émerger ? Est-ce qu'elle sait se repérer dans les bois ?

Quelque part, j'aimerais bien lui poser la question. Pas vous ? Sauf qu'une rivière nous sépare. En plus, je sais ce que ces bois peuvent cacher, et ce que les filles qui y vont peuvent faire. Alors je préfère rester planquée. À quatre pattes, je rebrousse chemin dans les herbes jusqu'à être trempée de la tête aux pieds. Une fois suffisamment éloignée, je me mets à courir, comme Tabby est censée l'avoir fait cette nuit-là.

— Hé ! me lance Keegan. Hé, pas si vite ! Qu'est-ce qui se passe ? Ce n'est pas par là qu'il faut aller !

Je ne dis rien à propos d'Elle. Je ne lui demande pas comment il sait retrouver son chemin dans les bois, ni pourquoi j'ai l'air d'être la seule à être incapable de savoir comment en sortir.

Extrait du journal intime de Tabby

13 août 2019

Mark veut qu'on aille faire de la randonnée. Je ne sais pas trop pourquoi. Pour une raison qui m'échappe, l'idée de me retrouver seule dans les bois avec lui me fait un peu flipper. Non pas qu'il me ferait quoi que ce soit. C'est juste que j'ai peur de ce qu'il voudrait me dire et qui nécessiterait qu'on soit si isolés.

34

BRIDGET

Je dis à mes parents que je vais dormir chez Laurel. Ils n'ont aucune raison de ne pas me croire. Ils pensent qu'on va regarder un film et manger du pop-corn. Ils me voient toujours comme une petite fille.

Ce soir, pourtant, je suis quelqu'un d'autre.

J'ai mis une jupe et un débardeur au décolleté plongeant trouvés dans le placard de Tabby. Je marche d'un pas vacillant avec une de ses paires de chaussures à talons compensés. Je porte son rouge à lèvres rouge et, avec son maquillage, je me suis fait des yeux charbonneux, soulignés du trait d'eye-liner sans lequel elle sortait rarement. En regardant le résultat dans la glace, je m'attendais à voir quelqu'un de ridicule. Une caricature. Au lieu de ça, je vois une fille qui pourrait prendre le monde dans ses mains et le modeler à sa convenance.

Je me suis changée chez Laurel. Elle m'observe avec des yeux ronds, comme si, tout à coup, j'étais plus âgée qu'elle, et aussi plus expérimentée. Elle se tient loin, tremblante, à l'abri dans mon ombre. Ce que ça me fait, c'est peut-être ce que Tabby ressent en ma présence. C'est peut-être ce qu'elle ressent en présence de tout le monde.

— T'es sûre que c'est une bonne idée ? s'inquiète-t-elle. Je devrais peut-être t'accompagner, non ?

— Non.

Je secoue la tête. Mes cheveux récemment lissés font des vagues. Leurs pointes effleurent presque mes épaules.

— Il faut que je le fasse seule, j'ajoute.

J'ai dit à Laurel que j'allais retrouver quelqu'un qui pourrait avoir des informations sur ma sœur. C'est vrai, sauf que ce n'est pas exactement ça. Je retrouve quelqu'un qui connaissait Mark mieux que personne, et je compte bien lui faire cracher la vérité. C'est le secret que Tabby voulait que je garde. Sa voix dans mon oreille, grave et posée. *« Ils devraient s'intéresser à Keegan. Il n'aimait pas Mark autant que tout le monde le pense. »*

Il travaille au *Stop & Shop*. Il a scanné nos articles plus d'une fois, quand je faisais la queue avec mes parents. Ma mère oubliait immanquablement d'apporter des sacs réutilisables, qu'elle laissait dans le coffre de la voiture. Keegan avait toujours l'air de s'ennuyer à mourir et bourrait trop nos sacs, si bien que, le temps de rentrer chez nous, les coins des boîtes de céréales les avaient percés et les pêches roulaient sur le plan de travail.

Aujourd'hui, je n'achète qu'un seul produit. Une carte. « Sincères condoléances », y lit-on en écriture cursive. Il me regarde en la prenant sur le tapis roulant. Peut-être qu'il voit la ressemblance, peut-être pas. Peut-être que ça n'a pas d'importance. Pour lui, les jolies filles se ressemblent toutes.

— Cinq dollars quatre-vingt-seize, lâche-t-il en faisant semblant de ne pas me connaître. En liquide ou par carte ?

— C'est quand, ta pause ?

J'essaie de parler d'une voix plus grave, moins forte. Quelque chose change sur son visage. Je ne connais pas les garçons. J'ignore si ce changement signifie qu'il est intéressé ou qu'il s'en fiche.

— Euh, j'en ai pas. Mais je finis dans une demi-heure. Pourquoi, qu'est-ce que tu veux ?

— Je suis la sœur de Tabby, dis-je. Bridget.

— Oui, je sais. Alors, qu'est-ce que tu veux ?

— Je voudrais te parler de ce que ma sœur a fait à Mark.

Il me regarde bouche bée. Je lutte contre l'envie de prendre la fuite.

— OK, réplique-t-il. C'est plutôt tranquille, à cette heure-ci. On peut discuter maintenant.

— Non, pas en public. On peut aller chez toi ?

C'est une question, mais je fais en sorte que ça ressemble à un ordre.

Ses yeux se posent vite fait sur mon décolleté, où un soutien-gorge Victoria's Secret a réussi à faire un renflement avec mes seins inexistants.

— Bon, d'accord. Tant que ça ne te dérange pas d'attendre la fermeture…

Je regarde fixement mes genoux. Je les ai toujours détestés : ils sont trop gros pour mes jambes. Peut-être que Keegan s'en moque. Toutes les mises en garde de mes parents hurlent dans ma tête : *« Ne parle pas aux inconnus.*

Quand tu sors avec un garçon, va toujours dans un lieu public. Ne sors pas avec les garçons, point barre. »

— Ça me va, dis-je.

Je le fais pour Tabby. Pour avoir des réponses. Le reste, je m'en fiche.

Je n'ai même pas besoin de monter avec lui dans une voiture, puisqu'il habite au coin de la rue, dans un petit immeuble miteux. Je le suis dans l'escalier, puis le long d'un couloir qui sent la pisse de chat et les plats à emporter. J'essaie d'imaginer Tabby faisant ce trajet, avec Mark ou sans lui. Quelque part, je suis convaincue qu'elle ne l'a jamais fait. Pas ma sœur.

« Dingue des garçons », a dit d'elle ma mère à mon père. Je l'ai entendue, l'autre soir. « Elle s'est trop impliquée avec ces garçons et il n'y avait plus que ça qui comptait. » C'est ce qu'elle a dit, précisément, d'un ton dramatique et la voix pleine de larmes. Je sais que maman a lu tous les articles. Elle laisse parfois son ordinateur ouvert sans fermer ses onglets Internet. Tabby n'est pas là et sa mère est en train de la remplacer par la fille décrite dans les posts. La Tueuse aux yeux bleus, réduite à des parties de corps.

— Désolé pour le bordel, me prévient Keegan en ouvrant sa porte.

Une fois qu'on est tous les deux à l'intérieur, j'ai une conscience aiguë des risques que je prends. S'il le voulait, il pourrait me faire du mal, et personne n'y pourrait rien. Moi y compris.

— Non, ça va. T'as pas vu ma chambre.

Je me sens rougir aussitôt.

—Alors, qu'est-ce que tu ne pouvais pas me dire au magasin, sur Tabby et Mark ? Qu'est-ce qu'elle lui a fait ?

Il s'installe sur un canapé en velours. Je m'assois à côté de lui, tapotant mes jambes. Il n'arrête pas d'y jeter des coups d'œil. « Tu as des jambes magnifiques », m'a dit un jour Tabby. On n'avait pas les mêmes objectifs en matière de jambes. Moi, je les voulais musclées, capables de courir. Tabby, elle, préférait que tout le monde les admire.

Comme Keegan admire les miennes en ce moment.

Je remue, mal à l'aise, puis me lance dans le discours que j'ai pris soin de préparer.

—À mon avis, il y avait quelqu'un d'autre, et, ce jour-là, elle prévoyait de rompre avec Mark.

Parler de ma sœur ainsi, c'est la trahir, mais pas autant que je le pensais.

Keegan secoue légèrement la tête.

—C'est elle qui t'a dit ça ? Elle a précisé qui était l'autre type ?

—Je… Non, elle n'a rien dit.

Vu la tournure de sa question (il n'a pas demandé directement « Qui était l'autre type ? »), on dirait qu'il a déjà entendu mon petit discours, ma fiction.

—Pourquoi ? Tu sais qui c'est, toi ? je l'interroge.

Il frotte son menton hérissé d'une barbe de trois jours.

—Non, mais je parierais sur cette enflure de Beck. Tu veux boire quelque chose ?

Je décline d'un signe de tête. Il se dirige vers le frigo et revient avec une bouteille de bière. Pour une raison que j'ignore, je pense à Mark. Il affirmait ne rien avoir bu de tout l'été, et pourtant on a retrouvé de l'alcool dans son sang, lors de l'autopsie. Quel hypocrite ! Il voulait avoir l'esprit un peu embrumé pour faire ce qu'il s'apprêtait à faire à ma sœur.

On ne saura jamais ce que c'était. Une seule personne le savait, et elle est enterrée au cimetière de Coldcliff Heights.

— Je ne comprends pas trop ce que tu fais ici, Bridget. Ce jour-là, à la plage, tu as été très claire à propos de ce que tu pensais de Mark. Si ça se trouve, je ne devrais même pas te parler. Je vais témoigner au procès de ta sœur.

J'ai envie de me lever pour partir, puis je me souviens de la raison pour laquelle je suis là : Tabby.

Même si je suis peut-être là pour moi autant que pour elle. Pour remplir les blancs qu'elle a laissés. Je rétorque d'un ton ferme :

— Toi, par contre, tu n'as jamais été très clair par rapport à ce que tu pensais de Mark. Tu étais jaloux, non ?

Il prend une gorgée de bière, sans perdre contenance.

— Je n'ai aucune idée de ce qu'elle t'a raconté, mais tu ne dois pas la croire. Elle a retourné le cerveau de beaucoup de gens. C'est dingue. Elle se glisse dans leur tête et les infeste. Pour qu'ils ne pensent plus qu'à elle. Elle leur fait croire qu'elle se préoccupe d'eux, alors qu'elle ne se préoccupe que d'elle-même.

Dans sa bouche, ma sœur ressemble à un virus mangeur de chair. Je jette un coup d'œil à son appartement, à ce qu'il appelle une vie. Il y a des fringues partout : un panier rempli de linge, un fauteuil enterré sous un tas de blousons, d'où dépasse un soutien-gorge. Je sais qu'il a une copine. La fille a un compte public sur Insta et elle poste autant de photos d'eux que de selfies.

— Tu la détestes vraiment, dis-je. De t'avoir pris Mark. Pourtant, c'était un peu un soulagement, non ? J'ai vu comment tu le regardais. Tu étais jaloux.

Ses jointures blanchissent autour de sa bouteille de bière.

— Mark était mon pote. Je n'étais pas jaloux. Je voulais juste le protéger. Avec lui, c'était toujours la même chose : il laissait les filles l'utiliser.

— Tu aurais préféré qu'elles t'utilisent, toi.

Je sais que j'ai raison. Ce jour-là, à la plage, j'ai remarqué ce que les autres n'ont pas vu, parce que j'étais attentive pendant qu'ils essayaient tous de parler plus fort les uns que les autres. J'ai vu le regard de Keegan aller de Mark à Tabby. Entre les deux, je n'aurais pas su dire qui il haïssait le plus.

Je croise les jambes. Keegan y jette un nouveau coup d'œil. À cet instant, je comprends. Le pouvoir que Tabby ressentait, chaque jour. Le pouvoir de son apparence. C'est enivrant, de prendre les gens de haut. C'était peut-être la seule chose qu'elle se croyait capable de contrôler.

Je ne suis pas ma sœur. J'ai d'autres pouvoirs. Je ne veux pas des siens. Je ne devrais pas être là du tout.

— Qu'est-ce que tu essaies de me dire ? demande-t-il.

Je le regarde dans les yeux. Je l'ai mal jugé. Ce n'est pas juste un mec qui travaille à la supérette et qui a perdu son meilleur ami. Il est plus intelligent que ce qu'il laisse paraître. Ça leur fait un point commun, à Tabby et lui.

— Je ne sais pas. Pourquoi tu ne me confies pas ce que tu as envie de dire ? Je parie que jamais personne ne te le demande. On demandait à Mark, plutôt. C'est lui qui recevait toutes les attentions, pas toi. Je peux comprendre. Je vis la même chose avec Tabby.

C'est peut-être bien la première fois que je prononce à voix haute ce fragment de vérité.

— Tu dois être déboussolée, réplique Keegan. Elle est coupable, je n'en doute pas une seconde. Elle a un côté sombre, tu sais. Elle ne voulait pas que ça se sache, mais moi, je l'ai vu. Tu le verras, toi aussi.

Je m'apprête presque à prendre sa défense (presque), car c'est ce que je fais depuis le début. C'est ma sœur, mon sang. Puis je prends conscience que Keegan dit vrai. Ma sœur a un côté sombre. C'est son petit monstre à elle ; peut-être sa version de l'animal domestique qu'on n'a jamais eu le droit d'avoir quand on était petites, qui peut être tour à tour discret et furtif, puis bruyant et effronté. Quant à ce qu'elle a fait (ce qu'elle a fait et qui lui a causé des ennuis), c'était toujours pour prendre la défense de quelqu'un d'autre. Des gens qu'elle aimait. Moi. Son amie Elle.

Jusqu'où irait-elle dans son côté sombre pour se défendre, elle ?

— Il faut que j'y aille, dis-je en me levant.

Ce n'est pas que je me sente en danger avec Keegan – pas exactement. Mais il émane quelque chose de lui. Un côté sombre, comme chez Tabby, peut-être.

— Elle n'est pas celle que tu penses, insiste-t-il.

Je m'immobilise à mi-chemin vers la porte, car une partie de moi a envie d'entendre sa version de Tabby. La partie de moi qui continue à marcher a peur de l'entendre.

— Rends-moi un service, lance-t-il dans mon dos, lorsque j'ai atteint la porte. Fais-lui passer un message. Dis-lui que je ne regrette rien du tout.

Une fois dans le couloir, je retire mes talons avec lesquels je n'arrive pas à marcher et je me mets à courir. Je cours jusqu'à Coldcliff Park, où je fais parfois des tractions après l'entraînement, sur le parcours de santé. Je cours jusqu'à ce que la pulsation de ses mots se mue en un rugissement.

« Je ne regrette rien du tout. »

Tabby l'a déjà dit. Et elle n'est pas la seule.

35

KEEGAN

C'est difficile à expliquer. Le procès approche ; la vérité sera révélée, et justice sera faite pour Mark. Pourtant, j'ai le pressentiment que l'affaire est loin d'être terminée. Que oui, quelque chose de très grave s'est déjà produit, mais que Tabby a planifié autre chose. Quelque chose de plus grand. J'ai peur d'être là quand ça arrivera.

36

LOU

Je m'apprête à recycler la carte que Keegan m'a donnée. Ce n'est pas comme si j'allais de nouveau en avoir besoin. Je n'ai pas l'intention de me la rejouer « Veronica Mars dans les bois » de sitôt. En plus, la conserver me paraît super tordu, comme si je faisais partie de ces cinglés de *Plus fort que la Rupture*.

Ce n'est que lorsque je la déplie, à deux doigts de la glisser dans la déchiqueteuse du bureau de ma mère, que je remarque un truc hyper bizarre. Je ne suis pas tout à fait sûre de ce que ça signifie.

37

BRIDGET

Tabby me dit que Keegan ne l'aime pas.

— Il voulait que ce soit juste Mark et lui, pour l'été.

Elle lève les yeux au ciel avant de contempler ses ongles. Aujourd'hui, ils sont violet foncé.

— Je suis allée le voir, dis-je. Keegan. Il a dit qu'il avait un message pour toi.

Le haussement de son sourcil gauche est si discret que j'ai failli passer à côté. Failli.

— Ah bon ? Pourquoi tu es allée le voir ? Ne t'approche pas de lui, Bridge. Ce n'est pas un type bien.

— Je n'ai pas besoin qu'on me protège. Il voulait te dire qu'il ne regrettait rien du tout.

Elle sourit.

— Ouais, ça ne m'étonne pas.

— De quoi est-ce qu'il parlait, Tabby ?

Elle se penche en avant, si près de moi que nos fronts se touchent presque. Ses taches de rousseur de l'été ont presque toutes disparu.

— Tu verras.

THE COLDCLIFF TRIBUNE 30 novembre 2019

OUVERTURE DU PROCÈS DE LA TUEUSE AUX YEUX BLEUS

Par Julie Kerr

Le procès de Tabitha Cousins, l'adolescente de dix-sept ans accusée du meurtre avec préméditation de son petit ami, l'étudiant de Princeton Mark Forrester, au cours d'une randonnée, s'ouvrira lundi matin au tribunal du comté d'El Paso, à Colorado Springs. Cousins a déjà annoncé qu'elle plaiderait non coupable. Elle sera représentée par la redoutable avocate Marnie Deveraux, qui a dit à la presse que les preuves de l'innocence de sa cliente sont irréfutables. « La vérité éclatera », a affirmé Deveraux la semaine dernière dans une déclaration exclusive. « Soyez-en assurés. » Anthony Paxton, le procureur de district, a quant à lui promis que justice serait faite pour la famille de Forrester.

COMMENTAIRES

ÉkipSquelette : Cette pute va s'en tirer !!!

TabbyCatsForever : Enfin, elle va pouvoir s'exprimer.

38

ELLE

J'essaie de rendre visite à Tabby une fois par semaine. Je lui apporte des choses vitales pour elle : vernis à ongles, rouge à lèvres, faux cils, magazines. Ma mère voudrait toujours m'accompagner, mais je lui dis de ne pas venir. Je sais que, si elle était là, elle serait derrière mon dos, à vouloir monopoliser la conversation.

Je pensais trouver Tabby au fond du gouffre aujourd'hui, à l'approche du procès. Curieusement, elle n'a aucune trace de larmes. Elle porte son uniforme beige de détenue et des chaussettes dans ses claquettes. Elle est coiffée et maquillée.

La différence notable, ce sont ses yeux. Ils ne sont plus bleus, mais d'un marron boueux.

— Tes yeux…

Je ne peux pas m'en empêcher. *C'est quoi, cette couleur ?*

Elle les lève au ciel.

— Oui, je porte des lentilles de couleur. Quelqu'un m'a volé ma dernière paire. Bridge doit m'en apporter demain. Sans elles, je ne suis plus moi-même.

Sans ses yeux bleus, elle n'a pas du tout la même allure. Son teint est plus terne, ses yeux sont plus petits, comme s'ils avaient complètement changé de forme. Elle ne ressemble plus à la fille dont tout le monde parle, mais à une fille qu'on croiserait dans la rue et qu'on oublierait aussitôt. Elle est comme moi.

— Je ne savais pas. Pourquoi tu ne me l'as jamais dit ?

Elle croise les mains sur ses genoux.

— Je suppose qu'on ne peut pas tout se dire.

J'enfonce mes ongles dans mon jean.

— Où tu comptais aller ? Le soir de ton arrestation ? Tu avais préparé un sac.

C'est la question que je m'étais promis de ne pas lui poser, mais j'ai besoin de savoir. Ce jour-là, on s'était parlé au téléphone.

— Je m'ennuie tellement, s'était-elle plainte en appelant de sa ligne fixe. Si je me tape « Real Housewives » une heure de plus, je vais griller les derniers neurones qu'il me reste…

Elle m'avait raconté qu'elle s'était déjà verni les orteils et qu'elle avait encore réorganisé son placard – une fois de plus.

— Tiens bon, l'avais-je encouragée. Je passerai te voir demain.

Ce soir-là, ils sont venus l'arrêter. Elle avait préparé un sac. C'est à ce moment-là qu'ils l'ont embarquée, voire qu'ils ont décidé qu'elle était coupable. Après tout, si elle voulait s'enfuir, c'est qu'elle avait une bonne raison.

— J'ai fait ça sur un coup de tête, se justifie-t-elle. Je n'aurais pas dû. Je ne supportais plus de rester dans cette baraque. Tout le monde pense que je suis coupable, Elle. Tu n'imagines pas l'effet que ça fait, quand personne ne te croit.

— Moi, je te crois. Tes parents aussi. Et les miens. Et Bridge. Et…

Je ne trouve personne d'autre à ajouter à la liste.

— J'ai vu ma vie s'arrêter, juste devant moi. Je ne savais même pas où aller ! Ce n'était pas comme si j'avais prévu de me tirer pour de bon. J'avais juste besoin de sortir de cette maison.

Elle fait traîner ses claquettes au sol.

Pourquoi le sac ? aimerais-je demander, mais je m'abstiens.

— Et maintenant, tu es coincée ici, dis-je.

— Seulement jusqu'au procès. Ensuite, je serai libre.

Elle a l'air terriblement sûre d'elle.

— Qu'est-ce qu'on raconte sur moi, en ce moment ? enchaîne-t-elle. Dis-moi tout.

— J'ai arrêté de lire tout ça, je mens. Ça ne sert à rien. Ils ne te connaissent même pas. J'aimerais bien les empêcher de déblatérer sur toi.

Elle tire sur ses cheveux, les rassemble en une épaisse corde noire et les fait passer par-dessus son épaule.

— Pourquoi ? Laisse-les dire.

— Ils te prennent pour un monstre. C'est injuste, je proteste.

Elle se penche en avant. C'est déstabilisant, de la voir de près sans les yeux que j'ai passé tant de temps à admirer, souhaitant avoir les mêmes, comme si je me regardais dans un miroir déformant.

— On est des filles, Elle. À la moindre erreur, on est des méchantes. Il n'y a pas de juste milieu. On n'a jamais pu avoir le beurre et l'argent du beurre.

Puis notre temps est écoulé, alors que je viens à peine d'arriver. Je dis à Tabby que j'ai laissé aux gardiennes de l'accueil un paquet pour elle, de la part de ma mère.

— Tout va bien se passer, je la rassure pendant qu'on l'escorte pour la reconduire là d'où elle vient – là où elle passe ses journées.

Elle se retourne et me sourit.

— Je sais.

39

KEEGAN

— Raconte-moi quelque chose sur toi, dit Kyla, vautrée sur mon canapé comme si elle était chez elle, les pieds posés sur mes genoux.

J'aimerais bien que ça paraisse naturel entre nous, mais il n'y a rien de naturel là-dedans. On est là tous les deux à faire semblant, à suivre le mouvement.

— Je ne suis pas quelqu'un de très intéressant, je réplique.

— C'est faux.

Elle se rapproche en se tortillant. Elle porte un de mes tee-shirts – un Metallica qui appartenait à mon père. Quand elle vient ici, elle met toujours mes fringues, comme si ça pouvait nous transformer en quelque chose qu'on n'est pas.

— Raconte-moi un truc sur toi que personne ne connaît, insiste-t-elle. Un truc que tu n'aurais pas envie de confier à quelqu'un d'autre.

Il fait trop chaud, ici. Mon tee-shirt me colle au dos et Kyla m'étouffe – pas littéralement, mais j'ai l'impression qu'il n'y a pas assez d'air dans la pièce pour qu'on puisse respirer tous les deux.

— Je n'ai pas de secret, je t'assure. Je n'ai strictement rien à cacher.

T'as pigé ? Laisse tomber.

Elle s'affale de nouveau avec un soupir sur les coussins du canapé.

— Je te donne l'occasion de me parler, Keegan. Je pense sincèrement que tu devrais la saisir.

Cette réflexion m'irrite, quelque part.

— Qu'est-ce que c'est censé vouloir dire, putain ?

Elle me regarde droit dans les yeux. Je ne vois pas du tout à quoi elle joue, et je ne connais pas ses règles à la con.

— Tu le sais très bien ! Je te laisse jusqu'à ce soir pour...

Soudain, on frappe à la porte. Bizarre : je n'attends personne. Je m'en fiche un peu. Ce que je veux, c'est mettre un terme à cette conversation, par tous les moyens possibles.

Je me lève d'un bond pour regarder à travers l'œilleton. J'espère que ce n'est pas Stewart qui vient me poser des questions auxquelles j'ai déjà répondu. Ces temps-ci, chaque fois que je vois ce type, j'ai le sentiment qu'il me prend pour un putain de criminel, comme s'il connaissait toutes les petites saloperies que j'ai faites. Des trucs stupides qu'il ne peut absolument pas savoir, du style couper la queue-de-cheval d'une gamine, à l'école maternelle. Emprunter la voiture de mon père sans le lui demander, la rayer dans un parking souterrain et la remettre dans notre allée comme si de rien n'était. Ou encore faire des promesses à toutes ces filles que je n'ai jamais recontactées par la suite, ou que j'ai larguées après une nuit. Si ça se trouve, il est au courant de tout ça. Il doit avoir sur moi un dossier aussi épais que *Le Seigneur des anneaux*, ce pavé que Mark a tenté de me faire lire quand on était au lycée.

Ce n'est pas Stewart. C'est Lou. On dirait qu'elle a froid et qu'elle est énervée. Je lui ouvre. Elle porte une minijupe et elle est trempée. Ses cheveux sont plaqués sur son crâne.

— Qu'est-ce que tu veux ? dis-je. Enfin, pardon, mais je ne t'attendais pas.

Depuis le canapé, Kyla tourne la tête comme une chouette.

— T'es qui, toi ? demande-t-elle avant de regarder fixement Lou, puis moi. Tu m'as dit que tu ne voyais personne d'autre.

— C'est la vérité, dis-je. Même si je n'ai jamais dit ça.

Elle se lève. J'ai peur qu'elle se mette à pleurer ou à jeter des trucs. Je ne sais pas ce qui est le pire : les filles tristes ou les filles en colère. En général, les filles tristes se mettent en colère, et les filles en colère, elles vous mangent tout cru.

— T'es un salaud ! crache-t-elle. Je t'ai donné l'occasion de me le dire. N'oublie pas que c'est toi qui n'as pas voulu la saisir.

Là-dessus, elle attrape son sac à main, passe à côté de nous d'un pas furieux et claque la porte derrière elle.

— C'était quoi, ça ? demande Lou.

— Rien. Elle est assez jalouse. On arrangera ça. Ça va aller.

Peut-être que j'essaie surtout de me convaincre, moi. Une partie de moi a envie de courir après Kyla pour lui dire tout ce qu'elle a envie d'entendre, même si je ne le pense pas. Parce que j'ai peur de ce qui arrivera si je ne le fais pas.

— Désolée de débarquer comme ça, s'excuse Lou en ôtant ses bottes. Tu aurais une serviette ? Je dégouline.

Je me frotte le front.

— Euh, oui. Une minute.

Mes serviettes sont toutes sur mon lit, au milieu d'un tas de fringues. Je me souviens que, lorsque j'ai annoncé à ma mère que j'allais prendre mon indépendance, elle m'a acheté des produits pour nettoyer, du style aspirateur, lessive et plumeau à poussière, mais j'ai tendance à me laisser dépasser. Elle disait que, si je vivais dans une porcherie, les gens n'auraient pas envie de venir chez moi. Pourtant, ça n'a arrêté personne.

Je lance une serviette à Lou. Elle essore ses cheveux au-dessus de mon évier.

— Alors, qu'est-ce que tu fais ici ? je demande. Tu veux quoi ? Et comment tu as eu mon adresse ?

Elle hausse les épaules.

— Sur Insta. On trouve facilement ce qu'on veut.

Sa réponse est tellement typique de Tabby que j'ai presque envie de la secouer. Elle est dans ma cuisine, trempée comme une soupe, vêtue très légèrement, parlant comme Tabby, et je ne sais pas du tout ce qu'elle a derrière la tête – si elle a quelque chose.

— J'ai réfléchi, poursuit-elle. Depuis qu'on est allés dans les bois. À propos de la randonnée, qui serait l'idée de Tabby. Elle avait une carte, OK ? Les flics l'ont trouvée quand ils ont perquisitionné chez elle. Mais pourquoi elle aurait fait l'erreur de la laisser là ? Elle aurait pu s'en débarrasser. Il y a des centaines de façons de détruire un bout de papier.

Je croise les bras.

— J'en sais rien. Par négligence.

— Est-ce que Mark avait imprimé une carte ? m'interroge-t-elle. Tu l'as vu faire, quand vous étiez ensemble ?

— Non. Je doute qu'il en ait cherché une. Les mecs détestent demander leur chemin.

Ça ne la fait pas rire.

— En ce qui me concerne, dis-je, j'ai imprimé cette carte juste pour m'assurer qu'on ne se perde pas, toi et moi.

— Tu l'as donc imprimée après que je t'ai demandé de m'accompagner.

— Ouais.

Il y a un silence gêné.

— Sinon, pourquoi j'en aurais eu besoin ? j'ajoute.

— Oui, c'est logique.

Elle se frotte les bras. Elle frissonne.

— Je vais te chercher un pull ou autre chose, je propose.

Elle ne me retient pas.

Ça ne me prend pas longtemps – quelques minutes à peine, le temps de dégotter une fringue propre. Pourtant, quand je reviens, elle n'est plus là. Comme si quelque chose lui avait fait peur. Ou quelqu'un.

J'ai tellement hâte d'y être ! À tout à l'heure ;-)

Texto envoyé par Tabitha Cousins à Mark Forrester, 16 août 2018, 13 h 01

40

BRIDGET

Deux jours avant le procès de Tabby, je m'assois toute droite sur mon lit.

Je sais pourquoi cette histoire de Nike m'obsède.

Je me retourne pour regarder mon tableau en liège, sur le mur. J'y ai punaisé des photos de Tabby et moi prises dans un Photomaton, l'été dernier. On avait conduit jusqu'à Boulder pour faire notre shopping de rentrée, et elle m'avait traînée dans cette cabine au centre commercial, m'obligeant à faire des grimaces débiles avec elle. J'observe cette fille qui tire la langue. Je me demande si je la connais mieux que personne, ou si je ne la connais pas du tout.

Il y a des tas de choses qui m'échappent.

Pourquoi ai-je retrouvé, plusieurs heures après le départ de Tabby, la carte que je lui avais dessinée pour la randonnée ? Elle était sur son bureau, là où je l'avais posée il y a des mois, au lieu d'être pliée dans son sac à dos.

Pourquoi le pique-nique qu'Elle et ma sœur avaient préparé ce matin-là se trouvait-il encore dans le frigo le soir, alors que le Gatorade n'y était plus ?

Pourquoi a-t-elle voulu se laver sitôt rentrée à la maison ? Elle disait qu'il lui fallait de l'eau bien chaude. Elle s'est glissée dans la baignoire, frissonnante, recroquevillée. Je ne saurai jamais ce que l'eau a fait disparaître.

Pourquoi a-t-elle dit que son téléphone était déchargé, alors qu'il a bipé lorsqu'elle a franchi le seuil de notre maison, toute sale et débraillée ?

Pourquoi ses baskets étaient-elles mouillées à son arrivée ? Les bois étaient secs, ce jour-là. Je l'ai remarqué, car j'étais allée courir plus tôt, en souhaitant que les arbres m'avalent.

Il y a une chose que j'ai comprise à propos des baskets.

En général, il m'en faut une nouvelle paire tous les six mois. Je le vois à l'usure des semelles. Cette fois, j'ai dû les remplacer au bout de quatre mois. Pas celles que j'ai prêtées à Tabby ce jour-là, mais celles que je porte habituellement.

Je ne suis pas allée courir plus souvent. Je fais mes quatre-vingts kilomètres par semaine, comme toujours. Mais peut-être que quelqu'un d'autre est allé courir aussi. Avec mes chaussures. Et ça ne peut être qu'une seule personne. Maintenant, je repense à la fois où je l'ai emmenée courir dans les bois. Elle semblait savoir se repérer, presque comme si elle était déjà venue.

C'est peut-être à cause de tous ces articles qui me sautent à la figure même quand j'essaie de les ignorer. Comment s'empêcher de les lire tous ? C'est comme si les gens connaissaient une facette de ma sœur que je n'ai jamais remarquée. Les choses qu'on dit à son sujet, ce n'est pas la Tabby que je connais. Celle qui me fait des tresses américaines avant mes compétitions, et du gâteau à la banane pour mon anniversaire, selon la seule recette que j'aime. Eux, ils connaissent une autre fille, qui a les traits de ma sœur.

C'est tellement tordu qu'elle m'a peut-être demandé une carte juste parce qu'elle savait que je montrais de l'intérêt, et non par réel besoin.

Pendant une seconde, avant de me rendormir, je regrette d'avoir dit à la police que l'empreinte de Nike était la mienne.

41

KYLA DOVE

Quelle conne je suis ! J'en étais sûre depuis le début, mais j'ai cru ce que j'avais envie de croire. C'était plus facile. Ou je me faisais mon propre *happy end*, aussi dingue que ça puisse paraître. Toute ma vie, j'ai été traitée d'idiote. Par mon trouduc de beau-père ; par des garçons qui me disaient ce que je voulais entendre pour m'inciter à faire des trucs ; par des filles au lycée, dans les vestiaires. On m'a si souvent traitée d'idiote que j'ai fini par m'en convaincre. J'étais nulle.

Mais je ne suis pas nulle. J'ai la rage. La rage contre tous ceux qui m'ont sous-estimée. Furieuse contre lui. Cette fois, j'ai fait quelque chose de ma colère. Maintenant, ils connaissent ma version, et ça va tout changer.

Troisième partie

And Jill came tumbling[1].

1. Suite de la comptine américaine : « Et Jill a dégringolé. » (*NdT*)

SHARP EDGES CRIME

LA VÉRITÉ EST NOTRE CREDO !

1er décembre 2019

Oyez, oyez !
Par Oberon Halton

Tout le monde ne parle plus que du procès de Tabitha Cousins, qui s'ouvre demain matin. Je tweeterai régulièrement sur @sharpedgescrime, alors soyez sûr de ne rien rater ! Honnêtement, combien y en a-t-il parmi vous qui ont organisé un jeu alcoolisé en prévision du procès ou qui ont misé de l'argent sur le verdict ? J'ai peut-être moi-même fait un ou deux paris. Je me suis également procuré un tee-shirt *Team Tabby*. Parce que quelque chose me dit que, coupable ou innocente, elle en sortira libre.

COMMENTAIRES

SmoothieMangue : Dix dollars que c'est ce mec qui a lancé ce groupe débile des Tabby Cats.

ZoneCatastrophe : Dix dollars que l'auteur des articles de *Sharp Edges* est une autrice.

ParlezMoiNerd : Vingt dollars que cette nana sera encore plus riche quand elle sera libérée.

VOUS

Une salle de tribunal, comme vous en voyez à la télévision, éclairée par les flashs des appareils photo, cernée de vans de télévision garés n'importe comment, qui encombrent les rues comme des cafards. On reconnaît ses fans (oui, ses fans) à leurs oreilles de chat et à leurs pancartes à paillettes. Ils scandent bruyamment des slogans. Les journalistes agglutinés dehors, impatients de l'apercevoir. Ils sont comme des paparazzis attendant l'arrivée d'une star.

À l'extérieur, c'est un rugissement, mais à l'intérieur, où il fait trop chaud, c'est un bourdonnement. Les gens s'éventent le visage d'une main. Tout le monde est assis dans les rangées. Elle n'est pas encore là. Les parents de Mark sont présents, ainsi que son frère aîné, revenu d'Australie. Il y a aussi Keegan. Tous sont installés près du premier rang. Le procureur de district, Anthony Paxton, est du côté des Forrester. Il a souvent sa photo dans le journal. Vous avez sûrement entendu parler de son taux de condamnation proche de cent pour cent. Il a la réputation d'être un pit-bull, implacable dans ses interrogatoires. Tabby finira par craquer et avouer le crime qu'elle a commis.

L'avocate de la défense est la femme en noir, celle aux cheveux blonds relevés en un chignon entortillé sur son crâne. Marnie Deveraux. Elle est sortie major de sa promo à Harvard. Dans son dos, ses camarades la surnommaient la Barbie du droit. Mais elle est brillante. Il y a des chances qu'elle soit parfaite pour Tabby Cousins, car il est possible qu'elle sache exactement ce que c'est que d'être dans la peau de la fille que tout le monde déteste.

Paxton et Deveraux s'apprêtent à vous présenter deux versions opposées de la même jeune fille, celle qui se prépare à affronter le fantôme de Mark et tous ceux qui le soutiennent. Mais Tabby a aussi des témoins qui vont s'exprimer en sa faveur. Des gens auxquels on s'attend, ainsi que des partisans désireux de l'aider.

La voilà enfin, l'adolescente tant attendue. On la guide, menottes aux poignets. Malgré tout, il y a ces yeux bleus, ces cheveux, cette ombre de sourire. Dans les médias, on a été dur avec elle à cause de ce sourire. Un magazine l'a même qualifié de « sourire du démon ». En vérité, sa bouche est ainsi faite. Ses lèvres sont naturellement recourbées, comme en ce moment.

Elle s'installe à sa place, se retourne pour voir qui est assis derrière elle. Ses parents, bien entendu, Bridget, Elle, et, un peu plus loin, quelqu'un d'autre que Tabby semble surprise de voir, si elle a remarqué sa présence.

Tout le monde est là. Vous pouvez vous asseoir au fond, s'il reste de la place.

Que le spectacle commence.

1

BRIDGET

Elle se retourne pour me regarder chaque fois qu'elle se rassoit. Elle sait où me trouver : blottie entre maman et papa, en sécurité. Pourtant, rien ne respire la sécurité, dans cet endroit.

C'est difficile à expliquer, à moins que vous ayez une sœur, mais vous savez quand son monde a basculé. À présent, c'est comme si elle voyait le mien commencer à s'incliner. J'aimerais qu'elle sorte de ma tête. Avant, j'aurais aimé pouvoir l'ouvrir comme une noix de coco pour qu'on partage les mêmes pensées.

Plus maintenant. Pas seulement parce que j'ai peur de ce que je trouverais dans sa tête, mais aussi parce que j'ai peur de ce qu'elle risquerait de trouver dans la mienne.

2

ELLE

Les éléments à charge de la police sont les premiers à être débattus. Je dois admettre qu'ils portent un coup dur à Tabby. Il y a des photos du crâne défoncé de Mark. Des mèches de cheveux de Tabby. Une demi-empreinte de pas. Les textos rageurs. Le comportement imprévisible de Tabby ; sa jalousie et sa possessivité. La carte. Et le pire de tout : le sac plein de pierres que Mark avait sur le dos lorsqu'il a basculé dans le vide.

D'après Paxton, il avait survécu à sa chute dans la rivière, mais, vu ce qui s'est passé ensuite, il aurait mieux valu qu'il meure sur le coup. Ses poumons se sont remplis d'eau. Il a probablement eu une mort lente, ce que confirme un expert judiciaire appelé par Paxton pour témoigner.

Ce détail me fait frémir. J'entends Tabby sangloter. Un bruit discret ; plutôt un couinement – comme lorsqu'on regardait un film d'horreur ensemble ou qu'elle voyait un animal souffrir. Tabby n'est pas faite pour supporter ce genre de choses.

— Si Miss Cousins a vu Mr Forrester tomber et que cette affaire n'est qu'un regrettable accident, cela n'explique pas pourquoi elle n'est pas descendue jusqu'à la rivière voir s'il était toujours en vie. Au lieu de quoi, elle s'est enfuie – bien qu'une empreinte douteuse ait été retrouvée.

Face aux jurés, Paxton gesticule, comme un acteur.

Pendant le contre-interrogatoire, l'avocate de Tabby riposte.

— Ma cliente était certaine que Mark était mort et que son intervention aurait été inutile. De plus, elle n'y voyait rien dans le noir. Elle a pensé que le mieux était de courir chercher de l'aide. Ce qu'elle a fait. L'empreinte de pas n'est plus considérée comme une preuve à charge, puisque c'est celle de sa sœur, qui portait les mêmes chaussures pour courir, plus tôt ce jour-là.

Bridget est assise près de moi, les yeux rivés sur ses genoux. Depuis quand l'empreinte de pas est-elle la sienne ?

— L'heure du décès de Mr Forrester a été établie aux alentours de 21 h 30. Miss Cousins n'est sortie des bois qu'après minuit, du moins selon ses déclarations à la police – une version corroborée par sa sœur. L'expert a confirmé l'heure du décès en se basant sur l'état du corps de Mr Forrester. Miss Cousins n'a pas pu mettre trois heures à rentrer chez elle, même en marchant lentement.

On dirait le combat de deux requins à la recherche de sang dans l'eau. Et il y a de quoi faire.

— Ma cliente était perdue, explique Deveraux. Ce soir-là, le soleil s'est couché à 19 h 59. Elle connaissait mal les bois. Elle a tourné en rond pour en sortir.

Elle se tourne vers l'expert judiciaire, à qui elle demande :

— Docteur Sims, pouvez-vous confirmer avec certitude que l'empreinte de pas était celle de Tabitha Cousins ?

Bridget s'agite. Elle semble vouloir dire quelque chose. Elle se mord la lèvre, comme si elle luttait pour empêcher les mots de s'échapper. Je connais cette sensation, mais ce n'est pas ce que je vis en ce moment. Tout ce que je voudrais faire, c'est crier que Tabby est innocente. Qu'elle a des défauts, sans être une tueuse pour autant.

— Non, répond le docteur Sims. L'empreinte est celle de quelqu'un qui portait une basket Nike pointure trente-neuf. À part ça, nous ne pouvons confirmer quoi que ce soit.

Paxton l'interrompt. Il ne cesse de le faire, même quand ce n'est pas à lui de parler. Typique des hommes.

— Le docteur Sims a confirmé que les cheveux retrouvés sur la scène de crime appartiennent à Miss Cousins.

Deveraux touche les siens.

— Cent, monsieur Paxton. Voilà en moyenne le nombre de cheveux qu'une femme perd chaque jour, sachant que les cheveux longs sont ceux qui se remarquent le plus.

Pour chaque témoin, ils passent en revue l'itinéraire de la randonnée. Paxton affirme que c'est Tabby qui a prévu cette marche, tandis que Deveraux maintient que c'était l'idée de Mark. Je suppose qu'aucun texto ne peut le prouver. C'était un accord verbal ; le genre de projet que font les couples normaux, comme aller au restaurant ou au cinéma.

Je serai appelée à la barre en tant que témoin de moralité, mais pas aujourd'hui. Ça ne sera pas de sitôt, à mon avis, car ce procès pourrait durer des jours, voire des semaines. C'est un écœurant jeu de ping-pong. L'accusation commence. Paxton appelle ses témoins, puis Deveraux procède à leur contre-interrogatoire. J'ai appris tout ça sur Google. Je voulais être préparée. Cela dit, je n'étais pas prête à voir Tabby assise là, si proche de moi et en même temps si loin. Je me demande qui l'a coiffée, comment elle a réussi à se maquiller. Peut-être que c'est Deveraux qui l'a aidée. Elle m'a l'air d'être le genre de femme qui nous comprend.

Je deviens moins attentive aux débats. Je regarde fixement Keegan, de l'autre côté de l'allée. Mon côté tordu se retient de rire. On dirait un mariage tout pourri, où il fait partie de la belle-famille. Je me demande ce qui serait arrivé à Tabby et Mark s'il n'était pas mort. Ils auraient peut-être fini par se marier, et j'aurais été la demoiselle d'honneur. Sûrement que non.

Surtout, j'observe Tabby. Elle jette sans arrêt des coups d'œil furtifs vers Keegan. À moins qu'elle regarde quelqu'un d'autre dans cette rangée. Le frère de Mark, que je me souviens d'avoir vu une fois à une fête pendant les vacances de Noël. Je l'avais trouvé mignon. Les parents de Mark, que Tabby n'a jamais rencontrés lorsqu'elle sortait avec leur fils, puisque Mark s'efforçait de les tenir à l'écart. Il racontait à Tabby qu'il aimait bien compartimenter sa vie. Comme si sa vie était un placard avec des cloisons : les tee-shirts d'un côté, les pantalons de l'autre, et Tabby dans un tiroir, secret ; une trappe qu'il ouvrait quand il était excité ou avait besoin de se mettre en valeur.

J'appréhende ce que Keegan dira. Il a toujours haï Tabby. Comme s'il voulait avoir Mark pour lui tout seul.

J'ai peur des jurés, ces douze personnes assises, qui observent. Certains prennent des notes. J'aurais pu les croiser dans la rue, au centre commercial, au *Stop & Shop*. Maintenant, c'est à eux de décider si Tabby est coupable ou pas. Je vois déjà une des femmes (âge moyen, l'air renfrogné) écrire quelque chose. Les femmes comme elle détestent les filles comme Tabby. À côté d'elle, il y a un homme qui sera peut-être plus sensible, plus désireux de croire l'adolescente plutôt que les spéculations dont elle est l'objet. Deveraux a sûrement estimé préférable que Tabby soit jugée comme une adulte, car le jury devrait être plus compréhensif. C'est ce que Tabby m'a expliqué, méthodiquement, lors d'une de mes dernières visites.

— Je fais confiance à mon avocate, mais c'est un peu la roulette russe, m'a-t-elle avoué. Mon avenir est entre les mains d'un groupe de gens que je ne connais pas. Il suffit qu'un seul parmi eux me prenne en grippe, et c'est fichu.

Elle a fait mine de se tirer une balle.

J'ai préparé ce que je vais dire. J'ai quand même l'impression que ce ne sera pas suffisant. Ça ne ressemble pas à des preuves, plutôt à des supputations. En vérité, je n'ai pas de preuve que Mark ait fait du mal à Tabby. Je n'ai que la version de ma meilleure amie, la fille qui s'est transformée en spectre pendant qu'elle sortait avec lui. J'ai une vidéo au grain flou que Paxton s'empressera de démonter, sans le moindre doute. Je n'ai ni dates ni heures à fournir, juste des souvenirs du visage de Tabby, maculé de larmes, et sa réponse assourdie, « Rien », quand je lui demandais ce qui n'allait pas.

Puisque Tabby est jugée comme une adulte, elle risque la prison à vie. Paxton veut l'enfermer pour de bon. Sa grosse voix tonnante, les gestes de ses mains. Il a la réputation de tailler les témoins en pièces lors des contre-interrogatoires. Il me terrifie.

Si moi, j'ai peur, je n'imagine même pas ce que ressent Tabby.

3

LOU

On est au troisième jour du procès et ils en sont encore à appeler les témoins de l'accusation. Jusqu'à présent, ils ont convoqué l'expert en machin-chose et quelqu'un qui a vu Tabby fourrer des pierres dans un panier de pique-nique à la plage, la veille du jour où Mark est mort. Sauf qu'évidemment, il n'y a aucune preuve. Il n'a pas pris de photo ni rien, donc l'avocate de Tabby n'a aucun mal à le décrédibiliser.

Aujourd'hui, ils convoquent un vendeur du REI (plutôt sexy, si on kiffe les bûcherons). Selon lui, Tabby est venue au magasin et lui a posé des questions sur le matériel de camping. D'après l'avocate, ça ne prouve rien, si ce n'est que Tabby se trouvait au magasin. Quoi de plus normal pour une jeune fille qui compte faire de la randonnée et qui n'y connaît rien ? Paxton se concentre sur le fait que Tabby est allée au REI en mai, bien avant qu'il soit question de cette randonnée.

— Elle a dit qu'elle préparait une randonnée avec son petit ami, marmonne le bûcheron sexy. Je ne lui ai pas demandé quand ils comptaient la faire.

De toute façon, elle est partie sans rien acheter. L'avocate de Tabby lui pose quelques questions et découvre que le vendeur est allé au lycée avec le frère aîné de Mark, donc rien d'étonnant à ce qu'il invente un bobard.

— Tout ce que ça prouve, déclare l'avocate, c'est que ma cliente était au magasin, en train de regarder des articles. Les caméras de surveillance montrent qu'elle était sur place, mais ne nous renseignent pas sur ce qu'il s'est dit.

C'est bientôt au tour de Keegan. Je me suis tellement trompée sur son compte ! C'est pour une bonne raison que je me suis enfuie de chez lui, l'autre soir, et que je me réveille toutes les nuits, terrorisée lorsque je me rappelle que j'étais seule avec lui dans les bois.

Je sors mon téléphone pour tweeter. Je crois que j'ai cessé de détester Tabby.

Finalement, je ne la soupçonne plus d'avoir voulu me voler quoi que ce soit.

4

KEEGAN

Je suis le dernier témoin de moralité. Je dois passer après cet abruti que Tabby a connu dans le passé. D'après lui, elle l'a forcé à boire et l'a convaincu de la ramener chez elle en voiture. Après avoir déjà pointé quelques incohérences dans son récit, l'avocate, Marnie Deveraux, lui signifie que cette histoire n'a rien à voir avec l'affaire. Lui n'est pas de cet avis.

— Mark était alcoolisé aussi, insiste-t-il. Il n'est plus là pour raconter ce qui s'est passé, mais peut-être qu'elle a fait avec lui ce qu'elle a fait avec moi.

La cravate que j'ai mise ce matin m'étrangle, comme si j'avais une corde autour du cou. J'essaie de me tenir tranquille malgré mon envie de l'arracher, comme le jour de la remise des diplômes au lycée, quand je martelais le sol avec mes chaussures noires et cirées, n'ayant qu'une hâte : que tout ça soit fini. Je ne regarde pas Tabby, même si je sais qu'elle m'observe. C'est elle qui s'est mise dans ce pétrin. Rien de ce que je dirai ne la surprendra.

Quand Paxton m'appelle, je me dirige vers la barre. Je transpire des aisselles à travers ma chemise. Je parie que ça me donne l'air coupable. Je n'ai pas besoin de me sentir coupable. J'ai le texto, le dernier que Mark a envoyé.

— Mr Forrester – Mark – vous a-t-il informé qu'il comptait rompre avec Miss Cousins pendant la randonnée ?

Je reste impassible.

— Oui. Il m'en avait parlé. Il a dit que ça faisait un moment qu'il y pensait, mais qu'elle lui faisait peur.

— C'est-à-dire ?

Les cheveux de Paxton ont l'air collés à son crâne. Il n'a jamais un seul épi. Ça doit exiger beaucoup d'efforts.

— Je parle de son sale caractère. Elle se lâchait, avec lui. Un jour, pendant qu'on mangeait, elle a jeté un sandwich sur lui.

— Je visais la poubelle.

Bouche bée, je regarde Tabby – comme tout le monde, je suppose. Deux ou trois personnes gloussent ; d'autres ont un hoquet de stupeur. Elle sait qu'elle n'est pas censée s'exprimer. Elle est restée silencieuse pendant tous les autres témoignages ; tous ces gens qui lui ont chié dessus. Pourtant, pour un putain de sandwich, elle se souvient qu'elle a des cordes vocales.

Paxton se racle la gorge tandis que le juge rappelle à Tabby que ce n'est pas son tour de parler. Je jure qu'elle fait un clin d'œil. Peut-être que c'est un effet de la lumière.

— Reprenons, dit Paxton. Mark vous a confié que Beck Rutherford l'avait menacé.

— Il n'a pas eu besoin de me le dire. J'étais là, le soir où c'est arrivé.

Me voilà à répéter l'histoire, une fois de plus. On était dans le jardin d'Elle. Personne ne savait qui avait invité Beck, et personne ne s'est désigné. Beck a provoqué Mark, puis il l'a frappé et lui a ordonné de ne plus s'approcher de Tabby.

Je leur raconte l'autre partie également. Que ça a plu à Tabby. Elle a assisté à la scène comme si elle regardait un moment de tension dans une de ses émissions de téléréalité. Les bras croisés, faisant ressortir ses nichons. La main plaquée sur sa bouche, sûrement pour cacher son sourire permanent. Si vous connaissez Tabby, vous savez qu'elle montre tout dans ce sourire satisfait, et dans ses yeux.

— Et vous, vous avez encouragé Mark à rompre, affirme Paxton.

— Oui. Je dois vivre avec ce poids. Il m'a écouté, et c'est peut-être ça qui l'a tué.

Quelqu'un tousse. Ça me fait sursauter.

— Décrivez-nous vos rapports avec Miss Cousins, avant la mort de Mark.

Je m'essuie le front.

— On n'en avait pas. Elle était la copine de Mark. J'avais mes propres merdes à gérer – pardon, mes affaires. Je ne faisais pas franchement attention à elle. Quand Mark est retourné à la fac, il a commencé à se plaindre de la jalousie de Tabby. Elle pétait un plomb dès qu'elle le voyait en photo avec d'autres filles. Je lui ai conseillé de rompre. Elle était au lycée. Il n'avait pas besoin de ça, en plus de tout ce qui l'occupait déjà.

— Par là, vous entendez les compétitions de natation, ses résultats scolaires, la bourse qu'il devait conserver pour rester à Princeton…

— Ouais, tout ça. Et j'avoue, ses notes baissaient. Je pensais que son entraînement continuait à bien se passer, jusqu'à ce que…

Bien que Paxton sache ce que je vais dire ensuite, il ne parlera pas à ma place.

— Jusqu'à ce que quoi ?

— Jusqu'à ce qu'il sache, pour l'avortement.

Un brouhaha parcourt la salle, même si tout le monde est déjà au courant. Cette fois, Tabby ne réagit pas. Ça m'étonne qu'elle ne bondisse pas de son siège pour proclamer que ce n'était pas elle. Je suppose qu'elle l'a déjà fait trop souvent.

— Diriez-vous qu'à partir de là, tout est allé de travers pour Mark ?

Je hausse les épaules.

— On a peu échangé, les deux derniers mois de son année à la fac. Il était accaparé entre autres par ses examens, et moi, je bossais.

Quelle blague : je fourrais des articles dans un sac.

— Ensuite, il est revenu pour les vacances d'été, dis-je.

— Comment qualifieriez-vous l'humeur de Mark, au début de l'été ?

Paxton fait les cent pas devant moi. Ce mec a vraiment la bougeotte. Ça doit être pénible de vivre avec lui.

— J'en sais rien. Normale, j'imagine. Un peu distant. Je pense que Tabby n'y était pas pour rien.

— Elle a organisé une fête d'anniversaire pour Mark et ne vous a pas invité. Est-ce bien cela ?

J'ai la bouche sèche.

— Oui, c'est exact.

— Pourquoi voulait-elle vous tenir à l'écart, à votre avis ?

Je sais précisément pourquoi.

— Parce qu'elle ne voulait pas que je parle à Mark, j'imagine. Que je le monte contre elle en lui suggérant de la larguer.

— Vous pensez donc que Miss Cousins avait prémédité ce meurtre plusieurs mois auparavant, et qu'elle éloignait volontairement Mark de ceux qui le connaissaient le mieux ?

— Ouais. Oui, c'est ce que je pense.

L'entendre formulé comme ça (« ce meurtre »), c'est choquant. J'ai l'impression d'avoir reçu un coup de poing dans le ventre et d'être à deux doigts de vomir. C'est plus facile de penser « Mark est tombé. Mark s'est noyé ». Pas « Mark a été victime d'un meurtre ».

— Je n'ai pas d'autres questions, conclut Paxton.

Deveraux, elle, en a plein. Je ne peux pas encore partir, car il faut qu'elle procède à mon contre-interrogatoire. Je déteste ce mot. Son côté clinique, comme si elle avait un scalpel avec lequel elle s'apprêtait à m'ouvrir en deux, pour trifouiller mes organes. Elle ressemble même à une chirurgienne, plutôt qu'à une avocate. Oui, elle est sexy, si on aime le côté aseptisé. Si elle a un mari, ou un compagnon, j'ai peur pour lui.

— Monsieur Leach – Keegan, si vous me le permettez.

Elle joint les mains avant de poursuivre :

— Vous avez affirmé que vous n'aviez pas de rapports avec Tabby, qu'elle était uniquement la petite amie de Mark.

Je déglutis.

— Ben ouais.

— Et que vous ne la voyiez jamais à d'autres occasions.

— Sauf quand elle venait au *Stop & Shop*, où je travaille. Ça lui arrivait de temps en temps. C'est la seule supérette de la ville.

— Ma cliente n'est donc jamais allée chez vous. Elle n'y a jamais rien laissé.

Je sens que ma sueur ne se limite plus à mes aisselles. Elle sort de partout. Mon dos est trempé, comme ce jour-là. Mon tee-shirt y collait.

— Non, elle n'est jamais venue. C'est le bordel, chez moi. Je reçois rarement de la visite.

J'essaie de rire, mais maintenant, mon front est mouillé. Quand je l'essuie du dos de la main, j'ai la peau toute luisante. J'ai l'air coupable, putain.

— Lorsque Mark est retourné à Princeton, il vous a demandé de garder Tabitha à l'œil, c'est ça ?

J'acquiesce.

— Oui. Mais ça n'avait rien de tordu. Il voulait seulement s'assurer qu'elle allait bien. Un peu comme l'aurait fait un grand frère, vous voyez.

Deveraux marque une pause.

— Sauf que vous ne considériez pas Tabby comme une petite sœur, n'est-ce pas, Keegan ?

Elle montre une photo au juge.

— Nous aimerions verser au dossier cette nouvelle pièce. C'est un élastique à cheveux qui appartient à ma cliente, retrouvé dans l'appartement de Keegan.

Elle porte un doigt à sa bouche, presque comme pour me dire : *chut*.

— Avant que vous affirmiez que ce n'est pas le sien, reprend-elle, sachez qu'on a retrouvé son ADN partout sur cet objet.

Je rétropédale.

— Ben… Mark avait la clé. Il est peut-être venu quand j'étais absent, pour être tranquille. Vous savez.

— Un voisin confirme que Tabitha est venue chez vous l'automne dernier. À plusieurs reprises. Mark n'était pas présent, mais vous si. Est-ce correct ?

Je jure qu'on entendrait une mouche voler. C'est la partie qui me fait le plus flipper. Soudain, je sais exactement ce que Tabby manigance. Ce qu'elle a manigancé depuis le début.

— Dites-moi où vous étiez le soir où Mark est mort, poursuit Deveraux.

Elle a atteint sa vitesse de croisière. Regardez son visage enflammé. Je parie que ça l'excite plus que le sexe.

— J'étais avec ma copine, Kyla, je réponds. Je l'ai déjà dit aux flics. Elle aussi.

— Je sais que nous avons un témoin qui affirme qu'à son réveil, vous étiez parti, et qu'à votre retour, vous étiez trempé.

— Oui, je me suis levé pour prendre une douche. Ça m'arrive, parfois.

— Pourtant, elle n'a jamais entendu l'eau couler.

Merde. *Merde.*

— Ben, je sais pas. Elle avait beaucoup bu.

— Ce n'est pas tout, hein, Keegan ? Vous vous êtes disputé avec Mark. L'un de mes témoins a été le seul à l'entendre. Comptez-vous dire à la cour le motif de cette dispute ?

Je secoue la tête.

— Il n'y a pas eu de dispute. C'est elle qui l'invente.

Deveraux hausse un sourcil, ce qui lui donne l'air diabolique.

— Elle ?

Merde.

— Le 16 août, vous avez quitté votre service au *Stop & Shop* vingt minutes plus tôt que d'habitude.

Je me gratte la tête.

— Je ne m'en souviens pas. C'est possible, si j'avais rendez-vous avec Kyla.

— Pourtant, vous ne l'avez retrouvée qu'à 20 heures. Et vous êtes sorti discrètement, ce soir-là. Qu'avez-vous fait, pendant que vous pensiez qu'elle dormait ?

Je me sens au bord de l'implosion. Ce n'est pas comme si je notais mes moindres faits et gestes dans un journal de bord.

— J'en sais rien, OK ? Je suis peut-être allé me branler. Ou chier un coup. Je ne me rappelle pas chaque détail de ma vie.

Quelques rires fusent, mais la plupart des gens sont hyper silencieux. Je commets l'erreur de regarder Alex, dont les yeux sont comme des lasers qui me trouent la peau.

Il y a plus d'un an, j'ai commis l'erreur de regarder Tabby. Les filles devraient porter des pancartes, ou au moins des tee-shirts avec un code couleur. Rouge pour « Je vais foutre ta vie en l'air ».

Elle cligne de ses yeux bleus, comme une princesse Disney.

— Je n'ai pas d'autres questions pour le moment, termine Deveraux.

Ce qu'elle vient de dire me terrifie : « pour le moment », ça signifie en général qu'il y aura une prochaine fois, et je n'ai pas envie d'être là pour ça.

Sharpedgescrime

@sharpedgescrime

@sharpedgescrime : La salle d'audience est pleine à craquer. #TabbyCousins semble avoir très envie de parler. #ProcèsTabby

@sharpedgescrime : Le truc de l'ADN n'est pas simple à expliquer. #ProcèsTabby

@sharpedgescrime : Bon. Ça, je ne l'ai pas vu venir. #ProcèsTabby

@sharpedgescrime : Demain promet d'être intéressant. #ProcèsTabby

@sharpedgescrime : On dirait bien qu'une personne sera déclarée coupable… mais peut-être pas celle qu'on pensait. #ProcèsTabby

5

KYLA DOVE

Keegan et moi étions sortis quelquefois ensemble. J'étais sur mon nuage, vous voyez ? Quand quelqu'un vous plaît vraiment et que vous pensez que c'est réciproque. Du coup, je me suis dit que j'allais lui faire une surprise. Je suis allée chez lui avec mes plus jolis sous-vêtements sous ma robe. Vous trouvez peut-être ça vulgaire, mais c'est ce que je fais lorsqu'un mec me plaît.

J'ai monté l'escalier. Je m'apprêtais à frapper chez lui quand je l'ai entendu à l'intérieur. Il parlait à quelqu'un. Au début, je croyais que c'était une autre fille. J'étais prête à faire demi-tour quand j'ai entendu la voix de Mark. Je certifie que c'était lui. J'ai absolument tout entendu. Dans l'immeuble de Keegan, les cloisons sont comme du papier à cigarette.

— C'est *ma* petite amie, disait Mark. *La mienne*. Pas la tienne. Tu n'as pas à me dire ce qui est le mieux pour elle.

Keegan a ri.

— Tu ne connais pas du tout cette fille. Les trucs qu'elle a faits dans ton dos. Tu m'as dit de la surveiller, non ? Parce que tu t'inquiétais ?

— Parce que je m'inquiétais pour elle. Mais c'est plutôt de toi, que j'aurais dû me méfier. Du fait que tu l'as surveillée d'un peu trop près. Je me trompe ?

J'ai attendu que Keegan réponde – un truc, n'importe quoi. Il détestait Tabby. Il était très clair là-dessus. On en avait parlé. En fait, notre toute première conversation avait porté sur elle. Je l'avais vue à une fête. En voyant sa jupe, la plus mini du monde, j'avais dit qu'apparemment, elle était prête à tout pour qu'on la remarque. Puis Keegan avait surgi de nulle part et avait ri. Il avait confirmé qu'elle était bel et bien prête à tout pour qu'on la remarque, que ce n'était pas qu'une impression.

— Les filles de ce genre n'ont qu'un seul but, avais-je commenté.

— Va donc dire ça à mon meilleur pote, avait-il répliqué.

Là-dessus, il m'avait déballé l'histoire de Mark et Tabby et de leur relation compliquée. Ce soir-là, on était rentrés ensemble, Keegan et moi – ce que j'ai un peu regretté le lendemain, pensant que j'avais cédé trop vite. Je m'étais moquée de Tabby qui n'avait qu'un seul but, mais nous avions toutes le même. Pas forcément le sexe. Juste se sentir désirées.

— Il faut que tu passes à autre chose, a dit Mark.

À ce stade, j'avais l'oreille plaquée contre la porte.

— Si c'est ça le problème, a-t-il poursuivi, il faut que tu l'oublies, parce que c'est *ma* copine. Je ne la quitterai jamais. C'est la bonne. Alors reprends-toi, et je passerai l'éponge.

La porte s'est ouverte ; j'ai failli me la prendre dans la figure. J'ai tenté de me cacher derrière, mais Mark m'a vue. Il a secoué la tête, comme s'il était désolé pour moi, puis il est parti. Keegan était à l'intérieur, debout. Il repoussait ses cheveux de son visage quand il m'a vue à son tour. Je m'attendais à moitié à ce qu'il me demande de partir et me claque la porte au nez, mais au lieu de ça, il l'a laissée ouverte puis il est allé dans sa chambre.

C'était une invitation. Et moi, j'ai eu la faiblesse d'y répondre.

On n'a jamais parlé de ce que j'ai entendu. On n'a jamais discuté de grand-chose, Keegan et moi. Vous connaissez l'expression « Soyez proches de vos amis, et plus proches encore de vos ennemis » ? Je pense que c'est ce que faisait Keegan depuis le début. Avec Mark, voire avec moi.

Puis il y a eu le soir où Mark est mort. C'était à peine un mois après leur dispute. Keegan faisait tous ces projets avec moi, ce que j'ai trouvé bizarre. D'habitude, il se contentait de m'envoyer un texto et je me pointais chez lui. En y repensant, c'est évident que je n'étais qu'un plan cul. On était censés se retrouver dans ce restaurant italien. Il m'a écrit qu'il serait en retard, « mille excuses », et tout le baratin. (J'ai montré ces textos aux flics il y a quelques jours. Mieux vaut tard que jamais.) Je l'ai attendu en buvant un verre de vin, seule. Puis un deuxième. Ensuite, je me suis sentie bête. Au moment où j'allais me lever pour partir, il est arrivé, en sueur et hors d'haleine.

Il avait changé. Il se comportait comme un gentleman. Il n'arrêtait pas de parler de « notre avenir ». Il a commandé une bouteille de vin et remplissait sans cesse mon verre. Il m'a encouragée à prendre un dessert. Il m'a tenu la main sur la table.

Plus tard, on est rentrés chez lui. Il a ouvert une deuxième bouteille de vin (mon préféré : du chardonnay), ce qui était très sympa de sa part. Sauf que, commençant à me sentir bien soûle, j'ai dû m'allonger. Il a alors tiré sa couette sur moi et m'a embrassée sur le front. Une attention digne d'un petit ami. Je l'ai même chuchoté : « Tu es mon petit ami ? » Pathétique, hein ? Quelque part, j'espérais ne pas l'avoir dit tout haut, mais je me souviens de sa réponse. Elle tenait en un mot. Ce n'était pas méchant, juste factuel : « Non. »

À un moment donné, j'ai vaguement ouvert les yeux. Je ne sais pas quelle heure il était. En tout cas, Keegan avait disparu. Je ne suis pas restée réveillée assez longtemps pour comprendre où il était. Je savais que j'allais avoir la gueule de bois, mais il était trop tard pour y échapper.

Le lendemain, j'étais là quand on l'a appelé pour Mark. Il dormait en me tournant le dos. Keegan déteste être blotti contre l'autre – contre moi, du moins. Il a donc reçu cet appel et a demandé brusquement : « Quoi ? Qu'est-ce qui s'est passé ? Putain de merde ! »

Ce n'est que plus tard que j'ai vu son visage. Lorsque je me suis assise sur le lit, je l'ai vu fixer le miroir au-dessus de sa commode. Il avait l'air d'aller très bien, jusqu'à ce qu'il me voie le regarder. Alors, tout son visage s'est chiffonné.

— Mark, a-t-il dit. Il… Euh… Il est mort hier soir. Ils ont l'air de penser qu'il s'est noyé.

S'il n'avait pas ajouté ce détail, je croirais peut-être encore à son innocence. Sauf qu'ils ont conclu à la noyade seulement après l'autopsie, qui a eu lieu deux semaines plus tard. Tout le monde pensait que la chute lui avait été fatale.

Je suis sûre que Keegan ne se souvient pas d'avoir dit ça. Comme il ne se souvient pas de ce chouchou que j'ai retrouvé chez lui. Au début, il disait qu'on était libres de fréquenter qui on voulait, puis il a affirmé que l'élastique m'appartenait. Comme si je mettais des putains de *chouchous*. J'ai failli ne rien dire aux flics, mais la vérité doit être révélée.

Je sais que les enquêteurs ont auditionné Keegan à plusieurs reprises. Pourtant, pas une seule fois ils ne m'ont interrogée, moi. J'ai pensé leur dire qu'il n'était pas vraiment là, ce soir-là – du moins pas en continu. Mais je ne savais pas ce que ça impliquait, ni si on me croirait.

Après l'arrestation de Tabby, Keegan m'a fait un peu de lèche. Il a même mentionné quelquefois cette soirée au restau, disant qu'il était content qu'on soit ensemble. Comme s'il ne se rappelait pas avoir précisément dit qu'on ne formait pas un couple.

Pendant une période, c'était bien. Comme si je lui plaisais pour de bon. Un jour, il m'a même offert des fleurs, des orchidées bleu et violet – même si je suis quasiment sûre qu'elles venaient du *Stop & Shop*. Peu importe, c'est l'intention qui compte. Quand on a l'habitude d'être considérée par les mecs comme un simple distributeur (insérer votre machin ici), on a tendance à revoir ses standards à la baisse, en matière de gestes romantiques.

J'aurais dû savoir depuis le début que Keegan n'avait pas de sentiments pour moi. Il m'a pourtant fallu un certain temps pour capter qu'il en aimait une autre.

Je ne sais pas si c'est lui qui a tué Mark. Ce que je peux affirmer, c'est qu'il n'est pas resté avec moi toute la nuit.

Je vous expose ma version des faits. Honnêtement, j'ignore de quoi Keegan est capable. En revanche, je sais que l'amour peut parfois pousser les gens à choisir la pire version d'eux-mêmes.

SHARP EDGES CRIME

LA VÉRITÉ EST NOTRE CREDO !

6 décembre 2019

C'est toujours le pote jaloux du petit ami
Par Oberon Halton

Selon nos informations, une grosse bombe a éclaté au tribunal hier, et, si vous nous suivez, mes tweets et moi, je vous ai fait miroiter quelque chose d'énorme. Eh bien, on dirait que Keegan Leach, le meilleur ami de Mark, ne détestait peut-être pas autant Tabby qu'il le prétend, selon les commentaires acerbes qu'il avait livrés à la presse. (Autant que vous le sachiez : il n'a jamais répondu à mes demandes d'interview au sujet de Tabby.)
Celle-là, je ne l'avais pas vue venir. En général, je me vante d'avoir un excellent flair, mais cette affaire m'a stupéfié. Chaque histoire a besoin d'un méchant. Quelque chose me dit que, dans celle-ci, le méchant pourrait être le type qui était juste sous notre nez depuis le début.

COMMENTAIRES

LesClésSVP : Quoi, lui ??? Je suis presque sûr qu'il bosse à la supérette à côté de chez moi.

Mélodieuse : Qu'est-ce que je disais ! Je parie qu'elle jonglait entre Mark, Beck et ce Keegan dès le départ. Les filles comme elle sont multitâches et expertes dans ce domaine

6

KEEGAN

Il faut que je me tire d'ici.

Je ne peux pas retourner au tribunal demain matin, alors je fourre des affaires dans un sac de sport – rien que des trucs utiles. J'ai conscience que ma disparition paraîtra suspecte, mais je sais ce qu'elle trafique, et je ne peux pas rester là, passif. Je suis le mec qui n'a pas compris qu'il jouait au chat et à la souris – ou bien si, je le savais, sans penser que j'étais la putain de souris.

Paxton m'a dit qu'il fallait que je sois présent. Il m'a conseillé de ne pas me laisser déstabiliser par Deveraux, disant qu'il devait soumettre à un contre-interrogatoire les témoins qu'elle présenterait ainsi que Tabby, et que, ce faisant, on obtiendrait des réponses aux questions que beaucoup de gens se posent.

Ils n'ont rien contre moi. *Ils n'ont rien contre moi.* C'est impossible. Ce sera la parole de Kyla contre la mienne. Personne ne la croira.

Le seul qui m'aurait défendu n'est plus là. Mark a pris ma défense dès qu'on est devenus amis, alors qu'il aurait pu facilement me dénoncer pour avoir fumé à la récré. Sauf qu'il a prétexté que les cigarettes étaient à lui. Il m'a soutenu au lycée, quand j'ai été accusé d'avoir copié sur lui à une interro. (En vérité – non pas que je le lui aie avoué –, je copiais bel et bien sur lui, pas parce que je n'avais rien révisé, mais parce qu'il en savait toujours plus que moi, que je travaille ou pas.) Mark a essayé de plaider ma cause auprès de cette nana, Lorena, qui me plaisait bien. Pas de bol, elle a jeté son dévolu sur lui. Je me souviens encore de chaque détail de cette soirée pathétique. On était tous dans le jardin, chez le père de Lorena. Mark m'a présenté :

— Tu connais mon pote Keegan. C'est un mec super.

Mais je ne suis pas un mec super, bordel. Et tout compte fait, Mark non plus. Une semaine plus tard, il baisait Lorena.

Je fourre quelques tee-shirts supplémentaires dans mon sac, même ceux que je ne mets plus depuis des lustres. Je ne sais pas du tout où je vais aller, mais il est hors de question que je moisisse ici. Je partirai peut-être au Mexique, et je disparaîtrai sur une plage. Je pourrais acheter un bateau pour vivre au milieu de l'océan, où je ne croiserai plus jamais aucune fille.

Je viens d'ouvrir la porte pour partir quand je le trouve planté là, sur le seuil. Mon pote Stewart, avec son sourire de merde.

— Keegan Leach, me salue-t-il. Mes collègues ont effectué des recherches complémentaires hier, et on a trouvé quelque chose de très intéressant t'appartenant.

Je ne vois vraiment pas comment ils auraient pu trouver quoi que ce soit.

Pourtant, je sais qu'il ne bluffe pas.

Mark, il faut vraiment qu'on parle. Si tu veux arranger les choses entre nous, s'il te plaît, appelle-moi dès que tu auras ce texto.

Texto envoyé par Tabitha Cousins à Mark Forrester, 15 août 2019, 14 h 51

Tu étais super bizarre, tout à l'heure. Tu sais que je t'aime, OK ? Je veux que ça marche, nous deux, mais on dirait que toi, tu n'en as plus envie.

Texto envoyé par Mark Forrester à Tabitha Cousins, 15 août 2019, 17 h 33

7

BRIDGET

Elle n'a jamais lu le texto de Mark. C'est la deuxième chose dont je suis coupable, ce qui était peut-être pire que mentir au sujet des Nike. Elle lui a envoyé un texto. On était assises dans le salon. Je voyais bien qu'elle ruminait. Puis elle a posé son téléphone avec un soupir et a dit qu'elle allait se promener.

Je doute qu'elle ait oublié son téléphone. Elle était énervée par ce qu'elle avait lu, ou plutôt par le fait de n'avoir rien à y lire. J'ai attendu qu'elle soit partie pour prendre son téléphone. Je connaissais son code, vu qu'elle ne l'a jamais changé. C'était 1313, son numéro porte-malheur.

J'ai vu le texto qu'elle avait envoyé à Mark. Il ne lui avait pas répondu. Alors que je fixais l'écran, le portable a sonné. C'était Mark qui l'appelait, exactement comme elle le lui avait demandé.

J'ai répondu, je ne sais pas pourquoi. Ce n'était pas prévu – pas plus que ce que j'ai fait ensuite. Je n'avais pas prévu de me faire passer pour Tabby.

—Allô ?

J'étais persuadée qu'il saurait tout de suite que ce n'était pas elle. On a presque la même voix, Tabby et moi. Papa nous confondait quand il appelait de son bureau sur notre ligne fixe. Mais si Mark connaissait vraiment Tabby, il se rendrait compte qu'il ne parlait pas à ma sœur.

Il ne s'en est pas rendu compte.

— Tabs, oui, j'ai merdé, mais on ne pourrait pas arranger ça ? Tu sais que tu es la seule fille qui compte, pour moi.

— Je ne te crois pas, ai-je répliqué d'un ton glacial. Tu n'es bon qu'à me faire souffrir.

— Allez, quoi. On a traversé trop de choses pour tout laisser tomber comme ça, à cause d'une soirée.

J'avais envie de hurler ; de lui demander : « Quelle soirée ? Qu'est-ce que tu as fait ? » Mais c'était impossible. Si j'étais Tabby, j'étais censée le savoir.

— Si tu m'aimes, prouve-le, ai-je exigé. Prouve-le, ou laisse-moi partir.

— Je te le prouverai, a-t-il affirmé.

Il avait l'air si pathétique que j'ai presque eu pitié de lui. Si je n'avais rien su à propos de leur relation (si je n'avais pas vu ma sœur le visage inondé de larmes), peut-être que je me serais sentie mal pour lui. Au lieu de quoi, j'éprouvais du dégoût. Envers lui, pour avoir réduit ma sœur à une fille qu'il pouvait glisser dans sa poche. Envers Tabby, pour l'avoir laissé faire. Envers moi, pour m'être abaissée à ce niveau, avoir violé sa vie privée.

J'ai raccroché sans dire au revoir. Puis son texto est arrivé. Je l'ai supprimé, de même que l'appel de son historique, en espérant que Mark n'en parlerait jamais.

Je ne sais pas si j'ai joué un rôle dans ce qui s'est passé ensuite. Peut-être que Tabby a compris. Peut-être que Mark savait depuis le début. Mais les choses auraient pu être très différentes si ma sœur avait vu ce message. Si je n'avais pas répondu à sa place. Je suppose que personne ne le saura jamais. Et on dirait que Keegan va plonger pour le rôle qu'il a joué. Malgré tout, une partie de moi se demande si la police ne fait pas fausse route.

8

KEEGAN

Vous voulez ma version des faits ? Eh bien, je suis en route pour le tribunal où je dois l'exposer, mais passons. Je vais vous en donner un aperçu. Je jure que j'ai été franc avec vous depuis le début. Je n'ai jamais tué personne. Et si Mark n'avait pas eu besoin d'obtenir absolument tout ce qu'il désirait, il serait peut-être encore parmi nous.

— Elle est canon, ai-je dit à Mark.

Elle n'avait pas la tenue adéquate pour le minigolf. Elle ne portait presque rien : une jupe minuscule et un haut qui dévoilait ses nichons. Elle n'arrêtait pas de nous regarder, pas exactement en souriant, mais avec une espèce de rictus satisfait.

— Elle est trop jeune, a décrété Mark.

On était un trou derrière elles. Je voulais les rattraper, mais évidemment, Mark insistait pour qu'on suive les règles. Chaque coup devait être dûment noté, même si on était entre nous, accompagnés de deux copains de lycée avec qui on avait plus ou moins perdu contact, Mark et moi. On était censés s'amuser, mais Mark se comportait comme un père sévère, jusqu'à l'ignoble petit crayon calé derrière son oreille.

— Si tu le dis, ai-je répliqué.

Tout à coup, elle s'est mise à donner des coups de pied dans la balle. Mark a profité que je sois parti pisser pour se permettre d'aller critiquer son style. Le temps que je revienne, ils flirtaient. Deux heures plus tard, ils se roulaient des pelles. C'était comme si Mark savait que j'allais passer à l'action s'il n'intervenait pas. En plus de vouloir ce qu'il convoitait lui, il voulait ce que convoitaient les autres.

Vous saviez que, s'il a pris des cours de natation, c'est uniquement grâce à moi ? Ma mère me soûlait pour que j'aie une activité physique. J'étais nul en sports collectifs, alors j'ai rejoint l'équipe de natation. Mark a fait comme moi. Il disait que ça l'avait toujours intéressé, mais je pense qu'il ne pouvait pas me laisser faire quelque chose dont il était exclu.

Vous savez comment ça s'est terminé. Finalement, c'était lui le meilleur. C'est lui qui a récolté tous les lauriers, toutes les médailles, les records, les bourses. Et les filles – toujours celles dont il savait qu'elles me plaisaient.

Le lendemain de sa rencontre avec Tabby, je lui ai posé des questions sur elle. Dès le départ, elle lui envoyait déjà des textos non-stop, et je savais à son air d'abruti qu'il lui répondait. Déjà en pleine lune de miel.

— Je t'ai dit que je la trouvais canon, lui ai-je rappelé après avoir bu quelques bières chez moi, sur mon petit balcon miteux. Du coup, tu es allé la voir.

Il a eu le culot de faire comme s'il tombait des nues.

— Mec, je croyais que tu parlais de sa copine ! En fait, Elle et toi, vous feriez un bon couple. Je m'arrangerai pour qu'elle soit là, la prochaine fois qu'on sortira ensemble.

Ce n'est qu'après son départ que j'ai dit à la porte :

— Je ne parlais pas de sa copine, et tu le savais très bien, enfoiré.

Peut-être que tout ce qui s'est passé ensuite est autant ma faute que la sienne. Je ne lui ai jamais vraiment tenu tête. Sûrement parce qu'il aurait eu le dessus si on se disputait. Il était très fort pour me persuader que c'était moi qui me faisais des idées. Je l'ai aussi vu à l'œuvre avec Tabby, quand ils se prenaient le chou. Il la faisait passer pour la cinglée. Il aurait fait un bon avocat.

OK, je ne suis pas tout blanc. J'ai fait croire à Tabby que Mark fréquentait d'autres filles à Princeton. Elle voyait une photo sur Instagram et me la montrait au magasin, exigeant de savoir qui c'était. J'inventais un bobard. C'était si facile d'alimenter la jalousie qu'elle éprouvait déjà.

Mais n'oubliez pas : c'est moi qui l'ai remarquée le premier, alors que Mark s'en fichait. Je pense que c'est à ce moment-là qu'il a cessé d'être mon ami. La plupart des gens ne voient que la surface. Mark avait une autre facette. C'était un monstre jamais rassasié, peu importait la quantité de nourriture que vous lui donniez. Un peu comme son régime de nageur qui le contraignait à avaler des tonnes de calories chaque jour. Son appétit pour le reste était tout aussi insatiable.

9

ELLE

Je comprends mieux, maintenant. Keegan et moi à l'avant de la voiture de Mark, ce soir-là. Je regrette d'avoir accepté le Groupon de mon père. J'aurais préféré que Tabby et moi allions voir un film au ciné, comme j'en avais envie.

Je comprends mieux à présent, parce que (même si je ne l'ai jamais dit à personne) j'ai essayé d'embrasser Keegan dans la voiture. J'étais légèrement pompette après avoir bu un peu de vodka à la framboise que Tabby avait glissée dans son sac à main. Il était mignon, et il était là. Je pensais qu'il me rendrait mon baiser pour les mêmes raisons. Au lieu de quoi, il regardait droit devant lui, à travers le pare-brise, comme s'il avait des rayons laser à la place des yeux.

— Non, a-t-il dit. Pas toi.

Pas moi, parce que c'était elle qu'il voulait. Je me souviens encore de sa mâchoire qu'on aurait dite en acier ; le genre de tension qui vous fait ressembler davantage à un robot qu'à une personne. Voilà ce que ça fait, de ne pas obtenir ce qu'on veut. Je me crispais de la même manière en présence de Beck, au lycée. Mes épaules migraient jusqu'à mes oreilles.

J'ai voulu mettre de la musique, car c'était gênant d'entendre Tabby et Mark se rouler des pelles sur la banquette arrière. Mais Keegan a repoussé ma main.

Après ça, je l'ai juste considéré comme un connard. Je n'ai pas changé d'avis, bien sûr, mais ça ne se limite pas à ça. À l'évidence, il a probablement tué Mark. Je pense aussi que son histoire est un avertissement. Voilà en quoi on se transforme lorsqu'on est tellement habitué à rater sa cible que ça en devient un art à part entière. Ça aurait pu être moi.

10

KEEGAN

Deveraux prend son pied. Juste avant de poser une question, elle adopte chaque fois cette pose théâtrale énervante, comme si elle voulait qu'on ait peur de ce qui va sortir de sa bouche. Et ça fonctionne.

— Racontez-moi ce qui s'est passé le week-end de la fête de rentrée, dit-elle.

— Rien, je réponds.

C'est un mensonge.

Le week-end entier n'a été qu'un rappel de tout ce qui a foiré après m'être fait recaler de la fac. Si j'avais fourni plus d'efforts, si je ne m'étais pas laissé distraire par les filles, j'aurais été comme Mark. J'aurais paradé en ville ; je serais allé aux fêtes, les filles tombant à mes pieds. Au lieu de ça, j'étais le type qui leur vendait des sucreries et des tampons hygiéniques en leur souhaitant une bonne journée.

Le week-end était nul. Je n'ai même pas pu avoir Mark pour moi tout seul. Tabby prenait toute la place, tout le temps. Il l'avait même invitée à se joindre à nous pour le match de la fête de rentrée. Elle s'est assise devant dans sa voiture, des chiffres bleus peints sur le visage et les jambes, même si je parie qu'elle n'avait jamais assisté à un seul match de foot de sa vie. J'ai regardé fixement sa queue-de-cheval qui se soulevait en rythme avec la musique pop de merde que Mark l'avait laissée choisir, et j'ai eu l'idée horrible qu'elle était assez longue pour que je l'étrangle avec.

— Avez-vous dragué Tabitha, le soir du match de la fête de rentrée ? m'interroge Deveraux.

— Non ! je hurle presque. Enfin, non. C'est plutôt elle qui m'a dragué.

Moi, je me gardais bien de poser les mains sur elle. Pendant le match, Tabby était assise entre Mark et moi. Je levais les yeux au ciel tandis qu'elle posait mille questions à Mark sur le foot – les trucs les plus débiles qu'on ait jamais entendus. C'était comme si je n'étais pas là, jusqu'à ce que Mark se lève pour aller chercher du pop-corn. Tabby avait vu des gens en manger et répétait sans cesse qu'elle en voulait. Elle s'est penchée vers moi, a posé sa main sur ma cuisse et a soufflé :

— Ne t'inquiète pas. Je ne t'oublie pas.

Je ne sais pas ce qu'elle a voulu dire par là. Je l'ai regardée bien en face, et j'ai compris que, finalement, peut-être qu'elle ne me détestait pas. Au contraire.

— Expliquez-nous ce que vous voulez dire par là. Tabitha a-t-elle flirté avec vous ?

— Ouais ! Carrément. Elle...

Elle jouait avec moi. Je ne me résous pas à le dire à voix haute.

— Qu'a-t-elle fait précisément pour que vous pensiez qu'elle s'intéressait à vous ?

Les yeux plissés, je scrute attentivement l'avocate, comme si la réponse était cachée sur son visage botoxé. Tabby me faisait du plat sans avoir l'air d'y toucher. C'est comme si elle savait que tout ça arriverait. Qu'on finirait ici. Les éléments qui me viennent à l'esprit et qui corroborent ma version me paraissent horriblement fragiles.

— Ça se voyait dans son attitude. C'est difficile à expliquer.

— C'est pourtant important, monsieur Leach.

Alors je me lance.

Après le match, Mark a déposé Tabby chez elle. J'ai bien vu que ça la contrariait beaucoup, mais j'ai aussi remarqué qu'elle s'efforçait de se contenir. Elle a donc laissé couler et lui a envoyé un baiser depuis le carré de pelouse, devant sa maison. Ensuite, alors qu'on allait chez moi, Mark a lâché cette bombe :

— Je pense qu'il faut que je rompe avec elle. Tu avais raison : elle est trop collante. J'étouffe.

J'étais soulagé de l'entendre. Ça m'a également conforté dans l'idée que Mark était aussi hypocrite que nous autres. Il était resté assis là toute la journée, à encourager notre équipe, son bras passé autour de sa copine, sa main caressant son dos. C'était une enflure qui jouait la comédie. Les filles me pourrissent pour les avoir menées en bateau, mais Mark ne valait pas mieux. Tout le monde utilise tout le monde.

— Tu devrais, ai-je conseillé. Fais-le avant de retourner à la fac. Comme ça, tu seras libre le reste de l'année.

Mark a ri. Ses mains étaient posées sur le volant à 10 h 10. Sa chemise était impeccablement boutonnée. Tout chez Mark était *impeccable*.

— Ce n'est pas que j'ai envie de sortir avec d'autres filles. Je voudrais seulement être avec la bonne. Tu vois ?

Ouais, je vois, aurais-je voulu répondre. Sauf que je ne pouvais pas lui dire que toutes les nanas qu'il estimait dignes de lui étaient celles qui me tapaient dans l'œil en premier. Mark répétait qu'en matière de filles, il n'avait pas de genre particulier. C'était faux. Son genre, c'était le mien.

— Je ne pense pas que ce soit la bonne pour toi, me suis-je contenté de lui dire. Il vaut mieux arrêter là, avant que ça devienne trop sérieux.

Il m'a déposé devant mon immeuble. Je suis monté chez moi prendre une douche. Quand on a frappé à la porte, j'étais persuadé que c'était Mark. J'ai enfilé un bas de jogging avant d'attraper deux bières dans le frigo.

Ce n'était pas Mark. C'était Tabby. Elle n'avait pas changé de tee-shirt, avec son soutien-gorge fluo visible.

— Mark n'est pas là, l'ai-je prévenue, les dents serrées.

Tabby et moi, on ne se retrouvait jamais seuls – sauf si on compte ses virées au *Stop & Shop*, mais même dans ces cas-là, on n'était pas vraiment seuls. Cette fois-ci, on était en tête à tête, et ça m'a fait flipper.

— Tant mieux, a-t-elle répondu en s'invitant à l'intérieur et en prenant une bière sur le comptoir au passage. On devrait faire connaissance, toi et moi, tu ne trouves pas ? On est les deux personnes les plus proches de Mark, et j'ai l'impression que tu ne m'apprécies pas.

Deveraux hoche la tête pendant que je parle. Sa peau est tellement tirée que je ne vois pas ce qu'il y a derrière.

— En somme, Tabitha a tenté de faire la paix avec vous parce qu'elle percevait votre animosité.

— Non… Ce n'était pas comme ça.

La sueur s'accroche dans mon dos, comme cette nuit-là. Deveraux essaie de faire passer la démarche de Tabby pour un geste sympa. Ça allait bien au-delà.

— Avez-vous eu des contacts sexuels avec Tabitha, ce soir-là ?

— Ben non.

— A-t-elle tenté quoi que ce soit ?

— Euh, je suppose que non.

Je jure que j'entends le jugement de toute la salle d'audience. Mais ce n'était pas comme ça. Si je lui avais donné le feu vert, elle serait passée à l'action. Elle n'attendait que ça. Je ne lui ai pas fait ce plaisir.

— Qu'est-ce que tu veux ? lui ai-je demandé.

Tout de suite après, j'ai ajouté :

— À mon avis, tu ferais mieux de partir.

Elle a bu une gorgée de bière. Elle avait encore les peintures du match de foot sur le visage.

— Et toi, Keegan, qu'est-ce que tu veux ? a-t-elle répliqué. J'ai l'impression qu'on ne te pose jamais la question.

Elle avait raison. Personne ne me demandait jamais ce que je désirais. Aux autres enfants, on leur demandait ce qu'ils voulaient pour Noël. Moi, j'avais ce que ma mère avait eu envie de débourser. *Ma mère* – pas le Père Noël, car elle avait trop la flemme de jouer le jeu. Je n'ai jamais eu ce que je voulais, contrairement à Mark. Le lendemain de Noël, il apportait les cadeaux qu'il avait reçus et qui correspondaient toujours exactement à ce qu'il avait désiré. Bien sûr, il me laissait jouer avec, mais, à la fin de la journée, il rembarquait tout chez lui. Finalement, je regrettais qu'il me les ait prêtés, car après ça, je mesurais à côté de quoi je passais.

Il se produirait la même chose avec Tabby, forcément. J'étais résolu à ne pas jouer avec elle.

— J'ai juste envie d'être seul, me suis-je justifié.

Tabby s'est assise d'un bond sur le plan de travail, les jambes dans le vide. Je pouvais voir sous sa jupe. J'ai essayé de ne pas regarder.

— Pourtant, tu es toujours seul… Mark s'inquiète pour toi, tu sais.

— Il sait que tu es là ? ai-je demandé.

— C'est important ? Je n'ai pas besoin de sa permission pour discuter avec toi.

— On a parlé, rien de plus, dis-je à Deveraux, qui a l'air d'attendre que j'ajoute quelque chose.

Ça ne sert à rien d'expliquer quoi que ce soit, c'est la vérité. On a parlé – même si les véritables intentions de Tabby se déduisaient de ce qu'elle ne disait pas.

— Attendez, dis-je.

Deveraux se retourne vers moi et j'ajoute :

— Tabby m'a demandé si Mark allait rompre avec elle.

Merde. Je l'ai mal formulé. Elle ne m'a rien demandé. Elle l'affirmait.

— De toute façon, il va rompre avec moi, a-t-elle déclaré d'un ton détaché. Pas vrai ?

Comme si elle avait fait le trajet en voiture avec nous.

— Ouais, ai-je répondu. Probablement.

Alors, elle s'est penchée vers moi et j'ai cru qu'elle allait m'embrasser. Mais elle a simplement fini sa bière avant de sauter du comptoir.

— J'espère que tu te trompes, a-t-elle dit.

— Que lui avez-vous répondu ? m'interroge Deveraux.

Cette fois, je parais sûr de moi.

— La vérité.

La vérité : je lui ai dit que j'étais fatigué. Elle a fait un peu la moue, puis elle m'a embrassé sur la joue et elle est partie. Elle en voulait plus. Je le sais. Mais je ne lui faisais pas encore confiance.

Le lendemain, j'ai envoyé un texto à Mark : « Alors, tu l'as larguée ? »

Il a mis quelques heures à me répondre. Quand j'ai eu son message, c'était un selfie d'elle et lui. Ils tiraient la langue à l'objectif, presque comme s'ils se fichaient de moi. « Nan. J'ai changé d'avis ! ☺ »

Ça m'a ramené à ces matins de Noël pourris, en mille fois pire. J'ai pris conscience que, si j'avais mal aux tripes, c'était parce que je me sentais capable d'aimer Tabby, tandis que Mark ne l'aimerait jamais, mais qu'il l'avait quand même, quoi qu'il arrive.

11

BRIDGET

À la suite des révélations de Keegan à la barre, les flics sont allés chez lui et ont obtenu un mandat pour fouiller son ordinateur. Ils ont trouvé l'historique de ses recherches datées d'avant la mort de Mark : le sentier de Mayflower, la hauteur entre la Rupture et la rivière, les probabilités de survivre à la chute.

Il y a aussi les tickets de ses cartes bancaires. Les fleurs qu'il a achetées pour ma sœur. Le panier de pique-nique qu'il a commandé en ligne. La chambre de motel qu'il a réservée pour la nuit où Tabby a essayé de s'enfuir, avant son arrestation. Tout ça dessine un tableau : celui d'une obsession. Une fille qu'il ne pouvait pas avoir, mais qu'il désirait quand même ; tout ce qu'il a fait pour la manipuler et l'inciter à le désirer également.

Les pièces s'emboîtent parfaitement, mais il en manque encore une. Peut-être parce que je connais ma sœur, et que je sais qu'elle n'est pas un pion. Quoique Keegan ait fait à Mark dans les bois, elle devait savoir ce qui se passait, et elle n'a rien fait pour l'en empêcher.

C'est peut-être la carte. Le fait qu'elle en ait eu une avant que Keegan ait la sienne.

J'ai besoin d'entendre de la bouche de Tabby qu'elle n'y est pour rien. J'imagine qu'elle va bientôt avoir l'occasion de le dire à tout le monde.

12

KEEGAN

J'essaie de raconter à Deveraux comment Tabby a commencé à venir au *Stop & Shop* quand elle savait que j'y étais.

— Corrigez-moi si je me trompe, dit-elle, mais n'avez-vous pas précisé vous-même que le *Stop & Shop* était la seule supérette de la ville ? J'imagine que Tabitha n'avait pas le choix. On peut supposer qu'elle n'y allait pas uniquement pour vous voir.

— Mais…

C'est impossible à expliquer. Tabby attendait dans la file de *ma* caisse, même lorsqu'il y avait du monde. Une fois, elle mangeait une glace à l'eau qu'elle n'avait même pas payée, et elle ne portait pas de soutien-gorge.

— Avez-vous la preuve que Tabitha était là pour vous voir ?

— Elle m'a dit qu'elle aimait les hommes en uniforme, je réponds.

Je jure que l'auditoire se retient de rire. Je ne leur en veux pas. Ce que je dis est ridicule, comme si je m'accrochais à un fait qui n'a aucune réalité.

La seule personne que je ne peux pas regarder, c'est Tabby. Je dois faire comme si elle n'existait pas. C'est ce que j'aurais dû faire dès le départ.

13

LOU

Non mais, après toutes ces péripéties, c'est un vulgaire bout de papier qui me pousse à me ranger dans le camp de Tabby ! Il y a de quoi rire, quand même. C'est ridicule, non ?

La carte que Keegan avait prise le jour où on est allés dans les bois – celle qu'il venait d'imprimer, selon lui. Il me l'a laissée. Pure négligence de sa part, je suppose. Il se trouve que j'ai remarqué la date en bas de la feuille, à côté du nom du site Internet. Il l'avait imprimée en mai.

J'ai fini par remettre la carte à la police, mais c'est peut-être anecdotique vu ce qu'ils ont trouvé sur son ordinateur. En plus, Kyla, la pseudo-ex de Keegan, avait de quoi le charger à bloc. Elle devait être sous pression dès le début. Vous savez ce que c'est, d'imaginer qu'il ne se passe rien ou qu'il ne s'est rien passé : c'est plus facile ainsi.

Qu'est-ce que tout ça peut bien signifier ? Tabby voyait peut-être Keegan dans le dos de Mark. En tout cas, elle ne faisait rien dans mon dos avec mon petit ami.

Voici ma vérité : je ne crois plus que Tabby soit coupable. Pendant tout ce temps, je l'ai considérée comme une menace ; une ombre qui m'éclipsait. C'est comme quand vous regardez sous votre lit et que vous constatez qu'il n'y a pas de monstre, rien que de vieilles chaussettes. Tabby n'est qu'une vieille chaussette. J'ai un peu pitié d'elle : son amour pour Mark était peut-être sincère, et Keegan a fait du mal à son petit ami.

En fait, lorsque Tabby sera relaxée (je n'ai pas trop de doutes là-dessus : j'ai observé les jurés et je suis bonne pour déchiffrer les gens), il n'est pas impossible que je lui propose qu'on se voie. Ce soir-là, il y avait peut-être vraiment une dénicheuse de talents rousse dans la salle, et tout ce qui s'est passé entre nous n'était qu'un énorme malentendu. Je suis prête à lui laisser le bénéfice du doute. Ouais, je suis comme ça.

14

KEEGAN

— Une amitié a débuté entre Tabitha et vous, affirme Deveraux.

Dans sa bouche, « amitié » ressemble à une maladie. C'est Tabby, la putain de maladie.

— En quelque sorte, dis-je.

Je jure que, plus elle me pose de questions, moins il y a de syllabes dans mes phrases.

— Elle s'est confiée à vous, insiste Deveraux. Elle vous faisait confiance.

Cette fois, je reste silencieux. *Elle s'est servie de moi !* ai-je envie de hurler. Mais Tabby a déjà utilisé tous mes mots, ainsi que tout le reste de ma personne.

Elle est venue au *Stop & Shop* et m'a appris qu'elle allait rompre avec Mark le soir même. Je lui ai proposé de venir boire une bière après. Elle ne s'est jamais montrée. J'en ai déduit que ça devait mal se passer. Je me suis aperçu que je n'avais même pas son numéro pour lui demander par texto comment ça allait.

Elle voulait que ça se passe comme ça.

Voici ce qui est arrivé ensuite, et c'est la vérité. Elle s'est pointée deux soirs plus tard. Elle est entrée et s'est assise directement sur mon canapé miteux en velours.

— Il refuse de me laisser rompre. Il a réussi à me faire changer d'avis.

Mark n'en a jamais parlé. Chaque fois qu'on discutait, tout était merveilleux entre Tabby et lui. C'étaient des conneries. Mark était résolu à rester un putain de mec populaire toute sa vie, quoi qu'il en coûte.

— Parfois, j'aimerais bien qu'il soit plus comme toi, a-t-elle poursuivi en mordant sa lèvre inférieure. Il est condescendant et ne m'écoute jamais. Toi, tu es le meilleur. Tu ferais un super petit ami.

— Euh…

Je ne savais pas quoi répondre. Elle me faisait grave du plat. Elle a même retiré son sweat. En dessous, elle portait un minuscule tee-shirt. Je la désirais comme un fou.

— Ça va être difficile de s'en débarrasser, a-t-elle soupiré en contemplant ses ongles.

Je jure que ce sont ses mots, précisément. Comme si elle parlait d'un cancer agressif.

— De s'en débarrasser ? ai-je répété en m'asseyant à côté d'elle.

J'ai repoussé une mèche de son visage. Elle m'a laissé faire.

— Tu pourrais me donner un coup de main.

— En faisant quoi ? ai-je demandé.

— C'est toi qui le connais le mieux.

Elle a posé sa tête sur mon épaule, ce qui m'a pratiquement coupé la respiration.

— En plus, tu es malin, a-t-elle ajouté.

C'était la première fois qu'on me faisait ce compliment. Elle me nourrissait comme ça, par petites bouchées, comme si elle savait exactement ce que j'avais besoin d'entendre. J'ai décrété qu'on était faits l'un pour l'autre. Personne ne me comprenait comme elle. Ce soir-là, elle s'est endormie sur mon canapé, dans mes bras. C'était encore plus intime que si on avait couché ensemble.

Elle se trompait, en affirmant que j'étais malin. C'était elle, le cerveau – dès le départ.

15

ELLE

Aujourd'hui, je vais trouver Beck au lycée. Pour une fois, il est là. Il a l'air d'un petit garçon, d'un simple mortel, de quelqu'un qui se donne des airs de dur plus qu'il l'est réellement. Il mâche un chewing-gum en s'éloignant du bureau de Mrs Stanton, la proviseure. Il a encore dû écoper d'une heure de colle.

— Salut, dis-je. Tu as entendu ce qui s'est passé au procès de Tabby ?

— Non, répond-il. Raconte.

Il ment. Constamment. C'est peut-être un point commun entre Tabby et lui.

Je pensais que Beck et elle s'aimaient toujours. J'en aurais mis ma main à couper. Je n'avais jamais été aussi sûre de moi. Mais mon cerveau doit être doué pour me faire prendre mes illusions pour des réalités.

Toutes les fois où Tabby m'a dit : « Je l'aime tellement, Elle. Je ferais n'importe quoi, pour lui. Je l'aime tellement que ça me fait peur. »

N'importe quoi, Elle. Genre, vraiment.

Il ne m'est jamais venu à l'esprit qu'elle ne parlait pas de Mark… ni de Beck.

16

KEEGAN

Les questions de Deveraux me font moins l'effet de coups de couteau que de coupures avec une feuille de papier. J'ignore si c'est une bonne ou une mauvaise chose que ma peau s'habitue à être ainsi tailladée.

— Vous dites que Tabitha vous a fait part de ses craintes vis-à-vis de Mark. Qu'il n'était pas celui qu'il prétendait être.

— Ouais, je confirme.

À cet instant, je comprends qu'il n'y a aucune chance pour que je m'en sorte, alors autant commencer à lâcher des bombes.

— Mark s'est mis à la traiter comme une merde. Il n'était pas le gentleman que tout le monde croit.

— C'est qu'un enfoiré ! s'est plainte Tabby, une fois. Avec lui, tout est ma faute. Juste parce que la natation ne se passe pas aussi bien qu'il le voudrait. En plus, je suppose qu'il a de sales notes. Il devient carrément parano.

— Ouais, ai-je approuvé – même si je n'étais pas au courant pour la natation, ni pour ses notes.

J'avais supposé que tout allait parfaitement bien, comme d'habitude.

— Tu sais qu'il m'a demandé de te surveiller ? ai-je poursuivi. La première fois qu'il est retourné à la fac, à la fin de l'été. Comme s'il ne te faisait pas confiance.

Elle m'a touché le bras.

— Dans ce cas, tu as mal fait ton travail, puisque tu me laisses avoir des ennuis.

J'ai expliqué tout ça à Deveraux en citant Tabby, mot pour mot. Bien entendu, Tabby évite de me regarder. Pourtant, elle sait que je dis la vérité.

— Vous avez encouragé Tabitha à mettre un terme à sa relation avec Mark. Vous étiez l'élément déclencheur.

— Non, c'était elle ! Tout ça, c'était son idée. Moi, j'étais là pour la soutenir moralement.

— La soutenir moralement, répète Deveraux. Avez-vous insisté à plusieurs reprises pour que Tabitha rompe avec Mark ?

Je secoue la tête. Oui, je me souviens de ce que j'ai dit, mais si je le lui répète, elle fera des confettis avec mes déclarations.

Tabby et moi buvions des bières dans mon appart. J'appréciais qu'elle ne se plaigne pas du fait que je n'achetais que des bières pas chères. On a regardé un film sur mon ordinateur portable. Elle somnolait, la tête sur mon épaule.

— Tu devrais lui dire que c'est fini. Rompre avec lui. Il s'en remettra.

— Pourquoi ? a-t-elle marmonné. Il y a un type mieux que lui pour moi ?

— Ouais, ai-je répliqué.

Mes lèvres ont effleuré ses cheveux.

— Il y en a un, ai-je ajouté.

— Je te l'ai dit. J'ai essayé. Si on veut qu'il dégage, il va falloir qu'on trouve autre chose.

Elle avait un côté si sombre... Parfois, je ne savais pas du tout si elle plaisantait ou si elle était sérieuse. Je m'accrochais à ce « on ». Elle me voulait autant que je la voulais, mais on savait tous les deux qu'il faudrait d'abord s'occuper de Mark.

Quelques minutes plus tard, quand j'ai cru qu'elle s'endormait, elle a murmuré :

— Il ne doit rien voir venir.

17

ELLE

La situation aurait peut-être été différente si je n'avais pas dit ce que j'ai dit. Si je n'avais pas semé le doute dans l'esprit de Tabby ; si je ne lui avais pas répété mot pour mot le message que Keegan voulait que je lui transmette.

« C'est son habitude. Je l'ai vu avec une autre fille. Il faisait nuit. Je ne sais pas s'ils s'embrassaient, mais leurs têtes étaient super proches… »

À ce moment-là, je pensais que Keegan et moi avions un intérêt commun : on voulait s'assurer que deux personnes qui n'étaient pas faites pour être ensemble ne le soient plus.

Sauf qu'il avait d'autres intentions dès le départ, et que c'est pratiquement moi qui ai envoyé Tabby dans les bois. Une fille, un garçon et un monstre tapi, à attendre. Seuls deux d'entre eux en sont ressortis.

Vous comprenez ce que je veux dire, quand j'affirme avoir joué un rôle dans tout ça ? C'est moi qui ai mis Tabby au courant pour l'autre fille, celle qui probablement n'existe pas. C'est moi qui ai parlé à Beck du baiser entre Tabby et Sawyer. Et qui lui ai dit que Mark n'était pas quelqu'un de bien. Je ne sais même plus ce qui était vrai et ce qui ne l'était pas. En revanche, je sais que tout se serait mieux terminé si je n'avais rien dit.

18

KEEGAN

C'était un jeu, pour elle. Je le vois, maintenant, même si à l'époque je n'en avais pas conscience. Mark est rentré pour l'été. Elle a aussitôt couru le retrouver. Je l'ai détestée pour ça. Je voulais qu'elle souffre. Ce soir-là, quand on est allés dîner tous ensemble, j'ai vu que Tabby savait ce que je faisais à Elle sous la table. Je savais que ça la contrariait.

— Tu ne viens plus au *Stop & Shop*, lui ai-je dit une fois qu'on a quitté le restaurant.

— Sans doute parce que j'ai tout ce qu'il me faut, a-t-elle répondu sèchement.

J'avais presque envie d'avouer à Mark qu'on se fréquentait, elle et moi, mais j'avais peur qu'elle ne vienne plus si je le faisais. Aussi pathétique que ça paraisse, elle était ma seule véritable amie. Mark était à l'université la plupart du temps ; il avait ses potes étudiants et les mecs de l'équipe de natation. Moi, je n'avais personne – personne, à l'exception de sa petite amie.

Puis Tabby m'est revenue. Elle est arrivée chez moi sale, en sueur, avec de la terre sur les jambes.

— Tu devrais venir marcher avec moi, a-t-elle suggéré. Ça te ferait du bien.

Ce soir-là, on a fait des recherches sur mon ordinateur. La Rupture, le sentier de Mayflower. Elle a dit qu'on irait là-bas bientôt.

— On pourrait y aller demain, ai-je proposé.

— Non, pas demain. Mark a entraînement toute la journée.

C'était horrible, comme sentiment. Par « on », elle ne parlait pas d'elle et moi. Elle voulait dire nous trois ; ce putain de triangle dont je n'ai jamais voulu faire partie.

— On ira une autre fois, dans ce cas, ai-je concédé. S'il faut que Mark soit là aussi.

— Hé, regarde quelle distance il y a entre la Rupture et la rivière. Et si on peut mourir en tombant.

Elle m'a massé les épaules.

— Simple curiosité, a-t-elle précisé.

C'est ce jour-là que j'ai compris qu'elle tramait quelque chose. Mais quoi ? Je n'en savais rien.

19

LOU

Sharp Edges est en train de perdre la boule, voire de carrément péter un câble. Pour certains, c'est Keegan le seul coupable. D'autres pensent qu'il est le Clyde de Tabby version Bonnie.

J'ai les boules de l'admettre, mais avant, j'enviais la vie de Tabby. J'aurais voulu avoir toute l'attention qu'elle semblait susciter où qu'elle aille. Maintenant, je me sens mal pour elle. C'est nul que les filles soient toujours soit invisibles, soit trop visibles.

Au fait, vous ne m'avez jamais demandé où j'en étais dans ma carrière d'actrice. J'ai en quelque sorte laissé tomber l'idée, après le fiasco Blanche et Stella. (Honnêtement, je ne peux plus jouer sans revoir l'expression de surprise sur le visage de Mrs Mancini.) J'ai trouvé une activité pour laquelle je suis meilleure. Quelque chose qui n'a aucun rapport avec mon physique. Je suis devenue journaliste. Vous avez sûrement entendu parler de moi. Mon pseudo, c'est Oberon, et j'ai un blog que vous avez peut-être déjà lu.

Ça vous étonne ? Pourquoi ? Parce que j'ai choisi un prénom masculin ? Eh bien, j'ai un scoop pour vous (sans jeu de mots). Quand vous êtes une fille, vous devez hurler pour attirer l'attention. Et même quand vous l'avez, tout ce qu'on vous demande, c'est de la fermer.

20

KEEGAN

Deveraux est passée à un autre sujet : Kyla, qui, apparemment, fait partie de ses témoins. Comme si ça ne pouvait pas être pire, putain.

— Racontez à la cour les circonstances de votre rencontre avec Kyla, dit-elle.

— C'est Tabby qui a tout organisé. Elle m'a demandé d'aller lui parler.

— Si Tabitha vous aimait en secret, comme vous l'affirmez, pourquoi vous aurait-elle encouragé à aborder une autre jeune femme ?

— C'est compliqué, dis-je.

Ils sont en train de m'épuiser. Je n'ai plus l'énergie de me justifier. Vous voyez, Tabby a pratiquement choisi Kyla.

— La blonde, a-t-elle décrété tandis qu'on buvait tous les deux dans des gobelets en plastique, à une fête d'été. Celle avec le débardeur de pute et trop d'eye-liner. C'est ton genre, non ?

J'avais envie de répliquer que c'était elle, mon genre. Au lieu de quoi, j'ai haussé les épaules, et très vite, elle m'a pratiquement poussé dans les bras de Kyla.

Deveraux joint les mains.

— Tabitha savait que vous vous sentiez seul, et que vous teniez souvent la chandelle lors de ses sorties avec Mark. Ne vous semble-t-il pas crédible que, par sympathie, elle ait voulu vous aider à trouver une petite amie, pour avoir un point d'ancrage dans votre vie ?

— Non… Ce n'était pas ça. Tabby n'avait pas cette intention. Kyla était…

Kyla est là, dans l'auditoire, à me regarder me tortiller, à m'entendre avouer le pire.

— Je n'ai jamais eu de sentiments pour elle.

— Tabitha paraissait-elle jalouse de votre relation ?

Les sourires de Tabby. Ceux qui n'étaient réservés qu'à moi. Ceux qui me mettaient complètement à poil. Elle m'avait percé à jour, et ce qu'elle avait trouvé ne lui faisait pas détourner le regard.

— Oui. Elle était jalouse.

Je ne sais pas si c'est vrai. Tabby n'était pas jalouse comme elle l'était des filles qu'on voyait sur l'Insta de Mark. Peut-être parce qu'elle savait que Kyla n'était qu'un pion dans un projet plus grand. Elle m'a dit que « ça me ferait du bien » de sortir avec une fille. Elle insistait presque.

Quand Kyla est entrée dans le jeu, Tabby a cessé de venir me voir. Lorsque je me suis enfin retrouvé seul avec elle, je lui ai demandé si Mark n'était pas trop contrarié qu'on se fréquente, elle et moi.

— Pourquoi il le serait ?

Elle a attrapé ma main et l'a brièvement serrée avant de la relâcher.

— On est les deux personnes qu'il préfère, a-t-elle poursuivi.

Mais à son ton, j'ai su qu'il n'était pas au courant. Et il y avait une raison à cela.

21

BRIDGET

Elle a emporté le Gatorade. Mark avait de l'alcool dans le sang, alors que celui de Tabby n'en montrait aucune trace. Il y avait deux bouteilles, une pour chacun.

Ce que je ne comprends pas, c'est comment une troisième bouteille de Gatorade avec l'ADN de Keegan a été retrouvée comme par magie enfouie près de la rivière, il y a deux jours. Elle était enterrée, puis elle ne l'était plus. Comme si quelqu'un savait qu'elle se trouvait là depuis le début, mais attendait le bon moment pour en parler. Ou comme si quelqu'un avait été prévenu.

22

KEEGAN

— Racontez-nous encore ce que vous avez fait de votre matinée, Mark et vous, avant la randonnée, exige Deveraux.

J'en ai marre de le répéter, mais si je ne parle pas maintenant, je n'en aurai peut-être plus jamais l'occasion.

— Mark s'est pointé chez moi. On est allés prendre le petit déjeuner au *Rita's*. C'était comme s'il savait que quelque chose se tramait. Il a été super gentil avec moi toute la journée, même si ce n'était plus pareil entre nous, depuis notre dispute à propos de Tabby. Celle que Kyla a entendue. Il a commandé une tonne de bouffe, et on n'a pas du tout parlé de Tabby. C'était comme au bon vieux temps, avant les filles, et avant que ça se gâte entre nous.

J'omets de mentionner ce qu'il a dit quand on a réglé l'addition, avant de partir. Ce qui a tout changé.

— Je suis désolé. À propos de l'autre soir. Je me trompais. Je devais être jaloux. Je m'en veux énormément, mec.

Il s'en voulait énormément de m'avoir accusé de quelque chose dont j'étais coupable, depuis le début. Il s'en voulait énormément alors que j'étais littéralement en train de fantasmer sur un monde sans lui. J'ai failli me mettre à chialer.

— Je lui ai parlé de Tabby, dis-je à l'avocate. Je lui ai dit qu'elle venait parfois chez moi. Qu'on était amis.

— Et comment a-t-il réagi à cette nouvelle ? m'interroge Deveraux.

— Il a été cool. Il a dit que Tabby faisait une bonne amie.

Je ne mentionne pas son air étonné, ni sa véritable réaction.

— Je savais qu'elle s'inquiétait pour toi, puisque tu n'as pour ainsi dire personne. Je te fais confiance, mec.

Je ne le mentionne pas, car c'était ultra condescendant.

Voici également ce que je ne peux pas dire à Deveraux. Je suis resté dans les bois. Je les ai observés au début de leur marche. Je n'avais rien de mieux à faire, sans doute. Tabby riait en tenant la main de Mark, comme s'ils formaient un vrai couple, comme si elle n'était pas constamment en train de se plaindre de lui et de songer à mettre un terme à tout ça depuis des mois.

Je me suis rendu compte que, si elle en était capable avec lui, elle pouvait le faire avec moi. Peut-être qu'elle avait agi de la sorte avec une longue liste de mecs. J'avais prêté allégeance à la mauvaise personne, mais il n'était pas trop tard.

Alors je suis retourné voir Kyla. Oui, elle affirme que je n'étais pas là à son réveil. J'avais besoin de prendre l'air, alors je suis allé me promener. Je n'arrivais pas à dormir parce que je savais que j'avais merdé. Oui, Mark était un garçon populaire ; oui, je voulais ternir son image ; oui, il me piquait toutes les filles qui m'intéressaient. Mais je n'ai jamais souhaité qu'il meure. J'aurais dû l'avertir. Connaissant Tabby, j'aurais dû savoir qu'elle était capable d'aller aussi loin. Quels étaient ses mots exacts ? *« Il ne doit rien voir venir. »*

Ce qui est étrange, c'est que Tabby ne m'a jamais donné son numéro de téléphone et ne m'a pas demandé le mien non plus. On arrivait à se retrouver par d'autres moyens. Elle venait à la supérette ou chez moi. Je pense qu'elle savait dès le départ où tout ça nous mènerait. Elle s'est rapprochée de moi tout en veillant à ne jamais dépasser une certaine limite. Cette fille recouvrait ses traces. Quant aux éléments que la police a trouvés, c'est elle qui a voulu que ça se passe ainsi, je vous le garantis. C'est elle qui m'a demandé de faire ces recherches sur les sentiers, puisqu'elle voulait qu'on aille faire de la randonnée un de ces jours, elle et moi. C'est du moins ce qu'elle a voulu me faire croire.

Deveraux prend une autre pose théâtrale que je déteste. Je me prépare à encaisser le prochain coup quand elle hoche la tête et déclare :

— Je n'ai pas d'autres questions.

Il me semble que cette courte phrase est la meilleure que j'aie jamais entendue.

Avant de me lever, je commets l'erreur de regarder brièvement Tabby. Elle me fixe intensément.

Et elle sourit.

THE COLDCLIFF TRIBUNE

11 décembre 2019

Cousins citée à comparaître dans l'affaire du petit ami assassiné

Par Julie Kerr

Après les révélations qui ont secoué le procès de Tabitha Cousins, dix-sept ans, inculpée de meurtre, l'adolescente doit comparaître demain pour exposer sa version des faits. De nouveaux éléments impliquant Keegan Leach, vingt ans, dans le meurtre de Mark Forrester, ont fait basculer le procès qui devait se concentrer uniquement sur Cousins. Il semblerait à présent que la jeune fille ait été victime des tendances obsessionnelles de Leach, et que Forrester en ait payé le prix fort.

LA FILLE

Sa voix tremble.

— J'ai commis une erreur.

Personne n'ose respirer.

— J'ai fait confiance à Keegan Leach. On est devenus amis, rien de plus. Il se sentait seul et avait besoin de se confier. On avait Mark en commun, alors ça nous arrivait de traîner ensemble.

Ses mains sont jointes sur ses genoux. Ses cheveux sont coiffés en queue-de-cheval pour dégager son visage.

— Puis il a commencé à devenir plus pressant. Il faisait des commentaires sur le fait qu'on se voyait. Je comptais en parler à Mark, mais ce n'était pas un sujet facile à aborder. Keegan étant son meilleur ami, je ne savais pas quel camp il choisirait. Le jour de la randonnée, j'avais la nausée, comme si j'avais un pressentiment.

» On n'a pas trop parlé pendant la marche. Mark voulait sans cesse aller plus haut, plus loin. Plus on avançait, plus je me disais qu'il valait mieux ne rien dire ; que je lui en parlerais dans un endroit moins risqué. Quand on s'est retrouvés là-haut, à la Rupture, il s'est tourné vers moi et m'a accusée de lui être infidèle.

Elle s'éclaircit la voix, s'essuie les yeux. Ils se remplissent de larmes.

— Keegan a dû dire à Mark qu'on se voyait, mais il avait présenté les choses comme si je l'avais dragué. J'ai nié, évidemment, car il ne s'est rien passé. Mark est devenu méchant. Il disait des trucs du genre : « Tu as de la chance d'être avec un type comme moi, car tu ne trouveras jamais personne qui te supportera. » Du coup, j'ai riposté. Avec mes mots. Je lui ai demandé pourquoi il refusait de me croire alors que, pour ma part, je le croyais quand il me certifiait que les filles sur son Instagram n'étaient que des amies.

On ne sait pas ce que pensent les jurés. On voit seulement qu'ils réfléchissent. La juge acquiesce de temps en temps, peut-être pour marquer son approbation.

— Je lui ai demandé s'il voulait rompre, et pourquoi il avait dû me traîner jusqu'ici pour le faire alors qu'il savait que j'avais horreur de la marche. Il a répondu que Keegan avait dit que c'était mieux de régler les choses en privé. Que la randonnée était son idée. C'est là que j'ai compris que Keegan avait autre chose en tête. Le soir où il a tenté de me séduire, il a dit qu'il aimerait bien que Mark ne fasse plus partie du tableau. Je pensais qu'il était juste vexé que j'aie repoussé ses avances, alors je n'en ai pas parlé.

Elle fait le geste de remettre une mèche de cheveux derrière son oreille, sauf qu'il n'y a rien à saisir. C'est une fille qui n'a pas l'habitude d'avoir une queue-de-cheval, mais peut-être qu'aujourd'hui, elle sentait qu'il était nécessaire de dégager son visage. Elle veut que tout le monde sache qu'elle n'a rien à cacher.

— Mark s'est rué sur moi. Je ne m'étais pas rendu compte qu'on était si près du bord, jusqu'à ce qu'il soit trop tard. J'ai hurlé, même si personne ne pouvait m'entendre, avant de m'écarter. Il a perdu l'équilibre, et il est tombé.

Elle ferme les yeux, paupières crispées.

— Le bruit qu'il a fait en tombant… Je vais devoir vivre avec ça toute ma vie.

À présent, elle affiche un air décidé, résolu.

— J'ignorais tout du sac à dos. Je n'ai pas demandé à Mark ce qu'il contenait, et ce n'est pas moi qui l'ai préparé pour lui. De mon côté, je portais le panier de pique-nique. Je me suis mise à courir. Il fallait que je sorte des bois, que j'aille chercher de l'aide. J'aurais peut-être dû descendre à la rivière, mais je ne savais même pas comment y accéder. J'ai couru. Je suis tombée sur la pente abrupte du sentier et me suis entaillé les jambes et les mains. Je me suis perdue à plusieurs reprises. J'ai dû courir jusque chez moi, depuis les bois. Même si la voiture de Mark était là, je n'avais pas sa clé, et mon téléphone n'avait plus de batterie. Ce qui était idiot : d'habitude, je le charge avant de quitter la maison. Il était très tard, il n'y avait personne. Personne qui puisse m'aider.

Soupir tremblant. Ses mains également tremblantes se referment comme des coquillages.

— Je ne savais pas que Keegan nous attendait dans les bois. Parfois, je me demande s'il avait prévu de se débarrasser de nous deux, et si j'ai réussi à m'en sortir. Mark ne méritait pas de mourir. Mon rôle dans cette histoire me hantera pour le restant de mes jours.

De ses ongles vernis de noir, elle pianote sur le pupitre devant elle.

— Je sais que Keegan n'a pas la même version des faits. Je vous ai exposé la mienne. Je ne peux pas vous obliger à me croire, mais j'espère qu'au moins, vous m'aurez écoutée.

Puis Paxton arrive, lui pose énormément de questions, essaie de l'ouvrir en deux et de la disséquer, mais elle ne se laisse pas démonter. Elle répond à tout. Elle n'a rien à cacher. Elle n'est pas la Tueuse aux yeux bleus, juste une fille. Une fille qui veut que la vérité sorte gagnante.

Le jury met deux heures à délibérer. Tabitha Cousins est déclarée non coupable du meurtre de Mark Forrester.

Quatrième partie

Après

PEOPLE.COM 14 décembre 2019

L'accusation de meurtre est rejetée dans l'affaire de la Tueuse aux yeux bleus : Cousins est relâchée
Par Talia Sims

Le procès de Tabitha Cousins, dix-sept ans, est désormais clos, le jury ayant décidé à l'unanimité de déclarer la jeune fille innocente de tous les chefs d'inculpation portés contre elle concernant la mort de son petit ami Mark Forrester, vingt ans, champion de natation à Princeton. De nouveaux éléments ont prouvé que l'ami de Forrester, Keegan Leach, vingt ans, était très vraisemblablement l'instigateur du meurtre, et qu'il avait manipulé Cousins pour qu'elle conduise Forrester dans les bois.

« Je ne me doutais pas que c'était un type si malsain », raconte une source proche de Leach à *People*. « Il me semblait être le genre de gars qui ne sait plus quel sens donner à sa vie. Il devait vraiment en vouloir à Mark d'avoir tout ce que lui n'avait pas. »

Le procès de Leach est prévu dans les prochaines semaines. Les rapports en provenance de la salle d'audience lors du procès de Cousins dépeignent un jeune homme perturbé avec un mobile plus que suffisant. Selon nos informations, Leach faisait une fixation sur Cousins depuis des mois et cherchait à se venger après avoir été éconduit. Les ADN prélevés sur une bouteille de Gatorade retrouvée enfouie sur la scène du crime appartiennent à Leach et à Forrester.

Les recherches dans l'historique de l'ordinateur de Leach ont révélé qu'il s'était renseigné sur les façons de faire passer la mort de Forrester pour un accident.
« J'ai remarqué qu'il avait un drôle de comportement dans les semaines qui ont précédé la mort de Mark », nous confie un ancien collègue de Leach, qui souhaite rester anonyme. « En plus, il n'a même pas pris de jour de congé après. Tout ça ne semblait pas spécialement l'affecter. »
Depuis sa libération, Cousins, au cœur d'une tempête médiatique, n'a pu être jointe. De multiples sources affirment qu'une bataille de surenchères a lieu pour sa première interview à la télévision, et on murmure déjà qu'un livre dévoilera tout sur son expérience d'avoir été jugée coupable jusqu'à ce que son innocence soit prouvée.

LES COMMENTAIRES ONT ÉTÉ DÉSACTIVÉS

PUBLISHERSWEEKLY.COM 7 février 2020

Les Mémoires de l'ado accusée injustement seront publiés, après une âpre bataille de surenchères
Par Harriet Best

Tabitha Cousins, dix-huit ans, qui l'an dernier a fait l'objet d'un acharnement médiatique dans une affaire qui a secoué tout le pays lorsqu'elle a été accusée d'avoir assassiné son petit ami pendant une randonnée, publiera ses Mémoires après que sept prestigieuses maisons d'édition se sont âprement battues pour en obtenir les droits. Cousins est censée écrire elle-même le livre, dans lequel elle reviendra sur son expérience éprouvante dans les bois et sur le traitement qu'on lui a réservé au cours des semaines précédant son procès, où elle était qualifiée de monstre.

« C'est une histoire tout à fait fascinante », s'enthousiasme Addison Lowe, directeur chez Hartley Books, la maison qui a remporté les enchères et qui compte dans son catalogue de nombreux Mémoires de célébrités devenus des best-sellers. « Les lecteurs pourront enfin tout savoir de Tabitha, une jeune fille qui a piqué la curiosité de toute une nation. »

La date de parution est provisoirement fixée à l'hiver prochain.

1

BECK

Vous voyez ? Je vous avais dit que je n'avais rien fait de mal. Prends ça et fous-le-toi où je pense, agent Vieux Croûton.

Ouais, pas d'autre commentaire. Je pense qu'on m'a déjà assez interrogé comme ça, mon cœur.

2

ELLE

Tabby et moi, on se sépare. On avait parlé d'aller ensemble à l'université de Denver, mais elle n'a même pas envoyé sa candidature. Au début, elle disait que c'était parce qu'elle avait raté trop de cours, qu'elle ne serait jamais capable de rattraper son retard. On sait toutes les deux que ce n'est pas vrai. Elle reste chez elle pour travailler sur son livre – ce que j'ai du mal à comprendre. C'est le dernier endroit où je voudrais être après tout ça.

Après tout ça. Après que Keegan a été condamné, que Tabby a cessé d'être tristement célèbre pour devenir célèbre tout court. La jeune fille incomprise, dont la vie a failli se terminer prématurément parce qu'elle s'était liée d'amitié avec un pauvre type solitaire qui attendait d'elle davantage que ce qu'elle pouvait lui offrir. Keegan n'a toujours pas reconnu qu'il était coupable (je ne peux pas m'empêcher de suivre son actualité). Pourtant, les preuves disent autre chose. Ou plutôt, elles hurlent autre chose.

Tabby doit venir m'aider à préparer mes affaires. On a passé l'été ensemble, comme au bon vieux temps, à regarder des émissions pourries de télé-réalité, à faire de longues balades et à grignoter les goûters que ma mère essayait de nous faire ingurgiter de force. On n'a jamais évoqué Mark, ni ce que Tabby a traversé. J'attendais qu'elle aborde le sujet. Elle ne l'a pas fait. Peut-être qu'elle avait eu sa dose. Notre amitié s'est davantage centrée sur moi, comme si Tabby avait reculé d'un pas pour sortir du faisceau des projecteurs.

Je l'entends sonner à la porte. Au loin, une moto s'éloigne. Ça me fait toujours penser à Beck. Je ne l'ai pas vu de tout l'été. Il paraît qu'il reste à Coldcliff pour travailler dans un magasin de motos. De toute façon, je m'en fiche. Dallas et moi, on s'est remis ensemble. Enfin, plus ou moins. On essaie de découvrir ce qu'on est – si on peut être quelque chose. Comme il reste encore un an à Coldcliff, on ne sera pas trop éloignés l'un de l'autre. On a peut-être une chance.

— Je suis contente que tu restes en ville, dit ma mère à Tabby.

Je suis sur le palier. Je les vois en bas : maman serre Tabby dans ses bras.

— Moi aussi, réplique Tabby. J'ai tous mes souvenirs ici. Les bons et les mauvais. Je ne me sens pas encore prête à les laisser derrière moi.

Ce jour-là dans les bois. Voilà le titre de ses Mémoires ; ceux que Tabby rédige avec l'aide d'une certaine Aria, une autrice de New York avec qui elle a de longues conversations sur Skype. C'était évident, qu'il y aurait un livre. Ce qui m'étonne, c'est que ce soit Tabby qui l'écrive. Selon elle, elle a besoin de raconter toute son histoire, sans que ce soit quelqu'un d'autre qui le fasse, et le fasse mal. Elle veut qu'on la comprenne. Que ce cirque médiatique s'arrête.

C'est comme ça qu'elle l'appelle. Le cirque. Elle apparaît encore régulièrement sur Internet, y compris sur des sites connus comme *People* ou l'*Enquirer*. Je me demande comment ils font pour toujours savoir où elle est. Quand on est allées faire du shopping à Boulder, quelques semaines après son procès, on a été prises en photo toutes les deux, avec nos gobelets Starbucks – moi réduite à une silhouette floue à côté d'elle, la moitié de mon visage coupée. « Tabitha Cousins et une amie. »

— Quand vont-ils la laisser tranquille ? répète souvent ma mère. Cette petite a déjà bien assez souffert comme ça.

Il va également y avoir un film sur l'affaire, sur la vie de Tabby et ce qu'elle a dû endurer. Je ne sais pas qui va jouer son rôle, ni si une actrice va m'incarner. L'idée que d'autres personnes se glissent dans notre peau pour rejouer tout ça ne me plaît pas. Quand j'ai demandé à Tabby pourquoi elle avait donné son feu vert, elle s'est contentée de hausser les épaules.

— De toute façon, les gens en parleront, que je m'y oppose ou non, a-t-elle répondu. Tu ne sais pas ce que ça fait, quand le monde entier parle de toi. C'est comme remuer une boule à neige pleine de conneries, et que la vérité ne retombe jamais.

Je ne sais pas ce que ça fait et je doute de le savoir un jour. Partout où Tabby passe, il y a des drames. La semaine dernière, ma mère lui a demandé si elle sortait avec un garçon ou si elle avait des vues sur quelqu'un. Tabby a levé les yeux au ciel et a esquissé un sourire. Elle reçoit des tonnes de « courriers de fans » du monde entier ; des gens qui affirment avoir toujours cru à son innocence. Des demandes en mariage. Des invitations à séjourner sur des yachts luxueux. Elle épluche tout, sans exception, et me fait même parfois la lecture à voix haute.

— Salut, l'étudiante ! me lance-t-elle en montant l'escalier d'un pas lourd. On ferait mieux de s'y mettre.

Tabby est sans pitié pour ce qui est de séparer ce qu'elle nomme « la merde » de ce qu'il faut impérativement que j'emporte. Elle secoue la tête en me voyant fourrer dans ma valise une paire de boots à talons compensés, disant qu'elles sont « archi vieilles ». Elle sort des affaires de mes tiroirs et les empile. Ma mère et elle ont lu le bouquin de Marie Kondo, dans lequel le désencombrement est censé améliorer votre vie, comme si la quantité de choses qu'il y avait dans une pièce était réellement importante.

— C'est plutôt excitant, commente-t-elle. Tu vas pouvoir choisir ce que tu emportes. Je regrette un peu de ne pas partir avec toi.

— Moi aussi, j'aurais aimé que tu viennes.

Je m'assois au bord du lit.

— On aurait pu être colocs, comme on l'avait prévu, je poursuis. Sans toi, ça ne sera pas pareil.

Oui, sans elle, ça ne sera pas pareil. Ce n'est peut-être pas une mauvaise chose. On va enfin cesser de se battre pour le même soleil, celui qui semble briller continuellement sur Tabby. Peut-être que notre amitié va se renforcer, avec la distance.

— J'ai juste besoin de temps, réplique Tabby. Mon éditeur veut que j'aie terminé le premier jet à la fin du mois prochain. Je pense tenir ce délai, mais je n'imagine pas avoir à gérer la fac en même temps. Et il y a toute la com autour du livre. En plus, dans quelques semaines, je dois aller à Los Angeles rencontrer l'équipe du film. Je me rassure en me disant que l'université sera toujours là.

J'acquiesce. J'essaie de comprendre pourquoi elle fait tout ça. Comme si ce qui s'était passé avait scindé Tabby en deux parties. La fille que je connaissais, celle qui déambulait comme un zombie les jours qui ont suivi la mort de Mark ; celle qui hurlait quand la police l'a arrêtée, qui était en larmes quand je lui rendais visite au centre pour mineurs. « Je n'ai rien fait. » Aujourd'hui, elle est bien plus dure, comme si une carapace s'était formée autour de la chair tendre qui la composait. Je dois lui dire quelque chose de particulièrement violent pour qu'elle m'entende.

— À mon avis, tu peux te séparer de ce truc-là, déclare-t-elle en me montrant une fripe orange.

J'ai le souffle coupé quand je me rends compte de ce que c'est : le sweat de Mark. Celui de Princeton, que je portais à la clinique. Elle n'a jamais demandé à le récupérer.

— Je n'en veux pas, dis-je. Je n'ai pas besoin d'avoir un autre souvenir de… tout ça.

Tabby pose le sweat sur mon lit, manches écartées, comme si c'était une personne qui nous demandait de nous arrêter.

— Pareil. Pas besoin d'un souvenir de plus.

Je ne sais pas si elle parle de mon avortement et des rumeurs, de la mort de Mark, de sa relation avec lui, ou de tout ça en même temps. Malgré la chaleur (notre climatiseur est encore en panne – un appareil de plus que mon père s'est engagé à réparer bientôt), ma peau se couvre de chair de poule quand Tabby m'attire à elle pour m'étreindre.

— Tu vas me manquer, souffle-t-elle en me serrant avec force, ses bras comme des câbles dans mon dos. Parfois, je me dis que tu es la seule personne qui sache réellement qui je suis.

— On parlera sur Snap tous les jours, je la rassure. Je t'enverrai des photos de la bouffe dégueu de la cantine et de ma chambre à la résidence.

Tabby a un nouveau numéro de téléphone. L'ancien était assailli d'appels et de messages.

— J'espère bien. Mais tu ne seras pas si loin. Je compte te rendre visite à peu près tous les week-ends. Tu ne vas pas te débarrasser de moi si facilement !

— Je n'en ai pas envie.

J'ai de la chance d'avoir Tabby. On a de la chance de s'avoir, toutes les deux. J'ai de la chance que mes secrets n'aient pas refait surface, et qu'on puisse reconstruire dessus sans que nos fondations s'effondrent.

L'écran de son téléphone s'allume. Elle le regarde en souriant.

— Bon, il faut que j'y aille. Je pense que tu arriveras à finir seule, hein ?

— Bien sûr, dis-je. Mais je croyais que tu restais dîner avec nous. Ma mère a préparé du bœuf Stroganoff.

— Je sais. J'aurai des tas d'autres occasions de manger du bœuf Stroganoff avec Maggie. J'ai un rendez-vous.

— OK. Dans ce cas, c'est le moment de se dire au revoir.

— Temporairement, nuance Tabby en me serrant de nouveau contre elle. Je t'aime, Elle, quoi qu'il advienne.

— Moi aussi, je t'aime.

Là-dessus, elle s'en va, le sweat de Mark posé sur son bras. Je me rends compte qu'elle ne m'a pas du tout aidée à préparer mes affaires. Elle a juste sorti des fringues de mes tiroirs pour en faire une pile de « non pas ça » par terre. Je ne possède presque rien qu'elle juge digne d'être emporté.

C'est à ce moment-là que je l'entends. Le vrombissement. La moto. Je m'empresse de traverser le couloir pour gagner la chambre de mes parents qui donne sur la rue. Je regarde en bas : Beck est devant la maison, comme dans mes fantasmes. Pendant une seconde (le temps d'un battement de cils), je crois qu'il est venu pour moi, et je sens affluer mes émotions de ce temps-là. *Finalement, c'était réciproque.*

Puis je vois une tache orange grimper à l'arrière de la moto. Il lui tend un casque. Avant qu'ils s'éloignent et prennent de la vitesse, je jure que Tabby lève les yeux, même si elle n'a aucun moyen de savoir que je l'observe à la fenêtre.

Et je jure qu'elle sourit.

3

BRIDGET

Tabby est de retour à la maison. De retour dans sa chambre. Elle dort beaucoup, se maquille de la même façon, mange les mêmes choses qu'avant. Elle passe plus de temps avec moi, parce qu'elle a fait un peu le tri. Il n'y a plus de garçons – du moins c'est ce qu'elle prétend. Elle lit, écrit et fait de longues promenades sans nous dire où elle va. Mes parents la laissent faire. De toute façon, ils savent qu'ils n'ont aucun moyen de lui tenir la bride.

Les choses sont normales chez nous, aussi normales qu'elles puissent l'être. J'imagine qu'en un sens, notre famille va mieux. Mes parents n'étaient pas ravis quand Tabby leur a annoncé qu'elle voulait repousser son entrée à l'université (ils l'ont accusée de gâcher une année), mais elle a su les rassurer.

— L'université sera toujours là, a-t-elle dit, toute calme et posée.

Maintenant, elle est toujours calme et posée. Comme si elle avait perdu son sale caractère au centre pour mineurs.

— C'est une chance que je dois saisir.

Cette chance, c'est son livre. C'est vrai que Tabby m'avait confié son désir de devenir écrivaine. Elle devait avoir treize ans et moi onze. On venait d'emménager à Coldcliff et elle a dit un truc du style : « Un jour, j'aurai des histoires à raconter. Tu verras. » La petite chose de onze ans que j'étais n'imaginait pas tous les bouleversements à venir.

Je figure dans le livre, évidemment. J'ai laissé Tabby et Aria « m'interviewer » ; Aria avec ses lunettes à la Harry Potter exagérément rondes qui, j'en suis sûre, ne servent à rien à part lui donner l'air cool. Je vois les coups d'œil que ma sœur et elle échangent, et je me demande si Aria a remplacé Elle, m'a remplacée moi.

Je figure dans le livre, mais je n'ai pas envie de le lire.

Après son procès, Tabby m'a serrée dans ses bras de toutes ses forces. Son corps plaqué contre le mien, palpitant, électrique. Je ne sais pas à quel moment elle est devenue si musclée. Peut-être qu'elle l'a toujours été et que ça ne faisait pas partie des choses que je remarquais en premier chez elle. C'est ce que j'ai compris pendant cette épreuve. Le monde voit ce qu'il veut, et fait en sorte que les autres le voient aussi. Si vous souhaitez connaître la vérité, il faut vraiment chercher. La plupart des gens n'ont pas l'énergie de le faire.

— Merci, a soufflé Tabby.

Elle savait, pour les chaussures.

Parfois, quand je n'arrive pas à trouver le sommeil, je pense aux chaussures. Cela aurait-il fait une différence, si j'avais dit la vérité ? Aurais-je voulu que ça fasse une différence ? Je me vois déclarant : « Ce n'étaient pas les miennes. Je ne suis jamais allée aussi près de la rivière. »

Parfois, je me demande si, quand les gens imaginaient le pire à propos de ma sœur, ils n'étaient pas en dessous de la vérité.

Maintenant, je porte des Saucony. Je cours plus vite que jamais. Au point que, très souvent, mes pensées n'arrivent pas à me suivre.

4

LOU

L'ordinateur de ma mère est désormais protégé par un mot de passe, ce qui ne m'empêche pas d'essayer de le craquer chaque fois qu'elle est sous la douche, à la gym ou qu'elle prend un café avec une amie. Je ne saurais même pas expliquer pourquoi je tiens tant à pirater son ordinateur. Ce n'est pas comme si je m'attendais à trouver quelque chose sur Tabby. Je dois m'ennuyer, et en général les filles qui s'ennuient ont un appétit d'ogre.

Vous ne pouvez pas franchement m'en vouloir. Oui, c'est Keegan le coupable, et je ne sais pas pourquoi je n'ai pas vu plus tôt que c'était un psychopathe. (J'étais seule dans les bois avec lui ! Sincèrement, je ne le referai jamais.) Il connaissait son itinéraire ; il avait cette carte, et il m'a menti sur sa date d'impression. En plus, il y avait cette bouteille de Gatorade avec son ADN dessus, enfouie près de la rivière – sans parler de toutes ces recherches dans son historique Internet. Je le prenais pour un loser, mais il est bien plus flippant que je le croyais. Il ne cesse de clamer son innocence.

Ce n'est pas que je le croie. Il y a juste un détail dans sa dernière déclaration qui a retenu mon attention. J'avais l'impression qu'il essayait de s'adresser directement à moi. « Je n'ai rien à voir avec la mort de Mark Forrester. Quelqu'un doit me croire, je le sais. Oui, j'ai commis des erreurs, mais c'est Tabby qui a tout manigancé. Elle s'en est tirée. Il doit bien y avoir une preuve quelque part. »

Il doit bien y avoir une preuve quelque part. Peut-être que moi seule peux la dénicher. Je ne dois rien à Keegan, ni à Beck (je ne vois vraiment pas ce que je lui trouvais – c'est fini et bien fini, entre nous !), ni même aux lecteurs de *Sharp Edges*. C'est à moi que je le dois, car la vérité, c'est ce qui me tient chaud la nuit, comme aucun garçon ne parviendra à le faire.

Il y a quelques failles dans la version de Keegan. Je reviens tout le temps à cette histoire de Gatorade. Pourquoi n'a-t-il pas emporté la bouteille ? Pourquoi l'avoir abandonnée sur place ? Certains disent que c'est une sorte de trophée, mais Keegan me paraît plus malin que ça. On peut supposer qu'il a paniqué et n'avait nulle part où la mettre. Il n'y a pas beaucoup de poubelles dans les bois ; il était censé retrouver Kyla et ne voulait pas y aller avec un élément aussi compromettant.

Il affirme que ce jour-là, il n'a même pas bu de Gatorade. Selon lui, Tabby a dû prendre une bouteille vide chez lui et a fait boire Mark dedans, ce qui expliquerait qu'on ait retrouvé leur ADN à tous les deux. Je ne sais pas trop ce que je crois, mais Keegan est dans la merde jusqu'au cou, si vous me pardonnez ma grossièreté. La balance ne penche pas du tout de son côté.

J'ai pris un café avec Tabby une fois, cet été, au *Starbucks* en centre-ville. C'était comme avoir une copine célèbre... Enfin, j'imagine que ça doit faire cet effet-là. Les gens s'arrêtaient pour lui parler, lui dire qu'ils avaient toujours cru à son innocence. Deux filles voulaient un autographe et l'ont interrogée sur son livre. Tabby a été ultra patiente avec tout le monde, sans jamais cesser de sourire. Je me suis demandé comment elle faisait.

— Les gens sont tous tellement gentils, a-t-elle déclaré quand on s'est enfin retrouvées seules, nos cafés glacés posés sur la table devant nous. Quand on ne représente plus une menace.

C'était un commentaire bizarre. Mais qui suis-je pour en juger ? Je n'ai jamais fait de séjour en centre de détention pour mineurs. Ça doit laisser des traces. Il y a beaucoup de choses que j'avais envie de lui dire, par rapport au fait que j'étais désolée d'avoir été vache et tout, mais je me suis abstenue. En réalité, je ne l'étais peut-être pas tant que ça. Après tout, elle ne s'était pas excusée de m'avoir piqué le rôle de Blanche, ni de s'être fichue de moi avec la dénicheuse de talents.

C'est cette nuit-là que j'ai pensé à un endroit où chercher, concernant la preuve dont Keegan a parlé. L'ordinateur de ma mère. J'ignore si elle continue à voir Tabby, mais avec toutes ces séances en tête à tête, elle doit bien avoir un avis.

J'ai tout essayé, pour le mot de passe. Le second prénom de ma mère, son nom de jeune fille, son vin préféré, tous les endroits qu'elle aimerait visiter. Je m'apprête à laisser tomber quand je tape un mot que je n'avais pas encore testé. Mon prénom. *Louisa.*

Et « pouf » ! Accès autorisé. Un peu gênant que j'aie mis autant de temps à y arriver, pas vrai ? Ne le dites pas à mes lecteurs de *Sharp Edges*.

Ma mère est partie courir, ce qui signifie qu'il me reste peu de temps. Heureusement, elle a un dossier pour chaque patient, avec leur nom de famille. Je clique sur « Cousins » et vois le document que j'avais déjà aperçu la fois précédente (le même format), sauf que le contenu est radicalement différent, au point que je me demande si ça concerne la même fille.

« Évoque sa paranoïa et ses cauchemars. A des troubles du sommeil, le sentiment d'être isolée. Culpabilise. Craint d'avouer son sentiment que sa sœur a joué un rôle dans la mort de Mark Forrester. A peur que sa sœur ne soit pas celle qu'elle dit être. »

Je m'arrête à la dernière phrase avant de scroller jusqu'en haut. Le dossier ne concerne pas Tabby, mais « B. Cousins ». Bridget. Je ne vois pas d'autre dossier, du coup je me demande si j'ai mal lu le nom la première fois, ou si ma mère voit les deux filles Cousins.

Peu importe. Ce qui compte, c'est que la sœur de Tabby la soupçonne.

J'en ai la tête qui tourne. Je me carre dans le fauteuil de ma mère. Les rayons du soleil entrent à flots par la fenêtre, formant des taches jaunes sur le bureau. Un rire familier me fait sursauter : elle est rentrée et discute avec notre voisin. Je referme le dossier de Bridget avant de regarder ma mère, dans son collant de running, poser une main sur l'épaule de Mr Roth. Et si c'était lui, le type du bar ? Ou c'est peut-être juste son mec du moment, parce qu'il y en aura toujours un.

Je ferme l'ordinateur portable et sors discrètement du bureau après avoir pris soin de tout remettre en place. Je songe à rendre visite à Bridget Cousins, à trouver une manière de l'interroger sur l'affaire. Mais Tabby est retournée vivre là-bas, sous le même toit. Elle veille sur sa sœur comme un dragon. Si ça se trouve, Bridget a juste des problèmes psychologiques. À moins qu'elle soit la seule à être suffisamment proche pour comprendre ce qu'on a tous loupé.

5

KEEGAN

Je sais ce que tout le monde pensait de moi quand je traînais avec Mark : que j'étais sa B.A., une sorte de chien errant adopté par un bon samaritain. Il s'avère qu'on continue à me voir comme ça, même si Mark n'est plus là. Sauf que je n'erre plus. C'est tout le contraire. Je suis enfermé.

Ne vous embêtez pas à me demander si je suis coupable. J'ai dit la vérité concernant ce qui s'est passé entre Tabby et moi. Si vous ne m'avez pas cru à ce moment-là, vous ne me croirez jamais – même après qu'elle s'est exprimée à la barre et a menti devant tout le monde. J'ai détesté cette fille, puis je l'ai aimée, et maintenant je la déteste de nouveau. Je ne sais même pas ce qui était réel pour elle.

Je n'ai pas oublié ce qu'elle m'a dit. Je suppose que je vais me raccrocher à ça pour le reste de ma putain de vie.

Un conseil : ne lui parlez pas, ne l'écoutez pas, évitez même de la regarder trop longtemps. C'est ce qui m'a perdu. Je ne ferai pas d'autre putain de commentaire.

Mardi 5 janvier
2021

« Hello America » : Interview de Tabitha Cousins
par Anne Leon

La caméra l'adore. Elle s'arrête sur ses cheveux d'un noir corbeau brillant, zoome sur son visage, car c'est un visage dont il est très facile de s'approcher. Jamais elle n'aurait été aussi célèbre, aussi connue, si elle n'avait pas été si jolie. Chaque jour de leur vie, les filles sont traitées injustement, mais il arrive que les jolies filles puissent réparer les injustices.

Aujourd'hui, elle était sur le plateau de « Hello America » pour parler de son livre, prochainement adapté au cinéma, et de sa vie depuis la parution de *Ce jour-là dans les bois*. Elle est avec Anne Leon. Selon les rumeurs, toutes les chaînes de télévision de la nation lui ont proposé des interviews en plateau, mais son choix s'est porté sur « Hello America », et en particulier sur Anne. Il paraît qu'on lui a proposé une somme à six chiffres.

« Parfois, j'ai l'impression que tout est arrivé hier soir », confie-t-elle en regardant la caméra en face. « Je me réveille en sueur, pensant que je suis toujours là-bas, perdue dans les bois, et que j'essaie d'en sortir. De temps en temps, je mets son sweat. C'est tout ce qui me reste de lui. » Même ses larmes, lorsqu'elles roulent sur ses joues, sont jolies.

« Vous êtes devenue un exemple pour beaucoup de jeunes filles », fait remarquer Anne. « En restant forte face à l'adversité. La tempête que vous avez subie l'année dernière n'a pas dû être facile pour vous. En quoi a-t-elle affecté vos relations avec vos amis et vos proches ? »

Tabby soupire et reprend une petite bouffée d'air. « Ça m'a permis de savoir qui étaient mes vrais amis et qui tient réellement à moi. Ces gens resteront dans ma vie pour toujours. » Elle incline la tête en direction de la caméra. « Vous savez, on découvre parfois que certaines personnes nous mentent. Dans ce cas, la seule chose à faire, c'est couper les ponts. On s'aperçoit qu'on se porte mieux sans elles. »

« De sages paroles », approuve Anne. « D'autant plus que de nombreuses jeunes filles ressentent le besoin de faire plaisir aux autres. Tabitha, nous avons déjà parlé de votre livre et de son importance à vos yeux. Bientôt, il va y avoir un film inspiré de votre vie. Au lieu de rester en retrait, vous vous êtes mise en avant. L'expliquez-vous ? »

« Oh, tout à fait. » Ses mains sont posées sur ses genoux, immobiles. Elle sait exactement ce qu'elle va dire maintenant. « Les gens s'attendaient à ce que je me mette en retrait. Mais les histoires comme la mienne méritent d'être racontées. J'ai perdu plusieurs mois de ma vie à être accusée à tort. J'ai raté ma dernière année de lycée. Je n'ai pas pu y retourner après le procès, vu que tout le monde parlait de moi. Ça m'a manqué, de ne pas pouvoir aller au bal de promo.

Je sais que ça paraît futile, mais ce sont des étapes-clés. Me mettre en avant et faire connaître mon histoire, c'est une façon pour moi de me réapproprier ma vie. »

Anne affiche un sourire bienveillant. Elle sait que des millions de téléspectateurs regardent cette émission, que cette interview fait la une de tous les sites d'actualité.
« Tabitha, nous avons souvent évoqué le fait de pardonner et d'apprendre à aller de l'avant. À laisser le passé derrière soi, pour citer votre livre. Vous dites quelque chose d'important dans ce premier chapitre saisissant : "Quand tous les yeux sont braqués sur vous, vous n'avez nulle part où regarder, à part en vous-même. Là, j'ai vu une fille, jeune et effrayée. Elle n'est plus là, mais moi, si." Qu'avez-vous à dire à ceux qui ne vous ont pas crue ? À ceux qui ont contribué à bouleverser votre vie et votre perception de vous-même ? »
Tabby sourit à Anne, puis elle regarde directement la caméra et les millions de téléspectateurs au-delà. Tous ces gens qui la croyaient ou ne la croyaient pas. Elle prend un temps avant de parler. Peut-être qu'elle ne sait pas quoi dire, ou bien c'est un moment qu'elle attendait depuis longtemps.

« Je leur dirais de ne pas croire tout ce qu'ils entendent », déclare-t-elle d'une voix mesurée. « Je leur dirais que je ne suis qu'une jeune fille, comme il y en a parmi eux. » Le coin de sa bouche s'étire en un sourire satisfait – son signe distinctif. « Et j'ajouterais que, à moins d'être moi, ils ne connaîtront jamais toute l'histoire. »

6

TABBY

N'oubliez jamais à qui appartient cette histoire. Soit vous attendiez que je m'exprime, soit vous vous moquez de ce que j'ai à dire, car vous vous êtes déjà fait votre opinion sur moi. Si vous faites partie de ce second camp, félicitations. Vous êtes ceux qui perpétuent ce que les filles pensent déjà d'elles-mêmes : les gens nous regardent et nous jugent avant même qu'on ouvre la bouche.

Laissez-moi dire une chose : je continue à penser aux garçons. Ils sont rangés dans ma tête, presque comme des poupées Ken, à jouer au papa et à la maman, sauf que ce sont des garçons et qu'aucun d'entre eux ne veut faire la cuisine ou le ménage. Ils attendent tous que quelqu'un nettoie derrière eux.

Si depuis le début vous attendiez que je parle, c'est gentil de votre part. Sauf que ça ne l'est pas réellement. Avouez que, ce qui vous intéresse, c'est que je crache le morceau. Vous voulez que je m'ouvre à vous pour que vous puissiez vous emparer de tous mes secrets un par un, les polir, les poser sur une étagère et les examiner à loisir. La première pièce à conviction serait les Nike – l'empreinte de pied. La deuxième, la carte. La troisième, le sac à dos lesté de pierres, que personne n'a pu véritablement comprendre. La bonne vieille pièce à conviction numéro quatre serait le fait qu'on m'ait vue la veille du meurtre en train de mettre des pierres dans un panier de pique-nique. Je sais qu'on en discute sur la toile, et que certains exhortent même la police à relancer l'enquête, de crainte qu'elle soit passée à côté de quelque chose.

Si vous tenez tant à tout savoir, vous achèterez mon livre. Vous savez, ça a toujours été mon rêve d'écrire un best-seller classé au *New York Times* avant d'avoir vingt ans. Pourquoi vingt ans, me demanderez-vous ? Parce que la vie se charge de mettre les filles sous pression, et que le monde préfère qu'on fasse sensation avant cette échéance. J'ai toujours su que j'écrirais. Eh bien maintenant, le monde le sait aussi. (Oui, Aria m'a aidée. C'est quand même moi qui ai fait le plus gros. Comme je l'ai dit, n'oubliez jamais à qui appartient cette histoire.)

Je vais supposer que vous avez déjà acheté mon livre ou que vous allez le faire, alors OK, je vous offre un petit bonus. Je vais vous raconter l'histoire d'une fille qui n'aimait pas seulement un garçon, mais plusieurs. Elle aimait la manière dont ils la regardaient, dont ils la touchaient ; la sensation de puissance qu'elle éprouvait lorsqu'ils vénéraient son corps. Est-ce mal ? Si vous acquiescez, personne ne vous oblige à lire la suite.

Mettons que, pour chaque garçon, il y ait eu un obstacle. Que le tout premier dont vous ayez vraiment été amoureuse vous ait fait des promesses, avant de retourner auprès de sa petite amie, plusieurs fois. Après quoi, il a percuté un arbre. Ça l'a obligé à mettre un terme à sa carrière de footballeur. Comme il a rejeté la faute sur vous, tous les autres l'ont imité. Le suivant a été informé d'un baiser sans importance et vous a brisé le cœur. Celui d'après, en qui vous aviez confiance, était un play-boy à succès qui étudiait à la fac. Vous aviez aussi confiance en celui qui l'accompagnait – lui qui non seulement vous a poignardé dans le dos, mais qui en plus avait pris soin de vous ligoter. Avant de recommencer, encore et encore.

J'ai passé presque deux mois en centre de détention pour mineurs. Vous trouvez peut-être que ce n'est pas grand-chose, mais y êtes-vous déjà allé ? C'est un endroit horrible. Ça m'a donné le temps de réfléchir. Mon cerveau s'égare parfois dans des zones sombres. Quand mon moral était au plus bas, il m'arrivait de m'en prendre à moi-même, à l'image du reste du monde. Je me pensais coupable, même si je n'avais rien fait de mal hormis confier mon cœur aux mauvaises personnes. Je me suis demandé comment je m'y serais prise, si j'avais été capable de commettre un tel acte.

Soyons clairs : je n'ai jamais couché avec Keegan Leach. Toutefois, je lui faisais confiance. On était amis – du moins le croyais-je. Je n'ai parlé à personne de notre amitié, car je savais qu'on me critiquerait. « Tiens, voilà que Tabby baise avec le meilleur pote de son copain. » Ce n'était pas du tout ça. Mark nous manquait à tous les deux, et au début, je croyais qu'on était jaloux l'un de l'autre. J'étais le nouveau jouet de Mark, tandis que Keegan était son jouet habituel.

Pourtant, Keegan a convaincu certaines personnes qu'il en était autrement. Que je voulais rompre avec Mark pour me mettre avec lui. Et vous, l'avez-vous cru ? (Si oui, vraiment ?)

Je ne vous dois pas la vérité sur ce qui s'est passé ce jour-là dans les bois. Tenez, je vais vous faire plaisir. Je vais vous retourner la tête comme tout le monde a tenté de retourner la mienne et de me faire croire le pire au sujet de moi-même.

Si ça se trouve, la randonnée, c'était mon idée. Mark a répliqué quelque chose de suffisant du style : « Et où tu voudrais qu'on aille, dans le coin ? » Je lui ai parlé de cet endroit appelé le sentier de Mayflower, que j'aimerais bien voir. Avec lui, évidemment. Les mecs croient toujours bêtement devoir nous protéger. Comme si j'avais besoin d'être protégée de quoi que ce soit.

OK, OK, disons juste que ces bois m'étaient familiers. Je n'ai pas dit à Mark que j'étais déjà venue. Ni que je connaissais chaque sentier. Ni que je savais où le sol était dur et où il était meuble ; que je savais éviter en souplesse chaque racine pour ne pas me fouler la cheville. Je l'ai laissé croire que c'était son idée. Il est passé en mode macho, à me dire qu'il fallait que je me procure des chaussures de marche et le matériel adéquat. Je l'ai laissé jouer le rôle de l'homme, sachant que ce serait la dernière fois qu'il le ferait.

Chut. Tout ça est hypothétique, rappelez-vous. Ça ne s'est pas vraiment passé ainsi, et de toute façon, votre opinion sur moi est faite.

Dans ce scénario (où je suis coupable), je me suis servie de Keegan, la pauvre âme solitaire qui n'était pas si secrètement amoureuse de moi.

Les recherches sur son ordinateur, nous les avons faites ensemble, bien sûr. Il pensait qu'on allait faire une randonnée à la Rupture. D'après lui, Mark avait le vertige, et il faudrait le pousser pour qu'il grimpe jusqu'en haut. J'ai plaisanté en disant qu'il valait mieux le pousser une fois qu'il y serait, ce qui m'éviterait de devoir rompre avec lui et de supporter ce qui suivrait.

— Tout ce que tu voudras, a répliqué Keegan.

Ça a été tellement facile de l'inciter à craquer pour moi que c'en était pitoyable. Il était désespérément en manque de chaleur humaine.

— Je le ferai, tu sais, a-t-il insisté.

Sauf qu'en réalité, on n'a pas besoin des garçons. On est capables de gérer les choses nous-mêmes.

Mark faisait la tête. On s'est disputés pendant tout le chemin jusqu'à la Rupture. À propos de l'année dernière, du présent, de ce qui se passerait l'an prochain. Il m'accusait d'être jalouse et autoritaire. Moi, je l'ai traité de connard. Je regardais fixement son dos (évidemment, je marchais derrière lui, exactement là où il voulait que je sois), et le sac qu'il portait. Bien sûr, il avait râlé quand je lui avais demandé de le prendre. Ne croyez pas tout ce que vous lisez : Mark n'avait rien d'un gentleman. C'était juste un étudiant lambda qui avait le feu au slip.

Bref, quand il a demandé ce qu'il y avait dans le sac, j'ai répondu :

— Des trucs dont on pourrait avoir besoin. Pourquoi, il est trop lourd pour toi ?

Il a pris un air renfrogné et l'a glissé sur son dos. Bien sûr, Mark le Squale, (ancien) champion de natation, était parfaitement capable de porter un sac à la con.

Mark marchait très loin devant moi, parce qu'il mesurait quinze centimètres de plus que moi et aussi probablement parce qu'il était énervé et voulait me montrer qu'il pouvait me planter là si ça lui chantait. Enfin, la Rupture s'est dressée devant nous, masse noire impressionnante. Moi, je n'étais plus qu'un battement cardiaque géant.

Une fois au sommet, j'ai pris conscience que j'étais terriblement sujette au vertige. Mark l'a senti. Radouci, il s'est approché de moi. Il me préférait affaiblie.

— Ne t'inquiète pas, m'a-t-il rassurée. Il ne t'arrivera rien.

J'ai posé le panier de pique-nique. J'ai contemplé la vue. On l'avait méritée, pas vrai ? Il y avait des arbres partout, formant un tourbillon de verts et de marron, avec à leur cime des feuilles orange et rouge, comme roussies par le soleil.

Mark s'est assis. Il a commencé à ôter le sac d'un coup d'épaule, ce qui n'était pas prévu. Le sac à dos devait accélérer sa chute, l'entraîner, le tuer rapidement. Mais ça ne serait pas un problème. Quand il se relèverait et qu'il le remettrait… alors je passerais à l'acte.

Au lieu de ça, il l'a ouvert. Ma bouche a formé un O de surprise quand je l'ai vu froncer les sourcils, comme il le faisait lorsqu'il était perplexe.

— C'est quoi ce…, a-t-il marmonné en se levant. Pourquoi il y a des pierres, là-dedans ?

Oh, Mark. Crétin jusqu'au bout.

J'avais beaucoup réfléchi aux dernières paroles que je lui adresserais. Sur le moment, j'ai tout oublié. Il ne comprenait toujours pas. Le temps passait. Il risquait de deviner mes intentions d'une seconde à l'autre – et il allait bouger d'une seconde à l'autre, car il se tenait vraiment près du bord.

— Pardon, ai-je dit.

J'ai tendu mes bras vers lui. Par réflexe, il m'a imitée, pensant sûrement que j'allais l'étreindre. Sauf que mes paumes sont entrées en contact avec son torse, et qu'il a basculé, le sac à dos toujours accroché à son bras.

J'ai crié plus fort que lui.

Je ne sais pas combien de temps il m'a fallu pour descendre. Une heure, voire plus. J'ai couru, je suis tombée, mes jambes ont saigné. J'étais dans un sale état, dégoûtante, pleine de sueur. Soudain, je me suis rendu compte que j'avais oublié le panier de pique-nique, et que celui-ci ne contenait rien à manger. Les sandwichs que j'avais préparés étaient toujours au frigo. Je comptais m'en débarrasser lorsque je serais rentrée. La clé pour ne pas me faire prendre était de ne rien négliger.

Au début, je n'ai pas trouvé Mark. Il faisait noir ; j'ai paniqué, pensant qu'il avait survécu, qu'il marchait d'un pas chancelant dans les bois et que j'allais devoir le traquer, comme un animal blessé. J'ai dû m'approcher tout près de la rivière (tadam ! l'empreinte). C'est à ce moment-là que j'ai failli trébucher sur son corps, flottant juste là, les bras en étoile de mer.

Vous vous demandez s'il était déjà mort, ou si j'ai dû l'achever. Ça, c'est un secret que je ne dévoilerai jamais.

Peut-être que je suis restée là assez longtemps pour voir s'il allait sortir de l'eau. Je savais que Mark était capable de rester en apnée pas loin de cinq minutes – il s'en était vanté. J'en ai laissé passer dix.

Quant au sac à dos, il n'était visible nulle part. J'ai pataugé à sa recherche quelques minutes, avant de comprendre que la rivière était beaucoup plus profonde que je le croyais. Il me serait impossible de le retrouver, et il fallait que je rentre à la maison.

Pas sans avoir enfoui quelque chose ayant appartenu à Keegan, à un endroit où personne ne le trouverait à moins de savoir exactement où chercher. Le Gatorade ! Encore une idée brillante. Mark et Keegan en buvaient non-stop. Il avait été très facile de verser un peu de vodka dans la bouteille de Mark. S'il l'avait remarqué, il n'avait rien dit. Je voulais juste qu'il soit légèrement grisé, un peu ralenti, pour que je puisse facilement lui sauter dessus.

Je savais que je finirais par être arrêtée, mais ce n'était pas grave : je savais également que la police n'aurait finalement pas assez de preuves contre moi. Le journal intime… Étais-je sincère ou n'était-ce que du vent, puisque je savais que les enquêteurs mettraient la main dessus ? À vous de décider. C'était peut-être ma meilleure production ; la fiction la plus brillante que j'écrirais jamais. C'était peut-être la pure vérité, de la main d'une jeune fille naïve.

J'ai joué avec mon avenir, comme à la roulette.

Si vous jetiez un coup d'œil à l'album photo de ma troisième année de lycée, vous verriez un petit visage optimiste. Je savais déjà jouer avec mon décolleté à l'époque.

Vu que j'étais dans les premières à avoir des nichons, je me suis dit, autant m'en servir. Vous verriez aussi mon surnom, « Tabby Cat » – alors que personne ne m'appelait ainsi. Je trouvais gênant de ne pas avoir de surnom. Kennedy m'appelait simplement « petit canon », mais elle donnait ce surnom à tout le monde. Selon elle, ça faisait cool. Vous verriez ma citation préférée (« Une prière pour les cœurs insoumis gardés en cage »). J'expliquais à ceux qui prenaient la peine de me le demander qu'elle était tirée de ma pièce préférée de Tennessee Williams, alors qu'en réalité, je m'étais inspirée d'un tatouage d'Angelina Jolie.

Vous verriez mon ambition, ce qui me tenait à cœur, inscrite noir sur blanc : « Écrire un best-seller avant vingt ans. »

Je suis sûre qu'on s'est moqué de moi dans mon dos. C'était ridicule, de me livrer autant. J'aurais dû mettre un truc ordinaire, comme tout le monde. « Devenir riche » ou « Être heureuse ». Mais si vous avez bien suivi, je ne suis pas quelqu'un d'ordinaire. En plus, j'ai lu quelque part qu'on augmentait d'au moins cinquante pour cent ses chances de voir un projet se réaliser si on l'écrivait.

Je ne sais pas ce que sont devenus mes camarades de classe, s'ils sont riches ou heureux. Moi, je suis une jeune fille de dix-neuf ans, et l'histoire de ma courte vie s'apprête à rejoindre la liste des best-sellers du *New York Times*. On peut sans doute affirmer que j'ai obtenu ce que je voulais, même si j'ai dû faire un truc dingue pour y arriver.

Bon alors, vous avez cru à tout ça ?

Parce que j'ai tout inventé. En toute modestie, vous y croyez parce que j'écris rudement bien. (Ou parce que vous voulez avoir une raison de me détester, et, dans ce cas, vous êtes une des équations du problème.)

J'ai passé tellement de temps désœuvrée au centre pour mineurs que j'ai inventé plein d'histoires. Les amis imaginaires sont d'excellente compagnie quand on est seule dans le noir. Les ennemis imaginaires le sont encore plus. J'ai repensé à ce jour-là dans les bois, et à ceux qui l'ont précédé, si souvent que j'ai construit de multiples versions à partir d'un même événement. J'ai pu réfléchir à la manière dont je m'y serais prise si je l'avais fait. Je me suis projetée en tant que victime et en tant que méchante. Pouvez-vous affirmer en toute franchise que vous n'avez jamais été les deux dans votre vie ?

Voici ce qui s'est réellement passé. Je vous préviens, ça n'a rien de passionnant. Mark avait ses doigts posés sur moi et me serrait si fort qu'il me faisait mal. « On va marcher ce week-end. Treize kilomètres. Je sais que tu manques d'exercice, mais tu y arriveras. » (Trop sympa, hein ?) J'ai accepté parce que je l'aimais, et peut-être pour lui prouver que j'en étais capable.

Plus on s'enfonçait dans les bois, plus il se plaignait et me faisait des remarques désagréables. Ça l'énervait que j'aie pris un panier de pique-nique. Il me reprochait de porter un short et pas un pantalon. Il a ri parce que j'avais mis du rouge à lèvres. (Pardon d'avoir voulu être jolie !) Et quand on est arrivés à la Rupture (lui avec quelques minutes d'avance sur moi, parce qu'il en avait marre de m'attendre), je me suis sentie fière de moi, fière d'avoir réussi. Savez-vous ce qu'il a dit ? Il s'est retourné et m'a balancé :

— Ben dis donc, t'as mis le temps.

Là-dessus, il a bu une gorgée de Gatorade avant de m'accuser d'avoir dragué Keegan. Je me suis mise à pleurer. C'est ce que je fais quand on me hurle dessus. Soudain, il s'est rué sur moi, comme pour m'agresser. C'est là qu'il a perdu l'équilibre. Je n'oublierai jamais l'expression de son visage : un mélange de dégoût et de stupeur. Je me réveille avec cette image marquée au fer rouge dans mon esprit, et une question à laquelle personne ne pourra jamais répondre : m'aurait-il fait du mal s'il n'avait pas glissé ? Est-ce moi qui aurais fini dans la rivière ? Ou bien aurait-il pris conscience qu'il se comportait comme un enfoiré ? Se serait-il excusé, m'aurait-il laissée m'expliquer ?

J'ai essayé de descendre voir comment il allait. Pendant tout ce temps, je le jure, j'ai entendu une respiration, et parfois un rire. Je n'étais pas seule dans ces bois, j'en suis persuadée. Quand j'en ai parlé aux flics, ils m'ont dit que j'avais subi un traumatisme. Ils m'ont convaincue que c'étaient des hallucinations auditives. Je savais qu'ils ne me croyaient pas, et qu'ils ne croiraient plus un mot de ce que je leur raconterais.

Maintenant, soyez francs. Demandez-vous si vous pensez vraiment que je suis coupable. Si la réponse est oui, demandez-vous pourquoi. Pourquoi vous partez du principe que je suis la meurtrière. Les réponses pourraient en dire long sur vous.

Voilà, j'ai dit à peu près tout ce que j'avais à dire. Vous pouvez m'adorer ou me détester, me voir comme une victime ou comme un démon. Mais après tout ça, vous vous souviendrez de moi, et ça, bon sang, ça compte.

Je ne suis peut-être qu'une fille qui s'est trouvée au mauvais endroit, au mauvais moment.

Je ne suis peut-être qu'une fille trop longtemps soumise à votre regard insistant.

Je ne suis peut-être qu'une fille.

REMERCIEMENTS

Créer des personnages de fiction est un réel travail qui commence dans l'imagination (parfois perturbée) de l'auteur, mais qui implique également nombre de personnes brillantes et passionnées. C'était une immense chance pour moi de travailler avec l'équipe enthousiaste d'Imprint. Merci à mes éditrices, Erin Stein et Nicole Otto, pour vos excellentes suggestions et les soins que vous avez prodigués à ce manuscrit. Retravailler mon texte et collaborer avec vous a été un réel plaisir.

À Connie Gabbert et Natalie C. Sousa : merci d'avoir conçu une couverture aussi captivante, qui saisit si bien le regard de Tabby. Merci aussi aux autres membres de l'équipe d'Imprint : Jessica Chung, Carolyn Bull, John Morgan et Weslie Turner. À Dawn Ryan et Avia Perez, directrices d'édition ; à Kerry Johnson pour ses corrections magiques, et à Raymond Colón à la production. Merci à l'équipe de Fierce Reads pour vos efforts marketing et publicitaires. Merci également à Katy Robitzski et à l'équipe des livres audio de MacMillan.

Merci à la fée Hillary Jacobson, mon agente aux superpouvoirs, d'avoir cru en ce livre et en mon écriture, ainsi qu'à Josie Freedman et Randie Adler de chez ICM pour leur travail acharné côté film.

Merci à Kathleen Rushall pour son soutien, ses encouragements et ses conseils, et à Taryn Fagerness qui s'est occupée des droits pour l'étranger.

La plupart des auteurs ne seraient arrivés nulle part sans leurs amis écrivains, les seuls qui comprennent réellement les montagnes russes de l'édition. Je dois beaucoup d'amour à tous les miens. Des câlins éternels (et des paquets de chips assaisonnées, qui espérons-le n'éclateront pas) à Emily Martin, partenaire critique incroyablement brillante, et amie plus précieuse encore. À Samantha Joyce : merci d'avoir cru que j'étais capable d'accomplir de grandes choses et d'avoir été là dans les moments de blues, armée de conseils avisés et de gifs de pandas. À Marci Lyn Curtis pour nos conversations privées sur Instagram, hilarantes et souvent douteuses, qui ne verront jamais la lumière du jour (#avecdesbullescestmieux), et à Erika David pour le soutien entre écrivaines et le SOMA. Aux membres talentueux et inspirants des groupes d'auteurs débutants The Sweet Sixteens et Sixteen to Read : quatre ans plus tard, nous sommes toujours là. D'une année sur l'autre, je vous respecte et vous adore un peu plus.
À tous ceux qui ont lu les versions antérieures de ce roman et m'ont apporté soutien et encouragements : je vous aime tous.
Être écrivaine, c'est aussi passer beaucoup de temps seule, ce qui nécessite d'avoir une famille particulièrement compréhensive. Je suis peut-être impartiale, mais j'ai la meilleure. Mes parents, Denis et Lucy Burns, savaient que j'étais faite pour ce métier et n'ont jamais manqué d'encourager ma créativité. Maintenant que je suis mère moi aussi, je ne les remercierai jamais assez de tout ce qu'ils ont fait pour que je devienne la personne que je suis. Merci, maman et papa, de m'avoir laissée grandir en voyant mon ambition démesurée

comme un ballon gonflé d'espoir et d'optimisme et non comme une ancre. Papa, j'aime penser que j'ai hérité d'un peu de ton éthique au travail. Maman, je sais que tu m'as transmis une bonne part de ton esprit fêtard. (Oh, et j'ai l'impression que chaque fois, dans les remerciements à la fin de mes livres, je me dois de vous dire merci pour tous les restes et les courses que vous continuez à m'apporter.)
À ma sœur, Erin Shakes, qui est aussi ma BFF, et qui me soutient dans tout ce que j'entreprends : merci pour la conversation la plus longue du monde sur Messenger (pardon à nos maris), d'avoir rendu possible l'achat de mon sac à main, et d'être toujours partante pour une virée chez Sephora ou un dîner autour d'une bouteille de vin (voire plus). Merci à Jermaine Shakes d'être une présence toujours joyeuse et positive, et à Fiona pour ses adorables petits signes de la main dignes de la reine d'Angleterre.
À tous les Flynn : merci d'avoir lu et recommandé avec tant d'enthousiasme mes romans, qui sont comme mes bébés. À mes beaux-parents, Jim et Doreen, pour l'intérêt qu'ils ont toujours manifesté pour le monde des livres, et qui fêtent les bonnes nouvelles que je reçois. À mes belles-sœurs, Suzanne et Kelly : merci d'avoir pris le temps de me lire et de parler de mes romans (vos nièces) à vos amis.
Merci à ma famille élargie (tantes, oncles, cousins) de votre soutien, et une étreinte spéciale à tante Linda, oncle Tom et tante Pat. À celles qui ne sont plus là en personne, mais le sont en esprit : je sais que grand-mère Gibb (Honeybee) et grand-mère Burns veillent sur moi, et je sens toujours leur présence dans ma vie.

À mon réseau d'amies, anciennes et nouvelles : merci d'être exactement le genre de femmes indépendantes et inspirantes dont je veux m'entourer. Comme toujours, aux dames du RBF pour les tranches de rire et les blagues sur DC.
À celui qui me supporte au quotidien et qui est là depuis que j'ai envoyé mon premier manuscrit : mon mari, Steve. Merci de m'autoriser à vivre dans les nuages une partie du temps, d'avoir fait de la place à mes grands rêves, et de m'avoir aidée à franchir bien des obstacles mentaux. À mes bébés, Astrid et Cullen : vous êtes trop jeunes pour lire ce livre (ça viendra), mais vos petits esprits brillants, en pleine effervescence, me motivent chaque jour. Astrid répète souvent : « J'adore notre famille. » Moi aussi, plus que tout au monde.
Au café, tout simplement, pour tout. Mon mari mis à part, tu es ma plus grande histoire d'amour.
À vous, lecteurs, blogueurs, enseignants, bibliothécaires, libraires : c'est grâce à votre passion que la communauté des lecteurs est ce qu'elle est. Je serai éternellement reconnaissante d'en faire partie.
Enfin, je tiens à envoyer mon affection à ma source d'inspiration : les adolescentes. Aux Tabby, Bridget, Elle, Lou et Kyla. À toutes les filles qui se sont déjà senties jugées, utilisées ou incomprises ; à celles qui s'estiment trop visibles ou au contraire invisibles. Je vous entends. Pour ce que ça vaut, je crois en vous et en vos capacités à accomplir de grandes choses. J'ai écrit ce livre, et continuerai à écrire, pour vous.

Aubin
IMPRIMEUR

Achevé d'imprimer en décembre 2021
par Aubin Imprimeur à Ligugé
N° d'impression 2109.0135
Dépôt légal, janvier 2022
Imprimé en France
36231407-1